AUTOUR
DE PARIS

PROMENADES HISTORIQUES

PAR JULES LEVALLOIS

MEMBRE DE L'ACADÉMIE FRANÇAISE

TOURS

ALFRED MAME ET FILS

AUTOUR DE PARIS

4° Z. de ....
870

Baudry de Sarchainville instituant la commune à Noyon.

AUTOUR
DE PARIS

PROMENADES HISTORIQUES

PAR

JULES LEVALLOIS

LAURÉAT DE L'ACADÉMIE FRANÇAISE

TOURS

ALFRED MAME ET FILS, ÉDITEURS

—

M DCCC LXXXIV

PRÉFACE

Depuis quelque temps il semble qu'on ne puisse parler du passé sans une certaine aigreur, sans une sévérité qui parfois s'emporte jusqu'à la colère. C'est une fâcheuse disposition, également contraire à la justesse du coup d'œil et à l'autorité de l'enseignement moral. Nul plus que l'historien ne doit avoir le regard clair, la main ferme, une parole absolument croyable. Cette règle, nous ne l'observons pas assez. Une conception fausse nous incline à penser que, pour avancer plus promptement et plus sûrement vers l'avenir, il est nécessaire de dédaigner ceux qui nous ont précédés, souvent de les condamner, quelquefois même de leur jeter l'injure. Comme à ces critiques inconsidérées et excessives se joint presque toujours la glorification du présent, on arrive à séparer tellement ce qui est de ce qui fut, que l'époque même où nous vivons devient inexplicable. La société moderne apparaît sans traditions, sans points d'appui, sans racines, absolument en l'air, créée d'un coup de baguette comme un édifice fantastique.

C'est tourner le dos au vrai, et, sous prétexte d'émancipation, refuser les bénéfices de l'expérience, en repousser les richesses. Ni la suite matérielle des événements, ni leur enchaînement logique ne s'interrompent d'une manière arbitraire. Il n'est donné à personne d'anéantir tel moment antérieur ou d'éterniser tel moment actuel. Le présent, selon le mot de Leibnitz, est et demeurera inévitablement le fils du passé. Gardons-nous donc des puériles impatiences et des révoltes, plus puériles encore. Sachons que pour nous orienter, pour déterminer la direction que nous devons prendre, il importe avant tout de connaître d'où nous venons. Or ce n'est pas en interrogeant les âges écoulés avec les passions, les préventions contemporaines, qu'on leur arrachera leur secret, que l'on appréciera la solidité, la légitimité du lien qui nous unit aux antiques générations.

Ce livre procède d'un tout autre esprit. En choisissant pour but d'une excursion historique quelques villes de la vieille France, célèbres par les faits qui s'y sont accomplis, par les personnages qu'elles ont vus naître ou qui les ont habitées, par l'ancienneté, la beauté de leurs monuments, j'ai voulu sortir de l'abstraction, rendre le passé sensible, visible, tangible, en quelque sorte, le ressaisir dans ses allures familières aussi bien que dans sa vie publique, et sinon le faire aimer (car il ne fut pas toujours aimable), tout au moins le faire comprendre, estimer à son prix, juger à sa valeur, d'après l'état mental des hommes qui furent nos pères. L'homme d'autrefois demande à être vu autant que possible dans le décor d'autrefois; nous n'avons pas le droit de le renier, et nous tenons encore de lui, à l'heure qu'il est, plus d'une habitude d'esprit, plus d'un trait de caractère.

En une pareille tentative, la fidélité pittoresque est indispensable, et l'on ne doit rien négliger pour que la description de ce qui subsiste ou la restitution de ce qui a disparu soit d'une satisfaisante exactitude. La géographie, que l'on exalte justement aujourd'hui, après l'avoir trop dédaignée, est inséparable de l'histoire. Qui veut savoir l'une doit aussi étudier l'autre. Assurément un des grands mérites de la littérature historique au commencement de ce siècle a été d'introduire la vie dans le récit, de sortir des raisonnements et des formules, de restituer aux individus leur physionomie. Ce qu'on a fait pour les hommes, pourquoi ne le ferait-on pas pour les lieux où ils ont vécu, où ils ont débattu leurs intérêts, dépensé leur activité, souffert, aimé, combattu, prié? La fidélité des descriptions, l'exactitude des paysages concourent à compléter un portrait en le plaçant dans son véritable milieu.

Mais ce qui est bien plus important, bien autrement difficile à pénétrer, à fixer, c'est la vérité morale. En consultant les monnaies, les images, les statues, les tableaux; en lisant les manuscrits et les chroniques, on peut arriver à savoir comment les paysans, les bourgeois, les seigneurs de tel ou tel siècle étaient vêtus, de quels mets ils se nourrissaient, quels étaient leurs plaisirs, leurs travaux, à quelles observances ils se conformaient, sous quelle discipline ils se courbaient. Quand on sait cela, l'on croit savoir beaucoup, et, en réalité, l'essentiel échappe. Nous voyons assez distinctement, assez complètement ce qui se faisait; la plupart du temps nous ignorons pourquoi on le faisait. Je ne prétends point par là traiter nos ancêtres comme les habitants d'une autre planète, dont les gestes et les actions, pour nous incompréhensibles, irriteraient en vain notre curiosité. A coup sûr, ils n'ont point agi sans causes; mais, en plus d'une circonstance, les motifs qui ont dicté leur conduite ne nous eussent point déterminés, et leurs décisions, bonnes ou mauvaises, provenaient de raisonnements qui nous paraissent trop grossiers ou trop subtils, et, en général, très éloignés de notre façon de concevoir les choses. Là se trouve la véritable séparation entre nos aïeux et nous ; là le vide qu'il faut combler. La première condition à remplir pour franchir cette distance, qui, après tout, n'est pas un abîme, est, pendant quelques instants, de dépouiller résolument l'homme moderne et de revêtir, dans la mesure du possible, l'intellect, le cœur, l'âme de ceux qui ont vécu avant nous.

Les maîtres qui ont si glorieusement inauguré le xixᵉ siècle, Barante, Guizot, les deux Thierry, Michelet, ont fortement compris et pratiqué ce principe. Nous nous en écartons trop aisément aujourd'hui, sous le coup de nos préoccupations politiques et religieuses. L'histoire, accommodée en pamphlet et mise au service des basses rancunes ou des convoitises effrénées, perd non seulement sa dignité, mais son utilité même, car elle n'offre plus de garanties, et le terrain sur lequel on marchait se dérobe. Le passé travesti est un passé détruit et profané, duquel on ne saurait tirer ni leçon, ni lumière, ni encouragement. Il n'y a pas plus d'histoire spéciale à l'usage des républiques et des démocraties, qu'il n'y en a au service des grands et des rois : il n'existe qu'une histoire, la même pour tous, strictement impartiale, hautement désintéressée, uniquement astreinte au vrai (qu'il plaise ou déplaise à la fantaisie du jour), et, à ces divers titres, absolument digne de respect.

Le meilleur moyen, — le plus agréable, assurément, — de revenir à l'histoire véridique et calme, est d'ap-

pliquer cet esprit d'inflexible équité à la partie du
passé qui demeure sous nos yeux. En ce sens, tout
voyage bien fait doit être un cours d'histoire. J'ai pu
me convaincre de cette vérité par mon expérience personnelle, et c'est parce que j'ai dû beaucoup aux excursions qu'il m'a été donné de faire, que la pensée m'est
venue d'en étendre le bénéfice aux autres. On verra,
dans le volume même, les raisons qui m'ont engagé à
choisir pour champ d'exploration, avec les environs de
Paris, la contrée qui va de la Champagne à la Picardie,
en embrassant le nord de l'Ile-de-France. Je n'ai fait
aucune fouille ni découvert aucune inscription, et ne
me réclame d'aucun document inédit. Mon vif désir
d'exactitude ne m'a point poussé jusqu'à la recherche
archéologique qui m'eût écarté de mon but. Quelques
notes, placées au bas des pages ou rejetées en appen-
dice, font connaître les auteurs auxquels j'ai eu recours,
et m'ont permis d'acquitter ma dette envers eux.

Ma principale source a été l'impression directe ; je
n'ai pas eu de meilleurs guides, de plus sûrs inspira-
teurs que les monuments eux-mêmes. Si l'on commet-
tait, dans une semblable étude, la faute de négliger
l'architecture ou de la considérer simplement au point
de vue esthétique, on s'exposerait à passer sans la voir
à côté de la réalité sociale. Les arts collectifs du moyen
âge, les œuvres qu'ils ont produites, sont par leur im-
personnalité même une révélation du milieu d'où elles
sont sorties. Les hôtels de ville, les châteaux, les mo-
nastères, les cathédrales, nous découvrent autant d'aspects d'une vie multiple et nous aident à la reconstituer. On peut aimer l'architecture pour l'architecture ;
c'est ainsi que l'ont aimée les romantiques ; mais on
doit s'y attacher aussi pour son immense valeur histo-

rique. Le moyen âge souffre moins qu'une autre époque de l'indigence des documents ou de la perte des informations, grâce à la solidité et à la grandeur des édifices qu'il a construits. Ils parlent, et longtemps encore ils parleront pour lui.

Cependant le temps les vaincra un jour. C'est pour cela qu'il convient de raviver et de préciser les antiques souvenirs dans la mémoire des hommes. Nous n'avons pas besoin que des modernes, enivrés des progrès de la science, étourdis du bruit de la vie, nous exhortent à quitter le passé. Si nous ne quittions point le passé, ce serait lui qui nous quitterait. Ne fut-il pas lui-même le présent pour d'autres âges plus anciens? La ferme volonté de le connaître à fond n'implique nullement l'abandon des luttes du présent, la renonciation aux conquêtes de l'avenir. La jeunesse, pour laquelle cet ouvrage est plus expressément écrit, a le droit et le devoir de connaître tous les éléments qui ont concouru à former les mœurs, le caractère, l'âme de notre nation. Il importe qu'elle sache combien dans la France nouvelle il subsiste de la vieille France. C'est ce que j'ai tâché de lui montrer en me tenant aux grandes lignes, en écartant les dissidences et les polémiques; car, de nos jours, tout écrivain qui comprend son rôle et veut rester à la hauteur de sa mission doit se faire l'artisan de la paix sociale.

Paris, 6 janvier 1882.

PREMIÈRE PARTIE

CLAMART. — BOURG-LA-REINE. — PORT-ROYAL. — CHEVREUSE
DAMPIERRE. — VAUX-DE-CERNAY. — RAMBOUILLET
SAINT-GERMAIN. — POISSY. — PONTOISE. — SAINT-DENIS
L'ABBAYE DU LYS. — LA FORÊT DE FONTAINEBLEAU

1

Coup d'œil sur Clamart. — M. Maxime Berger. — Chagrins d'Albert. —
Le plateau de Chatillon; bataille du 19 septembre 1870. — Paris à vol
d'oiseau. — Jugement sur les grandes villes.

Au pied des collines où s'élève la forêt de Meudon,
Clamart entasse ses maisons à la mine peu élégante, à l'aspect assez triste. Village autrefois, puis bourg pendant
longtemps, c'est aujourd'hui, si l'on en croit les affiches
officielles, une ville; et, de fait, on y compte au moins
cinq à six mille âmes. Le progrès de la population indigène n'a cependant pas été très rapide; l'accroissement en
est dû aux petits ménages parisiens, commis, employés,
rentiers, qui, chassés par la cherté des loyers, sont venus
demander à la banlieue une hospitalité moins coûteuse,
avec un peu de bon air par-dessus le marché. Appelés souvent à la ville par leurs relations et leurs occupations, ces
nouveaux habitants se sont fixés du côté de la gare, située
assez loin du pays. Le vrai Clamart n'est pas là. Il ne se
relie à cette espèce de faubourg que par une longue rue
sans caractère, qui coupe maussadement une plaine, tantôt brûlée par le soleil, tantôt battue par un vent aigre et
furieux. Quant à l'ancienne bourgade, elle se groupe

autour de l'église, se ramassant sur elle-même comme si elle redoutait le contact de la civilisation. Il serait permis d'attribuer aux Clamariots ou Clamartois (car l'un et l'autre se disent) une semblable velléité, lorsque l'on parcourt quelques-unes de ces rues mal entretenues et sordides, qui vous font oublier qu'on est à la campagne et rappellent les cités dans ce qu'elles ont de pire.

Aussi, à peine s'est-on engagé dans ce milieu désagréable que l'on s'y sent pris d'étouffement et que l'on s'empresse d'en sortir. D'instinct on se dirige vers la forêt. Malheureusement il faut, pour l'atteindre, franchir des espaces dénudés, arides, poussiéreux ; et l'on n'y arrive en été, voire même à la saison printanière, que trempé de sueur et quelque peu rôti. Aller ainsi au bois, sans y pouvoir entrer de plain-pied, est un plaisir que l'on achète trop cher. C'est ce que se sont dit des habiles, qui ont trouvé moyen d'habiter à l'ouest de la forêt. Leurs maisons regardent quelque chemin désert qui s'en va se perdre au coteau de Chatillon ou sur la route du *Pavé-blanc;* mais par derrière, dans la muraille, s'ouvre une mystérieuse petite porte. Elle donne sur une allée montante, ombragée déjà par de la haute futaie, et grâce à laquelle on se plonge tout de suite en pleine fraîcheur, en plein silence.

Dans une de ces maisons si commodément placées était venu se fixer, depuis 1880, un homme d'une cinquantaine d'années, aux cheveux blancs, clairsemés, à la barbe grisonnante, mais vert encore en sa démarche, et révélant, par la lueur pénétrante du regard, une de ces vitalités opiniâtres sur lesquelles ne parviennent pas à mordre les plus dures épreuves de l'existence. C'était M. Maxime Berger, ancien conseiller de cour d'appel en province. et qui, de très bonne heure, se voyant en possession d'une honnête fortune. avait donné sa démission. Jeune, la carrière du barreau s'était offerte à lui comme la plus désirable. Plusieurs plaidoyers remarquables l'avaient mis en lumière, et l'on parlait de lui confier un poste important dans la magistrature debout, lorsqu'un commencement de bronchite le contraignit de renoncer à la parole publique.

M. Berger partit pour le Midi et, après quelques voyages, s'établit dans un village isolé, entre la Ciotat et Cassis, ayant la mer devant lui et sur sa tête les chauves, les terreuses montagnes de la Provence. Nature active, il ne put se résoudre à vivre de *far niente,* de rêveries, de contemplation. Sa bibliothèque étant fort riche en ouvrages de droit, il la fit venir de Paris, emprunta deci, delà, des livres rares à des confrères d'Aix et de Marseille, et composa plusieurs traités spéciaux qui obtinrent dans le monde compétent un très vif succès. On pensa tout naturellement, en haut lieu, qu'un jurisconsulte si instruit ferait un excellent juge, et, puisqu'il était voué à être magistrat, ce fut dans la magistrature assise que le garde des sceaux lui conféra une place digne de son mérite.

On n'a jamais connu au juste les raisons qui déterminèrent Maxime Berger à quitter prématurément son siège à la cour de Caen. Sa santé s'était raffermie, il ne lui était pas défendu d'espérer un avancement rapide. Parmi ses plus anciens amis, quelques-uns, ceux qui le connaissaient le mieux, ont pensé qu'il avait été pris de fatigue en assistant sans cesse au spectacle des contestations humaines, à l'âpre conflit des intérêts, en y intervenant forcément sans se flatter d'apaiser les querelles ni d'éteindre les convoitises. Son ambition, ainsi qu'il le disait quelquefois en riant, eût été d'être un juge de paix idéal, obligeant les plaideurs à s'embrasser ou tout au moins les renvoyant dos à dos, exempts de soucis, sans rancune et surtout sans dépens. On ne réalise pas aisément un pareil

2

rêve, et M. Berger, convaincu qu'il avait assez appointé
d'affaires, assez rendu d'arrêts, assez condamné de parties,
déposa la toge un beau jour pour s'en aller vivre à la campagne avec ses fleurs, ses livres, son chien, son chat et sa
vieille servante.

Le calme de la maisonnette de Clamart n'était troublé
que le dimanche par la visite de Mme Mathilde Verteil et
de son fils Albert. Mme Verteil était la sœur unique et bien-
aimée de M. Berger. Fils de poitrinaire, très menacé lui-
même dans sa jeunesse, comme nous l'avons dit, il avait
pris la résolution de ne point se marier. Toute sa tendresse
s'était reportée sur sa sœur, et, lorsque celle-ci devint
veuve après quelques mois de mariage, il s'occupa exclusivement de ses intérêts et de l'éducation d'Albert, qu'il s'ac-
coutuma peu à peu à chérir comme un fils.

Boursier dans un des lycées de Paris, sujet brillant plutôt que bon élève, parfois inégal, mais toujours plein de
feu et d'ardeur, Albert Verteil, nature expansive, aimante,
prompte aux rires et aux larmes, aux découragements
comme aux enthousiasmes, ne connaissait pas de plus
grand plaisir que de se trouver auprès de sa mère, qui, la
chose va de soi, le gâtait un peu, voyait toujours en lui
l'enfant; son oncle, le traitant en homme, s'entretenait
volontiers avec lui de sujets sérieux, graves même, touchant tantôt à la morale, tantôt à l'histoire, tantôt à la
religion.

Cependant, le premier dimanche du mois d'août 1880,
le pauvre Albert n'était pas gai, bien qu'il fût à table entre
Mme Verteil et M. Berger, sous une des tonnelles du jardinet de Clamart. D'abord il relevait de maladie et ne se
sentait point encore très solide, mais ce n'était pas là ce
qui l'affligeait. Il savait bien que les forces reviendraient,
et avec elles le mouvement, la gaieté, les courses en plein

air, tout ce qui fait la joie des vacances. Un plus gros chagrin le tenait au cœur. Sa mère allait le quitter, se diriger vers l'Italie pour un voyage d'affaires, et le médecin, ne le trouvant pas suffisamment rétabli, avait expressément défendu qu'elle l'emmenât. C'était ce qui s'appelle jouer de malheur : perdre une si belle occasion de voir Gênes, Florence, peut-être Rome. Pour toucher son oncle et le prendre par son faible, il lui énumérait tous les souvenirs historiques qu'il aurait moissonnés en chemin.

« Mais, lui dit M. Berger, crois-tu donc que les souvenirs historiques manquent autour de nous et qu'on n'en puisse point faire ici même, ou à deux pas d'ici, une ample récolte? Tu te tromperais fort. Tu vas être mon hôte pendant quelques semaines, et si tu veux me prendre pour guide, je me charge de te faire faire dans nos environs un voyage peu fatigant, très instructif, et qui, je l'espère, ne t'ennuiera pas.

— Oncle Maxime, répondit Albert, qui n'était point de bonne humeur, c'est mal d'insulter à mon infortune et de te moquer de moi. Je connais Versailles, Fontainebleau ; tu n'as donc rien à m'apprendre là-dessus ; et quant aux bourgs ou aux villages des environs, je ne vois guère en quoi ils pourraient m'intéresser. Non, certes, je ne bougerai pas, et puisque le médecin veut que je me repose, je resterai bien tranquille dans ton jardin à lire les *Voyages en Italie,* que tu voudras bien me prêter.

— A ton aise, mon garçon. Tu es toujours certain de me trouver là, et nos préparatifs ne seront pas longs à faire. »

Le jeune Verteil avait, heureusement pour lui, le goût de la lecture. C'est un excellent préservatif contre le spleen, le découragement, la douleur. Montesquieu va peut-être un peu loin quand il dit, dans ses *Pensées,* qu'il n'a jamais éprouvé de chagrin dont une demi-heure de lecture ne l'ait consolé. Cela semblerait établir, ainsi qu'on a d'autres raisons de le croire, que cet homme de génie n'avait pas une sensibilité bien profonde. Cette mobilité d'impressions s'explique mieux chez l'enfant, chez l'adolescent. Aussi l'oncle Maxime vit-il sans surprise Albert se calmer, se rasséréner au fur et à mesure qu'il faisait de plus fréquentes visites à la bibliothèque, relativement bien fournie, qui constituait une des meilleures ressources et un des plus vifs agréments de la modeste retraite rustique. Les *Voyages en Italie* furent promptement épuisés, et notre lycéen mis en goût, en appétit de lecture, dut bientôt chercher un autre aliment. Tout un rayon de la bibliothèque était occupé par des récits d'histoire militaire, littérature dont M. Berger faisait grand cas et qu'il estimait fort utile à connaître. Beaucoup d'éminents guerriers ont su tenir la plume aussi bien que l'épée et raconter avec émotion, avec élévation ce qu'ils ont vu, ce qu'ils ont fait. Sans remonter à Xénophon ou à César, à Montluc ou à Lanoue, à Villars ou à Frédéric II, on peut trouver, chez nos généraux de la révolution et de l'empire, plus d'un prosateur distingué, doué du sens de l'observation, moraliste à sa manière ; Gouvion Saint-Cyr, par exemple, ou Marmont, et au-dessus d'eux tous le maître par la conception et par l'action, par la netteté du dessin et l'imposante sobriété du style, Napoléon Ier.

La tradition ne s'est point perdue, et les douloureux événements de 1870 ont inspiré aux principaux chefs de notre armée des ouvrages dont l'avenir impartial devra tenir compte. M. Berger possédait les livres des généraux Trochu, Chanzy et Ducrot. Le travail considérable rédigé par ce dernier sous ce titre : *La Défense de Paris*[1], avait tout de

---

[1] Chez Dentu.

suite fixé l'attention d'Albert, qui, dès le premier volume, rencontrait à chaque page les noms de Meudon, de Clamart, de Chatillon, de Plessis-Piquet. Une impatience très visible de parcourir le lieu où s'était livrée la bataille du 19 septembre, de visiter ces localités dont le nom revenait sans cesse sous ses yeux, s'était emparée de lui. N'était son fameux serment, il eût prié l'oncle Maxime de le conduire sur le plateau et dans les villages environnants ; mais l'amour-propre qui, à tout âge, nous fait commettre tant de sottises, lui liait la langue. M. Berger, désirant que la leçon portât fruit, le laissa pendant quelque temps dans cette disposition inquiète ; quand il jugea que l'effet nécessaire était produit, il eut compassion de ce jeune prisonnier par entêtement, et, l'abordant un jour :

« Avoue, lui dit-il, que s'il est en ce monde quelque chose de ridicule, c'est, selon l'expression populaire, très énergique et très juste, de bouder contre son ventre. Crois-tu que je ne te vois pas depuis quelques jours lire et relire *la Défense de Paris,* étudier les plans, les cartes avec le zèle d'un ingénieur topographe? Tout cela signifie que tu as la plus violente envie de faire avec moi une bonne excursion du côté du Petit-Bicêtre et de Verrières. Comme je ne veux pas que tu souffres de ta fierté mal placée, je te fais des avances et je t'offre de t'emmener demain. Suis-je assez généreux? »

Albert pour toute réponse sauta au cou de son oncle, et le lendemain, en effet, de très bonne heure, ils gravissaient la côte qui conduit à la route de Chevreuse et relie Bièvre à Chatillon.

Généralement on médit des plaines; on leur reproche leur monotonie et l'on n'a d'admiration que pour les vallées ombreuses ou les montagnes couvertes de neige. Il est certain que le mont Blanc produit plus d'émotion sur nous que la Beauce, et que les gorges de la Suisse l'emportent sur la Sologne en fait de pittoresque. Les plaines ont pourtant leur genre de beauté, surtout lorsque les moissons les couvrent et que sur une vaste étendue s'incline, au moindre souffle du vent, le flot doré des épis. L'écrivain qui, au XVIIIe siècle, après Rousseau, a le plus vivement, le plus profondément senti la grandeur des spectacles de la nature, Bernardin de Saint-Pierre, s'est aventuré jusqu'à célébrer une région dédaignée et méconnue entre toutes, l'immensité uniforme du pays de Caux, en Normandie. « Les longs sillons de blé qui suivent les ondulations de la plaine, et qui ne se terminent qu'aux villages et aux châteaux entourés d'arbres de haute futaie, me faisaient, écrit-il, paraître ces campagnes semblables à une mer de verdure, d'où s'élevaient çà et là quelques îles à l'horizon[1]. »

Par une fraîche matinée du mois d'août, le plateau de Chatillon, sous l'épais et blond manteau dont le couvraient les blés, avait un réel éclat et pouvait plaire même à l'artiste. Les paysagistes commencent du reste à lui rendre justice, et il n'est pas rare d'en trouver d'installés, avec leur chevalet et leur parasol, à l'entrée de la forêt de Meudon, au bas d'un pli de terrain qui limite un peu durement la vue, mais forme pour le peintre un cadre assez commode. Troyon, Chintreuil, Jules Breton, Jean Desbrosses, Damoye, ont accoutumé nos peintres à ne pas craindre l'intensité de la lumière, à contempler résolument l'espace, à le rendre non moins hardiment. Quelque émule de ces vaillants artistes saisira un jour ou l'autre et fixera la vue d'ensemble de la plaine en cherchant ses diversités caractéristiques. Les bois qui la bordent presque partout offrent à l'œil des points d'appui et lui ménagent des repos. Si l'on

[1] *Études de la nature.*

se place en avant de la redoute construite depuis 1870, on
aperçoit à droite la grande et sombre forêt qui étend jusqu'à Villacoublay et à Velizy un impénétrable rideau. A
gauche, le regard s'arrête sur le parc touffu de Plessis-
Piquet, séparé par son mur d'enceinte des pentes, un peu
trop éclaircies maintenant, qui descendent vers Aulnay et
Robinson. Plus loin, dans le même sens, cette ligne extrême
à l'horizon, c'est le bois de Verrières, le Buisson de Malabry. On ne se trouve donc point dérouté par une perspective sans fin, et l'on éprouve le sentiment de l'espace,
sans en avoir, comme sur certains terrains prolongés avec
monotonie, la fatigue anticipée et comme une impression
de dégoût.

Au milieu du plateau, à l'endroit où venaient d'arriver
M. Berger et son neveu, on peut, en regardant autour de
soi, devant soi, se donner l'illusion d'être sur quelque
chaîne de falaises, en marche vers la mer, que l'on va
bientôt découvrir. Le sol semble se couper à pic, et derrière les arbres se laissent voir des vides d'un blanc mat,
qui paraissent indiquer d'inquiétantes profondeurs. L'illusion toutefois ne saurait durer longtemps. Quelle que soit
la direction dans laquelle on s'avance, on ne tarde point
à reconnaître que les collines n'ont rien d'abrupt, et se
relient aux vallées environnantes par une molle déclivité.
D'un côté c'est Fontenay-aux-Roses, où les rosiers ne
sont plus guère nombreux (la violette les a remplacés), avec
ses jolis jardins et ses coquettes maisons de campagne
échelonnées en étages. Sur l'autre versant, s'échappant
d'une véritable corbeille de verdure, pointe le clocher de
Clamart. Ainsi vu de la hauteur, le pays a l'air tout aimable
et presque gai. Gardez-vous toutefois de vous fier à cette
apparence, et songez au passage si connu où la Bruyère
parle de ces villes de province dont l'aspect séduit, invite,

et dont le séjour assomme. Paris, voilé par le front d'une redoute qui a reçu des développements considérables, demeure invisible ; mais à l'autre bout du *Pavé-blanc*, inclinant un peu sur Versailles, la route s'abaisse, suit une courbe gracieuse et vous conduit dans la riante vallée de la Bièvre, un paradis terrestre pour les amateurs de villégiature.

C'est par là que les Allemands sont arrivés le soir du 18 septembre 1870. Nos deux piétons y jetèrent un premier coup d'œil, sans toutefois descendre jusqu'à Bièvre, et en se tenant à ce hameau du Petit-Bicêtre, qui ne doit un semblant d'existence qu'à son poste de gendarmerie. Albert connaissait tous les détails de l'action engagée le matin du 19, et n'avait pas besoin qu'on les lui rapportât. Il n'eut pas de peine à retrouver, entre le cimetière de Plessis-Piquet et le sentier qui mène à Malabry, le funeste coin de terre où le 19e de marche, écrasé par l'artillerie allemande, avait vu tomber successivement son chef, le lieutenant-colonel de Colasseau, le commandant Collio, le capitaine adjudant-major Fauveau, et s'était retiré avec une perte de onze officiers et de deux cent quarante et un hommes tués ou blessés.

« Pourquoi faire tuer tant de braves gens? dit le lycéen. Était-il possible de gagner la bataille? Non, n'est-ce pas? Alors pourquoi la livrer? Peut-être le général Ducrot avait-il foi dans le succès; mais, d'après son livre, je vois qu'il était à peu près seul de son opinion. Les généraux étaient incrédules, les soldats démoralisés. Tiens, mon cher oncle, regarde à ta droite cette grande ferme, c'est celle de Trivaux, où l'on avait placé les engagés volontaires, habillés en zouaves pour faire plus d'effet. Je n'ai pas besoin de te rappeler leur conduite.

— Non, certes. Qui ne se souvient encore à Paris de

l'inexprimable confusion, de la panique insensée que tout
d'abord ils y jetèrent? On aurait cru que les Allemands,
lancés sur leurs talons, étaient entrés à leur suite. Dès le
commencement de l'action, aux premiers obus, ils avaient
pris la fuite en poussant des cris effroyables, qui semèrent
l'épouvante dans les rangs de la division de Caussade, mas-
sée derrière eux, à la hauteur du petit bois de Clamart. Je
t'ai souvent raconté du reste que l'indignation l'emporta
promptement chez les Parisiens sur un premier sentiment
de frayeur, et que ces faux zouaves, conspués, battus,
meurtris, furent traînés dans les rues, portant sur le dos
une pancarte où le mot *lâche* se lisait en gros caractères.

— On a bien fait de leur donner cette rude leçon. Mais
combien d'autres ce jour-là ont manqué de présence d'esprit et d'énergie! Le général Ducrot raconte que, voulant
s'établir et se fortifier derrière la redoute commencée, il
envoya ses ordres au général de Caussade, qu'il avait autorisé à se retirer sur Clamart. On l'y chercha sans le
trouver lui ni sa division. On courut à Issy, à la Californie:
personne. La division était rentrée tranquillement dans
Paris. Ce qu'il y a de plus grave, c'est que cette retraite
empêcha le gouverneur de Paris d'envoyer des renforts à
Chatillon. Le général Trochu, ayant rencontré la division
de Caussade, avait cru la bataille finie, le mouvement de
recul commencé, et ne s'était plus occupé que de mettre le
rempart en état de défense. Partout, entre deux ordres qui
peuvent paraître contradictoires, on se décide pour celui
qui conseille la prudence et engage à se retirer. En vérité,
je comprends qu'en face de tant de mollesse on ait crié à
la trahison.

— Voilà, mon cher enfant, un vilain mot, qu'il convient
rarement de prononcer, à ton âge surtout. Tu ne saurais
concevoir quel est l'état d'esprit d'une nation qui, du jour

au lendemain, sans que rien l'y prépare, se voit envahie, tremble pour ses biens, sa sécurité, son existence, cherche partout des appuis et n'en rencontre nulle part.

« Un homme s'accoude à son balcon. Soudain la rampe à laquelle il s'appuyait se détache: du cinquième étage, il est précipité sur le pavé. Lui demanderas-tu de conserver pendant cette chute un parfait sang-froid? Arlequin seul, en pareil cas, ne se montrait pas trop mécontent, pourvu que la chose pût durer. Mais nous savions que la descente serait prompte et l'écrasement effroyable. De là cet effarement qui prit en un instant toutes les formes et se traduisit par des accusations inconsidérées, violentes, excessives. A cette disposition il faut en joindre une autre bien humaine et surtout bien française. Les nations, comme les individus, ont leur vanité; la nôtre a poussé loin ce défaut. Qu'un revers surgisse, que les défaites se succèdent, qu'une catastrophe éclate, les peuples, plutôt que d'y reconnaître les conséquences de leurs fautes, crieront à l'ineptie des supérieurs, à l'indignité des chefs; le stupide mot de trahison volera de bouche en bouche pour adoucir les blessures de l'orgueil ou prévenir les aveux de l'incapacité. Malheureusement les foules ont aujourd'hui leurs flatteurs comme jadis les rois: on n'ose ni leur résister en face ni leur dire la vérité. Il est plus aisé de crier avec elles après des traîtres imaginaires que de leur rappeler leurs inconséquences et leur versatilité.

« Un dernier mot, car je ne sais comment je me suis trouvé amené à t'entretenir de choses si graves et qui assombrissent encore une promenade déjà peu gaie; n'oublie pas que, lorsqu'un cas de trahison réelle s'est rencontré, le coupable a rendu compte de ses actes devant un tribunal que présidait un fils de France, et que la condamnation ne l'a pas épargné.

« Pour revenir à ce combat de Chatillon, dont tu parles

avec trop de dédain, les dévouements intrépides, les faits d'armes n'y ont point manqué. Est-ce à toi que je rappellerai l'héroïque défense du 15ᵉ de marche dans le parc de M. Hachette, sous les ordres du lieutenant-colonel Bonnet? Jusqu'à deux heures de l'après-midi, cette admirable troupe disputa le terrain pied à pied. Grâce à cette opiniâtreté invincible, notre gauche resta couverte pendant la plus grande partie de la journée, et toutes les tentatives de l'ennemi pour nous tourner de ce côté furent sans résultat.

« Il ne faut pas croire d'ailleurs que cette escarmouche où nous avions si peu de chances d'être vainqueurs, et où nous fûmes honorablement vaincus, ait ressemblé en rien à une déroute. Les Allemands, maintenus par notre artillerie, restèrent presque constamment à un kilomètre de distance. Je pense donc avec le général Ducrot que l'effet moral produit sur nos adversaires par cette vigoureuse démonstration fut considérable. En dépit de leur supériorité numérique, ils souffrirent sérieusement. Notre perte fut de sept cents hommes; la leur, de quatre cents, et cependant ils avaient engagé le 5ᵉ corps et le 2ᵉ corps bavarois contre notre seul 14ᵉ corps, composé de jeunes troupes à peine encadrées. Ils comprirent, dans tous les cas, qu'une attaque de vive force contre l'enceinte serait aisément repoussée, et qu'il fallait renoncer à l'espoir, un peu trop présomptueux, d'enlever Paris d'assaut. »

Tout en parlant ainsi, les deux promeneurs, tournant le dos à Bièvre, étaient arrivés au pied de la redoute, à l'endroit que l'on nomme, si nous ne nous trompons, en termes militaires, la gorge de l'ouvrage. A ce point, la route se bifurque. Une large voie stratégique, nouvellement tracée, descend à droite vers Fontenay-aux-Roses. Le chemin de gauche conduit à Clamart. Mais, en faisant quelques pas dans cette direction, on peut tourner la redoute, et,

longeant des propriétés, des chasses gardées, se diriger
tout droit vers Paris, ou du moins rejoindre, sur ce penchant de collines qui regardent la grande ville, le monument
sobre, peut-être à l'excès, élevé par les Parisiens à leurs
défenseurs.

« Asseyons-nous là, dit l'oncle Maxime quand ils tou-
chèrent à ce sommet, et reposons-nous un instant. Voici
un bouquet de bois qui s'offre fort à point pour nous abriter. Je connais au flanc de la butte un sentier charmant,
par lequel nous regagnerons notre maison en quelques minutes. Donnons-nous le plaisir de regarder tout à notre aise
le grandiose panorama qui se déroule devant nos yeux.
Voyons, en premier lieu, si tu es un bon topographe. Le
temps est très clair et l'on dirait que les objets les plus éloignés sont à deux pas de nous. Quel est ce fort qui s'élève à
notre droite?

— Bicêtre.

— Et derrière? A quel quartier correspondent ces pâtés
de maisons, appliquées les unes contre les autres par des
gens qui n'avaient pas de terrain à perdre?

— Ce sont les Gobelins et Saint-Marceau.

— Fort bien; et ces deux dômes?

— Le Panthéon et le Val-de-Grâce. Il me semble que,
sans les nuages, là-bas au fond, nous devrions apercevoir
aussi les tours de Notre-Dame.

— Il n'y a pas de nuages là-bas plus qu'ici, mais la
chaleur du jour fait monter de terre une buée qui, à distance, forme brouillard et cache les objets comme un voile.
En revanche, sur notre gauche, les rayons du soleil frappent
en plein la coupole dorée des Invalides. Avec un peu de
complaisance, on pourrait se croire aux portes d'une ville
russe, de quelque Kremlin étalant pompeusement sa richesse
orientale.

— A mon tour, je te demanderai quelles sont ces hauteurs qui dans le lointain paraissent bleuâtres? Elles forment comme un demi-cercle au fond de l'espace lumineux ouvert entre la butte Montmartre et le mont Valérien.

— Ce sont les coteaux de Cormeilles, de Sannois, d'Orgemont et, un peu plus bas, de Montmorency. Ils constituent pour Paris une première ceinture défensive, et nos ingénieurs militaires en ont tiré bon parti en y établissant de solides fortifications. Quant à cette couleur bleue, dont à distance se revêtent les objets, elle est, en effet, une pure illusion d'optique et tient à la superposition des couches de l'air. Gœthe cite à ce sujet des faits curieux dans sa *Théorie des couleurs*. Pour moi, je me souviens, entre autres singularités, me trouvant au bord du Rhin, sur la rive alors française, d'avoir vu toute bleue la fameuse forêt Noire.

— Le mont Valérien baigne, au contraire, dans la clarté. Les casernes, inondées de soleil, sont d'une blancheur éblouissante. Cela ressemble aux paysages d'Orient que tu m'as montrés à la dernière exposition.

— Si tu interrogeais les cultivateurs, dont la maisonnette bâtie je ne sais comment, faite de pièces et de morceaux, borde le sentier, ils te diraient que cette blancheur, dont l'éclat pittoresque te réjouit, est un signe assuré de beau temps. Lorsque dès le matin le mont Valérien s'est débarrassé de son bandeau de nuages, on est en droit de compter sur une journée radieuse. L'observation est juste, et j'ai remarqué que les paysans se trompent rarement dans ce genre de prédictions. Le premier Matthieu Lænsberg devait être un campagnard. On comprend que l'homme des champs, dont la vie dépend du froid et du chaud, du sec et de l'humide, fasse attention aux moindres indices et s'entende à les interpréter. Les casernes servent aujourd'hui

de baromètre à nos laboureurs. Au siècle dernier, c'était
le couvent qui eût rempli cet office, car, avant les militaires, il y a eu des moines sur ce sommet. L'hospitalité
des ermites les avait rendus populaires. Les Parisiens venaient là volontiers le dimanche, et Jean-Jacques Rousseau, qui était un grand marcheur, ne reculait pas devant
cette ascension. Depuis le siège, le mont Valérien, longtemps abandonné par les amateurs de banlieue, a retrouvé
quelque faveur. On lui est reconnaissant de sa belle défense, et l'on n'a pas oublié le temps où la canonnade inin-
terrompue de *Joséphine,* la grosse pièce de marine si connue,
sonnait aux oreilles comme un signal de sécurité. Le fort
a la mine altière, et semble dire au bois de Boulogne, au
faubourg Saint-Honoré, aux Champs-Elysées, qu'il domine: « Ne craignez rien ; je suis là ; je réponds de vous. »

En ce moment le soleil, qui s'élevait à l'horizon, dépassa
la cime des arbres sous lesquels s'abritaient nos promeneurs, et les rayons les atteignirent en plein visage. Aussitôt
l'oncle et le neveu se levèrent et se mirent en devoir de
descendre le sentier.

« C'est égal, dit Albert, il fait meilleur ici que dans
cette énorme ville dont nous voyons les toits moutonner à
nos pieds. Je souhaite pour mon compte d'y rentrer le plus
tard possible.

— Surtout parce qu'elle a le tort de contenir un certain
nombre d'établissements appelés pensions, écoles ou lycées... Allons, ne te fâche pas lorsque je plaisante. Mais,
à parler sérieusement, je ne voudrais pas te voir tomber
dans le travers familier à certaines personnes, qui, ne pouvant admirer une chose sans en rabaisser aussitôt une
autre, décrient systématiquement la ville, n'admettent point
qu'on puisse avoir de l'esprit ou de la vertu ailleurs qu'aux
champs. Tu sais si j'aime la nature. Mon rêve a toujours

été d'y passer ma vie dans une solitude studieuse, et, l'automne venu, il faut que je me fasse violence pour quitter
la campagne. Mais cela ne me rend pas injuste envers la
ville, surtout à l'égard d'une ville comme celle-ci. Les vices
et les vicieux y abondent, soit. N'en est-il pas ainsi dans
toutes les grandes agglomérations d'hommes? Mais que de
vertus obscures ! Que de dévouements cachés ! Que de la-
beurs admirables! Et, dans l'ordre intellectuel, quelle puissance d'invention ! Quelle variété dans la pratique ! Quelle
noble curiosité ! Quel jaillissement de lumières éparses,
venant se réunir en un faisceau ! Voilà ce qui doit plaider
en faveur des cités, des capitales, et qui doit nous faire
oublier leurs erreurs, leurs vertiges, leurs égarements coupables. Aussi je comprends que pour des natures cultivées,
laborieuses, qui vivent surtout par le cerveau, il soit singulièrement pénible, presque impossible de s'en arracher.
Combien de Parisiens furent frappés pendant la Terreur,
parce qu'ils n'avaient pas voulu quitter Paris ou s'en trop
éloigner! C'est ce qui advint à Condorcet. Il fut arrêté ici
même, dans cette rue Chef-de-Ville où nous entrons, et
termina tragiquement son existence par le suicide, dans la
prison de Bourg-la-Reine. Je te montrerai un de ces jours
l'itinéraire douloureux qu'il a suivi avant de tomber aux
mains du comité terroriste de Clamart.

— Pourquoi pas tout de suite?

— Non, ce serait trop fatigant, et il est temps de nous
reposer; mais ce sera bientôt, je te le promets. »

II

Le restaurant a remplacé presque partout dans les environs de Paris l'ancien cabaret rustique. Il n'est pas de
guinguette qui ne se vante de son salon de cent couverts,
où l'on peut tenir hardiment vingt personnes, de ses escar-
polettes, de ses jeux de boule, de ses bals et même de son
orchestre. Peu d'endroits ont été plus profanés par ce genre
de spéculation, d'exploitation, que le vallon de Fontenay,
les campagnes qui entourent Sceaux, Aulnay, la Vallée-
aux-Loups. Un établissement du genre primitif s'est main-
tenu cependant entre Chatillon et le Plessis-Piquet, non
loin de l'Étang-aux-Moines. Vous trouvez là une simple
maisonnette, trois ou quatre tonnelles abritées par des
noyers, des sureaux et des lilas, un petit jardinet où crois-
sent *l'oseille et la laitue* plutôt que le *jasmin d'Espagne*,
mais qui en la saison d'été s'égaye de quelques fleurs. Ce
jardinet est la grande préoccupation du père Grégoire; une
source continuelle de soucis et de joies, selon que la température se montre hostile ou clémente, que les plantes pros-

3

pèrent ou dépérissent. Quant à Mme Grégoire, elle est toute
à ses poules, à ses lapins et à ses chats. Ce qui occupe
le moins les deux vieillards, ce sont leurs clients.

A vrai dire, ils n'en ont guère; non pas que la maison
soit mal famée, ou que les consommations laissent beaucoup
plus à désirer qu'ailleurs, mais l'endroit est écarté, et ni le
patron ni la patronne ne se mettent en frais d'amabilité
pour attirer le chaland. Le dimanche, quelques promeneurs
se hasardent jusque-là; mais, dans la semaine, des jours
entiers s'écoulent sans qu'une seule pratique vienne troubler la solitude des deux époux. Ils ne s'en soucient guère,
ayant quelques petites ressources et continuant leur commerce par habitude. M. Maxime Berger, lorsqu'il avait
poussé un peu loin ses promenades, s'asseyait volontiers
un instant sur l'une des chaises de jonc grossier, qui, avec
quelques tables, constituaient le mobilier du réduit cham-
pêtre. Il avait eu l'heur de plaire au père Grégoire, et
celui-ci désertait son jardin, laissait sa bêche inactive pour
venir faire un bout de causette.

Il n'était pas sans avoir lu, le bonhomme, ni sans avoir
réfléchi, bien qu'il n'eût pas toujours pris les choses du
bon côté. *Homme avancé,* selon sa propre expression, il
se lançait parfois jusqu'aux propos révolutionnaires, quoiqu'il fût au fond incapable de commettre un acte de
méchanceté. Il se complaisait surtout aux contes gaulois,
aux joyeuses historiettes, et l'on ne pouvait se défendre
de s'associer à sa gaieté, quand on voyait s'épanouir
sa large face (un peu enluminée) de septuagénaire, et
que l'on entendait son rire sincère comme celui d'un
enfant.

Quelques jours après la course que nous avons racontée,
M. Berger et son neveu vinrent demander un verre de bière
au père Grégoire. Ils étaient équipés en touristes, et l'on

voyait qu'ils allaient se mettre en route pour une excursion sérieuse.

« Oh! oh! fit le cabaretier en apportant la canette avec une sage lenteur, ces Messieurs vont-ils en Amérique ou au Japon?

— Pas tout à fait. Nous venons simplement prendre le chemin de Fontenay, pour gagner de là Bourg-la-Reine, d'où la ligne de Limours nous conduira jusqu'à Saint-Remy.

— Vous savez qu'à Bourg-la-Reine on vient d'ériger un buste à M. de Condorcet? Voilà vraiment une fameuse consolation et une belle réparation. »

M. Berger coupa court à une digression possible en demandant à l'aubergiste s'il avait entendu parler par son père de l'arrestation du célèbre girondin à Clamart.

« Je le crois bien! Mon père habitait Chatillon à cette époque. Le village s'arrêtait au pied de la grande côte qui descend sur Paris. Elle était bordée à droite et à gauche par des carrières de pierres, aujourd'hui comblées, et par des sablonnières que j'ai vues encore dans mon enfance. Le bruit se répandit un matin d'avril, en 1794, qu'un homme grand, barbu, l'air farouche, avec des vêtements en lambeaux et boitant tout bas, que l'on avait vu la veille errer autour des carrières, venait d'être arrêté à Clamart, et qu'on allait le mettre en prison à Bourg-la-Reine. Il n'y avait alors entre ces deux localités qu'un mauvais chemin passant à la Tour de Croüy et au moulin de la Galette, ou bien la route des voitures qui, faisant un détour considérable, contournait le Plessis-Piquet.

— C'est sans doute cette dernière que suivit La Fontaine quand il alla, lui aussi, de Clamart à Bourg-la-Reine, non pour s'y voir enfermé comme suspect, ainsi que Condorcet, mais, ce qui n'était pas très gai non plus, pour accompagner en exil à Limoges l'oncle de sa femme, Jannart, dont l'attachement à un ministre disgracié, le surintendant Fouquet, avait déplu en haut lieu. La Fontaine n'était pas en très bon prédicament à la cour, car il avait pris, assez à la légère sans doute et avec un courage que peu de gens imitèrent, la défense de l'homme tombé qui avait été son protecteur.

— Quoi! M. Berger, dit avec importance le père Grégoire, notre immortel fabuliste a été quasiment interné?

— A peu près, mais pas pour très longtemps. Laissons cela, et revenons à ce que votre père vous a raconté.

— Eh bien, il vit passer le malheureux prisonnier, que l'on avait installé tant bien que mal sur la haridelle d'un vigneron; car dans la nuit précédente, une pierre se détachant de la paroi d'une carrière avait roulé jusqu'à lui et l'avait blessé à la jambe. On suivait le mauvais chemin, et c'était pitié de voir traîner en prison cet homme hâve, déguenillé, endolori, saignant, à moitié mort. On assure qu'il avait sur lui du poison, que lui avait donné un grand médecin de ses amis. Ce qu'il y a de certain, c'est que le lendemain on le retrouva sans vie dans sa prison.

— Son acte mortuaire ne parle pas de poison. J'en ai justement dans mon portefeuille une copie qu'un de mes amis a levée sur les registres de la municipalité de Bourg-la-Reine. Pour vous payer de vos renseignements, je vais vous en donner lecture[1].

« Aujourd'hui, dixième jour de germinal, mil sept cent quatre-vingt-quatorze, l'an deuxième de la République française, à deux heures après midi, par-devant moi, Jean-Marin Auboin, membre du conseil général de la commune

---

[1] Je dois la connaissance de cette curieuse pièce à l'obligeance de M. B. Saint-Marc, le consciencieux historien du Palais-Royal.

de l'Égalité [1], élu le 31 décembre 1791, pour recevoir les actes destinés à constater les naissances, mariages et décès des citoyens, en la maison commune est comparu : Édéma-Laurent Cholot, âgé de cinquante ans, domicilié en ladite commune de l'Égalité; Jean Cretté, menuisier, âgé de vingt-sept ans, demeurant également dans ladite municipalité de l'Égalité, lesquels Édéma-Laurent Cholot et Jean Cretté ont été témoins. Il appert qu'un individu détenu dans la maison d'arrêt de la commune de l'Égalité, et écroué sous le nom de Marie-Jean-Antoine-Nicolas Caritat-Condorcet, a été trouvé dans sa chambre, mort par l'effet d'une apoplexie sanguinaire, ainsi qu'il résulte du rapport du citoyen Labrousse, officier de santé, expert du district. Appert, en outre, que la délivrance dudit cadavre masculin a été faite par le juge de paix à l'agent national près la commission de l'Égalité, pour, par lui, pourvoir à son enlèvement et à son inhumation au champ de repos de ladite commune de l'Égalité, en présence desdits citoyens, qui sont Édéma-Laurent Cholot et Jean Cretté, et ont signé avec moi en ladite maison commune de l'Égalité le jour, mois et an ci-dessus. — Signé : J. Cretté. — J.-M. Auboin, off. public. — E.-L. Cholot. — J.-B.-N. Coursaux, ag[t] n[l].»

Albert, qui jusqu'alors avait gardé le silence, ne put retenir un mouvement d'indignation.

« Est-ce que votre père, s'écria-t-il, approuvait cette arrestation, quand il allait regardér comme un spectacle curieux le défilé sinistre de la victime et des meurtriers; car ce sont bien ses meurtriers, quel qu'ait été son genre de mort, et d'ailleurs l'échafaud ne l'eût point épargné.

— Mon père, répliqua vivement le vieillard, mon père et

[1] On avait ainsi rebaptisé Bourg-la-Reine.

bien d'autres, quoique tous francs républicains, désap-
prouvaient ces actes arbitraires, ces cruautés ; mais le
Comité de Salut public ne plaisantait pas, et puis il y avait
les traîtres qui dénonçaient jusqu'au moindre sentiment de
pitié. La mutuelle frayeur que l'on s'inspirait rendait féroce. »

Il se tut. La conversation tomba. Chacun semblait suivre
une secrète pensée qu'il ne tenait pas à communiquer à
ses interlocuteurs. L'heure avançait. M. Berger et Albert,
après avoir dit adieu au père Grégoire et avoir cordialement accueilli ses souhaits de bon voyage, descendirent
dans la vallée par le chemin, peu fréquenté, qui conduit à
l'étang de Plessis-Piquet. Ils auraient voulu détourner leur
esprit du triste sujet qui s'en était emparé depuis une heure.
Rien n'est plus difficile à secouer qu'une pareille obsession.

« Oncle Maxime, dit Albert, le père Grégoire a-t-il donc
raison, et la terreur peut-elle éteindre dans l'âme les dernières lueurs de l'humanité ?

— Il y a eu, espérons même qu'il y aura toujours des
exceptions honorables ; mais, en général, ce n'est que trop
vrai, la crainte avilit l'âme et la corrompt. Qui sait dans
quelle mesure l'effroi que tous éprouvaient alors a contribué
à la perte de Condorcet?

« En face de nous, sur cette colline où tu vois s'étager
les jardins et les maisons de Fontenay, demeuraient,
en 1794, deux anciens amis du philosophe, M. et Mme Suard,
qui s'étaient éloignés de lui lorsqu'ils l'avaient vu prendre
à la révolution une part, selon eux, trop active. M. Suard,
mort très vieux, secrétaire perpétuel de l'Académie française et censeur royal, était un homme de lettres aimable et
médiocre, dont on a trop vanté la faible *Notice* sur la
Bruyère, et qui avait surtout fait son chemin grâce à l'insi-
nuante douceur de son caractère. Sa femme, petite personne
spirituelle, sensible, comme on disait dans le langage du

temps, écrivant quelque peu (la relation de son *Voyage à Ferney* est charmante), se montrait fort avisée, prudente et pratique. Le couple était célèbre pour sa tendresse, sa fidélité ; on les avait surnommés par excellence le petit ménage. Venus pendant la tourmente révolutionnaire se blottir dans leur retraite de Fontenay, ils y possédaient deux maisons qui leur avaient coûté douze mille francs. Entre ces maisons, situées sous la même clef, s'étendait le jardin. Ils louaient la plus modeste et occupaient la principale. La tranquillité qu'ils goûtaient dans ce coin, moins peuplé alors qu'aujourd'hui, était loin d'être parfaite. On ne leur épargnait ni les garnisaires, ni les visites domiciliaires de jour et de nuit, ni les brusques appels à la mairie. Heureusement la municipalité avait pour président un brave homme, simple et droit, ne craignant pas d'avouer son ignorance et qui répondait aux observations de M. Suard : « Citoyen, nous sommes des gens rustiques ; c'est aux personnes intelligentes comme toi à nous redresser si nous nous égarons. »

« Dans les premiers jours d'avril, les deux époux étaient allés à Paris. A leur retour, ils apprirent qu'un homme couvert d'un méchant bonnet, d'un pantalon et ayant une très longue barbe, s'était présenté deux fois chez eux et avait paru très attristé de ne pas les rencontrer. Le lendemain, c'est-à-dire le 8 avril, à neuf heures du matin, la servante se précipita dans la chambre de Mme Suard en lui disant que l'homme à la grande barbe était revenu, et que sur-le-champ elle l'avait conduit à M. Suard.

« Celui-ci entra bientôt, tout troublé, et pria sa femme de lui donner les clefs du buffet, de la cave ; il lui demanda aussi du tabac. Comme elle sollicitait quelques explications, il lui promit de la mettre au courant de ce qui se passait, mais lui défendit d'une manière absolue de monter dans son appartement.

« Deux heures se passèrent. L'homme sortit. Son dos
était voûté, son attitude décelait le plus profond découragement. Il cherchait, sans se retourner, dans l'une et l'autre
de ses poches quelque chose qu'il ne trouvait point.

« — Savez-vous qui est cet homme? dit M. Suard à sa
femme ; c'est M. le marquis de Condorcet, de l'Académie
française, secrétaire perpétuel de l'Académie des sciences,
membre de la Convention nationale, proscrit, hors la loi,
traqué comme une bête fauve. Il m'a raconté qu'il a passé
l'hiver rue Servandoni, dans une mansarde, chez Mme Ver-
net, la parente du peintre. Il a été reconnu. La crainte
d'une dénonciation qui frapperait son hôtesse l'a déterminé
à partir sans prévenir personne, sans s'assurer de ressources. Il est sorti de Paris par la barrière de Vaugirard,
a traversé toute la plaine de Montrouge, et par la montée
de Chatillon s'est rendu chez nous. Ne nous ayant pas
trouvés, il a passé la nuit dans une carrière. Mon premier soin, vous l'avez vu, a été de le réconforter, de lui
faire prendre du vin de Malaga et de lui donner du tabac, pour lequel il a depuis quelque temps une véritable
passion.

« Quand il s'est senti un peu ranimé, il m'a exposé sa la-
mentable situation, et m'a demandé si nous pouvions lui
procurer un asile. Je lui ai répondu que je sacrifierais volontiers ma vie, mais qu'il ne m'était pas permis de disposer
de la vôtre, ajoutant toutefois qu'il devait compter sur votre
extrême dévouement.

« — J'en suis bien sûr! » s'est-il écrié.

« Je lui ai fait remarquer alors que nous habitons une
commune détestable, que notre servante espionne nos
moindres actions. Cependant je l'ai vu si fatigué, si anxieux
que je lui ai offert à tous risques de passer ici la nuit.
M. de Condorcet se trouvera ce soir à huit heures à la

porte du jardin, et vous donnerez congé à la servante jusqu'à dix heures. J'espère être revenu à temps, car il faut
que j'aille à Paris lui chercher un passeport, à l'aide duquel il arrivera peut-être à gagner la frontière. »

Portrait de Condorcet.

« M. Suard partit, en effet, tout de suite à pied et revint
de même, très fatigué, mais très content d'avoir un passeport qu'il tenait de Cabanis. Pendant ce temps Mme Suard
avait mis de la nourriture, du vin, du linge, du tabac,
dans le salon, où le proscrit coucherait sur le canapé. Ces
préparatifs terminés, elle descendit au jardin, où son mari
vint la rejoindre. Mais c'est en vain qu'ils attendirent jusqu'à dix heures : personne ne se présenta. Le lendemain ils

apprirent en même temps l'arrestation de Condorcet et sa mort.

« Ce que je viens de te raconter, je l'ai lu dans les *Mémoires* de Mme Suard. Elle les a écrits longtemps après les événements ; mais les détails d'une semblable aventure ne s'oublient pas aisément, et je suis persuadé que son récit est très fidèle. Je me souviens d'une petite circonstance qui est navrante et dont l'importance ne saurait être méconnue. Mme Suard, en rentrant au salon, heurte du pied quelque chose ; elle se baisse et ramasse le cornet de tabac que Condorcet avait cru mettre dans sa poche. C'était cela qu'elle l'avait vu chercher avec tant d'inquiétude et d'obstination au moment de s'éloigner. Elle a toujours pensé que la catastrophe avait été amenée par ce futile incident. Condorcet, ayant très bien déjeuné à Fontenay-aux-Roses à onze heures du matin, n'a pu, comme on le prétend, demander une omelette de quatorze œufs à Clamart, ni la manger avec une avidité telle que des vignerons et des maçons en fussent étonnés. Il sera entré au cabaret pour acheter du tabac, et c'est là ce qui l'aura perdu.

— Décidément, il n'est pas facile d'écrire l'histoire, car les versions se croisent et se détruisent. Pourtant nous sommes encore bien près des faits. On ne sait même pas au juste comment est mort Condorcet ; la plupart des historiens lui font boire ou respirer le poison de Cabanis, et l'acte mortuaire que tu nous as lu chez le père Grégoire parle d'un coup de sang. Qui faut-il croire ?

— Laissons les circonstances et les particularités pour ce qu'elles valent. Que Condorcet soit mort d'apoplexie ou qu'il ait été réduit à l'affreuse extrémité du suicide, il faut surtout retenir et dégager de cette tragique histoire l'horreur des persécutions et la haine des persécuteurs, quels qu'ils soient. Le philosophe devenu tribun eut son heure de

colère et d'égarement, lorsqu'il vota la condamnation de
Louis XVI à « la peine la plus forte après la mort » ; —
encore était-ce, pour son milieu, de l'humanité relative. —
Dans sa fin terrible on a pu voir une revanche de l'éternelle
justice ; mais le coup ne lui vint point du côté où il aurait
dû l'attendre. Si Condorcet avait pu exciter des ressentiments, c'était chez les hommes de son rang et de sa classe,
qu'il traitait en adversaires, chez les royalistes qu'il combattait d'un ton acerbe ; mais il devait se croire parfaitement en sûreté du côté des républicains, pour lesquels il
avait compromis sa grande situation scientifique et sociale ;
du côté des hommes du peuple, qu'il avait servis avec une
passion ardente et auxquels il léguait son dernier livre : le
Tableau des progrès de l'esprit humain, écrit pendant les
longues nuits d'hiver dans la mansarde de la rue Servandoni, au bruit du qui-vive des patrouilles, au milieu des
épouvantes d'un régime d'exception. La cruelle déception
causée par une si noire ingratitude, voilà ce qui a brisé le
cœur de Condorcet, ce qui l'a tué plus sûrement et d'une
manière plus foudroyante que le poison de Cabanis. »

On entendait à peu de distance le sifflet de la locomotive,
et les deux voyageurs eurent tout juste le temps de monter
dans le train.

« Ceci, dit en riant l'oncle Maxime, va un peu plus vite
que le carrosse de Poitiers.

— De quel carrosse parles-tu ?

— Si tu avais eu la curiosité de lire les lettres de la Fontaine, tu connaîtrais l'amusant récit de son voyage à Limoges,
ce voyage de demi-exil qui a si fort scandalisé le père
Grégoire et que le fabuliste a pris avec son insouciance habituelle. Le carrosse ou, comme on l'aurait dit plus tard, la
diligence de Poitiers passait à Bourg-la-Reine, mais seulement une fois la semaine, le dimanche. M. Jannart et son

presque neveu, — je dis presque neveu, car il s'agissait
d'une parenté par alliance, Jannart ayant épousé une tante
de Mme de la Fontaine, — attendirent trois heures le lourd
véhicule, dans lequel se trouvait un valet de pied du roi,
Châteauneuf, chargé d'accompagner les internés jusqu'à
leur destination. Mme Jannart avait jusqu'alors suivi son
mari, mais là il fallut se séparer. On versa force larmes,
et peut-être se fût-on attendri davantage si le cocher l'eût
permis. Comme il était en retard, il brusqua les adieux et
partit au galop, menant grand train ses voyageurs.

« Outre le valet de pied, qui était le personnage important, la voiture avait amené de Paris six personnes : « trois
femmes, un marchand qui ne disait mot, un notaire qui
chantait toujours, qui chantait très mal et qui reportait
dans son pays quatre volumes de chansons. » Tout ce monde
appartenait de droit au narquois observateur; il ne s'est
pas fait faute de s'en divertir et d'en divertir sa correspon-
dante, laquelle n'était autre que sa femme. De gais tableaux
à la flamande et un peu à la gauloise animent ses jolies
lettres. Il y a de vives, d'heureuses indications qui ne
demandent qu'à devenir un conte malin ou une joyeuse
fable. Quand le fabuliste composait le Coche et la Mouche,
et qu'il décrivait avec tant de vérité

> ... le chemin montant, sablonneux, malaisé,
> Et de tous les côtés au soleil exposé,

il se souvenait assurément de quelque incident de son
voyage à Limoges [1]. Ce prétendu rêveur, ce distrait si cé-

---

[1] Avec la fureur d'exactitude qui nous possède aujourd'hui, on irait
volontiers jusqu'à préciser quel était ce chemin montant. Ce devait être
la côte de Tréfou ou Torfou, entre Arpajon et Étampes. « Tout ce que
nous étions d'hommes dans le carrosse, écrit la Fontaine à sa femme,

lèbre était l'homme le plus attentif à la réalité. Tu pourras, à n'importe quelle page, feuilleter son œuvre, tu n'y trouveras pas un trait qui ne soit pris sur la nature elle-même. Sa curiosité trouva, pendant cette longue route, ample matière à s'exercer.

« Parfois on est tenté de sourire de ses étonnements, et on le compare au souriceau tout jeune, lequel, comme tu sais, n'avait rien vu; ou bien au rat, pour qui la moindre taupinée était le mont Caucase. Le mot de naïveté vient sur les lèvres, mais, prenons-y bien garde, la Fontaine et la naïveté cela va mal ensemble. Ainsi, quand, justement à propos de notre Clamart, « situé au-dessous de la fameuse montagne de Meudon, » il disait : « En vérité, c'est un plaisir que de voyager; on rencontre toujours quelque chose de remarquable; vous ne sauriez croire combien est excellent le beurre que nous mangeons, » le bonhomme, évidemment, riait sous cape et n'était pas si dépaysé qu'il s'en donnait l'air.

« Ce qui paraît l'avoir sérieusement émerveillé, c'est le jardin d'une Mme C. : — il ne la désigne que par une initiale, sans doute pour ne pas la compromettre, parce qu'elle avait logé pendant trois jours les Jannart et lui-même; — jardin qui devait être au bout du village, très peu considérable alors, probablement à l'endroit où se trouve la mairie. On y voyait deux belles terrasses dominant le parterre, bordées de chênes et de châtaigniers. Une allée, à droite, aboutissait à un amphithéâtre de gazon où l'on montait par huit ou dix marches. La Fontaine se complaît à

nous descendîmes afin de soulager les chevaux. » Ceci n'est-il pas à rapprocher directement de ces deux vers, qui sont dans la mémoire de chacun :

Femmes, moines, vieillards, tout était descendu ;
L'attelage suai., soufflait, était rendu.

imaginer que le dieu Pan s'y fera dresser un trône pour
recevoir les hommages qui lui sont dus. »

Albert interrompit son oncle.

« Pourquoi le dieu Pan vient-il là? Est-ce que la Fontaine pouvait attacher du prix et du sérieux à cette mytho-
logie déjà surannée?

— Pas si surannée que tu le penses. D'ailleurs les poètes
n'avaient point l'embarras du choix. Nul n'aurait osé alors
tenter ce qu'un poète catholique contemporain, Victor de
Laprade, a exécuté non sans succès; nul ne se serait permis d'écrire les *Poèmes évangéliques*. Despréaux n'a été
que l'écho de son siècle lorsqu'il a dit dans *l'Art poétique :*

> De la foi du chrétien les mystères terribles
> D'ornements égayés ne sont point susceptibles.

« Passe donc à la Fontaine son dieu Pan, le trône qu'il
lui destine, et pour ta récompense je vais te réciter les
aimables vers que lui a inspirés cette fantaisie :

> Deux châtaigniers, dont l'ombrage
> Est majestueux et frais,
> Le couvrent[1] de leur feuillage
> Ainsi que d'un riche dais.

> Je ne vois rien qui l'égale,
> Ni qui me charme à mon gré,
> Comme un gazon qui s'étale
> Le long de chaque degré.

> J'aime cent fois mieux cette herbe
> Que les précieux tapis
> Sur qui l'Orient superbe
> Voit ses empereurs assis.

---

[1] *Couvrent ce trône.* Ici *couvre* est pour *couvriront.* On sait que les
poètes ont le don de voir l'avenir et la permission d'en parler au présent.

Beautés simples et divines,
Vous contentiez nos aïeux
Avant qu'on tirât des mines
Ce qui nous frappe les yeux.

De quoi sert tant de dépense?
Les grands ont beau s'en vanter :
Vive la magnificence
Qui ne coûte qu'à planter !

« C'est léger comme un chant d'alouette. Ainsi rimait
sans souci, sans tristesse, sans crainte, à deux pas du grand
roi dont la foudre avait grondé sur sa tête, le plus indé-
pendant et le plus invulnérable des hommes. Qu'importait
à la Fontaine la censure ou l'exil? N'avait-il pas en lui-
même le remède par excellence, la source intarissable des
joies : le don de voir, la puissance de créer, la faculté
d'exprimer? »

III

La vallée d'Orsay est riante ; celle de Chevreuse, mollement accidentée, avec son vieux château délabré, dont les
ruines la dominent encore, a de la douceur dans sa beauté
tranquille ; mais le vallon de Port-Royal est resté sévère.
Au xviie et même au xviiie siècle, on le considérait comme
un désert affreux. Que devait-il être au moyen âge, lorsque,
selon la tradition, Philippe-Auguste s'y égara en chassant
le sanglier, et fut retrouvé par ses officiers à la petite chapelle de Saint-Laurent, située tout au fond du val ? Il fallait
une grande hardiesse pour s'y hasarder, un plus grand
courage encore pour s'y établir.

Pourtant une tradition en opposition avec celle que nous
venons de citer, — mais nous n'avons pas ici à les mettre
d'accord, — prétend que, dès 1204, Mathilde de Garlande,
dont le mari, Matthieu Ier de Montmorency, guerroyait en
terre sainte, fonda dans cette solitude un couvent de ber-
nardines, de concert avec Eudes de Sully, évêque de Paris,
pour obtenir le salut et l'heureux retour du vaillant guer-

rier, l'un des héros de la quatrième croisade. L'emplacement choisi était conforme à l'esprit de saint Bernard. On connaît, en effet, les deux vers célèbres où sont exprimées les tendances des principaux fondateurs d'ordres :

> Bernardus valles, colles Benedictus amabat,
> Oppida Franciscus, magnas Ignatius urbes.

Si ce dernier trait vise à l'épigramme (ce que je ne crois pas), il porte à faux, car la place des militants au xvie siècle était plutôt dans les grandes villes que dans le fond des vallées.

Quoi qu'il en soit, le vallon de Port-Royal prit et garda la renommée d'une Thébaïde. C'est pour cela sans doute que les âmes inquiètes et les imaginations poétiques l'ont toujours eu en prédilection. Vers 1782, l'académicien Thomas écrivait à son ami Ducis :

« J'ai envié le dîner que vous avez fait avec vos amis dans cette horrible solitude, et parmi les ruines et les tombeaux de Port-Royal. Vous avez donc pensé à moi dans ce désert; vous avez bu à ma santé dans ce lieu mélancolique et sauvage, et vos amis en ce moment ont daigné devenir les miens. »

Un dîner d'anachorètes, et des plus sobres, j'en réponds. Pourtant je ne sais si quelqu'un aujourd'hui s'aviserait de le recommencer. Les promeneurs sont rares dans ce coin isolé. A ceux qui ne savent pas l'histoire ces quelques ruines, sans valeur architecturale, ne disent rien; à ceux qui la savent elles rappellent des polémiques dont il est inutile de réveiller le souvenir. Un souffle de colère a passé par là, et l'aspect morne des lieux semble en avertir le voyageur.

La pensée de M. Maxime Berger, en faisant suivre à son neveu ce chemin pour gagner Chevreuse, n'était certes

Ruines de l'abbaye de Port-Royal-des-Champs.

point d'encombrer cette jeune âme du récit des luttes passées, mais il avait besoin de lui montrer la situation topographique de l'abbaye pour l'aider à comprendre un très
curieux épisode des guerres de la Fronde qu'il tenait à lui
raconter, et qui s'était passé tout près de là, au village de
Milon-la-Chapelle.

On était au milieu du jour; il faisait une chaleur intense.
Encaissée entre des hauteurs où les bois sont encore
touffus, non pas autant toutefois qu'il y a deux à trois
siècles, la vallée était une véritable fournaise. Pour respirer un peu, nos voyageurs avaient dû monter jusqu'à la
maison des Granges, sorte de poste avancé dans la direction de Voisins-le-Bretonneux, maison d'études jadis, où
plus d'un écolier s'est pénétré de la *Logique* d'Arnauld, et
où le futur auteur de *Phèdre*, trompant la surveillance de
ses maîtres, lisait dans le texte (prouesse dont peu d'entre
nous seraient capables) le roman grec d'Héliodore, *Théa-
gène et Chariclée*. Il est vrai qu'Héliodore était un
évêque. De là, cherchant à s'étendre à l'horizon, l'œil
sollicitait vainement une échappée. C'est à peine si le
cercle étouffant s'élargissait un peu à gauche, du côté de
Saint-Lambert.

« Si nous entrions dans le jardin des Granges? dit
Albert, nous serions mieux pour voir, et nous pourrions
nous mettre à l'ombre de quelque gros arbre.

— Je suis venu plusieurs fois ici, en hiver, au printemps, lui répondit son oncle, et je n'ai jamais pu être
accueilli aux Granges. N'essayons donc point de frapper à
cette porte inhospitalière. Avant de nous engager sous bois,
jetons un coup d'œil rapide sur le vallon. Lorsque nous
irons à Rouen, je te montrerai à la bibliothèque de la ville
les belles estampes de Madeleine Hortemels, qui représentent Port-Royal vu de tous les côtés. Donne carrière à ton

imagination si tu en as, relève l'église, les cloîtres, les
fermes, une enceinte immense, flanquée de tours, de petits
hôtels, des chaumières, des cahutes primitives, se grou-
pant autour du monastère. Figure-toi de vastes jardins où
l'on ne cultivait que des légumes et des arbres fruitiers :
pas une fleur. Sur la colline en face, ce carré découvert au
plus profond des bois, c'est la *Solitude* où les religieuses
venaient méditer en été. De là part un sentier qui va rejoindre l'un des châteaux du duc de Luynes, Vaumurier.
Tout au bas, dans le creux de la vallée, se trouvaient de
larges étangs, très poissonneux, mais très malsains. Ils
ont eu l'honneur d'inspirer les premiers vers de Racine.
Ce ne sont pas les meilleurs, mais je veux te dire ce que
j'en ai retenu à titre de curiosité.

Là, l'hirondelle voltigeante,
Rasant les flots clairs et polis,
Y vient avec cent petits cris
Baiser son image naissante.
Là, mille autres petits oiseaux
Peignent encore dans les eaux
    Leur éclatant plumage.
L'œil ne peut juger au dehors
    Qui vole ou bien qui nage,
De leurs ombres ou de leurs corps.

Quelles richesses admirables
N'ont point ces nageurs marquetés,
Les poissons aux dos argentés
Sur leurs écailles agréables !
Ici je les vois s'assembler,
Se mêler et se démêler
    Dans leur couche profonde;
Là je les vois (dieux! quels attraits!)
    Se promenant dans l'onde,
Se promener dans les forêts.

Je les vois en troupes légères
S'élancer dans leur lit natal ;
Puis, tombant, peindre en ce cristal
Mille couronnes passagères.
L'on dirait que, comme envieux
De voir nager dedans ces lieux
   Tant de bandes volantes,
Perçant les remparts entr'ouverts
   De leurs prisons brillantes,
Ils veulent s'enfuir dans les airs.

« Plus d'une fois il fut question de dessécher ces étangs, qui entretenaient dans le pays des fièvres paludéennes. Ils ne l'ont été que dans ces derniers temps par un des propriétaires des Granges, M. Silvy.

« Maintenant en route, et vivement, si nous voulons gagner Milon-la-Chapelle, et trouver encore un dîner passable à Chevreuse. Coupons, comme on dit, par les bois. Nous n'y rencontrerons que de timides lapins ou de paisibles faisans, car les bêtes fauves en ont complètement disparu. Le grand Dauphin y venait chasser le loup vers la fin du règne de Louis XIV, et, ce que tu auras peine à croire, ce terrain où nous marchons faisait partie du parc réservé de Versailles.

— Rencontrer un loup n'est pas agréable, j'en conviens ; mais ces bois ne servaient-ils point aussi de retraite à des voleurs ? Ils auraient été là aussi bien cachés qu'à Franchard ou dans les gorges d'Apremont.

— Le fait n'est pas impossible ; mais, en temps de paix, il passait peu de monde par ces sentiers, et l'industrie criminelle n'eût pas été productive. Rien de moins sûr, par exemple, que les routes qui traversaient une forêt, comme la montée de Torfou, dans laquelle nous avons vu peiner l'attelage de la Fontaine. Deux gardes-chasse de la

maréchale de Bassompierre avaient pratiqué sous une
roche une espèce de cave qui leur servait de cachette. Ils
y tenaient en dépôt toutes sortes de vêtements, habits
militaires, grande variété de livrées, et, pour mieux inspirer la confiance, robes de moines, costumes ecclésiastiques. A l'aide de ces déguisements, ils couraient impunément partout, détroussaient les passants, les tuaient
quand ceux-ci essayaient de se défendre. Découverts après
un assez long temps et arrêtés, ils furent rompus vifs.
Leurs corps, pendant plusieurs semaines, demeurèrent
exposés sur la route. Les bois de Torfou avaient toujours
mauvaise réputation lorsque la Fontaine y passa vingt ans
plus tard : ce qui fit faire au fabuliste un éloge de la guerre
assez singulièrement placé. « En effet, disait-il, si elle pro-
« duit des voleurs, elle les occupe; ce qui est un grand
« bien pour tout le monde, et particulièrement pour moi,
« qui crains naturellement de les rencontrer. » Les paysans
de cette région ne partageaient pas l'opinion peu logique
de la Fontaine. Ils trouvaient les voleurs fort incommodes
pendant la guerre, et le voleur alors, il faut bien le dire,
était souvent le soldat pillard, le déserteur, l'aventurier, le
goujat suivant l'armée. Les soldats, les impôts, la corvée
sont mis au même rang dans la fable du Bûcheron, comme
autant de fléaux. Les Mémoires de Thomas du Fossé [1],
que tu trouveras dans ma bibliothèque, contiennent à ce
sujet de bien curieux détails.

— Sommes-nous déjà près de Chevreuse, dit Albert
en montrant quelques maisons d'apparence moderne, au-
dessus desquelles s'élevait une construction plus considérable et plus ancienne?

1 Publiés intégralement en quatre volumes (1876), par la Société de
l'histoire de Normandie, avec des notes fort complètes et une excellente
introduction dues à l'un de nos plus consciencieux érudits, M. F. Bouquet.

Port-Royal-des-Champs, d'après une ancienne estampe.

— Non, pas encore. Ce petit village est Milon-la-Chapelle. Oudiette, dans son *Dictionnaire topographique des
environs de Paris*, publié en 1812, lui attribue deux cent
quarante habitants. Le *Guide-Joanne* de 1878 ne lui en
donne que cent soixante-quatre. Tu vois qu'il n'est pas en
progrès, et puisque l'heure nous presse, je crois que nous
ferons bien de ne pas nous y arrêter. J'aurais pourtant
volontiers jeté un coup d'œil sur le cimetière, si j'avais
cru y retrouver les traces d'un héros que bien peu de gens
connaissent, et qui d'ailleurs a voulu rester ignoré. »

Ces paroles excitèrent la curiosité d'Albert, qui le pria
vivement de s'expliquer et d'entrer dans quelques détails.
Son oncle le lui promit, et le soir, quand, arrivés à Chevreuse, ils allèrent après leur dîner s'asseoir au pied des
murailles du vieux château. M. Maxime Berger commença
ainsi :

« Tu as souvent entendu dire que la Fronde a été une
sédition sans gravité réelle, une émeute d'un caractère frivole et presque badin, où l'on n'a trouvé pendant longtemps que des motifs à chansons et des thèmes pour les
romans. Les *Mazarinades*, écrites par ces gens qui ne
couraient aucun danger et tiraient profit du péril commun,
sont en effet fort gaies. Elles ont pu faire illusion à Voltaire,
toujours disposé à prendre les choses et les gens par le
côté ridicule, et à ce grand enfant d'Alexandre Dumas,
qui n'a vu dans ces démêlés entre seigneurs que le costume, le mouvement, la mise en scène, les coups d'épée
merveilleux et les aventures surprenantes. Le langage des
contemporains eux-mêmes par son ton sec, dégagé, indifférent, semble autoriser cette erreur. Ni Mme de Motteville,
ni Lenet, ni la Rochefoucauld, ni Retz, ni la duchesse de
Nemours ne paraissent s'être doutés du côté tragique des
événements dont ils ont été les témoins et souvent les

acteurs. Les intrigues du moment et la fantasmagorie des
changements à vue, des chutes subites, des retours de
fortune leur ont caché la réalité affreuse et l'universelle
désolation. Nous en savons plus qu'eux aujourd'hui. Les
documents ont parlé, et la Fronde nous apparaît sous son
véritable jour : méprisable dans ses causes, hideuse dans
ses effets.

« Pas plus dans l'armée royale que chez les révoltés les
soldats ne connaissaient de discipline. Dans un livre qui
devrait être entre les mains de tout le monde, *la Misère
au temps de la Fronde et saint Vincent de Paul,* Alphonse
Feillet a relevé nombre de faits navrants. Tous les villages
de la vallée qui s'étend à nos pieds étaient déserts. Des
paysans, les uns s'étaient réfugiés à Paris, où ils augmen-
taient l'encombrement et la famine; d'autres avaient trouvé
un asile dans Port-Royal-des-Champs, dont le duc de
Luynes avait fortifié l'enceinte en y plaçant huit tours.
Ouvriers, laboureurs, fermiers, jusqu'aux gentilshommes
d'alentour s'y rendaient de toutes parts, et les murailles du
monastère abritèrent à un moment plus de mille personnes.
Malheur aux abbayes qui ne pouvaient se défendre, elles
n'étaient pas plus respectées que les autres habitations. Un
soldat, expirant à l'Hôtel-Dieu, racontait que, poursuivant
une religieuse, il l'avait vue lui échapper en escaladant
une grille, et qu'au moment où elle embrassait la croix
placée au sommet il l'avait tuée d'un coup de fusil. Les
corps morts, les cadavres d'animaux remplissaient la campagne. L'air corrompu répandait la peste. Il fallut faire
appel pour le purifier, pour arrêter les ravages du fléau,
à l'admirable phalange formée par saint Vincent de
Paul, aux sœurs de Charité, aux lazaristes, que le peuple
baptisa aussitôt d'un glorieux sobriquet : il les nomma les
aéreux.

— Mais, dit timidement Albert, et l'homme de Milon-la-Chapelle?

— Nous y arrivons. Tous les paysans de la vallée de Chevreuse ne s'étaient pas enfuis à Paris ou cachés dans Port-Royal. Ceux de Milon-la-Chapelle s'étaient armés et avaient gagné les bois voisins sous la direction d'un des leurs, dont malheureusement le vrai nom restera toujours ignoré. Il était grand, bien fait, de belle mine. Sans doute son intelligence et sa résolution lui avaient acquis déjà de l'autorité sur les gens de son village. Toujours est-il qu'ils consentirent à le suivre et le choisirent pour capitaine. Afin de bien indiquer quel but il poursuivait, ce chef improvisé avait pris le nom significatif de Sauvegrain. Sa compagnie, qu'on appelait *la Milonnaise,* était bien équipée, bien exercée; elle avait ses cavaliers qui lui servaient d'éclaireurs. Bientôt elle devint redoutable. Les pillards apprirent à la connaître, et son attitude devint telle que les troupes du roi n'osaient plus envoyer de détachements de ce côté et s'en approchaient le moins possible. Turenne, surpris de tant de prudence, en demanda la cause. Il trouva que Sauvegrain n'avait pas tort; néanmoins il s'adressa au duc de Chevreuse pour le prier d'engager ces volontaires d'un nouveau genre à ne pas se montrer trop hostiles, et surtout à ne point devenir agressifs.

« Ce paysan qui, la veille encore, menait la charrue et peu de temps après devait la reprendre, était né, paraît-il, avec les instincts d'un général, avec le coup d'œil d'un homme de guerre. Sa grande préoccupation consistait à surprendre et à n'être point surpris. Son service de reconnaissances était admirablement organisé. N'importe dans quelle direction, les maraudeurs ne pouvaient faire un pas sans qu'il en fût instruit. Dès qu'un village était menacé, il accourait avec sa troupe, fondait sur les malfaiteurs, les mettait en fuite après leur avoir infligé un rude châtiment. Lorsqu'on avait besoin d'aller d'un hameau à un autre, de faire passer quelques vivres, quelques marchandises, on demandait une escorte à Sauvegrain, et la vue seule des hommes de sa compagnie tenait les plus hardis en respect.

« Sa renommée se répandait peu à peu. On parla de lui devant la duchesse de Chevreuse. Elle avait donné mainte preuve de son humeur aventureuse, et les gens de cœur n'étaient point faits pour lui déplaire. Une vive curiosité la prit de connaître Sauvegrain; mais, en femme d'esprit, au lieu de le mander près d'elle, c'est dans son milieu, dans ses bois, à la tête de ses gens qu'elle voulut le voir. Averti du désir de la duchesse, Sauvegrain lui fit dire qu'il serait très heureux de la recevoir lui et les siens et qu'il s'efforcerait de la traiter le moins mal. possible. Un matin donc, elle partit et vint le trouver dans la retraite qu'il occupait. La *Milonnaise* au grand complet était sous les armes et rendit à Mme de Chevreuse les honneurs militaires. Une collation simple, mais très propre, avait été préparée. Sauvegrain se montra un amphitryon parfaitement convenable, et la duchesse, au retour de cette excursion, ne tarit point en louanges sur le bon accueil qu'elle avait reçu, sur la figure martiale des Milonnais et principalement sur les hautes facultés de ce Sauvegrain, qui joignait à de véritables aptitudes pour le commandement une rare droiture d'intelligence et une élégance native. »

L'oncle Maxime cessa de parler, mais cela ne faisait pas le compte d'Albert, qui se mit à le questionner avec insistance pour savoir ce qu'était devenu ce modeste héros.

« Le plus curieux de son histoire et peut-être le plus beau, c'est qu'il n'est rien devenu du tout. Lorsque les troubles furent apaisés et que la vie eut repris son cours normal, Sauvegrain licencia la *Milonnaise* et rentra dans son village, satisfait d'avoir accompli son devoir, mais ne pensant nullement à s'enorgueillir de ce qui lui semblait une chose toute simple et toute naturelle. On raconte cependant que parfois, en conduisant son attelage, en traçant laborieusement le sillon, s'il lui arrivait de rencontrer quelque interlocuteur qui pût le comprendre et lui donner la réplique, il aimait à s'étendre, non pas précisément sur cet épisode, mais sur les faits de guerre. Il en raisonnait à merveille, comme quelqu'un qui s'y est toujours intéressé et qui, à défaut de la science, en a l'intuition, la divination. Il y avait peut-être dans ce paysan l'étoffe d'un Fabert, d'un Chevert, d'un Hoche, d'un Masséna. Les circonstances ne l'ont point favorisé, et il n'a point eu cette ambition impérieuse qui violente les circonstances. Distingué par la duchesse de Chevreuse, remarqué par Turenne, Sauvegrain aurait pu faire son chemin dans l'état militaire. La pensée lui en vint peut-être, mais ce ne fut assurément qu'un éclair. Il préféra le calme, le silence du foyer, et se soucia si peu de la gloire ou de la gloriole, comme tu voudras, qu'il se contenta de son surnom, faisant bon marché de son individualité. Un fait à noter, c'est que le personnage grâce auquel nous connaissons ces détails et qui eut l'occasion de rencontrer Sauvegrain, de lui parler, Thomas du Fossé, n'a oublié qu'une chose, de lui demander son nom. »

La lumière décroissait peu à peu; il allait être temps de rentrer à l'hôtel. Les voyageurs parcoururent silencieusement le plateau, partageant leur attention entre le paysage qui s'étendait devant eux et l'antique forteresse qui s'élevait à leur droite. Moins étroite qu'à Port-Royal, la vallée est plus douce au regard. Entre les bois qui couronnent les hauteurs et l'Yvette qui coule au bas, courent des pentes gazonnées dont les ondulations tempèrent la sévérité de

l'ensemble. Çà et là des peupliers de France forment rideau,
et le mouvement gracieux de leurs feuilles qui frémissent
au moindre souffle achève l'harmonie du tableau. Quant
à la ville de Chevreuse, vue d'en haut, elle offre un singulier aspect. Les maisons semblent vouloir escalader la colline, comme autant de chèvres, pour justifier l'étymologie
du pays (*Caprosia*). C'est bien la ville féodale, groupée
autour du château; et celui-ci est bien le nid d'aigle d'où
l'on surveillait le voisin, qui trop souvent était l'ennemi.
Des fenêtres en plein cintre s'ouvrent du côté de l'ouest,
et font penser que le donjon peut avoir été construit
vers le xie siècle. Dans ce cas, il aurait eu l'honneur
de résister victorieusement aux troupes de Louis le
Gros, vers 1108. Les seigneurs de Chevreuse ont une histoire. A partir de la seconde moitié du xiie siècle ils ont
rudement guerroyé pour la France. Le vieil Anseau de Chevreuse portait l'oriflamme à la bataille de Mons-en-Puelle.
Il y mourut étouffé dans son armure par l'excessive chaleur.
L'un de ses successeurs, Ingelger, fut fait prisonnier à la
bataille de Poitiers. On dut vendre la terre et le château
pour payer sa rançon.

Chevreuse demeura baronnie jusqu'en 1543. A cette
époque François Ier l'érigea en duché pour le mari de la
duchesse d'Étampes, Jean de Brosse. L'attention était délicate. Le duché devint pairie en 1612, en faveur de
Claude de Lorraine, fils puîné du duc de Guise, Henri le
Balafré. La femme de ce Claude de Lorraine fut Marie de
Rohan, la fameuse duchesse de Chevreuse que nous venons
d'apercevoir dans ce récit. Lorsqu'il l'épousa, elle était
veuve du connétable de Luynes, mort de la fièvre au siège
de Monheur en Guyenne; et c'est le fils du connétable,
Charles d'Albert de Luynes, qui hérita du duché à la mort
de sa mère. Il prit aussi le nom de duc de Chevreuse,

Sauvegrain et la duchesse de Chevreuse.

mais il ne semble pas que le château lui ait plu. Son séjour
favori fut Dampierre, qu'il fit reconstruire en grande partie
par Hardouin Mansart, le petit-neveu du célèbre architecte
à qui l'on doit le Val-de-Grâce [1].

L'antique résidence abandonnée avait besoin à chaque
instant de réparations, et, par un hasard assez singulier,
une des personnes chargées de veiller à ce que ces réparations fussent exécutées convenablement se trouve, au
xviie siècle, n'être autre que Racine, tout jeune encore,
très dissipé, très mondain, et qui s'ennuyait à mourir dans
cette solitude où l'avait envoyé son parent, M. Vitart, le
factotum des Luynes. On a du poète plusieurs lettres datées
de Chevreuse, où il se représente comme n'ayant pour
distraction que d'aller de temps en temps au cabaret avec
les maçons et les charpentiers qu'il surveille. Assurément
il se calomnie, et s'il buvait, ce n'était que de l'eau. Ce
qui est certain, c'est que ni les souvenirs du moyen âge,
ni la nature qu'il avait sous les yeux ne parlaient à son
imagination. Le voisinage de Port-Royal, avec lequel il
était en d'assez mauvais termes à ce moment, ne devait
guère lui être agréable. Déjà connu par son ode intitulée
la Nymphe de la Seine, composée à l'occasion du mariage
du roi et imprimée en 1660, il rêvait aux plaisirs de Paris,
aux réunions joyeuses avec Pintrel, Poignant et la Fontaine, aux succès littéraires, surtout à la gloire du théâtre.
C'est peut-être en se promenant sur le plateau de la
Madeleine ou dans les bois de Méridon que Racine écrivit sa
tragédie d'*Amasie,* outrageusement refusée par les comédiens du Marais, et qu'il ébaucha pour l'hôtel de Bourgogne une pièce, *les Amours d'Ovide,* dont le titre seul
nous est parvenu.

[1] *Notice historique sur le canton de Chevreuse,* par M. L. Morize.

M. Berger fit connaître ces différents détails à son neveu ; mais celui-ci ne l'écoutait pas avec son attention accoutumée. La journée avait été fatigante, et il avait d'autant plus hâte de rentrer à l'hôtel qu'on devait partir le lendemain de très bonne heure pour Dampierre et les Vaux-de-Cernay. En descendant le chemin étroit, raide et mal entretenu qui relie le château à la ville, Albert posa une question assez bizarre à son oncle. Il lui demanda si Racine avait connu Sauvegrain.

« Je ne le pense pas, bien qu'à la rigueur la chose soit possible. A supposer que Sauvegrain eût une quarantaine d'années en 1650, il n'aurait pas été bien âgé en 1661, date à laquelle Racine habitait Chevreuse. Si ces deux hommes s'étaient vus, s'étaient rencontrés, ils n'auraient rien eu à se dire. Non seulement la différence de culture, de langage, créait entre eux à cette époque un abîme, mais ils n'avaient évidemment pas une même conception de la vie. Inquiet et noblement ambitieux, le poète n'aurait rien compris à la stoïque résignation du paysan ; et Sauvegrain, de son côté, serait resté troublé devant cette âme où fermentaient tant de désirs et grondaient déjà tant d'orages. »

IV

La lumière est une grande magicienne. Elle pare toutes
choses, elle rassure, elle réconforte, elle égaye. Sans aller
aussi loin que Montaigne, qui prétendait qu'un clair soleil
le rendait meilleur, on doit reconnaître que l'éclat d'un
beau jour a sur l'âme la plus heureuse action. Les lueurs
matinales surtout sont charmantes; elles ont quelque chose
de fin, de doux, de légèrement indéterminé. Plus tard,
les tons deviennent crus, la transparence perd de sa flui-
dité, les lignes s'accusent durement, les espaces sont
noyés dans la clarté.

> Tout le plaisir des jours est en leurs matinées; .
> La nuit est déjà proche à qui passe midi.

C'est le moins rêveur des hommes, le positif et sec Malherbe, qui a écrit ces deux vers mélancoliques. Peut-être
est-ce trop dire et méconnaître la douceur des soirs, leur
calme et reposante beauté; mais enfin à ce moment de la
journée, quand le ciel est sans nuages, que l'air, encore

humide, est chargé de bonnes odeurs, on se sent tout
allègre, on est disposé à s'élancer en avant, comme si l'on
portait en soi l'infini.

L'oncle Maxime et Albert ressentaient vivement cette impression sans chercher à l'analyser. Ils allaient gaiement,
suivant la route de Dampierre, laissant sur leur droite,
derrière eux, les vieilles tours du château de Chevreuse,
qui, se détachant sur l'horizon, font tout à fait bon effet,
et conservent une fière mine. A gauche, ils apercevaient
les toits du château de Mauvières, devant lequel ils allaient
passer tout à l'heure, et leurs regards suivaient les scin-
tillements de l'Yvette dans le vallon. Mauvières est une
vaste bâtisse, sans originalité, sans élégance; mais le site
est délicieux, plein d'ombre et de fraîcheur; les natures
contemplatives s'en accommoderaient fort bien comme
retraite. Au delà, passé Saint-Forget, un mur commence,
un immense mur, long comme un jour sans pain, eussent
dit nos aïeux; c'est tout simplement l'enceinte du parc de
Dampierre. Quelques brèches par-ci par-là, quelques
grilles aboutissant à des sauts-de-loup, permettent à l'œil
de pénétrer dans ce parc. On reste stupéfait de son étendue. C'est un monde. Tout s'y trouve : cultures, prairies,
vergers, bois, haute et basse futaie, taillis épineux, chênes
séculaires, eaux dormantes, eaux vives. Le mot *princier*
vient naturellement à la pensée et aux lèvres. Quelle fortune, en effet, quelle largeur ou plutôt quelle ampleur
d'existence suppose un pareil séjour!

Au moment où l'enceinte s'interrompt, le château apparaît. Pour le bien voir, pour le bien apprécier, il faut monter sur la butte qui lui fait face, une sorte de mail comme
celui qu'on voit à Fontainebleau, et qui a gardé le nom
d'Henri IV. De là, on a le vrai coup d'œil sur l'édifice,
on en saisit l'ensemble, on l'admire dans son cadre. L'ha-

Château de Dampierre.

bitation construite par le cardinal de Lorraine a presque entièrement disparu ; il n'en subsiste que quelques galeries en avant de l'aile droite du château. Celui-ci, bien que bâti en plein Louis XIV et par un Mansart, donne l'impression d'une architecture Louis XIII dans ce qu'elle aurait de plus élégant et de plus fini. La brique y domine, mais coupée à propos et festonnée par des chéneaux en pierre. Les ailes en retour, que terminent deux gracieuses tourelles, s'harmonisent parfaitement avec le principal corps de logis, avec le pavillon central, à double rang de colonnes, surmonté d'un fronton. Des parterres français s'étendent derrière le château. Le long de leurs plates-bandes courent des bordures bizarres, où l'on a cherché la diversité, le chatoiement des couleurs. On prétend que cette ornementation est traditionnelle à Dampierre, et qu'il en faut faire remonter l'origine au premier duc de Chevreuse ; mais cette assertion ne paraît reposer sur rien de solide. Au delà des parterres, le terrain se relève en une pente assez raide. A droite, à gauche, ce sont des bois touffus, séparés au milieu par une large et longue allée qui va se perdre à l'horizon. L'effet est superbe et d'une sévérité presque grandiose, malgré l'étroitesse relative de l'espace. Le moutonnement rougeâtre des vieux arbres brûlés par les ardeurs de la canicule, contrastait étrangement avec la limpidité azurée du ciel, et semblait déjà comme un avant-coureur de l'automne.

Tous les vendredis, Mme la duchesse de Chevreuse permet au public de visiter l'intérieur du château. Une simple demande, adressée au régisseur, suffit pour obtenir l'autorisation. M. Berger n'avait pas manqué de se conformer à cette règle, et, après le déjeuner, il se dirigea vers la cour d'honneur avec l'agréable certitude d'être admis.

Mais là une première déception l'attendait. Les visiteurs venus de Paris étaient si nombreux qu'ils formaient devant le péristyle une véritable queue. On était obligé pour les introduire de les diviser par groupes, par fournées, j'allais dire par tranches, et chacun de ces petits détachements, vivement conduit par l'un des domestiques, transformé en cicerone pour la circonstance, traversait les appartements au pas de course, voyant ce qu'il pouvait, et recueillant de temps à autre un renseignement. C'est là l'une des misères du voyage, et M. Berger en souffrait plus que personne. Il aimait à examiner longuement les choses, à les considérer sous leurs divers aspects, et rien ne lui coûtait autant que d'être contraint d'y jeter à peine un regard.

Il fallut cependant se résigner, et consacrer quelques minutes à ce qui aurait demandé des heures et des heures pour être compris et goûté convenablement. En effet, le duc Joseph de Luynes (1802-1867) a fait de l'intérieur de Dampierre un véritable musée. Archéologue passionné, membre de l'Académie des inscriptions dès 1830, il avait ses prédilections, ses curiosités, ses fantaisies, et ne reculait point devant la dépense pour éclaircir ce qui lui semblait douteux ou réaliser ce qui lui paraissait beau. On raconte qu'il s'était adressé à Gleyre pour décorer l'une des grandes salles du château. L'admirable peintre suisse s'était mis à l'œuvre. Je ne sais quelles circonstances l'empêchèrent de continuer. Appelé à compléter le travail commencé, Ingres n'admit pas le partage, et commença par détruire tout ce qu'avait fait son confrère. Cette vilaine action (si toutefois l'anecdote est vraie) ne lui a pas porté bonheur, car ses peintures de Dampierre, représentant l'*Age d'or,* sont froides, trop rigidement académiques, et ne produisent qu'une médiocre impression. Elles sont loin d'égaler les frises qui décorent la même salle : — la *Mois-*

son et les *Vendanges,* la *Guerre* et l'*Esclavage,* — dues au ciseau de Simart.

La sculpture est représentée dans cette demeure seigneuriale par trois de nos maîtres modernes : Simart, auquel nous allons revenir tout à l'heure, Cavelier et Rude. Le *Louis XIII enfant,* de ce dernier, n'est pas une de ses meilleures compositions. Cette statue en argent, de dimension assez petite, placée au milieu d'une grande chambre, y semble comme perdue; elle donne au premier abord l'idée d'un jouet habilement exécuté, et l'on a beaucoup de peine à revenir sur ce premier mouvement. Les détails sont traités avec trop de coquetterie, et, défaut plus grave, la figure de Louis XIII est absolument insignifiante. Longtemps maltraité par l'histoire, écrasé entre Henri IV, et Louis XIV, perdu dans l'ombre de Richelieu, Louis XIII prend depuis quelques années sa revanche. Sa correspondance administrative, dépouillée et commentée avec soin par un érudit, qui est en même temps un écrivain de talent, M. Marius Topin[1], nous l'a montré toujours vigilant, toujours actif. et s'acquittant en conscience de son métier de roi. Les *Œuvres inédites de Saint-Simon,* définitivement arrachées aux mystères des archives officielles, contiennent un magnifique parallèle entre les trois Bourbons, et le beau rôle y est attribué à Louis XIII[2]. Le personnage malingre que nous nous sommes trop accoutumés à voir d'après le *Journal* d'Héroard, son médecin, nous apparaît sous des traits accentués, énergiques, et l'on sait que, dès l'enfance, il se révéla roi par la dignité de l'attitude et la netteté du vouloir. On ne saurait faire un crime à Rude d'avoir ignoré tout cela; mais évidemment,

---

[1] *Louis XIII et Richelieu* (chez Didier).

[2] Voir le tome Ier, édition Prosper Faugère (chez Hachette). Nous y revenons plus loin en l'examinant sous ce point de vue.

s'il l'avait su, il aurait donné plus d'animation à la physionomie, il y aurait mis le rayon et l'éclair.

La *Pénélope,* justement célèbre, de Cavelier est une
œuvre exquise. La noble et belle épouse d'Ulysse n'a certes
pas à se plaindre du statuaire. Il nous la présente dans tout
l'éclat d'une maturité d'où la jeunesse n'a point disparu.
On se figure, en effet, trop aisément Pénélope comme une
matrone. Le nombre et la passion des prétendants que le
fils de Laërte est obligé de châtier à son retour prouvent
cependant, même en admettant chez eux des motifs basse-
ment intéressés, que la mère de Télémaque exerçait une
puissante séduction. Cette austérité, mêlée de charme, a
été très bien comprise et rendue par l'artiste. L'unique
reproche que l'on pourrait adresser à cette œuvre, c'est
d'être trop moderne, trop vivante, et, pour dire le vrai
mot, trop contemporaine. Cette attrayante Pénélope ferait
tourner toutes les têtes si elle allait à l'Opéra ou au bois
de Boulogne.

On n'adressera pas le même reproche à la *Minerve* de
Simart. Il s'agissait du reste, on s'en souvient peut-être,
de résoudre un problème d'archéologie artistique, de restituer la célèbre statue polychrome de Phidias, d'après les
indications et les descriptions qui sont venues jusqu'à nous.
L'antique déesse devait se présenter à nos yeux telle que
l'ont vue, telle que l'ont admirée les plus glorieuses générations de la Grèce et de Rome. Le duc de Luynes avait
choisi Simart pour tenter cette expérience, et assurément
il ne pouvait mieux rencontrer. Ce consciencieux et savant
sculpteur, que notre époque livrée au naturalisme oublie
trop volontiers, mais qui n'en a pas moins sa place marquée dans l'histoire de l'art français au xixe siècle, — et
une belle place! — était digne d'entreprendre un pareil
essai, et il a réussi dans la mesure du possible.

François Rude.

Disons-le tout de suite, le visiteur est mal placé pour juger, et la statue non plus ne s'offre pas à son avantage. Une figure colossale, où les tons éclatants ont été volontairement prodigués, n'est pas faite pour être vue dans une des pièces d'un appartement, si vaste soit-il. Cette Pallas en chambre est donc dans des conditions tout à fait défavorables. Il lui faudrait, comme à celle de Phidias, l'espace, la lumière, une exposition tout appropriée. Ce n'est cependant pas sur cette impression qu'il convient de rester. Quand on examine attentivement l'œuvre de Simart, on est frappé de ce qu'elle a d'intellectuel et de profond sous sa forme brillamment imposante. Certes, il faut se défier du symbolisme dans l'art : rien n'est plus périlleux. Mais lorsqu'un homme de talent s'attache à exprimer une pensée sans que la réalité perde ses droits, sans que la vie s'évanouisse devant l'abstraction, on doit applaudir à cet effort et se réjouir de son succès.

Cette *Minerve* a été très contestée; il n'en pouvait être autrement. Elle a eu aussi ses approbateurs, dont l'autorité, si je ne me trompe, doit faire en sa faveur pencher la balance. Le témoignage le plus décisif est celui de M. Charles Lévêque, dans son livre si intéressant et si instructif : *Le Spiritualisme dans l'art* [1].

« Cette tête, écrit-il, n'est pas seulement forte, sévère et chaste : le front légèrement incliné, selon la tradition constatée par Winckelmann, et voilé à demi par l'ombre de la visière; le regard fixe de cet œil bleu qui plonge profondément dans l'espace, bien au delà des objets sensibles; cette souveraine indifférence qui n'aperçoit plus rien, pas même les hommages de cette adorable Victoire battant des

[1] Chez Germer Baillère; 1864. Il faut lire tout le chapitre intitulé : *Un sculpteur spiritualiste, Charles Simart.*

ailes et posée, comme un oiseau, sur la main belle et robuste d'Athénê : tous ces traits expriment heureusement, à mon sens, la concentration puissante de la pensée. Que l'on n'ait pas assez remarqué à quel point cette physionomie est méditative, je le conçois : il nous faut aujourd'hui des bras qui agissent, des yeux qui pleurent de grosses larmes, des sourcils froncés, des bouches souriantes qui s'ouvrent pour laisser voir de belles dents. Que l'on n'ait pas vu combien ce grave et imposant visage répondait fidèlement au sens philosophique du mythe grec, je n'en suis pas surpris; mais je n'en suis que plus porté à estimer l'artiste consciencieux et sincère qui, dans des conditions incomplètes et nécessairement défavorables, s'est efforcé de chercher la vérité sans plus au risque, prévu peut-être, de ne recueillir que quelques rares suffrages. »

La collection des portraits offre un intérêt particulier aux personnes familières avec les études historiques. La figure humaine est un document que l'on n'a pas le droit de négliger, bien qu'il ne livre pas toujours les secrets qu'on lui demande. Ce n'est point sans motifs que l'on s'est souvent servi de cette alliance de mots : une physionomie trompeuse. Il y a des visages qui mentent, d'autres qui déroutent, d'autres encore qui restent absolument muets, impénétrables. A tout prendre, pourvu qu'on ne subtilise pas sur le commentaire, c'est une étude utile, quelquefois même indispensable. Les portraits conservés à Dampierre sont d'inégal mérite comme exécution; ils valent néanmoins la peine d'être consultés. Celui du connétable de Luynes ne donne guère idée de l'aimable favori de Louis XIII. L'aspect est vulgaire, dur, presque repoussant. Fénelon est placé auprès du duc de Chevreuse, son ami. Ses traits sont fins; son œil est pénétrant et un peu

PIERRE · CHARLES · SIMART
MDCCCVII   MDCCCLVII

6

altier : une distinction suprême. La duchesse de Chevreuse, avec son air hardi, semble regretter d'être immobilisée dans un cadre, de ne pouvoir plus chercher noises et périls. La tête du comte de Soissons, frappé à mort si à propos et si mystérieusement à la bataille de la Marfée, est singulièrement expressive. On y sent l'ambitieux de haute race, résolu à tout, et que l'imprudente confiance en son étoile mènera droit à sa perte.

MM. Cot et Cabanel ont été à peu près seuls admis à compléter cette collection historique en peignant quelques personnages contemporains. Ils ont été ailleurs plus habiles et plus heureux. *La duchesse de Luynes et ses deux enfants,* de Cabanel, est un tableau sec et maniéré qui soutient mal la comparaison avec d'estimables originaux du xvii° siècle.

Le duc de Luynes se plaisait à Dampierre. Il y avait installé sa magnifique bibliothèque, et s'était donné le luxe d'établir dans les galeries, construites au temps du cardinal de Lorraine, une sorte de musée d'histoire naturelle. Aucune science n'était étrangère à cet homme éminemment distingué; aucun problème ne le trouvait indifférent. Il conservait à l'égard des artistes les bonnes et grandes traditions, se faisant volontiers leur Mécène, quelquefois leur conseiller, toujours leur ami. Il les traitait en collaborateurs, et les noms de ceux qu'il a honorés de sa confiance affectueuse comptent parmi les plus beaux de la peinture et de la sculpture modernes.

En sortant du château, mais avant de quitter Dampierre, les deux touristes firent quelques pas sur les bords du canal qui va rejoindre la porte de Senlisse. Ce canal rappelle celui de Fontainebleau, qui fut lui-même une imitation du canal de Fleury. Ces pièces d'eau, se prolongeant sous l'encadrement et la protection des feuillages touffus, ajoutent à la beauté des jardins par leur calme, leur clarté, leur limpidité. Les anciens architectes n'auraient pour rien au monde négligé un pareil ornement, et l'on sait quels sacrifices il fallut faire pour vaincre à Versailles la nature rebelle. Albert et son oncle éprouvèrent, en se promenant dans ces majestueuses allées, l'immédiat rafraîchissement d'esprit que donne la nature lorsqu'on vient de visiter beaucoup d'œuvres d'art. L'attention, longtemps surexcitée, se détend, et l'on jouit avec une nonchalance raffinée des moindres accidents de lumière, des bruits indistincts de la campagne; on se berce au clapotement de l'eau et le frémissement du vent dans les feuilles semble une incomparable harmonie. Les visiteurs silencieux glissaient insensiblement sur la pente de la rêverie; mais un bruit de grelots qui s'entendait à quelque distance vint les avertir qu'il était temps d'aller au-devant de l'omnibus arrivant de Saint-Remy et conduisant à Cernay. Une heure plus tard, après avoir passé devant le petit château de Senlisse, où logea, dit-on, Gabrielle d'Estrées, ils descendaient à l'hôtel des Postes, où les attendait un accueil cordial doublé d'un bon repas, ce qui ne gâte rien.

V

« Dans les murs de Cernay quel bon vent vous amène? »

Tel fut le bonjour matinal qui salua nos voyageurs lorsque,
le lendemain matin, ils descendirent de leur chambre pour
courir un peu les bois. Le personnage qui le leur adressait
n'était autre que Fortuné Valentin, peintre de paysage et
portraitiste à ses heures, ce qui ne l'empêchait pas de
traiter le genre d'une manière assez agréable. Valentin
n'était plus de la première jeunesse, et comme artiste il
n'était arrivé que fort tard à la notoriété. Aussi avait-il
amassé contre le genre humain, contre le public, les amateurs, les marchands de tableaux et les camarades une
bonne quantité de bile qui ne demandait qu'à s'épancher.
L'art lui paraissait en décadence. Sa censure, qui n'épargnait rien ni personne, rencontrait quelquefois juste, mais
plus souvent s'égarait par son excessive amertume et dépassait le but. Au demeurant, ce misanthrope était le
meilleur garçon du monde, serviable, instruit, ayant

voyagé, connaissant beaucoup d'hommes et de choses, n'a-
busant pas de ses souvenirs. Il racontait bien, avec esprit
et sobrement, qualité rare. M. Berger, qui le voyait assez
souvent à Paris, pendant l'hiver, chez des amis communs,
faisait cas de lui. Ses boutades ne le choquaient point; ses
excentricités l'amusaient. Parfois même il prenait plaisir
à l'exciter en le contredisant, à solliciter la verve de ce
cerveau toujours incandescent. Aussi ce fut avec cordia-
lité qu'il tendit la main au peintre et répondit à sa question.

« Vous me voyez remplissant les respectables fonctions
d'oncle, non pas honoraire, mais en pleine activité. Je
me suis mis dans la tête d'instruire mon neveu en le promenant, et jusqu'à présent, ce me semble, l'expérience ne
tourne pas trop mal. Nous venons de Chevreuse par Dampierre et nous allons à Rambouillet. J'ai pensé que nous
ne pouvions passer si près des Vaux-de-Cernay sans y
donner un coup d'œil, et voilà pourquoi nous sommes,
d'après votre métaphore un peu risquée, dans les murs de
ce gros bourg, qui persiste à s'appeler Cernay-la-Ville. Et
vous, quel travail vous retient en cette saison loin des montagnes et de la mer? Quelque commande pressée?

— Vous l'avez dit. Un bourgeois de la rue Taitbout qui,
n'allant jamais à la campagne, veut en avoir au moins
l'image dans sa salle à manger et son salon, m'a demandé
une vue de la vallée. Sujet banal, pays vulgaire: c'est
écœurant. Ça n'inspire pas, et je suis sûr que je vais rater
mon paysage. »

Tout en parlant ainsi, Fortuné Valentin achevait d'arranger ce qu'il appelait son bataclan, sa boîte à couleurs, son
ombrelle, son chevalet, bagage un peu lourd, que d'ailleurs il se dispensait de porter et qu'il confiait aux larges
épaules d'un vigoureux indigène.

« Si vous voulez venir avec moi, dit-il à M. Berger, je vais vous montrer l'endroit que j'ai choisi. C'est de la toute petite nature, mais enfin c'est présentable. J'aimerais mieux une gorge de l'Oberland ou même un simple repli alpestre. Que voulez-vous, il faut s'accommoder de ce que l'on a. Aujourd'hui, du reste, tout est confondu. Il n'y a plus ni beau ni laid ; il n'y a que le réel. Le triomphe d'Alexandre ou la reproduction d'un chaudron, le lac de Nemi ou une flaque d'eau boueuse en Sologne, c'est tout un pour nos contemporains. Ils s'inquiètent uniquement de ce qu'ils nomment le rendu. L'important est de copier, avec le dernier scrupule, le moindre brin d'herbe, le plus petit caillou, le plus léger fétu ; de ne rien oublier, de ne faire grâce d'aucun détail. N'allez pas soutenir à mes chers confrères que pour obtenir l'effet il faut savoir se résigner à certains sacrifices, intervenir entre la nature et l'homme, atténuer ceci, rehausser cela, distribuer les nuances avec précaution, avec discernement, songer avant tout à l'harmonie générale. Ils vous répondraient que c'est là le vieux jeu, que l'impressionnisme a supprimé les nuances et le japonisme la perspective. Nous subissons l'école du plein air. C'est elle qui règne et qui gouverne. Sous son impulsion et grâce à son activité infatigable, les toiles se multiplient où les différents objets sont représentés sur un même plan, avec une tendance marquée à sortir du cadre pour tomber sur la tête du spectateur. La campagne, telle qu'on nous la montre dans ces bizarres paysages, semble avoir été vue et croquée à vol d'oiseau. J'aime mieux les plans en relief du musée de marine ou les cartes topographiques de l'état-major. Ajoutez à cela que maisons, rochers, verdure, animaux, individus sont éclairés par une lumière uniforme, partout également crue, qui blesse l'œil, le déroute et ne permet de rien distinguer.

— Respirez un peu, mon cher Valentin. Vous devez en avoir besoin après avoir prononcé un tel réquisitoire. Vous ne voyez et ne montrez, laissez-moi vous le dire, que le mauvais côté des choses. Voulez-vous nous ramener aux paysages d'Aligny et de Bertin, avec des montagnes en carton, des terrains en biscuit de Reims, des ciels indigo, le tout agrémenté de faux temples antiques? Quel labeur! quelle énergie! quels efforts il a fallu pour sortir de là! Avez-vous oublié les luttes, les souffrances, les déceptions, le martyre de Théodore Rousseau, de Paul Huet, de François Millet? C'est au prix d'une vie de sacrifices qu'ils nous ont rouvert le monde du vrai et que, rejoignant les admirables Hollandais, les Hobbema et les Ruysdaël, ils nous ont restitué la nature, que l'on avait travestie et défigurée sous prétexte de l'embellir.

— Fort bien, répliqua le peintre, qui, nous l'avons dit, n'aimait pas la contradiction et la supportait assez mal. D'ici je vous vois venir. Vous allez sans doute me parler des primitifs, de leurs contours secs, de la façon enfantine et dure avec laquelle ils rendent les objets, minutieux à la fois et inexacts, découpant à l'emporte-pièce les feuilles des arbres et plaçant au fond de leurs compositions des monuments de fantaisie. Quels beaux modèles à présenter à l'admiration des jeunes gens! Dans votre haine de ce qui est noble et digne, dans votre horreur de Dominiquin, de Carrache, de Poussin, de Guaspre, vous revenez aux préraphaélites. Ce n'est point aux Hollandais que vous tendez la main, mais à la moderne école anglaise, à ces peintres dont j'oublie le nom, qui nous font compter un à un les roseaux de l'étang où se noie Ophélie, et détaillent scrupuleusement les graminées où loge la cour minuscule de Titania.

— Je crains, mon ami, que vous ne mêliez ensemble

Cloître de l'abbaye des Vaux-de-Cernay.

des choses fort différentes, et que la question de métier ne vous voile la question d'art. Ces primitifs que vous affectez de dédaigner sont tout simplement adorables; je me souviens de ce que vous m'avez dit de vos impressions à Bruges, à Venise, à Pise, à Florence, devant Carpaccio, Memling, fra Angelico, Gozzoli, Orcagna. Avec des moyens d'exécution imparfaits, ils ont atteint à des résultats prodigieux. Les recommencer aujourd'hui, les imiter servilement serait puéril, et ceux qui s'y essayent sont des sots ou des gens de mauvaise foi. Mais la vérité ne perd jamais ses droits. Plus nous regardons la nature, mieux nous la comprenons; plus aussi nous avons le désir de la traduire avec une parlante fidélité. Ce n'est pas d'aujourd'hui qu'on s'est attaché à peindre l'espace. Déjà sous Louis XIV Van der Meulen y excellait. Avez-vous blâmé cette audace dans l'œuvre de Chintreuil? Elle y éclate à chaque instant et en fait l'originalité. Non, croyez-m'en, ne condamnez ni toute une école ni toute une époque à cause de quelques charlatans, de quelques exagérés et de quelques fous. La passion du vrai ne revêt pas toujours des formes irréprochables; redressons-la dans ses manifestations: ne la maudissons jamais. »

Cette conversation avait lieu sous bois. La moyenne futaie commence, en effet, après les dernières maisons de Cernay-la-Ville et se prolonge assez loin. Au moment où M. Berger achevait son petit discours, le groupe atteignit un coin découvert, d'où l'œil s'étendait à l'aise dans un rayon relativement considérable.

« Voici mon point de vue, dit Fortuné Valentin. Asseyons-nous et regardons. Vous allez juger si j'ai bien choisi. »

Le temps était lourd. La chaleur des précédentes journées avait comme embrasé l'atmosphère. Sous l'action du soleil matinal, les nombreuses pièces d'eau de la vallée se couronnaient de légers nuages, qui, par des ondulations successives presque insensibles, s'en allaient se perdre au tournant des collines, derrière lesquelles se cache l'ancienne abbaye des Vaux-de-Cernay. A droite et à gauche les bois épais, d'un vert sombre, presque immobiles dans la tranquillité absolue de l'air, formaient un sévère décor, un premier plan d'une solidité parfaite. Au bas du petit plateau où se tenaient les voyageurs passait le ruban blanc de la route, alors très poudreuse. De l'autre côté, faisant face, un moulin, dont le tic tac indiquait la présence de l'homme dans cette solitude, et par cela même produisait une impression agréable. C'était un ensemble calme, reposant, qui cependant n'eût offert aucune séduction particulière, si un étang d'une incomparable pureté ne l'avait en quelque sorte imprégné de lumière. Le ciel en se mirant dans l'eau semble parfois doubler de clarté. Cet étang devenait l'âme du paysage; il lui donnait un sens, une valeur, et apparaissait comme un élément nécessaire sans lequel le reste eût été d'une vulgarité désespérante. Albert et son oncle étaient réellement sous le charme. Valentin jouissait tacitement de leur surprise, mais sa joie dura peu. Le ciel se couvrit, le petit lac devint terne. Tout parut grisâtre et se fit sombre.

« Allons, bon! dit le peintre, voilà ma journée manquée! Je comptais piquer aujourd'hui ma note lumineuse, et le soleil me manque de parole. Comprend-on un astre qui fait relâche aussi mal à propos! Chômage forcé sur toute la ligne. Mon brave François, ajouta-t-il en se tournant vers l'indigène, tu peux rentrer à Cernay. Quant à moi, je vais accompagner ces messieurs jusqu'à l'abbaye. Dis à Mme Léopold de nous faire une bonne soupe aux choux, et de n'y pas épargner le lard, car après une pareille course nous aurons un fier appétit. »

Albert et l'oncle Maxime traversèrent, sur les pas de leur guide, la route qu'ils dominaient tout à l'heure. Ils laissèrent à droite, derrière le moulin, un beau bouquet d'arbres et des entassements de rochers au milieu desquels s'épandent de minces nappes d'eau formant des cascades en miniature. Le plus agréable chemin, et c'est, je crois, aussi le plus court pour aller aux Vaux, est le creux même du vallon. Le sentier circule et serpente entre des hauteurs arides d'où l'on extrait le sable et la route de voitures qui descend en décrivant une forte courbe. Les digitales étaient en fleur; leur rose vif égayait la plaine un peu morne. Bientôt l'on s'engagea dans les petits bois qui entourent le parc de la baronne de Rothschild. Là tout horizon disparaît. On ne voit que le feuillage et le ciel. Rien ne dispose plus au recueillement que ce chemin silencieux, discret, comme étouffé. Il faudrait au sortir de là trouver des ruines imposantes, abandonnées, perdues dans l'austérité d'un désert. Malheureusement c'est tout le contraire qui se produit. On va se heurter aux maisons d'un hameau assez déplaisant, et l'on trouve les débris d'un monastère du moyen âge, enclavés dans des constructions nouvelles, montés en joujou et servant d'accessoires à une habitation de luxe. S'il est bon de conserver les ruines quand elles ont une valeur historique ou un caractère pittoresque, il est inutile de les parer, surtout de les associer à la vie moderne. Elles s'y plient mal, on les diminue, moralement on les dégrade.

Ce qui subsiste de plus intéressant est l'église. Elle a dû être fort grande. Il est aisé de voir qu'elle date de la bonne époque, et que, commencée vers 1118, elle n'a été achevée que vers la fin du xiie siècle, au moment où l'ogive se substituait définitivement au plein cintre. L'élégante rosace a perdu ses vitraux. La nef a croulé en grande partie. Des

deux bras du transept à peine découvre-t-on quelque faible
vestige. Et pourtant le connétable Simon de Montfort
n'avait rien négligé pour que l'immense construction fût
durable. Comme la plupart des établissements religieux au
XIIe siècle, lorsqu'ils étaient situés en pleine campagne,
l'abbaye des Vaux-de-Cernay avait une enceinte fortifiée,
des postes avancés, des corps de garde, des portes créne-
lées, devant lesquelles venait souvent se briser l'effort de
l'ennemi. Tous les terrains environnants lui appartenaient.
C'était un des plus riches bénéfices de France, et sa proximité de Paris le faisait vivement désirer et rechercher.
Après avoir été illustré par saint Thibault au XIIIe siècle, le
monastère eut des abbés fort mondains, qui, pour son honneur, ne furent que commendataires: Philippe Desportes,
le charmant poète, Henri de Verneuil, l'un des fils de
Henri IV, et, au XVIIe siècle, Jean Casimir, roi de Pologne,
qui s'était retiré en France après son abdication. Il n'est
pas jusqu'à ce fou de Mathurin Régnier qui n'ait eu sa part
des richesses de l'opulente abbaye, démantelée depuis les
guerres de religion et soigneusement cultivée par les religieux bernardins qui l'occupaient en dernier lieu. 1792 a
consommé la ruine de l'œuvre de Simon de Montfort; la
baronne Nathaniel de Rothschild loge aujourd'hui dans l'ancien réfectoire où saint Thibault, de parole et d'exemple,
prêchait la sobriété à ses moines.

M. Berger rappela brièvement ce passé historique à ses
compagnons. Ceux-ci l'écoutaient avec intérêt, lorsque leur
attention fut attirée par un bruit lointain et sourd, assez
semblable à celui d'une canonnade bien nourrie.

« Tiens, dit Albert, est-ce qu'on fait la petite guerre à
Rambouillet ou à Versailles?

— Non pas précisément, répondit Fortuné Valentin. Le
bruit que vous entendez n'est autre que le grondement du

tonnerre. Nous ferons bien, je crois, de regagner Cernay
avant que l'orage nous rejoigne, car rien ne serait moins
amusant que d'être bloqués ici par une pluie torrentielle.»

Les voyageurs profitèrent de l'avertissement et hâtèrent
le pas. Ils cherchaient à monter sur la gauche la pente un
peu raide qui du vallon conduit au *bois des Maréchaux*.
Quelques maisons s'élèvent sur cette hauteur, et peut-être
serait-il possible d'y trouver un abri. Ce plan était prudent; il ne leur fut pas donné de le réaliser. La vitesse de
l'orage a quelque chose de surprenant. On le croit loin
encore, il est déjà sur votre tête. En un clin d'œil les nuages
se sont amoncelés. A certaines taches blanchâtres plaquées
sur le fond absolument noir du ciel, il est aisé de reconnaître que la tempête sera violente.

Dès les premiers éclairs, les gouttes de pluie se mirent à
tomber, rares d'abord et très larges, puis nombreuses,
drues, chassées par le vent qui s'était levé, cinglant le visage, trempant les vêtements, alourdissant la marche. Le
terrain devint si glissant que l'on dut renoncer à gravir la
colline, et que, malgré les sages prescriptions qui défen-
dent de s'arrêter sous les arbres pendant l'orage, nos piétons,
horriblement fatigués, s'estimèrent heureux de pouvoir
gagner un énorme hêtre, dont les branches puissantes, abondamment chargées de feuilles, formaient une espèce de toit
imperméable. L'étang du Grand-Moulin venait presque bai-
gner leurs pieds. Agité par la furie de l'averse et le trouble
de l'atmosphère, il formait de petits flots qui n'effrayaient
cependant pas des lavandières restées sur le bord, continuant bravement à laver leur linge, comme s'il eût régné
le calme le plus parfait, comme si le soleil avait brillé dans
le ciel bleu.

« Petit lac, petit orage ; ici tout est petit, soupira Fortuné
Valentin. Parlez-moi d'un ouragan dans les Alpes, ou sim-

plement dans les montagnes de l'Auvergne. C'est grandiose, imposant, majestueux. On sent que l'on n'est qu'un atome perdu dans l'immensité, et cependant l'on éprouve, comme le *roseau pensant* de Pascal, un sentiment d'orgueil à se dire que ces forces aveugles on leur est supérieur par la conscience, l'intelligence, l'âme.

— Ainsi, d'après vous, mon cher Valentin, dit en riant M. Berger, il y a diverses sortes de natures, une grande et une petite, une belle et une laide; pourquoi pas une noble et une plébéienne? Quand on établit une hiérarchie, à quoi bon s'arrêter? Je vous avouerai que pour mon compte j'ai la manche plus large. Sans doute il y a des sites consacrés, la baie de Naples, par exemple, ou l'entrée du Bosphore, où toutes les séductions, tous les éblouissements semblent s'être donné rendez-vous. Mais les beautés naturelles ne se comparent point. Dans cet agréable et doux vallon, que vous me paraissez trop mépriser, tel philosophe, tel poète, tel esprit rêveur ou méditatif trouvera mille sujets d'émerveillement. Il y sentira le Dieu caché, *Deus absconditus,* qui s'adresse à nous dans chaque être vivant, nous console, nous fortifie, nous relève. Les humbles ou les malades, qui ne peuvent pas courir le monde, seraient bien malheureux s'il leur fallait, pour comprendre et admirer la nature, aller en Italie, aux Pyrénées, en Norwège, en Amérique. Non, non, l'on peut à deux pas de chez soi, dans quelque modeste coin de Normandie, de Champagne, de Berri, aux portes même de Paris, et presque sans avoir perdu de vue la barrière, jouir du spectacle des champs, des bois, de l'infinie variété des existences, enchanter ses yeux et son cœur.

— Et moi je vous soutiens que les gens qui voyagent, qui vont au mont Blanc, au pic du Midi, à la chute du Rhin, ne sont point des imbéciles, pas plus que ceux qui

Ruines de l'abbaye des Vaux-de-Cernay.

s'attachent à reproduire ces sites grandioses. Dieu a fait les belles choses pour être vues, contemplées, admirées, et nous rendons service à ces humbles, dont vous plaidez si chaleureusement la cause, en mettant sous leurs yeux l'image de ces pays féeriques qu'il ne leur sera pas donné de visiter.

— Si j'étais en humeur de chicaner, je vous répondrais que la photographie, l'héliographie, perfectionnées comme elles le sont aujourd'hui, grâce aux progrès de la science, remplissent parfaitement l'office que vous attribuez à la peinture, et qui ne me semble pas nécessairement de son ressort. Mais ne laissons pas s'égarer la discussion. Je dis que la nature grande ou petite, cultivée ou sauvage, sombre ou riante, vaut à la fois par ce qu'elle dit à l'homme et par ce que l'homme y met de son cœur, de sa pensée, de son individualité. Allez en Hollande, les dunes ne vous diront rien. Malgré le voisinage de la mer, toute la contrée vous semblera mesquine, aride, profondément ennuyeuse. Et pourtant ce sont ces mêmes dunes qui nous touchent et qui nous émerveillent dans les paysages de Ruysdael ! Pourquoi ? Parce que nous avons devant nous, fixée dans une forme impérissable, l'impression d'une âme humaine. »

Fortuné méditait quelque réponse péremptoire, lorsqu'une lueur rouge passa devant les yeux de nos amis, et les entoura comme d'un cercle de feu. Au même moment une détonation terrible se fit entendre : la foudre tombait à quelques pas de là.

« Ce tonnerre au moins n'est pas petit, dit M. Berger, abusant de ses avantages. Je crois, mon cher Valentin, que nous ferons bien de ne pas rester davantage sous ce hêtre, où nous nous livrons à des chants alternés, comme Tityre et Mélibée. Quittons cet abri dangereux. Il vaut mieux encore être mouillé que foudroyé. »

Ce conseil l'emporta, et les excursionnistes regagnèrent Cernay-la-Ville par une route neuve qui coupe à travers bois. Ils n'eurent pas besoin de se trop presser; car, ainsi que cela se produit souvent, l'orage, parvenu à son maximum de violence, se calma presque subitement. Néanmoins ce fut avec un vif plaisir qu'ils saluèrent l'hôtel des Postes, où les attendait, fumante et odorante à souhait, une magnifique soupe aux choux. Ils dînèrent dans une petite salle à manger d'aspect agréablement rustique, mais qui pouvait passer pour un diminutif de musée, tant les murs étaient couverts de croquis, de dessins et même, par-ci par-là, de quelques compositions assez achevées. Valentin avait eu soin, avant de les amener dans ce réduit coquettement encadré de feuillage, de les conduire dans la grande salle à manger, à la décoration de laquelle ont travaillé plusieurs générations de peintres maintenant célèbres, entre autres Jules Breton, Jundt, Nazon, Héreau, Émile Lambinet, voire même, à ce qu'assure la tradition, le père Corot.

« Non seulement, ajouta Valentin en forme de conclusion, Cernay a ses peintres, mais il a ses poètes. André Lemoyne, qui a poussé si loin la conscience de l'exécution et et qui atteint à la grandeur idéale dans le fini de la forme a passé ici plusieurs saisons. Un jeune poète, au talent aimable et sincère, Léon Duvauchel, dans son recueil *la Clé des champs,* a écrit sur le printemps et l'automne, en ce pays qui vous plaît si fort, deux pièces que vous me permettrez de vous réciter.

FIN DE PRINTEMPS

Tout est calme et riant près des claires cascades :
La terre se réveille un matin de printemps,
Et dans le ciel laiteux, au-dessus des étangs,
L'épaisse frondaison découpe ses arcades.

Le ruisseau descendu par bonds et par saccades,
Frangé d'écume autour des rochers résistants,
Débrouille le fouillis des roseaux tremblotants
Qui forment en son cours de frêles barricades.

Il est bon de passer par ces sous-bois déserts;
L'air est limpide et frais, le nid plein de concerts;
Partout le gramen pousse où le zéphir le seme,

Et l'on croit voir, — baignée en ses flots, gais parleurs, —
Quelque nymphe craintive, ou l'Aurore elle-même
S'habillant seulement de jeunesse et de fleurs.

FIN D'AUTOMNE

Les chênes du vallon, seuls, malgré leur grand âge,
Gardent entre leurs bras quelques bouquets jaunis;
Mais les maigres bouleaux, où pourrissent les nids,
N'ont rien su conserver de leur vert héritage.

Parfois le couchant morne au fond du marécage
Met des teintes de pourpre et de brocart ternis.
Le sinistre novembre et des deuils infinis
Aux sylvestres amours ont fait plier bagage.

Si ces arbres sont bons pour les oiseaux d'avril,
Des pauvres grelottants connaissant le péril,
Ils jettent sur le sol plus d'une branche morte.

Ils savent que demain viendra, pliant le dos,
Une vieille qui peut, de ce bois qu'elle emporte,
En attendant la mort réchauffer ses vieux os.

— Voilà qui est finement touché, dit M. Berger, d'une
veine bien française, sans entortillage parnassien. Restons
sur ce régal de poésie et préparons-nous, par une bonne
nuit de sommeil, à partir demain, dès l'aurore, pour Rambouillet. Nous accompagnerez-vous?

— Le devoir me cloue, non pas au rivage comme
Louis XIV, mais au paysage, et j'ai encore pour plusieurs

jours de travail avant d'avoir mis ma fameuse *Vue* en état d'être livrée. Promettez-moi, pour me dédommager, de venir passer votre fin de saison à Dammarie-les-Lis, où j'ai loué un charmant cottage près de la Seine. Je vous conduirai au château de Vaux, et nous ne manquerons pas d'aller rendre visite à notre vieille forêt de Fontaine-bleau. »

L'invitation fut acceptée aussi cordialement qu'elle était faite, et la pensée de se retrouver avant peu enleva aux adieux cette légère teinte de mélancolie qu'ils ont presque inévitablement.

VI

Ville de garnison, propre, bien bâtie, assez animée, Rambouillet doit être pour ses habitants un agréable séjour. Très moderne d'aspect, elle est en désaccord, par le mouvement de sa population et la gaieté de ses rues, avec les tristes souvenirs qui la désignent à l'attention du touriste. Tout le monde sait que François Ier est mort au château de Rambouillet, et que Charles X y a passé les quelques jours qui s'écoulèrent entre son abdication et son exil. Il a vu aussi, en 1814, passer Marie-Louise et le roi de Rome, fuyant Paris pour se réfugier en Autriche; puis Joseph Bonaparte, dépouillé de sa couronne d'Espagne; enfin Napoléon Ier à son retour de Waterloo.

Le parc semble avoir gardé comme un reflet de tant de tristesses. Il est admirable ce parc, moins solennel, moins majestueux que celui de Compiègne, mais plus poétique, d'une mélancolie pénétrante, d'un charme infini. Il ne comprend pas moins de douze cents hectares. Une magnifique pièce d'eau l'isole des jardins. Il faut faire pour s'y rendre

un détour assez long ; aussi les promeneurs y sont-ils
rares, ce qui n'était pas le moindre attrait de ce lieu pour
M. Maxime Berger. Au sortir des vallons étouffants, brûlants de Port-Royal, de Chevreuse, de Dampierre, nos
voyageurs respiraient avec délices sur ces collines couvertes
de hautes futaies, dans ces larges avenues où la lumière
pénètre à peine à travers l'épaisseur du feuillage. Albert
et son oncle visitèrent consciencieusement les quelques
curiosités que renferme le parc. On leur montra tout
d'abord la laiterie. Elle a subi des vicissitudes assez
étranges et s'est ressentie, plus qu'on ne devrait s'y
attendre, des contre-coups de la politique. Bâtie, ornée,
meublée par Louis XVI pour Marie-Antoinette, qui avait
la passion des divertissements pastoraux, la laiterie fut
démeublée par ordre de Napoléon. Son mobilier fut trans-
porté à la Malmaison, où Joséphine voulait avoir aussi sa
laiterie. Survint le mariage avec Marie-Louise. La nouvelle impératrice se prit d'affection pour le parc de Rambouillet, et la laiterie eut sa part de cette faveur. Il fallut
donc la restaurer et la meubler à nouveau. A l'extérieur
c'est une construction insignifiante, une espèce de faux
temple antique. Au dedans, comme la plupart de ces bagatelles du xviiie siècle, c'est un joli joujou. On ne s'y arrêterait guère si dans l'une des pièces ne se trouvaient quelques
grisailles de Sauvage, très élégantes et d'une grâce plus
naturelle que ne le comportait l'afféterie du goût de cette
époque. Il y a de ce même Sauvage des grisailles exquises
à Compiègne. Un autre joujou fort ingénieux est le *Cabinet
des coquillages*. Le nom même indique de quels matériaux
il est composé. C'est un petit chef-d'œuvre dans le genre
puéril. On ne manqua pas non plus d'indiquer aux visiteurs un bloc de granit sur lequel Napoléon aurait, dit-on,
tracé dès 1811 le plan de la campagne de Russie. Enfin on

Parc de Rambouillet.

les mena dans l'île des Roches, où Catherine de Vivonne, marquise de Rambouillet, donnait des fêtes mythologiques qui sont demeurées célèbres. Le guide les ayant quittés en leur assurant qu'il n'y avait plus rien de remarquable à voir, ils s'assirent sur un banc, dans une des parties recu-- lées du parc, et M. Berger profita de cette halte pour donner à son neveu quelques renseignements sur cette Catherine de Vivonne et sur sa fille, Julie d'Angennes, devenue plus tard la duchesse de Montausier.

« Tu as quelquefois entendu parler de l'hôtel de Rambouillet, et jamais on ne s'en avise, en France du moins, sans prendre l'air avantageux de quelqu'un qui fait un réel effort pour s'empêcher de rire. Molière ayant écrit *les Précieuses ridicules*, *les Femmes savantes*, et la tradition voulant que dans ces deux ouvrages il ait eu l'intention expresse de désigner les habitués de cet hôtel, on se croit obligé d'affecter le dédain et de se rengorger dans une supériorité de bon goût. Tout cela est fort exagéré. Les lettres françaises doivent beaucoup à Julie d'Angennes et à sa mère.

« Celle-ci était une Romaine, une Vivonne-Pisani, très cultivée comme toutes les grandes dames italiennes de la fin du xvie siècle, s'entendant à merveille aux choses de l'esprit et même à celles de l'art. C'est sur ses plans ou d'après ses indications que l'on avait construit à Paris son hôtel situé rue Saint-Thomas-du-Louvre, entre le Palais-Royal et la place du Carrousel. Les plafonds étaient très élevés, les portes hautes et larges, et les escaliers, placés au dehors, avaient permis d'augmenter le nombre des chambres. A l'ornementation rouge ou brun foncé la marquise avait substitué le bleu. Sa chambre, tendue de velours bleu rehaussé d'or et d'argent, se trouvait de plain-pied avec un superbe jardin que l'on pouvait voir

sans se déranger, grâce à des portes-fenêtres habilement
disposées.

« Dans cette chambre ont été accueillis Vaugelas, Voiture, Chapelain, Segrais, l'aimable Racan et même ce
bourru de Malherbe. Catherine lui paraissant un nom peu
poétique, le poète normand célébrait la marquise transfor-
mée en Arthénice par la vertu toute-puissante de l'ana-
gramme. Peu à peu l'hôtel devint un centre où il était
honorable, presque indispensable d'être admis. C'était un
brevet d'élégante mondanité et de littérature polie. Richelieu y vint tout jeune, avant d'être ministre et cardinal.
Bossuet aussi, presque au sortir de l'enfance, y prêcha un
soir, à minuit, ce qui fit dire à Voiture qu'il n'avait jamais
entendu prêcher ni si tôt ni si tard. Cette réunion de beaux
esprits goûtait le *Discours sur la méthode,* de Descartes,
défendait *le Cid* contre les censures de l'Académie française et ne craignait pas de critiquer *Polyeucte.* Montausier, tout frais débarqué de la Saintonge et brûlant de voir
ce fameux hôtel, disait à une dame de ses amies : « Menez-
« m'y. — Je vous y mènerai, petit provincial, lui répon-
« dait-elle, quand vous parlerez mieux le français. » Il
finit sans doute par le parler assez bien, puisqu'il épousa
la fille de la maison, la belle et docte Julie.

« Tu dois te souvenir d'avoir vu à l'Exposition universelle (1878), dans l'une des salles du Trocadéro, un volume
magnifiquement calligraphié, orné à quelques-unes de ses
pages de fleurs en miniature. C'était l'un des trois exemplaires (et le plus beau) d'un présent offert par Montausier
à sa fiancée pour le jour de sa fête. Cet ouvrage est connu
sous le nom de *la Guirlande de Julie.* Il contient soixante-
deux madrigaux en l'honneur de la future duchesse, à
laquelle chaque fleur adresse une louange délicatement
tournée. Vingt-neuf de ces pièces de vers ont été illustrées

Forêt de Rambouillet.

par un habile peintre du temps, Nicolas Robert. Nombre
de contemporains ont travaillé à ce livre : Chapelain, Des-
marets de Saint-Sorlin, Tallemant des Réaux, Scudéry,
Colletet, Conrart, Racan et même Pierre Corneille. L'une
des pièces écrites par ce dernier a pour titre *la Tulipe*. Le
poète suppose que la fleur tient au soleil ce langage :

> Bel astre à qui je dois mon être et ma beauté,
> Ajoute l'immortalité
> A l'éclat nonpareil dont je suis embellie;
> Empêche que le temps n'efface mes couleurs :
> Pour trône donne-moi le beau front de Julie,
> Et si cet heureux sort à ma gloire s'allie,
> Je serai la reine des fleurs.

« C'est de la poésie de salon, et il s'y mêle un peu de
cette préciosité qui finit par devenir le ton des intimités élégantes; mais l'idée, certes, n'était pas vulgaire d'offrir un
tel présent. Le concours de tant d'esprits distingués est à
lui seul une louange et mérite de sauver le nom de Julie,
non seulement de l'oubli, mais d'un ridicule injuste. Il est
arrivé à l'hôtel de Rambouillet ce qui arrive à toutes les
puissances. Les jeunes générations, qui ne s'y trouvaient
pas suffisamment accueillies, lui ont fait la guerre. C'est
toujours un désagrément et une mauvaise note que d'avoir
des adversaires comme Molière et Boileau. Encore Molière
se défend-il, dans la préface de sa comédie des *Précieuses,* d'avoir voulu mettre sur la scène des personnes
si considérables, si autorisées. « Les véritables précieuses,
« a-t-il le soin de dire, auraient tort de se piquer lors-
« qu'on joue les ridicules qui les imitent mal... Les plus
« excellentes choses sont sujettes à être copiées par de
« mauvais singes qui méritent d'être bernés. »
« S'il y a eu quelque excès d'affectation chez les amies

et les commensaux des dames de Rambouillet, ils en ont
été sévèrement punis. N'aggravons pas le châtiment et
rendons-leur plutôt justice. Précieux et précieuses tant
que vous voudrez, Vaugelas et Mlle de Scudéry, Pellisson
et Voiture, Tallemant des Réaux et Ménage, ont rendu à
notre langue des services dont nous serions ingrats de ne
pas tenir compte. En bannissant les locutions triviales, les
équivoques déshonnêtes, les mots grossiers, ils ont fixé à
la littérature un certain niveau d'où le génie gaulois, même
dans ses plus vifs emportements, n'a pu réussir à la faire
descendre. Il eût certainement été fort agréable de passer
quelques heures dans l'île des Roches en cette aimable et
haute compagnie. Je me plais à me représenter tant de
beaux esprits, errant sous ces arbres, causant avec finesse,
badinant avec grâce, discutant avec courtoisie, trop peu
sensibles peut-être aux séductions de la nature, mais épris
des lettres, comme François Ier, qui les a précédés ici,
l'était des beaux-arts. »

A ce nom de François Ier, M. Berger et Albert se levèrent et se dirigèrent vers le château dans l'intention de le
visiter. Construit à diverses époques, le château de Rambouillet n'a rien de remarquable au point de vue de l'architecture. Les appartements contenaient deux œuvres d'art
intéressantes pour l'histoire, les portraits du comte de
Toulouse et du duc de Penthièvre. Ils se trouvent aujourd-
'hui à l'hôtel de ville de Rambouillet. Les personnes auxquelles l'État a loué l'ancienne résidence royale ne laissent
même pas visiter la vieille tour du xive siècle, où mourut
François Ier. Dans la chambre jadis occupée par le roi, ces
locataires peu révérencieux avaient logé leur maître d'hôtel. Ils y mettent à présent le bois à bruler. A coup sûr ils
en ont le droit; mais qu'en penseraient, s'ils revenaient au
monde, Lautrec, Bayard et la Trémouille?

Rambouillet.

KARL GIRARDET.

8

L'oncle et le neveu ne s'entretinrent que de François Ier
pendant une assez longue promenade qu'ils firent dans la
forêt. Celle-ci, — du moins dans les parties qu'ils visitèrent et sauf l'étang de Hollande, où le paysage sévèrement encadré, arrête et satisfait le regard, — n'est guère
pittoresque. Point de rochers ni de gorges sauvages
comme à Fontainebleau, point de ces belles allées, se prolongeant à l'infini, qui font l'honneur de Compiègne.
Presque partout des taillis ou de la basse futaie. C'était
et c'est encore une forêt giboyeuse, grand mérite aux yeux
de nos rois, chasseurs intrépides, infatigables, et c'est
sans doute une des causes qui avaient valu aux d'Angennes
la visite du roi chevalier.

« Ainsi, dit Albert, François Ier est mort dans une
chambre de passage, loin de son Louvre et de son cher
Fontainebleau! loin des siens aussi sans doute?

— Ce ne fut peut-être pas ce qui l'affligea le plus. Dans
les dernières années de son règne sa femme et son fils
eurent envers lui une conduite indigne. On avait hâte de le
voir mort, on s'y attendait chaque jour; et, de fait, depuis
Pavie, depuis sa dure captivité d'Espagne, il n'a jamais
revu, comme dit le peuple, sa belle heure. Vainement il
demandait l'oubli à tous les plaisirs; vainement à Madrid
du bois de Boulogne, à Chambord, il stimulait le zèle de
ses jardiniers pour jouir plus tôt de la beauté des fleurs;
il ne trouvait partout que fatigue, découragement, écœure-
ment. Les portraits qu'on a de lui permettent de constater
et de suivre ce double affaissement du corps et de l'âme.
Entre la fin du règne et le commencement le contraste était
trop marqué, trop cruel. Avoir été le héros de Marignan,
l'arbitre de l'Europe, et n'être plus qu'un souverain sans
autorité, même dans sa cour; constamment inquiété par
des ennemis implacables, souvent impuissant à protéger

les frontières du royaume! C'était trop, et l'on comprend qu'à la longue une pareille douleur l'ait tué. »

De retour à Rambouillet, les voyageurs profitèrent de ce qui restait de jour pour aller à l'hôtel de ville voir les portraits du comte de Toulouse et du duc de Penthièvre. Le comte de Toulouse est mort à Rambouillet en 1737. Une légitimation, que les contemporains blâmèrent et que, d'accord avec eux, l'histoire a condamnée, aurait pu éveiller en lui l'ambition qui ne cessa de consumer son frère, le duc du Maine. Sous Louis XIV comme sous le régent, il ne voulut être qu'un sujet dévoué, un patriote utile au pays par sa bravoure et son talent. Grand amiral de France à cinq ans, le comte de Toulouse prit à cœur de justifier ce titre et devint l'un de nos meilleurs marins. La bataille navale de Malaga (24 août 1704), où il battit la flotte anglo-hollandaise, très supérieure en nombre à la sienne, est l'un des glorieux faits d'armes de notre histoire. Les jalousies de cour, les rivalités militaires, la crainte de voir grandir un prétendant possible arrêtèrent net une carrière si brillamment commencée. Le vainqueur de Malaga dut se résigner à une inaction qui lui pesait sans doute, mais qu'il supportait dignement, s'intéressant aux artistes, leur confiant les embellissements de son immense hôtel à Paris, aujourd'hui la banque de France, et de son château de Rambouillet, où l'on voit encore dans la salle à manger, dans le boudoir, dans le petit salon, des boiseries finement exécutées d'après ses instructions formelles.

Le portrait d'un tel homme est particulièrement intéressant à regarder. Le peintre, on ne sait au juste quel il est, et j'ai peine à croire que ce soit Boucher, a bien compris cette noble figure. L'œil étincelle. Le nez impérieux, la bouche légèrement moqueuse, révèlent chez Alexandre de Bourbon l'esprit et la fierté des Mortemart;

François Iᵉʳ et ses ouvriers à Rambouillet.

mais les grandes lignes du visage respirent la placidité, le
calme, la possession de soi-même. On se sent en face d'un
honnête homme, qui n'a pas voulu aller jusqu'au bout de
sa destinée, et qui a porté dans le sacrifice la sagesse de
son intelligence, la douceur de son caractère.

Nous sommes tellement habitués à nous représenter le
duc de Penthièvre sous les traits d'un vieillard vénérable et
vénéré, que nous sommes surpris de voir ce jeune homme
à la physionomie fine, un peu hautaine, où tout est moins
marqué que chez le père. La grâce succède à la force. La
ferme droiture du premier deviendra chez le second une
bonté attendrie. Ce pimpant cavalier sera un jour le ver-
tueux duc de Penthièvre, comme le nommaient tous ceux
qui l'ont connu; et, protégé par l'universelle bienveillance,
il s'éteindra paisiblement, en pleine Terreur (1793), sans
avoir été atteint personnellement, mais frappé dans les
siens, surtout dans sa bru, la princesse de Lamballe.

VII

Albert Verteil avait un ami nommé Antonin Noël, auquel il confiait ses moindres projets, ses joies, ses tristesses, et pour lequel il se fût fait scrupule d'avoir le plus léger secret. Lorsqu'ils étaient obligés de se séparer aux vacances, c'étaient entre eux des correspondances interminables, où l'on parlait de tout avec effusion et profusion. Les jeunes amitiés ont quelque chose de doux et de charmant, une fleur d'ingénuité, un velouté du cœur, que l'on ne retrouve plus en avançant dans la vie. Le besoin d'expansion est si grand à cet âge, que volontiers l'on s'y entretient longuement d'objets sans importance, et que, selon une tendance naturelle à l'enthousiasme, on grossit tout ce qu'on voit, on grandit tout ce qu'on touche. Cet excès même est respectable. Il est bon de prendre les hommes, le monde, la destinée au sérieux; et, quand l'expérience vient, quand la tentation de l'ironie se présente, on vaut d'autant mieux que l'on a plus gardé de la disposition première.

Le lecteur pense bien que l'ami Noël était au courant de ce qui se passait à Clamart et qu'il n'ignorait rien du voyage dans la vallée de Chevreuse, de l'excursion à Rambouillet.

Confiné chez ses parents, petits propriétaires faisant valoir leur bien, entre Dol et Cancale, en un coin perdu de la Bretagne française, ayant peu vu Paris dans les courtes sorties du lycée, et n'en connaissant point du tout les environs, Antonin prenait un plaisir extrême aux descriptions que lui faisait son camarade. Il ne les trouvait jamais assez longues ni assez complètes. Les premières lettres que lui écrivit Albert sont un peu enfantines et se ressentent de l'inexpérience du jeune touriste. Il nous semble, au contraire, que dans le récit de son séjour à Saint-Germain un commencement de maturité s'annonce chez le neveu de M. Berger. Souvent, nous en devons convenir, il n'est que l'écho des paroles de son oncle ; mais on voit qu'il les comprend et qu'il s'en pénètre. Les lettres à Antonin Noël forment une sorte de journal. Nous en détacherons les passages qui ont quelque valeur et qui nous paraissent offrir de l'intérêt.

« Carrières-sous-Bois, septembre 18...

« Tu vas me demander, mon cher Antonin, de quel point du globe je t'écris. Je conviens tout de suite, pour ne point sembler t'accuser d'ignorance, que Carrières-sous-Bois n'est pas précisément un endroit célèbre. Prends une carte du département de Seine-et-Oise, et tu apercevras ce nom en très petits caractères au-dessous de Saint-Germain, signalé par de grosses capitales.

« Carrières est, en effet, tout près de cette ville. C'est le premier village que l'on rencontre au bout et au-dessous

de l'immeuse terrasse qui, longeant une partie de la forêt,
domine le cours de Seine. Tu as souvent entendu parler de
la vue qu'on a du haut de cette terrasse. Elle est magnifique et je n'y trouve qu'un défaut, c'est d'être trop étendue. Les coteaux qui descendent jusqu'au fleuve, les bois
du Vésinet et de Chatou forment pourtant des premiers plans
d'une grande douceur. Les sinuosités de la Seine en cet
endroit sont si compliquées, son cours paraît si capricieux,
que l'œil en est tout récréé. Les lointains sur Paris et sur
le prolongement des collines de l'Oise sont très purs, et
mon oncle prétend en riant qu'ils sont disposés selon les
plus rigoureuses lois de la perspective. A droite, les bois
de Marly-le-Roi ont tout à fait bonne tournure, et les
piles de l'aqueduc, qui se profilent sur le ciel, font penser
à ces ruines que l'on voit dans les gravures représentant
plus ou moins fidèlement la campagne romaine. Carrières
est à l'extrémité opposée. On ne le découvre qu'en y arrivant. Le village, bâti sur une pente, est laid et désagréable,
mais il a cet avantage d'être à deux pas des plus belles
parties de la forêt. et de recevoir rarement la visite des
flâneurs parisiens. C'est ce qui a déterminé mon oncle à s'y
établir.

« Comment et pourquoi nous sommes là: je vais te l'apprendre. Il est venu l'autre jour dîner chez nous, à Clamart,
deux vieux savants, naturellement très épris d'antiquités,
et qui n'ont fait que parler tout le temps du musée national, organisé à Saint-Germain par MM. de Mortillet et
Alexandre Bertrand ; seulement les prédilections des deux
savants ne se portaient pas sur les mêmes objets. L'un était
surtout frappé de ces débris qu'on appelle maintenant
préhistoriques, et dont nous avons vu de si beaux échantillons à la dernière exposition universelle. L'autre fait, au
contraire, assez peu de cas de ce qu'il appelle les cailloux

taillés et les crânes de brutes, probablement indignes du nom d'hommes. En revanche, il est l'admirateur déclaré de tous les souvenirs qui se rattachent à la Gaule et aux Romains.

« Cette conversation fit travailler mon esprit, et le lendemain je demandai à mon oncle s'il voulait me conduire à Saint-Germain et me faire visiter le musée, dont ses amis avaient devant moi célébré les merveilles.

« — Je le veux bien, me dit-il; mais à deux conditions. La première, c'est que nous ne nous presserons pas, que nous le verrons tout à notre aise, car j'ai horreur de ces visites au pas de course qui vous laissent essoufflé, brisé, avec un tourbillon dans les yeux, un chaos dans la tête et une courbature dans les membres. En second lieu, j'entends ne point loger à Saint-Germain. Il n'y a que des hôtels trop luxueux pour notre bourse, ou des auberges fréquentées par les marchands de bœufs qui vont au marché de Poissy. Nous trouverons à la lisière de la forêt quelque modeste hôtellerie, aux simples et bonnes habitudes campagnardes; avant d'entrer dans les salles du musée, en les quittant, nous respirerons un air vif et fortifiant. C'est entendu, n'est-ce pas? Dès demain nous serons en route. »

« Nous sommes donc à deux ou trois kilomètres de Saint-Germain. Tantôt nous y allons par la terrasse, tantôt nous prenons à travers la forêt. Le musée est ouvert trois fois par semaine : le dimanche, le mardi et le jeudi ; mais nous ne le visitons guère que ces deux derniers jours, parce que le dimanche il y a trop de monde et trop de bruit. Je profite du reste de ces intervalles pour courir dans les bois et aussi pour rédiger quelques notes, car mon oncle ne veut pas que ce séjour soit perdu, et il assure que j'aurai beaucoup de plaisir à relire plus tard ces feuilles volantes, où je consigne

Château de Saint-Germain au xviiᵉ siècle.

mes impressions, et surtout les bonnes leçons qu'il veut
bien me donner.

« Tu sais combien il est méthodique. Le musée étant
situé dans le château, mon oncle a voulu tout d'abord que
je connusse l'histoire de ce château royal ou plutôt des
deux châteaux, le vieux et le neuf : le vieux, qui subsiste
et que l'on restaure, placé tout auprès de la gare du chemin de fer ; le neuf, à peu près complètement détruit,
situé à l'un des angles de la terrasse, et représenté seulement par une assez belle construction appelée le pavillon
Henri IV.

« Du vieux château, habité par saint Louis et notablement réédifié par Charles V, on a conservé une grosse tour
encastrée dans l'enceinte moderne, et la chapelle Saint-
Louis, plus ancienne que la Sainte-Chapelle de Paris. Elle
est actuellement en réparation. Cela nous a empêchés de la
visiter, ce qui nous a beaucoup contrariés ; car, vue du
dehors, elle est très heureusement proportionnée et très
élégante. L'intérieur autrefois en était orné d'une manière
splendide. Des fresques couvraient les voûtes, exécutées
d'après des dessins de Lebrun. Sur le maître-autel se
trouvait *la Cène,* peinte par Nicolas Poussin, celle qui est
aujourd'hui au Louvre. Dans la sacristie, on voyait deux
tableaux : *la Vierge et l'enfant Jésus,* de Corrège, et une
Pietà, d'Annibal Carrache. Mon oncle, qui d'habitude est
très sévère pour les tentatives de restauration en architecture, augure fort bien de celle-ci, et fait l'éloge de l'architecte
qui achève de rendre au château son aspect renaissance,
M. Eugène Millet. La plupart des bâtiments datent, en effet,
de François Ier. Ce roi se plaisait beaucoup à Saint-Germain,
et voulut même qu'on y célébrât son mariage. J'entends
dire que les travaux durent depuis plusieurs années, et
que l'on n'est pas près encore d'avoir fini ; mais il faut

avouer aussi que ce pauvre château a bien souffert; a été successivement école de cavalerie sous l'empire et caserne sous la restauration, si bien qu'on l'a cru pendant longtemps destiné à l'abandon, à la ruine.

« Henri II, qui n'aimait rien de ce que son père avait aimé, fit commencer le château neuf à quatre cents mètres environ de l'ancien château. On avait disposé des jardins en terrasses, descendant jusqu'à la Seine, maintenus par des ouvrages fortement maçonnés. Sous ces terrasses s'ouvraient des grottes garnies de coquillages, et où l'on avait placé des figures qui se jouaient au milieu de l'eau. C'était une merveille ; on venait de Paris, de province même, pôur admirer grottes et figures.

« Le château neuf fut la passion de Henri IV, mais il n'habita pas le pavillon qui porte son nom et qui servait alors de chapelle. Louis XIII hérita du goût de son père pour Saint-Germain. La demi-solitude de ce séjour, d'où il pouvait découvrir sa capitale, avait pour lui un attrait profond. Fréquemment il y vint ; il y devait mourir. Sa fin si courageuse et si douloureuse semble avoir laissé planer sur le château neuf une sorte de nuage funèbre. Louis XIV et sa mère, Anne d'Autriche, ne devaient pas avoir conservé un fort bon souvenir de cette résidence, où la révolte de la Fronde les contraignit de se réfugier du jour au lendemain, alors que le roi était encore tout enfant. On rapporte qu'ils n'y trouvèrent ni meubles ni linge, et qu'ils furent obligés de coucher par terre sur un matelas. Mlle de Montpensier raconte qu'on lui donna pour logement « une fort « belle chambre en galetas, bien peinte, bien dorée et « grande, avec peu de feu, point de vitres ni de fenêtres », et l'on était au 15 janvier 1649. Il est vrai qu'on avait l'habitude de ne meubler qu'en été les maisons royales situées hors de Paris ; mais ce manque de vitres et de fenêtres

laisse pourtant à penser que le château neuf était déjà dans
cet état de délabrement qui détermina Louis XIV à le quitter
pour retourner à l'élégant palais de François Iᵉʳ. Il y habita

Le pavillon Henri IV, à Saint-Germain.

de 1661 à 1680, et fit dessiner la terrasse et les jardins
par le Nôtre. Mais, en 1680, il se dégoûta de ce beau lieu,
où il avait cependant dépensé plus de sept millions de
livres en frais d'embellissements, et ne songea plus qu'aux

9

agrandissements de Versailles. Huit ans après, Jacques II.
chassé d'Angleterre par ses sujets, détrôné par son gendre,
Guillaume d'Orange, venait s'établir au vieux château. Il
devait y mourir en 1701, et sa seconde femme, Marie d'Este,
en 1718.

« Maintenant, mon cher Antonin, tu connais aussi bien
que moi l'histoire de ces deux châteaux, et tu pourras t'o-
rienter tout de suite quand je ferai allusion à telle ou telle
époque, car je veux te raconter quelques-uns des faits qui
se sont passés à Saint-Germain. Malheureusement je n'ap-
porterai pas dans mon récit l'agrément qu'y met mon oncle ;
mais d'avance je suis certain que tu seras plein d'indulgence pour le narrateur.

« Il y a au premier étage du musée un beau balcon en
pierre, où deux personnages équestres, un Gaulois et un
Romain, ennemis désormais réconciliés, semblent veiller
pieusement sur tant de richesses si laborieusement amas-
sées, si ingénieusement exposées par la science. De ce
balcon, le regard porte en plein sur la forêt, la suit dans
la profondeur de ses routes, qui se détachent toutes blanches
sur le vert sombre des arbres. Plus près, on découvre le
parc, où, sauf le dimanche, ne se rencontrent que de rares
promeneurs. Un jour que nous étions accoudés à ce balcon,
mon oncle me fit observer qu'on devait être fort bien là
pour voir le combat de Jarnac et de la Châtaigneraie. Le
récit de ce duel ne tient pas ordinairement une grande
place dans les histoires de France. On nous en a dit un
mot au collège, en s'arrêtant à nous expliquer la vieille lo-
cution : *le coup de Jarnac,* et c'est tout. Aussi demandai-je
à mon cher guide de m'apprendre là-dessus ce qu'il sait.
Il y consentit volontiers, et me dit tout d'abord :

« — Regarde bien attentivement. Tu as devant les yeux
le champ du combat, où se pressaient des milliers de spec-

tateurs. Ni la terrasse ni le parc n'existaient alors; la ville
non plus n'enserrait pas le château de ses maisons, comme
pour l'étouffer. Entre la forêt et le château s'étendait donc
un espace très considérable. Au milieu on éleva des barrières, créant ainsi une enceinte, la lice ou les lices, *ad li-
bitum*. Du côté où nous sommes se dressèrent d'immenses
estrades. Le roi Henri II y prit place, entouré de beaucoup
de dames et d'une grande partie des seigneurs de la cour.
Tu te représentes bien la scène, n'est-ce pas? Descendons
à présent, car il ne serait pas commode de faire à cette
place une si longue narration. »

« Lorsque nous fûmes bien commodément installés dans
le parc, le visage tourné du côté du château, comme si nous
eussions attendu la venue et l'entrée des combattants, mon
bon oncle Maxime reprit avec sa complaisance inépuisable:

« — Tu me demanderas sans doute pourquoi ce duel fut
un si grand événement? Non seulement la cour entière se
passionna pour l'un ou l'autre des adversaires, mais tout
Paris, toute la noblesse de France furent profondément émus
à l'annonce de ce combat et voulurent y assister. Les Parisiens vinrent en foule, gens de toutes les conditions, marchands et artisans, la moyenne et la grosse bourgeoisie,
les parlementaires et les docteurs. Mais un surprenant spectacle, ce fut de voir arriver du fond des provinces les plus
reculées la file des gentilshommes pauvres, accourus pour
être témoins de cette lutte. Du 23 avril 1547, jour où le roi
permit le combat, jusqu'au 10 juillet où il eut lieu, le bruit
s'en était partout répandu. Comment? on ne le sait, car on
ne connaissait guère cette publicité dont nous avons tant
abusé depuis. Pourtant, comme par un miracle, tout le
monde fut informé. Une même impérieuse curiosité s'empara des esprits. On voulut venir, on voulut voir. Ce n'était
pas chose facile alors. Des chemins détestables et peu sûrs,

des moyens de locomotion plus qu'imparfaits, allongeaient, doublaient les distances. On ne sortait de chez soi que contraint et forcé, pour une affaire importante, pour un de ces grands motifs qu'on n'élude pas: naissance, mariage ou mort; pour aller à la guerre, lorsque le ban et l'arrière-ban étaient convoqués.

« Louis XI et Charles VIII n'avaient pas eu de cour, à proprement parler. Il commença de s'en former une sous Louis XII, par l'influence de la reine Anne; mais, d'une part, le bon roi était fort économe, et de l'autre, la reine très sévère, très sérieuse; quelques-uns même ont dit un peu pédante. L'entourage royal offrait donc plus de solidité que d'éclat. Il n'en fut pas de même pendant la première année du règne de François Ier. Ce n'étaient que chasses, tournois, divertissements et fêtes. De toutes parts on venait auprès du roi. Après s'être fait remarquer dans les batailles, on s'efforçait de ne pas être oublié pendant la paix, de conserver la faveur ou de la mériter. Mais après Pavie, un grand assombrissement se fit. Plus d'un noble avait péri ou était prisonnier; plus d'un aussi était ruiné. Il fallut rester au castel, vivre de ménage, renoncer aux séduisantes perspectives.

« François Ier meurt en 1547, le 31 mars. Que sera le nouveau roi? Que fera-t-il? Telles sont les questions que dans tous les châteaux l'on se pose. Une occasion décisive d'être éclairés à ce sujet se présente. C'est ce duel si hautement proclamé, de Jarnac et de la Châtaigneraie. On verra là Henri II; on pourra l'approcher, le toucher presque, l'entendre. Et puis, un autre intérêt s'attache encore à cette rencontre: Jarnac était le beau-frère de la duchesse d'Étampes, dont le pouvoir avait été si grand sous le roi défunt; la Châtaigneraie, au contraire, passait pour un des familiers de l'ancien Dauphin. Comment Henri II

Saint-Germain-en-Laye.

se comporterait-il? Se montrerait-il équitable envers Jarnac? Favoriserait-il son adversaire? Chacun à cet égard s'interrogeait avec anxiété, car de ce qui allait se passer dépendait le sort de beaucoup. Jarnac bien traité, c'était le règne précédent qui se continuait; la Châtaigneraie encouragé, vainqueur, c'était l'inconnu qui s'ouvrait devant tous. De là cette multitude dans laquelle tous les ordres se confondaient. Tandis que les Parisiens s'installaient gaiement sur la place même, chantant, dansant, faisant autant de bruit que possible, les gentilshommes campagnards campaient dans la forêt, attachant leurs chevaux aux arbres, grignotant philosophiquement une croûte de pain, et, quand ils avaient soif, descendant jusqu'à la Seine boire, comme Diogène, au creux de leur main.

« Ce qui redoublait l'empressement, ce qui portait à son comble l'excitation générale, c'était le mystère qui planait sur le fond du débat. La cause du duel, telle qu'on la connaissait, telle qu'on la présentait officiellement, paraissait peu sérieuse. Des propos légers, méprisants, sans fondement aucun, et dont nul au fond ne se souciait, auraient pu amener, — ce qui était si fréquent alors, — quelques coups d'épée échangés dans une ruelle déserte, quelques estocades au coin d'un mur, mais ne semblaient pas nécessiter une si pompeuse mise en scène, un retour si imprévu et si peu justifiable aux pires coutumes du moyen âge. Ce qu'il y avait de réellement grave, — et il ne fallait pas chercher ailleurs le fond du drame, — c'est que le Dauphin, devenu le roi, avait pris à son compte les mots méchants lancés par la Châtaigneraie contre Jarnac, accusant celui-ci de vivre aux dépens de sa belle-mère. La demande de réparation visait donc plus haut que le coupable apparent. Cette version allait grossissant de jour en jour, d'heure en heure; on se la répétait à l'oreille, et elle trouvait aisément accès auprès de la foule. L'attitude des assistants, à ce que rapportent les témoins oculaires, fut constamment favorable à Jarnac.

« On eut le temps de faire des conjectures et de se communiquer ses impressions ; car, le 10 juillet, les lices furent ouvertes dès six heures du matin, et le combat n'eut lieu qu'à sept heures du soir. D'où vinrent ces retards? De la longue discussion sur le choix des armes. Jarnac était plus âgé que son adversaire, haut de taille, mince, faible, tandis que la Châtaigneraie, petit, trapu, ramassé sur lui-même, était d'une force musculaire remarquable. A la lutte, à la boxe, les plus habiles redoutaient de se mesurer avec lui. Sous François Ier, c'était Jarnac qui avait demandé le combat. Le roi avait déclaré que de sa vie il n'y consentirait, et, en chevalier qu'il était, il avait tenu parole. Malheureusement, à cette date (décembre 1546), ses jours étaient comptés. Quatre mois plus tard, la provocation venait de la Châtaigneraie, et Henri II se hâtait d'autoriser la lutte.

« Il se trouva que cette circonstance favorisait Jarnac. Étant l'*assailli*, il avait le choix des armes. Son parrain, le grand écuyer Boisy, proposa pour lui les armes gothiques du xve siècle, le long gantelet de fer et un vaste bouclier d'acier poli. Le duc de Guise avait accordé son haut parrainage à la Châtaigneraie ; et comme le duc de Vendôme, de la famille de Bourbon, s'offrait pour servir de parrain à Jarnac, il s'y était opposé de toutes ses forces et l'avait fait écarter. Il ne s'opposa pas moins énergiquement à l'emploi des vieilles armes, emploi auquel l'adversaire avait de bonnes raisons de tenir. En effet, la Châtaigneraie, blessé au bras droit à la bataille de Cerisoles, avait gardé dans ce membre une certaine raideur, et la lourdeur de l'armure devait le gêner considérablement. Jarnac avait appris cette particularité. Il en instruisit un maître d'armes italien qu'il

Jarnac, prenant son élan, déchargea un coup de son épée sur la jambe
de la Châtaigneraie.

avait fait venir, et qui passait pour enseigner des bottes
secrètes infaillibles. Ce fut ce maître qui lui conseilla d'a-
dopter la pesante armure, et aussi deux dagues : « l'une
longue, attachée à la cuisse ; l'autre courte, mise dans les
bottines, dernière ressource de l'homme terrassé, qu'on
appelait *miséricorde* parce qu'au moment où le vainqueur
attendait que le vaincu demandât merci, celui-ci pouvait
encore du bras libre le percer avec sa dague[1]. » Les dagues,
les cottes de mailles, les longues épées pointues, tout fut
contesté par Guise devant les maréchaux de France qui constituaient les juges du litige ; tout fut accordé, grâce à la voix
prépondérante du connétable Anne de Montmorency, qui,
dit-on, craignait que le roi ne conférât à la Châtaigneraie
la charge de colonel général de l'infanterie française promise à son neveu Coligny.

« Ces discussions avaient pris toute la journée. La foule,
accablée par la fatigue, la poussière, le soleil, était peu à
peu devenue morne ; puis, par un mouvement soudain de
réaction, elle éclata en vociférations, en menaces. Le spectacle espéré se faisait trop attendre.

« Le silence se rétablit quand les deux combattants, sortant chacun de leur pavillon, s'avancèrent l'un sur l'autre.

« La Châtaigneraie frappa le premier à deux reprises,
et les deux fois sa lame glissa sur le bouclier de Jarnac.
Celui-ci, cessant de se couvrir et prenant son élan, déchargea un coup de son épée sur le jarret de son adversaire. La violence du coup surprit le lutteur exercé. Soit
douleur éprouvée, soit manque de sang-froid, il négligea
la parade. Jarnac redoubla, frappa au même endroit. La
jambe semblait coupée, la Châtaigneraie tomba.

---

1 Michelet, *Histoire de France* (Guerres de religion). Son récit est très
beau, très vivant. On peut consulter aussi la *Relation* des hérauts et les
Mémoires du maréchal de Vieilleville (collection Michaud et Poujoulat).

« Une scène pénible, cruelle, eut lieu alors. Jarnac adjura
la Châtaigneraie de confesser qu'il avait menti. De rage et
de honte le vaincu restait muet. Aux termes du code de la
chevalerie, puisqu'on en revenait à ces bizarres usages, il
ne restait au vainqueur que deux partis à prendre : ou tuer
le malheureux qui gisait à terre, ou faire don de sa vie à
quelqu'un qui consentît à le réclamer, à le sauver. Le
vainqueur alla trouver le roi, qui ne répondit rien. Dans
son mortel embarras, il revint auprès du blessé, s'agenouilla, se battit la poitrine avec son gantelet de fer en répétant : *Non sum dignus, Domine.* Le voyant ainsi à sa
portée, la Châtaigneraie se dressa sur un genou, ramassa
son épée, voulut le frapper. Jarnac le contint. L'homme,
épuisé par ce dernier effort, retomba lourdement. Deux fois
cette scène se renouvela. On dut désarmer la Châtaigneraie.
Le roi, surpris de l'issue du duel et ne pouvant croire à la
chute définitive d'un champion réputé si solide, se tut longtemps. Pressé par le connétable de Montmorency, il finit
par donner l'ordre d'emporter ce corps baigné de sang,
d'où le souffle semblait se retirer, puis se tournant vers
Jarnac, à genoux devant lui, il lui dit : « Vous avez fait
« votre devoir et vous doit être votre honneur rendu. » Il
ajouta en le relevant: « Vous avez combattu comme César,
« parlé comme Aristote. »

« La fin de la journée, horrible pour la Châtaigneraie,
fut orageuse et sinistre pour tous. Le matin, le filleul de
François de Guise avait parcouru la lice à la tête de trois
cents gentilshommes couverts de vêtements à ses couleurs,
blanc et incarnat. Le soir, il ne put même rester dans sa
tente. On dut le porter à son logis dans la ville. La foule
s'était ruée dans le pavillon où ce glorieux, dans sa présomption, avait fait dresser un magnifique repas, auquel
il avait convié tous les princes de la maison de Bourbon.

Les valets, aussitôt qu'ils avaient vu la partie perdue pour leur maître, s'étaient régalés du dîner. Le flot populaire, venant par là-dessus, renversa, brisa tout. Les voleurs, gens avisés et qui profitent toujours des bonnes occasions, emportèrent la vaisselle d'argent que quelques seigneurs avaient prêtée pour le repas.

« Quant à la Châtaigneraie, il mit trois jours à mourir. On assure que sa blessure, quoique grave, était très guérissable. Mais il tombait de trop haut. Toutes ses espérances s'écroulaient. Aucune humiliation ne lui avait été épargnée, depuis les injures du peuple jusqu'à l'indifférence prudente des courtisans, qui s'abstinrent de venir le visiter. Dans un transport de désespoir il arracha l'appareil qu'on avait posé sur sa plaie, et, complètement exténué par l'abondance de l'hémorragie, il expira. »

VIII

« Carrières-sous-Bois, septembre 18...

« Mon cher Antonin,

« Trêve de compliments. Je n'ai pas songé, comme tu
me le dis, peut-être avec une pointe d'ironie, à écrire un
morceau d'éloquence. Si ma plume s'est brusquement
arrêtée, c'est tout simplement que j'étais fort ému. Le froid
papier ne donne qu'une imparfaite idée de ce qu'il y a de
persuasif, d'entraînant, de chaud dans la parole. Celle de
mon oncle est singulièrement vibrante. Il vous intéresse à
tout ce qu'il touche, parce que lui-même s'y intéresse le premier. Ainsi, je t'assure qu'en me racontant ce terrible épisode de Jarnac il était profondément ému. Je me sentais
subjugué par son récit, et je revivais ces temps éloignés,
avec leurs mœurs si différentes des nôtres et leurs passions

à tout jamais éteintes. Sans doute quelque reflet de cette émotion s'est communiqué à ma lettre, et c'est probablement ce qui aura trouvé grâce devant toi.

« Ce matin, l'oncle Maxime m'a fait venir dans sa chambre.

« — Mon cher enfant, m'a-t-il dit, nous commençons aujourd'hui notre grande pérégrination à travers les premiers âges de la Gaule. A Dieu ne plaise que je veuille fatiguer ton jeune cerveau et attrister tes vacances par des recherches d'érudition ! S'il y a corvée, je la prends pour moi. J'ai fait venir quelques bouquins qui me paraissent indispensables, mais je ne t'en accablerai pas. Je désire seulement, avant d'entreprendre notre exploration méthodique (car nous avons déjà parcouru le musée en visiteurs), te bien édifier sur la valeur des collections que nous allons étudier ensemble, et te donner aussi à ce propos quelques conseils qui ne sont pas à négliger.

« Les musées ne sont pas un vain assemblage de choses mortes, rangées à çôté les unes des autres, selon des classifications plus ou moins heureuses, et destinées à distraire chaque semaine, pendant quelques heures, des oisifs ou des badauds. Ils sont une représentation toujours vivante ou de la riche nature, ou du génie humain, soit dans le présent, soit dans le passé. Tout musée, je dirai même toute salle de musée a son esprit et contient son enseignement. Le Louvre, par exemple, est une immense histoire de la sculpture et de la peinture, où chaque époque, chaque nation s'offre à nous tour à tour, provoquant notre jugement et sollicitant nos suffrages. Ce genre d'impression doit être encore plus vif dans un musée tel que celui de Saint-Germain, exclusivement voué à l'histoire. Il ne s'agit pas de s'arrêter aux vitrines comme si l'on regardait des diamants à la devanture d'un joaillier, ou de traiter des objets qui sont des documents du premier ordre avec autant de sans-gêne que des bibelots de pacotille. Ce que je te demande de faire, et ce à quoi je t'aiderai de mon mieux, c'est de replacer chaque objet, chaque monument, chaque figure, dans son milieu et en quelque sorte dans son atmosphère ambiante. Tu peux être tranquille : ce ne sera jamais moi qui, au nom de l'exactitude rigoureuse, dont je sens d'ailleurs tout le prix, te recommanderai de mettre une sourdine au sentiment et à l'imagination. Celui qui interroge le passé sans recevoir, en une certaine mesure, le contre-coup de ses agitations et sans évoquer, en consultant ce qui est, l'image de ce qui fut, ne dépassera pas la surface de l'histoire : il lui est interdit de pénétrer jusqu'au fond.

« J'ai maintenant un autre conseil plus important encore et plus délicat à te donner. L'homme serait trop heureux si la science, toujours irréprochable dans ses méthodes, droite dans ses intentions, assurée dans ses résultats, ne lui fournissait que de solides assises pour ses convictions et ne lui procurait que des joies pures. Mais, par malheur, la science est une chose humaine, et toute chose humaine est boiteuse. Des investigations qui se font, des progrès qu'on réalise, des lumières qu'on essaye de concentrer, les partis et les passions s'emparent. On tire du même fait, de la même découverte, les conséquences les plus opposées. Ainsi ces galeries, consacrées à nous faire connaître le monde préhistorique, sont un véritable arsenal où l'on va chercher des arguments pour se les jeter ensuite à la tête : la comparaison est permise, puisqu'il est question de cailloux. Pour nous, mon cher Albert, nous nous tiendrons en dehors de toute polémique, et comme nous n'avons pas de système à faire triompher, nous nous plongerons sans arrière-pensée dans l'étude et dans la contemplation. »

10

« J'aurais dû te dire, mon cher Antonin, que tout ce discours n'a pas été débité *ex cathedra*. Les arbres de la forêt en ont entendu une grande partie, et il finissait précisément comme nous franchissions le seuil du musée.

« Nous passons, sans nous laisser détourner ni séduire, devant les reproductions de la colonne Trajane, des arcs d'Orange et de Saint-Remy. Plus tard nous y reviendrons, mais mon oncle soutient qu'il faut commencer par le commencement. Orientons-nous donc dans les vastes salles consacrées à la géologie, à l'histoire naturelle, à l'ethnologie préhistorique. Je ne sais pourquoi, par un de ces caprices d'imagination dont on n'est pas toujours maître, ma pensée se reporte à l'époque de Jarnac et de la Châtaigneraie. Si les courtisans de Henri II pouvaient revenir sous ces voûtes accoutumées à retentir du bruit des hallebardes, et qui voyaient s'étaler journellement les plus riches costumes, ils seraient bien étonnés de ne voir que des vitrines remplies de cailloux, sur lesquelles se penchent avidement quelques savants dont la toilette négligée n'indique pas des millionnaires. Leur surprise augmenterait en apercevant sur les murs des inscriptions, non pas en l'honneur de François 1ᵉʳ ou de Louis XIV, mais bien de personnages tout à fait petits compagnons, tels que 'Boucher de Perthes et Édouard Lartet.

« Ce n'est pourtant que justice. On ne songeait guère à l'archéologie préhistorique, lorsque les ouvriers du génie qui remuaient de la terre aux environs d'Abbeville, pour élever des fortifications, découvrirent, à vingt ou trente pieds de profondeur et près de la craie sous-jacente, des ossements d'animaux disparus : le mammouth, le rhinocéros à narines cloisonnées, l'ours des cavernes. Ce fait éveilla l'attention de Boucher de Perthes, qui, au retour de longs voyages, était venu habiter Abbeville. Il était riche,

se trouvait de loisir et avait la passion de la science. Après
les fortifications, on avait creusé dans les mêmes terrains
un canal et construit une voie ferrée. L'archéologue improvisé profita de ces fouilles nullement scientifiques, et dé-
couvrit bientôt des haches de silex grossièrement taillées,

Les ouvriers taillaient des cailloux, et les présentaient à Boucher de Perthes
comme des pierres préhistoriques.

qui n'avaient rien de commun pour le travail avec les
haches en pierre polie que seules on connaissait alors. Ce
fut pour lui comme l'éclair d'une révélation. Ce travail
humain lui parut émaner d'individus contemporains des
mammifères retrouvés sous les murs d'Abbeville. Dès lors
(1836-1838) il saisit l'opinion publique de cette ques-

tion, s'adressa aux sociétés savantes, aux académies. On le taxait de manie, d'originalité. Mon oncle se souvient très bien que dans sa jeunesse les petits journaux, tels que *le Corsaire, le Charivari,* et même des recueils que leur gravité habituelle aurait dû rendre plus circonspects, s'amusaient aux dépens du savant abbevillois. Dans sa ville même, dans sa ville surtout, on raillait amèrement Boucher de Perthes. Les ouvriers, les paysans s'amusaient à tailler des cailloux et à les lui présenter comme des pierres préhistoriques. En 1850, il obtint un premier succès. Un de ses adversaires, le docteur Rigollot, se convertit, et, se mettant à fouiller avec un zèle de néophyte la banlieue d'Amiens, recueillit vers Saint-Acheul plusieurs centaines d'échantillons d'outils en silex. Les réfractaires commençaient à se sentir ébranlés, lorsque les travaux d'un illustre géologue anglais, sir Charles Lyell, vinrent confirmer les vues de l'investigateur français. En 1859, Lyell voulut étudier par lui-même les graviers de la Somme, et en quelques jours il en retira soixante-dix outils en silex. MM. Gaudry et Preswich n'eurent pas moins de succès. Il fallut bien avouer alors que Boucher de Perthes n'était pas un visionnaire.

« Quant à Édouard Lartet, il a fait faire de grands progrès à la paléontologie, cette science des êtres anciens, par ses belles études sur les grands singes de Sansan (Gers) et de Saint-Gaudens (Haute-Garonne). Il a eu aussi cette bonne fortune de trouver dans les cavernes de la Dordogne la première gravure sur os, aussi curieuse par la netteté du trait que par son ancienneté. Mais Lartet, esprit aventureux, a souvent poussé trop loin ses inductions, et il s'est trop hâté de conclure dans le sens qui souriait à sa pensée.

« Les sciences naissantes sont comme les jeunes gens; elles se plaisent aux hardiesses et ne sont pas exemptes de présomption. (Je te prie de croire, mon cher Antonin, que ces axiomes ne sont pas de moi. Je ne fais que résumer les réflexions de mon oncle, qui m'ont beaucoup frappé. Cela dit, je continue.) Peut-être, sans ce léger enivrement, reculeraient-elles devant les difficultés qu'elles ont à vaincre. Vieillies, ou du moins parvenues à leur point de maturité, elles ont plus de réserve. Cet âge de l'apaisement viendra pour les études préhistoriques. Il ne nous est pas interdit de le devancer. Que des cataclysmes se soient produits sur notre planète, ou que les êtres se soient insensiblement transformés par la lente succession des siècles, il est impossible de voir en quoi cela diminue Dieu et restreint son action. Sa puissance s'exerce par le temps aussi bien que dans l'espace, et préférer un de ses modes d'activité à l'autre c'est encore lui rendre hommage et non lui disputer un attribut.

« Que l'homme soit plus ou moins ancien, ce qui nous intéresse surtout c'est le développement de son intelligence. Lorsque l'on entre dans la salle où se trouve la magnifique carte de la Gaule, d'Erhard, et que l'on voit sous les vitrines les silex taillés provenant des gisements de Saint-Acheul, on est bien moins confondu des tâtonnements de l'humanité, des lacunes et des pauvretés de son outillage que de son précoce génie. Une des choses qui révoltent le plus mon oncle, et à propos desquelles il ne tarit point, c'est l'affirmation de certains savants que ces pierres ont été taillées par de grands singes fossiles, le *pliopithecus antiquus* et le *dryopithecus fontani*. Pourquoi alors, demande-t-il, les singes de nos jours ne possèdent-ils plus cette précieuse faculté? Il est vraiment bizarre qu'ils soient devenus plus bêtes que l'homme, dont ils auraient été les précurseurs et sans doute les initiateurs, tellement bêtes qu'ils peuvent à peine entretenir un feu allumé, et que Darwin tombe en admiration devant l'un d'eux, parce qu'il se servait d'une pierre pour casser une noisette. D'autres

docteurs, plus malins, ont abandonné les singes, dont la
cause n'est pas plaidable; mais, ne pouvant se résigner à
reconnaître dans l'homme primitif l'admirable élément de
progrès que la Providence y a mis, ils ont attribué les silex
taillés de Thenay, près de Pontlevoy (Loir-et-Cher), recueillis par l'abbé Bourgeois, à un être mixte, ni singe
ni homme. Ils ont inventé « une forme ancestrale à peu
près humaine », et ils l'ont baptisée du nom d'*anthropiske*
(homme futur). D'après un savant allemand, Schleicher
(les énormités ne répugnent pas à nos voisins d'outre-
Rhin), l'homme définitif serait un anthropiske qui a eu de
la chance, tandis que les autres, tombés à l'état simien,
sont maintenant réduits à gambader dans les forêts de
l'Afrique, ou à figurer piteusement dans les jardins zoolo-
giques créés par leur ancien frère [1].

« Nous les avons vus, ces silex de Thenay; ils sont
extrêmement grossiers. Évidemment les instruments dont
on disposait alors étaient rudimentaires; mais on sent
partout l'unité d'intention et de travail, ce qui ne se trouve
point chez l'animal, surtout chez le singe, être capricieux
par excellence [2]. Malgré soi l'on regarde la carte, fort bien
faite, où sont figurées les diverses couches de terrains
constatés par la géologie; et, devant ces alluvions qui se
succèdent, qui s'accumulent, on se demande *à quel étage,*
dans toutes ces raies rouge, jaune, blanche, grise, demeurait l'homme de Thenay. On cherche à se représenter quels

1 Cette théorie est exposée avec beaucoup de complaisance dans un des
volumes de la Bibliothèque utile, *l'Homme préhistorique*. Tout en faisant
d'expresses réserves sur les tendances de l'auteur, M. Zaborowski, on
doit rendre justice à son talent de condensation et d'exposition.

2 Les abeilles et les fourmis, chez lesquelles on trouve un concours
d'efforts et l'unité de résultat, ne sauraient être mises en cause à propos
de cailloux taillés. Il y a d'ailleurs dans leur activité collective un côté
routinier et mécanique sur lequel on n'a pas assez insisté.

spectacles naturels s'offraient à ses yeux, de quels êtres il était entouré. Mon oncle, à qui j'ai posé cette question, m'a fait lire, le soir, dans une *Revue*[1], une page du marquis de Nadaillac qui m'a semblé tellement satisfaisante que je veux te la transcrire ici.

« A l'extrémité du grand lac de Beauce, près de Thenay, se dresse une colline qui n'a jamais été immergée durant l'époque tertiaire; car le terrain crétacé est immédiatement recouvert par des couches récentes d'une faible épaisseur. Du haut de cette colline, d'où l'œil embrasse un horizon immense, les hommes, s'ils ont existé, ont pu voir un lac sans limites, puis un grand fleuve, dont on ne connaît encore ni l'origine ni l'étendue, déposer ses sables au-dessus du calcaire formé par les eaux tranquilles du lac. Plus tard, le fleuve se tarit, les eaux du lac s'écoulent sans qu'on sache par quel phénomène, par quelle convulsion de la nature, et la mer des faluns arrive pour disparaître à son tour, laissant de riches dépôts de coquilles marines, comme ses témoins pour les siècles futurs. Ce n'est pas tout, ces hommes, qui fabriquaient les misérables instruments que nous recueillons, ont vécu au milieu de quatre faunes bien différentes. Les amphycions, les acérothères se baignaient sous le regard de l'homme dans les eaux limpides du lac. Plus tard, les dinothériens et les mastodontes erraient sur les rives du fleuve; puis les géants de la mer remplacent les géants de la terre; les grands squales, les grands cétacés se chauffent au soleil là où paissaient les pachydermes. Dans cette lutte pour l'existence, le grand chat, la grande hyène cherchent à leur tour la proie qui fuit devant eux, pour céder la place aux animaux que nous voyons encore autour de nous. »

[1] *Le Correspondant*, 10 novembre 1878.

« Rien, je crois, ne m'a frappé autant que ce qu'on appelle les plaques de brèche de la caverne des Eyzies (Dordogne) et de la grotte de Bruniquel, près de Montauban. Ce sont des fragments détachés et rapportés tels quels de ces antiques demeures de l'homme. On a là, sous les yeux, ces débris informes et vénérables dans l'état où les a réduits l'incessante action du temps. Détritus de toutes sortes, aliments quotidiens, ustensiles de ménage, objets de toilette, instruments de pêche, de chasse ou de guerre, squelettes d'animaux, ossements humains, tout s'y trouve ramassé, mais non confondu, et ce roc effrité, ces poussières agglomérées, sont des témoins si fidèles qu'ils en deviennent éloquents. A côté de ces plaques de brèche on voit le moulage du renne de Thaïngen. Oh! bien peu de chose, mon cher ami, mais une grande chose tout de même. Ce n'est rien moins qu'une des premières œuvres d'art connues : une petite image gravée au trait sur un morceau de bois, représentant avec une parfaite exactitude l'animal en train de brouter. Ce dessin, réellement primitif, a été trouvé en 1874 dans les environs de Schaffhouse. Il est sans doute contemporain des deux ruminants de Savigné (Vienne) gravés sur un os de cerf, des têtes de mammouth sculptées, des figures de cheval, de poisson, de bœuf, de renard, d'aurochs, de sanglier, dessinées à la pointe sur des bois de renne ou d'autres animaux; enfin de ces espèces de compositions représentant ici l'homme complètement nu, le corps légèrement incliné en avant, assez fortement cambré, portant sur l'épaule un court bâton, et là l'homme encore, le bras droit armé d'un trait, poursuivant un aurochs mâle. Le menton est orné d'une barbiche en pointe; les cheveux se dressent en touffe sur le haut du front; l'absence de vêtements est la même. Note bien que ces ouvrages, d'un travail si précis et quelquefois si délicat, ont été exécutés avec des silex taillés dont nous serions bien embarrassés de nous servir aujourd'hui. Quelle intelligence il a fallu pour atteindre à ces résultats compliqués avec de si mauvais outils! Quelle patience dépensée pour transformer en machines à percuter et à broyer ces beaux cailloux en serpentine que je vois exposés dans la même salle!

« Quand tu devrais m'accuser de rêverie ou de vain enthousiasme, à ton choix, je ne puis m'empêcher de te dire que les diverses impressions par lesquelles j'ai passé, à mesure que j'ai contemplé tant d'objets qui nous parlent des anciens âges, se résument en un sentiment profond et vif, jusqu'à se montrer impérieux, et ce sentiment c'est l'admiration de l'homme préhistorique. Je ne sais, en vérité, comment on a pu nous le représenter comme un grossier sauvage, à peine digne d'entrer en comparaison avec les grands singes. Le milieu dans lequel il vivait était horrible. Il avait à lutter à la fois contre les intempéries des éléments, la rapacité des bêtes, la pauvreté des moyens d'action, sa propre ignorance. Rien n'a étonné son courage ni ralenti sa faculté d'invention, et dans les intervalles de lutte, dans ses rares moments de loisir, il s'est élevé jusqu'à l'art.

« Mon oncle, auquel je confie spontanément tout ce que je pense et qui m'y encourage, ne désapprouve pas du tout les idées que je viens de t'exprimer. Il m'apprend un fait bien étrange, c'est que dans les périodes qui ont suivi la première que nous connaissons, celle du silex taillé et de l'habitation dans les grottes, cette aptitude artistique a disparu pour ne se montrer de nouveau que fort avant dans les époques historiques.

« Lorsque j'étais en sixième ou en cinquième et que l'on me menait au musée du Louvre, j'avoue que ce qui m'amusait le plus c'était de voir, au musée de Marine, les plans en relief, posés sur un tapis vert, qui représentent nos principaux ports de mer. Quelque chose de ce plaisir m'est revenu à Saint-Germain en voyant les réductions des dolmens et des menhirs.

« Il y en a bon nombre : dolmen de Loc-Mariaker, où se trouve la table de César; dolmen de la Justice, à Presles (Seine-et-Oise); dolmen de la Pierre-Turquoise, près de Carnelle; tumulus-dolmen de Gave-Inis (Morbihan); grand menhir de Loc-Mariaker, avant et après sa restauration; enfin l'allée couverte de Bagneux, près de Saumur. Cela doit être fort curieux à regarder sur place, et les alignements de Carnac, que les journaux illustrés ont fait connaître à tous, présentent à coup sûr un aspect imposant. Il n'y a là cependant que de la force. Les gens qui se faisaient construire ces immenses tombeaux, où de temps en temps on les retrouve entourés d'autres individus, peut-être leurs serviteurs, ayant auprès d'eux leur cheval de bataille, leurs armes en silex poli et pointu, leurs ustensiles ordinaires, devaient être une race dure et orgueilleuse. Que de bras on a dû employer pour élever ces monuments, remarquables uniquement par leur masse! Combien d'existences ont été sacrifiées à des tâches serviles, et pendant combien d'années!

« Comme il est ennuyeux de toujours interroger, je me suis hasardé dans la chambre de l'oncle Maxime pendant qu'il était en visite chez un de ses amis, au Vésinet, et j'ai fureté dans quelques-uns des livres qu'il a fait venir de Paris. Un gros volume, portant sur sa couverture le nom de M. Alexandre Bertrand[1], m'a surtout attiré. Tout de suite j'ai couru aux pages qui traitent de l'époque des dolmens

---

1 *Archéologie celtique et gauloise* (1876).

(les savants l'appellent l'époque mégalithique ou des grandes
pierres), et j'y ai vu que ces constructeurs de menhirs, qui
ont peut-être bien conquis et réduit en servitude les générations précédentes, venaient probablement de quelque
contrée maritime. Ont-ils été à leur tour vaincus, subju-
gués? Nul ne saurait, à présent du moins, répondre à cette
question. L'indice qui révèle un changement et cette fois,
un progrès de civilisation, c'est la forme et le contenu des
tombes. Au dolmen succède le tumulus, un tertre arrondi,
évidé à l'intérieur, plus ou moins haut, plus ou moins large,
selon la condition sociale du mort. Dans quelques-uns, on a
découvert des objets en bronze. C'est le premier métal qui
apparaît. Son règne est de courte durée. On dirait qu'il a
été apporté par une sorte d'avant-garde qu'un immense corps
d'armée est venu remplacer. Flot après flot, c'est ainsi que
les historiens nous dépeignent le mouvement longtemps
ininterrompu des peuplades orientales vers l'Occident. La
dernière vague de cette marée humaine serait alors l'invasion gauloise.

« En possession du bronze et du fer, ces nouveaux arri-
vants, partis, à ce que l'on suppose, de la vallée du Danube,
triomphèrent aisément de populations mal armées. Pour
eux, au contraire, leurs armes sont superbes. L'histoire
commence à nous en parler, et les tombeaux confirment ce
que disent les livres. Ils avaient débuté par employer la
grande épée à pointe large, lourde à manier, bonne pour
étourdir, assommer l'adversaire. Plus tard, ils se servirent
de la petite épée ibérique, à pointe aiguë, et n'eurent pas
beaucoup à se louer de ce changement. Le casque à forme
conique semble avoir été la maîtresse pièce de leur armure.
On en voit un très curieux au musée de Saint-Germain: c'est
le fameux casque que l'on a rencontré dans les fouilles de
Berru (Marne). Les archéologues soutiennent qu'il ressemble

beaucoup aux casques des guerriers assyriens sculptés sur les bas-reliefs de Ninive. Vaniteux et fastueux, comme l'ont été volontiers leurs descendants en plus d'une circonstance, les Gaulois, du moins les principaux chefs, portaient au-dessus de leur casque une couronne d'or très habilement appliquée à la main. Leurs colliers étaient composés de pierres rares, et aux agrafes de leurs manteaux brillait l'or travaillé. Tu te souviens que Manlius, ayant tué un chef gaulois dans un combat singulier, se para du collier (*torques*) de son adversaire et prit le nom de Torquatus. Il paraît que cette habitude de se dépouiller les uns les autres, qui n'est pas près de finir, à la guerre s'entend, pourrait en certains cas induire en erreur l'archéologue. Tous les objets qu'on trouve dans les tombeaux n'appartenaient pas légitimement à leurs possesseurs, et ils indiquent moins ce que produisait l'art de la Gaule que ce qu'on prenait ailleurs. Bien des ornements grecs et romains sont enfouis dans les tumulus, ce qui atteste le bon goût de nos pères, mais ne témoigne pas précisément en faveur de leur honnêteté[1]. »

1 On a écrit des livres entiers, et l'on en écrira sans doute encore, sur le musée de Saint-Germain, mais on ne fera jamais rien de plus remarquable ni de plus satisfaisant que l'article de M. Gaston Boissier à ce sujet dans la *Revue des Deux-Mondes* du 15 août 1881. C'est un chef-d'œuvre de clarté scientifique et de philosophie appliquée à l'histoire. Est-il besoin de louer le style, et n'est-on pas accoutumé à trouver en M. Boissier un interprète aussi élégant que savant de l'antiquité?

IX

                        « Carrières-sous-Bois, septembre 18...

    « Mon cher Antonin,

    « J'ai été grondé. Mon oncle s'est aperçu que j'avais tou-
ché à ses livres, et il m'a fait une petite semonce.

    « Tu sais, m'a-t-il dit, que j'ai bien rarement refusé de
mettre à ta disposition, parmi les ouvrages que contient ma
bibliothèque, ceux que tu m'as demandés. Mais je tiens à ce
que tu me les demandes, parce que, pendant quelques
années encore, je m'estime meilleur juge que toi de ce qui
te convient. Ainsi je ne t'aurais pas autorisé à lire les volumes qui sont sur ma table. Ils ont assurément de hautes
qualités et renferment des renseignements recueillis avec
soin, classés avec méthode et dont on ne saurait se passer.
Mais les uns et les autres sont faits pour des savants par
des savants, double raison qui n'en permet la lecture qu'au

petit nombre. Celui-ci se plaît aux hypothèses et rend trop
aisément la bride à son imagination ; celui-là est trop préoccupé des exigences de la polémique ; ce dernier (c'est
M. Bertrand, pour ne pas le nommer) a de la finesse et de
la circonspection ; il sait beaucoup et il ne s'aventure pas
au delà de ce qu'il sait. Aussi n'est-il guère enclin à géné-
raliser d'une manière affirmative. Or, à ton âge, on n'a
pas besoin d'être initié aux doutes, aux hésitations, aux
contradictions des érudits. Cela n'est bon qu'à troubler. Il
vaut mieux s'arrêter à quelques grands résultats acquis,
surtout lorsqu'on a près de soi un ami qui vous avertit et
qui vous conseille.

« Je comprends, du reste, que tu aies eu la curiosité de
parcourir ce volume, puisque l'auteur est précisément
l'organisateur du musée où, depuis quelques jours, nous
semblons avoir élu domicile. Assurément la pensée de disposer par ordre chronologique (autant que cela se peut) nos
antiquités nationales et de les relier aux précieux vestiges
des temps préhistoriques est bonne en soi, et M. Bertrand
l'a réalisée avec infiniment de zèle et de capacité, mais elle
n'a rien de particulier ni d'extraordinaire. D'autres pays ont
eu la même piété envers le passé, et en fait de collections
de ce genre on ne doit jamais omettre de citer le magnifique musée de Rosënborg, en Danemark. Il convient de
rappeler aussi que la partie préhistorique du musée de
Saint-Germain a été installée d'abord par M. de Mortillet,
très entendu en ces matières, et dont l'activité a largement
profité à la science. Te voilà prévenu maintenant au sujet
de tes lectures. N'en parlons plus et partons vite, car
aujourd'hui, justement, nous avons beaucoup de choses à
voir. »

« Notre journée s'est passée en pleine Gaule. Je ne sais
vraiment comment m'y prendre pour t'énumérer tout ce qui

a passé sous nos yeux. Les moindres débris de sculpture
ont été utilisés par l'habile organisateur et servent à nous
faire connaître les costumes, les habitudes, les professions
de nos ancêtres. Ici c'est un Gaulois en costume de chasse,
près d'une Gauloise en costume de ville; là, un vétérinaire
gaulois, portant au bras droit l'hipposandale. Voici maintenant un sabotier gaulois, qui ressemble étonnamment à
ceux de nos jours; un artisan dans sa boutique, exerçant
à la fois le métier de foulon et celui de tondeur de drap.
Les pesants nautoniers du Rhin, corporation puissante s'il
en fut, ont tenu à laisser leur image à la postérité. Plus
loin ce sont des costumes et des types militaires. Un légion-
naire romain, reproduit exactement d'après la colonne Trajane, semble surveiller encore les vaincus et les menacer de
son épée.

« De la pirogue antique, qui n'est que l'arbre creusé
grossièrement et aminci à ses extrémités, on passe à l'élégante trirème, dont l'arc d'Orange nous a conservé la représentation. Une autre trirème, dont la proue et la poupe sont
sculptées, nous montre les progrès accomplis par les anciens
dans ce que nous appellerions la marine militaire. Les ra-
meurs, placés en dessous, ne se révèlent que par leurs longs
avirons, et sont parfaitement à l'abri des projectiles, tandis
que par les créneaux du fortin, placé sur le pont, les
combattants peuvent tout à leur aise lancer des traits sur
l'ennemi. Cela fait penser aux monitors actuels, avec leur
équipage disséminé dans l'entrepont et leur tourelle qui s'é-
lève au milieu du navire.

« Un grillage protège la mosaïque d'Autun, où l'on a
figuré Bellérophon donnant le coup mortel à la Chimère. Le
mouvement du cheval ailé est admirable. C'est le triomphe
de l'inspiration dans une œuvre de lente industrie, de patient
effort.

« On passe rapidement devant les colonnes votives qui
se dressent en face des bornes milliaires du temps d'Auguste ; mais comment ne pas s'arrêter un instant devant
les tables de Claude, merveilleusement reproduites par
la galvanoplastie d'après l'original conservé au musée de
Lyon.

« Ce document, me fait observer mon oncle, est curieux
à bien des titres, et particulièrement important pour l'histoire de la Gaule. Il marque avec précision la date où, par
la volonté impériale et, malgré les résistances de l'aristo-
cratie romaine, les Gaulois furent admis au sénat. Il nous
montre aussi comment les anciens concevaient l'exactitude
historique. Le discours de Claude en faveur des Gaulois a
certainement été connu de Tacite ; mais l'éloquent historien n'a pas jugé convenable de le donner tel quel. Il a
trouvé sans doute que la prose peu élégante de Claude dé-
tonnerait dans son beau style, et, plutôt que de citer le
discours, il l'a refait. La comparaison entre les deux morceaux serait curieuse. De nos jours, où la moindre pape-
rasse est scrupuleusement déchiffrée, où l'on copie religieu-
sement des chartes souvent insignifiantes, nul n'oserait
prendre de pareilles libertés avec un document du premier
ordre, et je m'empresse d'ajouter que l'on aurait raison.
Pourtant les anciens avaient élevé cette licence à la dignité
de procédé. Nous y avons gagné de beaux discours et perdu
des indications précieuses. C'est ce qui a fait dire à Mérimée
qu'il aurait préféré les notes de Thucydide à la rédaction
définitive de son beau livre. De là le prix qu'on attache
maintenant aux inscriptions, où les gens parlent sans inter-
médiaires, et le rôle considérable que joue une science
relativement nouvelle, l'épigraphie.

« Je crois t'avoir raconté, mon cher Antonin, ce qui
m'arriva l'année dernière, dans un petit voyage que je fis

Poteries de l'époque gallo-romaine.

en Normandie avec ma mère et mon oncle. On venait de
découvrir, tout près du village où nous devions passer nos
vacances, un cimetière gallo-romain. Bien entendu, nous
ne tardâmes guère à le visiter. Les fouilles, abandonnées
et reprises un peu au hasard, avaient laissé le terrain dans
un désordre assez sinistre. Les ossements, éparpillés, gi-
saient à fleur de sol. Ici l'on apercevait un bras; là un
fémur ou un tibia, deux ou trois crânes luisaient au soleil. Je ramassai une vertèbre qui avait pu appartenir à
quelque guerrier, et je l'emportai triomphalement; mais
toute la nuit j'eus des cauchemars terribles. Je rêvais que
ce guerrier venait me redemander sa vertèbre, en agitant
sur ma tête une framée qui n'avait rien de rassurant. Dès
qu'il fit jour, je me hâtai de reporter la maudite vertèbre
où je l'avais prise, et à ce prix le guerrier quinteux voulut
bien me laisser tranquille. Son souvenir m'est revenu en
me promenant parmi les urnes funéraires, remplies de
cendres pour la plupart, qui d'une des salles du musée
forment une espèce de nécropole. Une de ces urnes est en
verre, et l'on distingue parfaitement les quelques pincées
de poussière qui représentent l'être humain. Je te fais grâce
des amplifications auxquelles je pourrais me livrer à ce
sujet; mais je t'assure, sans phrases, que l'on éprouve un
saisissement véritable en se trouvant ainsi, à l'improviste,
devant ces restes mortels dont on ignore souvent l'origine
et la provenance. Golasecca, sur les bords du Tessin (Gaule
Cisalpine) a fourni beaucoup de ces monuments funéraires.
La population de cette petite cité pratiquait exclusivement
l'incinération; aussi n'y a-t-on point trouvé de squelettes
humains ni d'ossements comme aux époques antérieures,
où l'inhumation était pratiquée. Quelques tombes nous reportent à la plus haute antiquité. En voici une ouverte en
juillet 1873, et qui, pour les érudits, remonte plus haut

que la fondation de Rome. D'autres sont moins anciennes.
Cela se reconnaît à leurs inscriptions latines. Les Gaulois
qui dorment là étaient déjà romanisés.

« Leurs dieux se pressent, tout à côté, en fort grand
nombre. Ils sont bien bizarres d'aspect. Quelques-uns ont
trois têtes; d'autres demeureront éternellement accroupis;
d'autres enfin semblent à peine se dégager du règne animal, et portent comme attribut distinctif une ramure de
cerf. Les déesses Épona et Pirona font meilleure figure.
Elles paraissent presque belles à côté du Mercure barbu,
reproduit d'après celui du musée de Beauvais ; car M. Bertrand a eu l'excellente idée de faire prendre dans les divers
musées locaux les moulages et les estampages de tous les
objets, de toutes les figures qui peuvent servir à éclairer
l'archéologie gauloise. Par moments, l'excès de la richesse
produit la confusion, et l'on est tout étonné de rencontrer
un autel de Belus, venu d'Apamée, en Syrie, dans le très
proche voisinage du célèbre autel gaulois trouvé à Paris
en 1711. Ce dernier monument doit être particulièrement
cher aux Parisiens, car il prouve que Lutèce était déjà un
centre considérable lorsqu'un héroïque vieillard, Camu-
logène, essaya vainement de la défendre contre Labiénus,
le plus habile et le plus heureux des lieutenants de César.

« César! dès que ce nom apparaît, dès qu'il éclate, il
remplit tout. Si les souvenirs proprement dits de la guerre
des Gaules n'abondent pas au musée de Saint-Germain, on
y trouve des travaux remarquables destinés à nous faire
comprendre les principales opérations de cette guerre, à
nous y faire en quelque sorte assister. C'est tout ce qu'il y
a de plus ingénieux. On a sous les yeux le pont que César
jeta si hardiment sur le Rhin ; il est admirablement restitué
par le général de Reffye. Avaricum se dresse devant nous,
avec ses retranchements formidables, ses tours élevées

auxquelles les assiégeants opposaient des tours mobiles, que l'on plaçait sur un plan incliné, et que l'on faisait rouler jusqu'à ce qu'elles missent les combattants à même de se servir de leurs armes. Une de ces tours, employée au siège d'Uxellodunum, a été fidèlement reproduite d'après la description contenue dans les *Commentaires*. Et quels engins on employait! Dans les salles basses du musée, les

Armes celtiques.

balistes, les catapultes sont toutes tendues, prêtes encore à lancer, avec une raideur épouvantable, l'énorme pierre qui faisait alors office de boulet.

« Le plus inextricable enchevêtrement de fossés, de pièges, de chausse-trapes, de chevaux de frise se trouve certainement accumulé devant Alésia. C'est là que se joua la dernière partie entre la Gaule légitimement soulevée et l'infatigable conquérant. Aussi tous les moyens d'attaque et de défense avaient-ils été savamment combinés. Un plan très bien fait représente Alise-Sainte-Reine, sur le petit

mamelon verdoyant, qui rompt l'uniformité de l'immense
plaine des Laumes. Il faut que le terrain ait bien changé
depuis ce temps-là, car la hauteur sur laquelle est située
Alise ne saurait en aucune façon passer pour une montagne, et le plateau ne semble pas assez étendu pour qu'on
y puisse établir une armée nombreuse. Quoi qu'il en soit
(car tu sais qu'une localité de Franche-Comté, Alaise,
prétend être la véritable Alésia), un grand fait d'armes
s'est accompli autour de la colline d'Alise. La multitude
d'épées, de javelots, d'armes de trait (dont quelques-unes
ont été rapportées ici) que l'on y a découverte, en est la
meilleure preuve.

« Que ce soit un bien ou un mal pour la Gaule d'avoir
été conquise, que nous descendions des Gaulois ou des
Romains, il est impossible, sans prendre parti à pareille
distance, de ne pas s'intéresser au sort de Vercingétorix,
à son génie militaire, trahi par l'insubordination et la division des siens ; à sa noblesse de langage, à sa grandeur d'âme, et de ne pas trouver César bien mesquin dans
sa rancune et bien cruel dans sa vengeance.

« Après la chute d'Alésia, la Gaule devient très rapidement romaine. Elle se couvre de monuments superbes. Ils
seront tous, à ce que me dit mon oncle, représentés au
musée de Saint-Germain. Ce sera une magnifique résurrection artistique et architecturale. Il y a déjà dans les salles
du rez-de-chaussée des moulages très habilement exécutés,
qui nous font connaître les sculptures de l'arc de triomphe
d'Orange et celles qui ornent à Saint-Remy la tombe des
Jules. A propos de l'arc d'Orange, mon oncle me raconte
une anecdote qui mérite de n'être pas oubliée. Pendant
très longtemps, on a ignoré à quel sujet cet arc avait été
élevé. C'est M. de Saulcy, mort récemment, qui, au moyen
des trous laissés par les crampons de fer destinés à fixer

les lettres sur l'architrave de marbre, a restitué le commencement de l'inscription, et démontré que le monument
a été construit en l'honneur de Tibère après la défaite de
Sacrovir.

« L'antagonisme des races qui n'ont pas pu se fondre
encore est très marqué dans ces sculptures La statuaire
romaine, moins élégante et moins hardie que l'art grec,
se montre très consciencieuse dans la reproduction des
types. Même en pleine décadence, elle se soutient et se
sauve par là. C'est ce qui frappe dans les bas-reliefs de la
colonne Trajane, devant lesquels nous avions passé pour
arriver plus promptement aux collections préhistoriques et
dont, au moment de sortir, nous regardons plus attentivement le moulage.

« Les figures en demi-relief engagées dans la pierre sont
extrêmement curieuses. Elles vivent, elles respirent. Les
Parthes, sur lesquels vient de s'étendre la puissance romaine, sont étudiés avec un soin poussé jusqu'à la minutie.
Leur barbe, leurs cheveux les rendent très reconnaissables.
Il en est de même pour les Daces. Quelle variété d'expression dans les physionomies de ces guerriers foulés aux
pieds des chevaux ! La colère, la terreur, le désespoir, tous
les sentiments sont rendus avec un pathétique vrai, qui nous
touche encore à travers tant de siècles. La calme figure de
Trajan domine tout. L'artiste aurait pu sans doute l'accen-
tuer davantage, mais on sent qu'il ne l'a pas voulu. Selon
la haute conception de la souveraineté qu'avaient les anciens, le roi ou l'empereur ne doit point être ému, du
moins il ne doit point laisser paraître son émotion. Représentant de la Divinité sur la terre, il ne saurait sembler
en proie aux vulgaires passions des hommes, et il est de
son devoir de conserver en tout événement l'impassibilité
qui convient à la justice. »

X

M. Thiers. — Dernière maladie de Louis XIII. — Baptême du Dauphin.
— Saint Vincent de Paul. — Déclaration royale. — Rocroy prophétisé
par Louis XIII. — Agonie du roi. — Le jugement de l'histoire.

« Carrières-sous-Bois, septembre 18...

« Mon cher Antonin,

« Tu as tort de montrer mes lettres. C'est uniquement
pour toi que je les écris, et ce qui le prouve mieux que
tout, c'est que les autres, à ce qu'il me semble, ne les
jugent pas avec équité. Ceux-ci me reprochent de faire trop
le savant, ceux-là de ne juger que par mon oncle et d'admettre sans discussion tout ce qu'il me dit. Ce dernier
blâme, à te parler franchement, me touche peu. Mon oncle,
comme tu as pu le voir, me laisse très libre de lui soumettre
mes réflexions et les objections qui se présentent à mon
esprit; mais j'aurais fort mauvaise grâce à discuter avec lui
sur des questions qu'il connaît mieux que moi, et où il veut
bien prendre la peine de m'instruire. Quant à mon prétendu
étalage de science, je t'avoue que ce reproche m'a fait sou-

rire. Souvent je ne suis qu'un écho, souvent aussi je m'aide
de lectures faites à droite et à gauche, les jours de sortie
ou pendant que vous étiez en promenade. Cela me constitue un petit magasin, un petit fonds, où je puise sans toujours avertir, et me donne les modestes airs d'érudit qui
ont tant choqué tes camarades.

« Cependant, puisque tu ne partages pas leurs préventions et que ma correspondance est pour toi, d'après tes
propres paroles, une précieuse distraction dans la solitude
où tu vis, je t'écrirai encore une fois avant notre départ
pour Saint-Denis. Tu as bien lu: Nous ne rentrons pas à
Paris. Je vais t'apprendre comment cela se fait, en rap-
portant la conversation que j'ai eue avec mon oncle l'autre
soir, et où il a pris cette résolution par complaisance pour
moi. Afin qu'on ne m'attribue pas encore la science d'au-
trui, je laisserai à cet entretien la forme d'un dialogue,
bien que je n'y joue pas le principal rôle. Mais auparavant
il faut que tu saches de quelle manière les choses se sont
passées, et que je te fasse une mise en scène convenable.

« Nous avons dîné hier au pavillon Henri IV. Tu sais
que ce très bel hôtel est construit sur l'emplacement de
l'ancien Château-Neuf, et qu'on a transformé à la moderne
les rares constructions subsistantes du temps de Henri II.
Le garçon qui nous servait ne paraît pas très ferré sur
Jarnac, François Iᵉʳ ou Louis XIV. Il fait grand cas du
musée, parce que cet « établissement » attire du monde
dans une ville « morte »; en revanche, il n'a pas manqué de nous répéter à satiété que M. Thiers, dont on peut
voir une statue médiocre sur la grande place, est mort
dans ce pavillon en mangeant des rognons sautés, son
plat favori. J'ai remarqué que mon oncle, qui d'habitude
est plutôt familier que hautain, et qui aime à causer avec
les gens simples, a laissé bavarder le garçon sans lui ré-

pondre. Aussi, lorsque nous avons été sortis, et pendant que nous faisions un tour dans le parterre avant de reprendre le chemin de Carrières-sous-Bois, je lui demandai pourquoi il avait gardé le silence, et si les éloges décernés par le garçon à M. Thiers l'avaient agacé.

Statue de M. Thiers à Saint-Germain, d'après Mercié.

MON ONCLE

« Je répondrais volontiers à ta question, mon cher Albert, si elle ne touchait de bien près à la politique. Quoique nous vivions dans un pays de suffrage universel, je n'aime pas beaucoup à entendre les garçons de restaurant pérorer sur les hommes d'État. M. Thiers n'est pas encore entré dans l'histoire, dans la vraie, celle où les passions sont, sinon calmées, du moins amorties. Ses actes, comme journaliste libéral, comme chef de l'opposition sous Louis-Philippe, plus tard comme ministre, seront longtemps encore l'objet de discussions ardentes. Ce que les honnêtes gens de tous les partis ne lui contesteront pas, c'est l'habileté dont il a fait preuve pour libérer le pays de l'invasion allemande, et l'énergie qu'il a déployée pour rétablir l'ordre matériel. Orateur, il était la lucidité même. Historien, il a montré, surtout dans *le Consulat et l'Empire,* de hautes qualités au point de vue de la composition. Mais je crois que ce brave Pierre ne se doute guère de tout cela, pas plus qu'il ne connaît les détails, véritablement touchants, de la mort de Louis XIII dans ce Château-Neuf que ses successeurs ont laissé tomber en ruines.

MOI

« Louis XIII n'a vraiment pas de chance. On parle toujours de son père et de son fils ; de lui presque jamais, et lorsqu'on en parle, c'est avec une sorte de commisération. Dans les historiens, le récit de sa mort tient en deux lignes. On nous dit qu'il avait depuis son enfance une santé misérable, et qu'il s'éteignit d'une maladie de langueur.

MON ONCLE

« Je ne vois pas qu'il ait été si faible. Il a fait la guerre devant Montauban et la Rochelle, malgré les fièvres et par des chemins impraticables ; en une saison inclémente, il a franchi le Pas de Suse, un défilé perdu au sommet des Alpes, et que les plus hardis généraux n'osaient aborder.

MOI

« Comment alors est-il mort si jeune, car il avait à peine quarante-deux ans ?

MON ONCLE

« Les médecins l'ont tué à force de purgations et de saignées. C'était le système en faveur, et si Louis XIV a vécu si vieux, ce n'est pas la faute de son médecin Fagon, qui n'a rien négligé pour ébranler son robuste tempérament. Quant à Louis XIII, à partir de février 1643, la fièvre s'empara de lui. Ses nuits se passaient sans sommeil, et un insurmontable dégoût l'empêchait de prendre aucun aliment solide. Bientôt il devint d'une extrême faiblesse. Le 3 avril, il voulut faire une promenade dans la galerie du château qui regardait la Seine ; mais son valet de chambre Dubois était obligé de le suivre en portant une chaise, et tous les vingt pas le roi s'asseyait. Encore était-il soutenu sous les bras par le premier gentilhomme de la chambre et le capitaine des gardes, Souvré et Charost. Aussi ne renouvela-t-il pas la tentative. Un jour, pendant qu'on le changeait de draps, il ne put s'empêcher de s'écrier : « Mon Dieu ! que je suis maigre ! » — « En effet, dit Dubois, qui raconte le fait, il n'avait que la peau et les os. On lui voyait les cuisses et les jambes si menues qu'il n'y avait que les genoux qui faisaient remarquer en cet endroit un peu de gros. Le reste semblait un squelette. »

MOI

« Il ne pouvait guère se faire illusion sur son état.

MON ONCLE

« Depuis longtemps il se préparait à cette terrible épreuve ; mais ce fut seulement quelques jours avant sa mort qu'il interpella son médecin Bouvart, et l'adjura de lui dire la vérité. Celui-ci évitant de répondre, le roi comprit son silence. Il donna des ordres pour qu'on appelât son premier aumônier et son confesseur ; puis il se fit porter sur une chaise longue, que l'on nommait alors une chaise à la romaine. On ouvrit les fenêtres. Les parfums printaniers qui s'exhalaient des jardins et de la forêt entraient à flots dans la chambre sans pouvoir ranimer le royal malade, arrivé au dernier degré de l'épuisement. Louis XIII jeta les yeux au dehors, et, apercevant la haute flèche et les tours de Saint-Denis : « Voilà, dit-il, mon dernier logis. » Son sang-froid ne l'abandonna nullement devant cette funèbre pensée, et, réglant d'avance l'ordonnance de ses obsèques, il prescrivit, lorsque le convoi se dirigerait vers Saint-Denis, de ne pas prendre certains chemins mal entretenus, défoncés, d'où les chevaux embourbés auraient trop de peine à se retirer. Son successeur avait l'esprit moins ferme, et la vue des clochers de l'abbaye où il devait reposer lui déplaisait si fort, qu'elle fut un des motifs qui le déterminèrent à quitter Saint-Germain. On ne pouvait devant Louis XIV prononcer le nom de la ville de Saint-Denis sans exciter sa mauvaise humeur. Avait-il le pressentiment des scènes de désordre et de licence qui devaient éclater à ses funérailles ?

MOI

« Louis XIV fit cependant preuve du plus grand courage lorsqu'il se vit en danger de mort, et c'est lui qui dit à ses domestiques tout en pleurs : « M'avez-vous donc cru immortel ? » Louis XV est, je crois, le seul parmi les Bourbons qui, à l'heure suprême, ait manqué de résolution ou de résignation.

MON ONCLE

« Il n'en est pas moins vrai que le Dauphin, petit enfant, — n'oublie pas qu'il avait cinq ans, — assista aux derniers moments de son père, que ce spectacle lui fit éprouver l'émotion la plus vive, et, comme ces premières impressions se gravent dans l'âme bien plus profondément qu'on ne le croit, il n'est pas surprenant qu'elles aient reparu dans l'âge mûr et influé sur la conduite du roi. La relation du valet de chambre Dubois, citée par M. Marius Topin dans son livre sur *Louis XIII et Richelieu,* contient à cet égard de curieux détails [1].

« Le 10 mai, vers quatre heures de l'après-midi, Louis XIII tomba dans une lourde somnolence. On introduisit alors le Dauphin dans sa chambre, on le fit approcher du lit, et on lui recommanda de contempler attentivement son père. Lorsqu'il fut sorti et se trouva dans la galerie, on lui demanda s'il se souviendrait du roi : « Oh! oui, répondit l'enfant, je l'ai bien remarqué; il tenait la bouche et les yeux ouverts. — Voudriez-vous être roi? — Non. — Et si votre papa mourait? — Si mon papa mourait, répondit l'enfant en sanglotant, je me jetterais dans le fossé du château. » C'était la troisième fois qu'il tenait ce propos, et sa gouvernante fut obligée de le faire surveiller.

« Peu de jours auparavant, le 21 avril, le roi avait exprimé le désir qu'on ne reculât point davantage le baptême du Dauphin, différé jusque-là. L'enfant fut tenu sur les fonts baptismaux par le cardinal Mazarin et la princesse de Condé. La cérémonie eut lieu à cinq heures du soir, dans la chapelle du Château-Neuf, qui fait encore partie du pavillon Henri IV. Le nom de Louis fut spontanément choisi par le Dauphin. Il alla ensuite à la sacristie remercier de fort bonne grâce l'évêque de Meaux [2], qui lui avait administré le sacrement. Enfin on le porta sur le lit de

---

[1] J'ai déjà eu l'occasion de signaler ce judicieux et consciencieux travail, rempli de documents d'une haute importance et propre à modifier sérieusement les opinions reçues au sujet de Louis XIII.

[2] Dominique Séguier

son père, et, celui-ci lui ayant demandé comment il se nommait maintenant, l'enfant tout naïvement répondit : « Louis XIV. — Pas encore, » dit le roi en souriant, mais avec une certaine vivacité.

MOI

« La douleur du roi devait être bien grande de laisser cet enfant si jeune, au milieu des divisions qui recommençaient, des ambitions qui relevaient la tête depuis la mort de Richelieu ?

MON ONCLE

« Ton observation est juste. La question de la régence fut la grande préoccupation, le tourment véritable de Louis XIII, à partir du moment où il n'eut plus l'espérance de guérir. En quelles mains le pouvoir tomberait-il ? Anne d'Autriche, en plus d'une circonstance, s'était montrée bien Espagnole de cœur. Gaston d'Orléans, rebelle envers son frère, traître envers la France, puisqu'il avait signé un traité avec nos ennemis, ne présentait aucune garantie de caractère ni de capacité. Rien ne faisait prévoir le choix auquel la roi s'arrêterait. Les courtisans allaient de Gaston à la reine, selon que les bruits de l'intimité étaient favorables à l'un ou à l'autre. Déjà l'on escomptait les changements qui allaient se produire, et peu s'en fallait qu'on ne portât la main sur les dépouilles avidement convoitées. Le maréchal de la Meilleraye et les Vendôme faillirent se livrer combat dans les antichambres de Saint-Germain à propos du gouvernement de Bretagne. Le moribond, de son lit, où saint Vincent de Paul était venu lui apporter l'assistance de son inépuisable charité, pouvait les entendre, et il disait avec une amère mélancolie : « Ces gens-là viennent voir si je mourrai bientôt. »

« Dans l'après-midi du 20 avril, la chambre du malade

s'ouvrit devant Anne d'Autriche, conduisant ses deux jeunes
enfants, le duc d'Orléans, le prince de Condé, les maréchaux de France, les ducs et pairs, le chancelier, les mi-

Louis XIII assisté par saint Vincent de Paul
à son lit de mort.

nistres, les principaux officiers de la couronne. Sur l'ordre
de Louis XIII, la Vrillière, extrêmement ému, souvent interrompu par les larmes qu'il versait, donna lecture de la
« Déclaration pour la régence et l'administration du

« royaume ». Tu sais que cette déclaration, en conférant
à Gaston une lieutenance générale honoraire sans pouvoir
effectif, donnait la régence à la reine, mais en l'entourant
d'un conseil dont elle serait obligée de prendre l'avis.
C'était une conception de Richelieu, que Mazarin avait
réussi à faire prévaloir. Pendant cette lecture, la reine était
assise sur une chaise au pied du lit. Lorsque la Vrillière
eut cessé de lire, Louis XIII écrivit de sa main sur l'acte :
« Ce que dessus est ma très expresse et dernière volonté,
« que je veux être exécutée. » Puis la reine et Gaston si-
gnèrent en jurant de se conformer au contenu du testament.
Alors on fit entrer la députation du parlement de Paris, à
laquelle le roi annonça que le duc d'Orléans irait le lendemain faire connaître aux Chambres réunies les résolutions
qui venaient d'être annoncées.

MOI

« Louis XIII n'avait pas perdu de temps; car, averti
le 19, toutes ses mesures étaient prises dès le 20. La maladie cependant se prolongea, puisqu'il ne devait mourir
que le 14 mai.

MON ONCLE

« Il y eut même un instant d'espoir; le roi ne le parta-
gea que faiblement. Il se contenta de dire : « Si c'est la
« volonté de Dieu, je m'y soumets; mais alors qu'il me
« fasse la grâce de donner la paix à toute l'Europe. » Sa
résignation, ou plutôt, pour employer l'expression de Mazarin, son indifférence envers la mort fut très grande. Il ne
s'appliqua plus qu'à témoigner envers tous d'une extrême
douceur, oubliant ses préventions et ses ressentiments contre
la reine, et manifestant son vif regret que la raison d'État
l'eût contraint de se montrer si sévère à l'égard de Marie
de Médicis.

« Un fait bien extraordinaire se produisit le 10 mai. On aurait peine à le croire s'il ne reposait sur de sérieux témoignages. La nuit du 9 au 10 avait été fort agitée. Au matin, le roi fit appeler le prince de Condé, dont le fils, le duc d'Enghien, qui fut plus tard le grand Condé, commandait l'armée placée à la frontière de l'Est et destinée à lutter contre la redoutable, la vieille infanterie espagnole, commandée par le célèbre comte de Fuentès.

« Je viens, dit le roi, de voir le duc d'Enghien, votre « fils, en venir aux mains avec les ennemis. Le combat a « été rude et opiniâtre. La victoire a longtemps balancé, « mais elle est demeurée aux nôtres, qui sont maîtres du « champ de bataille. »

« Le prince de Condé s'inclina et répondit que très probablement, en effet, il y aurait un choc, et qu'il espérait bien que, Dieu aidant, nous gagnerions la bataille. Puis, se tournant vers le père Dinet, jésuite, qui assistait le roi, il lui dit tout bas : « Il baisse fort, et, si je ne me trompe, « son cerveau se trouble. » Neuf jours après, Condé gagnait la bataille de Rocroy.

MOI

« Crois-tu que Louis XIII avait eu réellement une vision de ce qui devait se passer neuf jours plus tard?

MON ONCLE

« Je te répondrai, comme Hamlet à son ami Horatio : « Il y a plus de choses au ciel et sur la terre que n'en a « rêvé notre philosophie. » Tout au moins la coïncidence est-elle étrange et donne-t-elle à ce rêve mystérieux quelque chose de prophétique. On raconte aussi que Charles Bonaparte, lorsqu'il fut atteint de la maladie qui l'emporta, prédit dans un accès de délire la future grandeur de son fils Napoléon, alors simple élève dans une école militaire.

« Quoi qu'il en soit, le retour factice des forces du roi n'avait point persisté, et son intelligence avait jeté ses plus vives lueurs. Le 14 mai, son regard se troubla, et, sur sa demande réitérée, les médecins lui déclarèrent qu'ils ne pensaient pas que son existence pût se prolonger jusqu'au lendemain.

« J'aurais pourtant voulu aller jusqu'à demain, dit le « roi. Le vendredi m'a toujours été heureux. Ce jour-là, « j'ai toujours réussi dans les batailles que j'ai entreprises. « Mais que la volonté de Dieu soit faite! Allons, ajouta- « t-il, il est temps de faire mes adieux. » Il embrassa tendrement, en pleurant, la reine, qui depuis plusieurs jours ne le quittait plus, et qui versait elle-même d'abondantes larmes. Il bénit le Dauphin, le duc d'Anjou; enfin il serra les mains de son frère, du prince de Condé, de plusieurs maréchaux et même de ses valets de chambre, qu'il remercia très affectueusement de leurs bons soins. Son émotion était extrême, mais sa présence d'esprit demeura parfaite. S'adressant à l'évêque de Meaux, le mourant lui dit : « Il faudra bientôt lire les prières de l'a- « gonie. Je les ai toutes marquées dans le livre que vous « tenez. » Les cierges aussitôt s'allumèrent, et l'on n'entendit plus que la voix du premier aumônier, dont le roi suivait attentivement les paroles en les répétant tout bas.

« Pendant ce temps, la foule des courtisans avait envahi la chambre. L'air manqua. Gaston d'Orléans et le prince de Condé entraînèrent rapidement la reine et les deux enfants. La presse était si grande qu'un des valets de chambre, qui portait un bénitier, fut obligé de s'en jeter l'eau sur le visage pour ne pas s'évanouir. Une dernière fois le roi murmura : *In manus tuas, Domine, commendo spiritum meum.* Le froid s'empara de lui, glaçant, paralysant les jambes, les bras. Quelques hoquets se succédèrent. A deux heures trois quarts, tout était fini. Le clergé vint jeter de l'eau bénite sur le corps, et la musique de la chapelle royale, se rangeant autour du lit, entonna le *De profundis.*

MOI

« Je suis content de trouver Louis XIII si égal à lui-même et si ferme devant la mort. Il n'était pas décidément cet esprit faible que l'on nous a trop souvent et trop complaisamment représenté.

MON ONCLE

« C'est en ce sens que l'histoire tend à se prononcer aujourd'hui. Mais je crains que, passant d'un extrême à l'autre, après avoir poussé le dédain à l'excès, on ne se laisse trop entraîner à glorifier Louis XIII aux dépens de Richelieu. La part de celui-ci dans l'œuvre commune reste assurément la plus considérable, mais au roi revient ce mérite, qu'on lui contesterait injustement, d'avoir été le collaborateur intelligent et le soutien, non pas inébranlable, mais fidèle, en somme, de son ministre.

MOI

« Nous devrions aller visiter son tombeau à ce Saint-Denis qu'il apercevait d'ici, et dont la vue n'abattait pas son courage.

MON ONCLE

« Je ne demande pas mieux, et même je vais te proposer un itinéraire original. Au lieu de traverser Paris, nous allons descendre la forêt de Saint-Germain jusqu'à Poissy, gagner Pontoise, où nos amis des Mathurins nous donneront l'hospitalité, et de là retourner à Saint-Denis, que nous examinerons tout à notre aise. »

« Tu penses, mon cher Antonin, que j'ai accepté la proposition avec enthousiasme, et que j'en vais presser l'accomplissement. Au revoir, mon cher ami, je ne sais si j'aurai le temps de t'écrire d'ici à la fin des vacances, car nous devons aller auprès de Melun, chez M. Fortuné Valentin, un peintre des amis de mon oncle, avec lequel nous ferons une pointe jusqu'au château de Vaux, celui de Fouquet, ne t'en déplaise, et nous courrons la forêt de Fontainebleau dans ses parties les plus sauvages. »

XI

Aux forêts, pour qu'elles aient toute leur beauté, les
accidents de terrain sont nécessaires. Que serait Fontainebleau sans ses rochers, ses vallons sablonneux et brûlants;
Compiègne sans la ligne sauvagement austère des Grands-
Monts; la Forêt-Noire sans ses chaînes de montagnes, ses
entonnoirs menaçants? Plus riche en hautes futaies, mieux
coupée par de larges routes que la forêt de Rambouillet,
celle de Saint-Germain n'a ni sa tristesse pénétrante, ni
son air de solitude. Les bois de Marly, qui la continuent
à droite de la ville, offrent quelque intérêt et parlent au
souvenir par les débris, chaque jour, hélas! moins visibles,
de la brillante résidence où se plaisait tant Louis XIV.
Mais dans la direction de Poissy le pittoresque fait défaut,
et l'histoire elle-même se tairait si l'on ne rencontrait
au-dessus de Carrières le château du Val, où le maréchal
de Beauvau et sa femme donnèrent aux contemporains de

Louis XV (qui n'étaient pas coutumiers du fait) le spectacle édifiant de la parfaite félicité conjugale.

Voilà pour le passé. Quant à l'élément contemporain, il est représenté par les troupeaux de moutons, et surtout de bœufs, que l'on dirige vers Poissy, l'un des plus grands marchés établis aux environs de Paris, et qui, devant l'aboiement furieux des chiens, sous le bâton des bergers et des bouviers, font une assez triste figure. Les pasteurs sont bons à fréquenter dans Théocrite et Virgile, voire même, diront les précieux, dans Fontenelle. De nos jours, un romancier de talent, M. Jules de Glouvet, a réussi à les rendre presque sympathiques sans trop les poétiser, sans trop déguiser leur extrême rudesse. Vus de près, ils perdent beaucoup, et ils gâtèrent à nos voyageurs le court séjour que ceux-ci firent à Poissy.

Le touriste ami de la tradition doit pourtant un coup d'œil à la ville où naquit saint Louis et à l'église où il fut baptisé. Cette dernière, malgré bien des changements, a conservé son caractère et quelques-unes de ses parties primitives; mais le château royal, où logeait la reine Blanche, a disparu, et de l'immense abbaye des dominicaines, de leur superbe église, construite sur l'emplacement du palais, quelques vestiges à peine subsistent aujourd'hui. Leur vaste et beau réfectoire avait vu, en 1561, le légat du pape, seize cardinaux, quarante évêques, assistés d'un grand nombre de docteurs en théologie, engager en présence de la cour une discussion solennelle avec le célèbre Théodore de Bèze, entouré des plus habiles ministres de l'Église réformée. Cette conférence garde dans l'histoire le nom de *colloque de Poissy*. Ce fut une brillante joute oratoire et doctrinale; mais derrière les hommes de science et de piété il y avait des passions trop vives, des ambitions trop exigeantes, pour que l'essai de conciliation tenté par Catherine de Médicis sur le conseil du chancelier de l'Hospital pût être couronné de succès. La pacification devait venir trente ans plus tard, et après quelles secousses !

Plusieurs tombeaux se trouvaient dans le chœur : ceux entre autres de la reine Constance, de la fameuse Agnès de Méranie et de Philippe le Bel, dont le cœur y a été retrouvé en 1687. M. Berger se souvint, à ce propos, que la petite église d'Avon, près de Fontainebleau, élève aussi quelque prétention à la sépulture de ce roi. Il est certain que Philippe mourut à Fontainebleau, et l'église d'Avon servant alors, pour ainsi dire, de chapelle au palais, put très bien recevoir sa dépouille mortelle. Le vieil usage en vertu duquel on pouvait disposer de son cœur ou même de ses entrailles en faveur de telle église, de tel monastère, explique la découverte faite aux Dominicaines sans ruiner absolument les prétentions d'Avon [1].

Philippe le Bel, fondateur de cette église, qui ne fut achevée que sous Philippe de Valois, avait de bonnes raisons sans doute d'y laisser son cœur. Mais était-il vraiment nécessaire d'élever un nouvel et imposant édifice à côté de la collégiale de Poissy, témoin du baptême de Louis IX ? Si nous possédions cette collégiale telle qu'elle fut bâtie, nous aurions sous les yeux un des plus curieux exemplaires de l'art de transition. Malheureusement le temps, là comme ailleurs, a fait son œuvre. Il a fallu consolider, réparer, et nos prédécesseurs, fort étrangers à tout scrupule archéologique, ne se sont guère préoccupés de l'unité de style. Chaque siècle a construit à sa manière et selon son esprit. Il serait téméraire à des profanes de vou-

---

[1] Non, c'est bien le cœur de Philippe le Bel, et même celui de sa femme, la reine Jeanne de Navarre que prétend posséder l'église d'Avon. Je crois qu'elle a tort. L'inscription qu'elle invoque est inexacte quant à la date, ainsi que je l'ai fait remarquer dans les *Mémoires d'une forêt* (chez Fischbacher).

loir assigner avec précision la date de chacune des parties ;
mais dans le dessin général de l'église, dans l'absence
d'ogives à l'intérieur, au moins pour les côtés incontesta-
blement primitifs, on reconnaît l'effort qui aboutira incessamment à briser la forme romane pour lui substituer l'é-
lévation et la sveltesse du gothique. D'autres souvenirs
parlent encore au voyageur dans cette collégiale, sur laquelle semble planer l'ombre de saint Louis. Boiseries précieuses, pierres tombales, anciennes sculptures, sollicitent
l'attention. La curiosité se porte naturellement sur les fonts
baptismaux. Là elle rencontre une déception. Un fragment
de la cuve a seul échappé à la piété indiscrète des fidèles.
La croyance populaire voulait que quelques grains de poussière détachés de cette cuve et mis dans un verre d'eau
eussent le pouvoir de guérir la fièvre. Ainsi les fonts ont
littéralement disparu sous l'ongle des visiteurs. Il n'y a pas
de preuve plus touchante ni plus convaincante du sentiment
de tendre vénération que Louis IX avait inspiré à son peuple.

Une voiture envoyée par des personnes amies vint chercher les deux voyageurs à Poissy et les conduisit rapidement aux Mathurins, une maison de campagne dont le
nom dit l'origine, située sur le coteau de l'Ermitage, qui
d'une part regarde le cours de l'Oise dans la direction
d'Auvers, et de l'autre domine la ville même de Pontoise.
Jean Dupin, l'ermite qui habitait là au xvᵉ siècle, aimait
évidemment les belles vues, et il était à même de s'en ras-
sasier. Les bords de l'Oise ont quelque chose de doux et
de mélancolique, qui a souvent invité le pinceau des paysagistes modernes. L'un des mieux inspirés, François Dau-
bigny, passait sa vie dans une barque sur la rivière, se
familiarisant avec tous les détails, reproduisant d'une main
scrupuleusement fidèle les moindres effets.

Accueillis aussi gracieusement que possible, M. Berger

et Albert furent conviés à de nombreuses promenades, mais ils ne se permirent que deux excursions à très proche distance l'une de l'autre : une visite aux ruines de l'abbaye de Maubuisson, et une course à ce qu'on appelle dans le pays le monument des Lameth.

Maubuisson se trouve sur la route qui fait face à la ville, à l'entrée de Saint-Ouen-l'Aumône. C'est aujourd'hui une vaste propriété particulière, où le public n'est point admis. Une aimable dérogation à cette règle permit à nos touristes de parcourir le magnifique parc et les imposants débris qu'il renferme. Autant les fausses ruines, disposées en *fabriques* dans les jardins, selon le goût du xviiiᵉ siècle et du premier empire, nous laissent froids lorsqu'elles n'éveillent pas le sourire, autant nous trouvons de poésie aux ruines authentiques lorsque la verdure les encadre, les embrasse et même les recouvre en partie. Il est aisé de voir que Maubuisson fut une très riche et très puissante abbaye. Notre-Dame-la-Royale, comme on l'appelait, datait de 1236. Blanche de Castille l'avait fondée pour y loger les religieuses de Cîteaux. Elle y reçut la sépulture, ainsi que bien d'autres grands personnages. Le dortoir des novices, la salle du chapitre, encore debout, frappent par leur solidité, leur grandeur, leur élégance. Plus on contemple les productions architecturales du xiiiᵉ siècle, plus on est amené à voir dans cette époque un véritable âge d'or pour cet art qui nous révèle si bien les divers degrés de vitalité d'une nation, ses aspirations, ses défaillances, ses moments de fierté ou de découragement. Ces restes imposants ne laissent prise à aucune des critiques que l'on a coutume de formuler contre le gothique, et ils donnent parfaitement l'idée de ce que devaient être tant de constructions dont les contemporains parlent avec louanges et dont les noms seuls maintenant nous sont connus. On con-

duisit les visiteurs à la chapelle souterraine, voûtée en
ogives, et de ténèbres en ténèbres, d'escaliers en escaliers, de galeries en galeries, on arriva jusqu'à l'endroit
retiré où se trouvaient autrefois les sépultures des religieuses.
Indépendamment des graves pensées que fait toujours
naître un semblable spectacle, cette ombre, ce silence, cet
air étouffé, raréfié, produisent une sorte de malaise auquel on a véritablement hâte d'échapper, et l'on se sent
tout heureux quand on revoit les arbres, les vivants et le
ciel.

Le monument des Lameth est tout simplement une colonne élevée par Charles de Lameth à quelques-uns de ses
parents, morts jeunes au service de la France, et auxquels
il a eu la douleur de survivre. Le terrain où se dresse cette
pyramide, protégée seulement par des chaînes de fer qui
relient entre elles quatre bornes, a dû d'abord faire partie du parc d'une propriété appartenant à la famille de
Lameth. Il se trouve aujourd'hui dans les champs, à quelques pas d'une route boisée, formant, au milieu des cultures qui le pressent de tous côtés, sous les grands arbres
qui l'ombragent, une sorte de station funéraire d'un caractère tout particulier. On sait ce que furent les frères de
Lameth et quel rôle ils jouèrent pendant la révolution. Tout
entiers d'abord au désir des réformes, ils se troublèrent
lorsque la tourmente devint furieuse, lorsque le vent souffla
en tempête, et se groupèrent autour de Barnave, essayant
avec lui et avec quelques autres députés de donner à la
monarchie constitutionnelle des assises solides et durables.
Mirabeau, dont ils s'étaient séparés avec éclat, les hono-
rait, ainsi que leurs amis, d'une haine spéciale ; et c'est
en se tournant vers le groupe hostile que, dans une séance
de l'assemblée constituante, il lança la fameuse apo-
strophe : « Silence aux trente voix ! » Rallié à l'empire,

Église Saint-Maclou, à Pontoise.

mais non converti et conservant toujours ses vieilles idées libérales, Alexandre de Lameth fut préfet d'Aix-la-Chapelle. Mme de Rémusat en a parlé dans ses *Mémoires* comme d'un homme aimable, appartenant à l'ancien régime par ses manières, mais regardant volontiers vers l'avenir. Il avait commencé une très estimable *Histoire de l'assemblée constituante,* à laquelle il ne lui a pas été donné de mettre la dernière main, et dont quelques parties attestent l'expérience des hommes, la sagacité, la connaissance précise de certains événements.

M. Berger donnait toutes ces explications à son neveu en retournant vers Pontoise par la vallée de la Viosne, qui passe devant le riche château d'Osny. Ils rentrèrent dans la ville par le faubourg assez laid qui conduit vers la gare du chemin de fer, et dont la principale rue aboutit en face de l'église Notre-Dame. Sans être ancienne, puisqu'elle date de la fin du xvie siècle, cette église semble vieille. Elle est basse comme une basilique mérovingienne, sans en avoir l'originalité, et n'offrirait aucun intérêt à l'archéologue, si elle ne possédait le tombeau de saint Gautier, où les sculpteurs du xiie siècle ont représenté avec leur conscience habituelle la personne du saint abbé, que l'on voit couché sur sa tombe.

Saint-Maclou, beaucoup plus considérable, est placé presque au sommet de la ville, et l'on n'y arrive qu'après avoir gravi une grande quantité de marches. Il s'y trouve assez de pierres tombales et d'inscriptions mortuaires pour prouver que la vie bourgeoise et municipale eut à Pontoise ses jours d'intensité durant le moyen âge et jusqu'au xviie siècle; mais à les déchiffrer l'histoire proprement dite n'en tirerait guère de profit. Ce qu'il faut voir et même étudier dans Saint-Maclou, c'est la chapelle de la Passion. Aux quatre fenêtres on remarque des vitraux anciens d'une

réelle beauté, représentant le *Triomphe de l'Église* (Jésus-
Christ traîné sur un char par les quatre animaux symboliques, escorté par un pape, un cardinal et deux évêques),
l'*Ascension, Sainte Véronique,* le *Crucifiement.* Au-
dessous, à gauche, en entrant dans la chapelle, des figures
très grandes vous causent une première impression de
surprise et d'effroi. C'est un *Ensevelissement du Christ*
du XVIᵉ siècle, mais qui, par le réalisme de l'exécution,
rappelle la sculpture des siècles antérieurs. L'effet de la
scène est dramatique, et la disposition du groupe parfaitement entendue. Assurément l'œuvre est curieuse à contempler ; elle est même, je le répète, digne d'étude. Malgré tout cela, on ne goûte pas à la regarder un plaisir
pur. C'est trop fort, trop poignant et, pour ainsi dire,
trop menaçant. Les six figures supérieures, qui portent
sur l'entablement à colonnes doriques, servant de cadre à
l'*Ensevelissement,* et qui représentent la Résurrection,
sont moins vivantes peut-être, mais d'un aspect plus
agréable.

En sortant de l'église Saint-Maclou, on trouve une statue assez nouvellement érigée au général Leclerc. Elle ressemble à toutes les statues de généraux que l'on fabrique
à la grosse depuis une cinquantaine d'années. La destinée
de l'homme fut tragique. Il eut l'inexprimable douleur de
commander la funeste et funèbre expédition de Saint-
Domingue, pendant laquelle la fièvre jaune triompha des
plus vaillants soldats de l'armée du Rhin. Leclerc souffrit
cruellement de l'abandon où le laissa le premier consul,
lui marchandant les renforts, demeurant sourd à ses appels, à ses plaintes, et mourut de désespoir plus encore
que de la maladie qui minait ses troupes. Les lettres in-
times publiées par Mᵐᵉ de Blocqueville dans son ouvrage
sur le maréchal Davout (Leclerc était frère de la maré-

chale) ne laissent aucun doute à cet égard. L'expédition
de Saint-Domingue est une des pages les plus sombres de
notre histoire. Elle reste aussi l'une des plus équivoques,
des plus mystérieuses en ce qui touche aux secrètes pensées
de Napoléon. Sa responsabilité comme chef d'État, dans
ce désastre, demeure immense ; mais cela n'est rien si on
la compare à sa responsabilité morale. L'histoire n'a pas
dit son dernier mot à ce sujet; nous n'anticiperons pas sur
ses conclusions ; il est toutefois impossible de les pressentir
sans un profond sentiment de tristesse et de sévérité.

Albert et son oncle seraient volontiers restés aux Mathurins pendant quelques jours encore. L'hospitalité que l'on
y reçoit est charmante. On leur promettait, connaissant leur
faible, de les conduire à l'abbaye du Val, où l'on trouve
de belles ruines du xiiᵉ et du xiiiᵉ siècle ; à Royaumont,
encadré de magnifiques forêts, restauré avec goût et conservé au culte par les sœurs de la Sainte-Famille, qui ont
établi dans les vastes bâtiments de la vieille abbaye un
noviciat et un orphelinat ; à Presle, situé presque à la lisière de la forêt de Carnelle, dans laquelle se trouve l'allée
couverte de la Pierre-Turquoise, dont ils avaient vu la
reproduction en petit au musée de Saint-Germain. La tentation était vive, mais les vacances avançaient vers leur
terme, et les lettres de Fortuné Valentin pressaient nos
amis de tenir la promesse faite à Cernay et de venir visiter le château de Vaux en passant par Dammarie-les-Lys.
Les touristes prirent donc une résolution courageuse, et
un matin le chemin de fer les emporta vers Saint-Denis,
où ils arrivèrent en quelques minutes.

« Sauvez le premier coup d'œil, » écrivait-on avec esprit
à propos d'une jeune princesse qu'il s'agissait de présenter
à Louis XIV. C'est un mot qui s'appliquerait bien justement à la ville d'abord, et même à l'église canoniale de

13

Saint-Denis, que les habitants mettent une certaine affectation à décorer du nom de cathédrale. Sans vouloir offenser
en rien la mémoire de Dagobert, qui fut un grand guerrier
et, pour son temps, un habile politique, de cet excellent
roi Dagobert auquel un refrain idiot a fait une célébrité
peu enviable, on est en droit d'affirmer qu'en choisissant
pour lieu de sépulture une plaine sans caractère, dont pas
une ondulation ne rompt la monotonie, à la mesquine enceinte de basses collines, il ne fit pas précisément preuve de
sens pittoresque. Tout autrement bien inspirés ont été les
rois de Sardaigne quand ils ont établi leur sépulture de
famille à la Superga, sur cette colline qui domine Turin,
d'où le regard suit le cours majestueux du Pô, de ce fier
Éridan que Virgile qualifiait de roi des fleuves, et va se
perdre sur les cimes immaculées des Alpes. Cela parle à
l'imagination et imprime tout de suite un sentiment de
religieux respect que la réflexion viendra confirmer.

Nos souverains ont sans doute compté sur les splendeurs
de l'architecture pour corriger ce que le site a d'ingrat et
le paysage d'insignifiant. Les basiliques de Dagobert, de
Pépin le Bref ont excité, nous le savons, l'admiration des
contemporains ; l'église de Suger, que nous avons sous les
yeux, est assurément une des plus belles productions du
moyen âge ; mais la ville qui, de bonne heure, s'est formée
autour du monastère, en a, sinon détruit, du moins considérablement atténué l'effet grandiose. Le monument funéraire des rois de France devait s'élever isolé, sombre, auguste dans sa solennité recueillie, et non pas se laisser
noyer par le flot des maisons bourgeoises, au point de disparaître dans l'enchevêtrement des rues.

La mauvaise fortune, il faut le reconnaître, s'est mise de
la partie. Le continuel travail d'élimination en vertu duquel
les capitales, légitimement soucieuses de l'élégance et de

Saint-Denis.

la salubrité, déversent sur leur banlieue les industries malsaines ou répugnantes, a rendu Saint-Denis le moins agréable, le moins poétique, le moins noble et, ne craignons pas d'ajouter, le plus mal odorant des séjours. À Dieu ne plaise que nous affections pour l'industrie, qui a réalisé tant de merveilles et qui est à la fois l'une des forces et l'une des gloires de notre époque, un dédain parfaitement déplacé ; mais on ne saurait nier qu'elle ne se présente pas toujours sous l'aspect le plus attrayant. Si disposé que soit l'archéologue à l'émotion en entreprenant ce pèlerinage à l'église canoniale, il court grand risque de perdre quelque peu le sens du passé à force de circuler entre les fabriques de stéarine, les féculeries de pommes de terre et les usines où s'élabore le noir animal. C'est une singulière route à suivre pour aller contempler dans leur exquis achèvement ou leur imposante noblesse le mausolée de Louis XII et le tombeau de François Ier.

Ce serait gratuitement assombrir le tableau que d'insister sur les outrages de toutes sortes qui ont atteint l'église canoniale, aussi bien dans son expresse et officielle destination que dans son intégrité et sa beauté comme édifice. Des parties entières ont été démolies et reconstruites sans intelligence de la tradition, sans originalité, sans goût. L'économie intérieure n'a pas moins souffert. Dès 1775, on songeait à dégager le chœur et la nef en enlevant les tombeaux qui les remplissaient. Le xviiie siècle, en cela trop fidèle héritier du xviie, goûtait peu la Renaissance et n'entendait rien au gothique. Ce projet ne reçut pas d'exécution, mais la Terreur vint, et avec elle tout un effondrement. Ouverts, violés, profanés, les tombeaux auraient été probablement détruits si quelques hommes, qui croyaient que pour faire acte de patriotisme on n'est pas obligé de se montrer iconoclaste, n'avaient obtenu que tant d'œuvres

d'un prix inestimable au double point de vue de l'histoire
et de l'art fussent conservées pour servir à l'instruction des
générations futures.

Le nom de Lenoir doit être rappelé ici avec un véritable
sentiment de gratitude. Le musée des Monuments français,
dont il détermina la création, et qu'il organisa en homme
de science zélé, consciencieux, très capable, était installé
dans les bâtiments des Petits-Augustins, où se trouve aujourd'hui, mais augmentée de constructions nouvelles,
l'École des beaux-arts, et qui occupaient l'emplacement des
délicieux jardins de la reine Marguerite. Sous les voûtes de
ce monastère, où le public d'alors, moins curieux, moins
dilettante que celui d'aujourd'hui, venait rarement, les
tombeaux de Saint-Denis ne se trouvaient pas trop dépay-
sés. Ils y restèrent pendant la durée du premier empire, et
ne furent restitués à Saint-Denis que par le gouvernement
de la restauration. Michelet, dans la préface de l'un de ses
meilleurs livres, *le Peuple,* parlant de son enfance solitaire, maladive, rêveuse, studieuse surtout, raconte qu'une
de ses grandes joies était d'aller le dimanche visiter le
musée des Petits-Augustins. Plus encore que les chefs-
d'œuvre de Juste (de Tours) et de Germain Pilon, les sépultures mérovingiennes frappaient cet esprit ardent. Il
s'arrêtait, tout songeur, devant la dalle funéraire de Frédégonde, où l'image de la terrible servante-reine est reproduite en une mosaïque des plus remarquables pour l'é-
poque. Cette dalle elle-même a son histoire. Elle provenait
de Saint-Germain-des-Prés. Mêlée aux Petits-Augustins
avec les tombeaux de Saint-Denis, elle les suivit quand ils
y retournèrent. On l'y voit encore de nos jours, à la gauche
du chœur, en face de la porte de la sacristie. Parmi tant
d'antiquités rares, elle éveille au plus haut degré l'attention par le personnage qu'elle rappelle, par l'étrangeté du

travail d'art, rude et fini tout ensemble, et enfin par la
pensée des treize siècles qui nous séparent de Frédégonde,
de Chilpéric, de Grégoire de Tours, de ce monde gallo-
romain, que nos modernes historiens ont tiré de son
ombre et avec lequel ils nous ont familiarisés.

Tombeau de Frédégonde.

Le musée des Monuments français a été pour Michelet ce
que fut pour Augustin Thierry la lecture des *Martyrs* de
Chateaubriand. C'est là qu'il a reçu l'étincelle et que le
germe de la vocation historique a été déposé en lui[1].

---

[1] « C'est là, dit-il, et nulle autre part, que j'ai reçu d'abord la vive impression de l'histoire. Je remplissais ces tombeaux de mon imagination,
je sentais ces morts à travers les marbres, et ce n'était pas sans quelque
terreur que j'entrais sous les voûtes basses où dormaient Dagobert, Chilpéric et Frédégonde. »

D'autres, simples et obscurs, ont peut-être appris là, dans
une muette contemplation, à s'inquiéter de ce passé dont
ils ignoraient presque tout, et un vague respect s'est éveillé
dans leurs âmes au spectacle de ces vicissitudes qui bal-
lottaient de place en place les sarcophages, maintenant
vides, de trois dynasties.

Lenoir n'eût-il rendu que ce service par la formation de
sa collection, il faudrait encore lui en savoir gré. Mais il a
fait mieux : il a préservé bien des monuments de la ruine,
et grâce à lui nous sommes encore en possession de ces
témoins de notre histoire, dont les révélations se succèdent
dans le temps, s'enchaînent, se fortifient les unes les autres.
N'est-ce rien non plus que d'avoir pris l'initiative de l'enseignement historique par les monuments? Sans doute on
n'était pas arrivé, en 1795, ni même en 1814, à cette sévérité de méthode, à cette rigueur de contrôle, à cette
précision de classement par lesquelles brillent nos archéologues contemporains; mais la tentative, même imparfaite, n'en est pas moins recommandable, et elle a eu sa
fécondité, puisqu'elle a été imitée et reprise. C'est à Lenoir
que remonte l'idée qui a donné naissance au musée national de Saint-Germain.

XII

Les tribulations des tombeaux, s'il est permis d'employer
une pareille expression à propos d'objets inanimés, ne finirent pas avec leur rentrée à Saint-Denis. Le projet conçu
avant 1789, par un prieur ennemi des arts, irrespectueux
de la tradition et dénué du sens historique, fut repris et
mis à exécution. Les caveaux reçurent toutes les tombes,
qui s'y entassèrent. C'est ainsi que nous les avons vues encore dans notre jeunesse. L'église, demeurée libre, avait
quelque chose de nu et de triste ; elle était comme étonnée
que des mains qui se prétendaient pieuses eussent osé la
dépouiller ainsi. C'était déroger ouvertement à l'expresse
volonté de saint Louis et méconnaître sa pensée. Le fils de
Blanche de Castille avait voulu que les monuments élevés
en l'honneur de ses prédécesseurs, ainsi que ceux qui devaient être érigés plus tard, fussent exposés aux yeux de
tous, pour que le souvenir des rois restât toujours présent
à l'âme du peuple. Saint-Denis à ses yeux n'était pas une
église quelconque ; il la regardait comme le temple funé-

raire de la royauté, et son évident désir était que, dans la mesure où le permettraient les événements, elle conservât à travers les siècles ce caractère à part.

C'est ce qui a été compris par le grand architecte qui a tant fait pour notre art national. Lorsque Viollet-le-Duc fut chargé de réparer et de restaurer Saint-Denis, il n'était que temps. Les mutilations, les remaniements, les additions plus coupables encore, allaient leur train. Là, comme ailleurs, sous une direction intelligente et ferme, on dut revenir au vrai. Une règle dominait tout : se conformer à l'esprit des fondateurs, des inventeurs, qui probablement ont su mieux que nous ce qu'ils voulaient et que nous n'avons pas mission de corriger. A partir de 1859, les tombeaux ont été rétablis dans les transepts et dans l'abside. Espérons qu'ils y resteront désormais.

Lorsque l'église s'appuyait au vieux monastère de Suger, qu'elle possédait ses deux flèches, et que de l'extérieur on pouvait la considérer tout entière, du portail au chevet, son aspect devait être saisissant. Aujourd'hui l'une de ses ailes est masquée par la maison de la Légion d'honneur, dont les bâtiments vulgaires ont été construits, à la fin du xviiiᵉ siècle, par ce même Robert de Cotte qui eut l'idée triomphante d'abattre les statues du grand portail, parce qu'elles empêchaient le dais de passer lorsque sortait ou rentrait la procession. Combien de semblables destructions ont été opérées par la présomptueuse ignorance! Comment s'étonner, après cela, que notre sculpture du moyen âge si vivante, si variée, si originale, telle qu'on l'admire encore à Saint-Ours de Loches, à Notre-Dame de Rouen, aux splendides portails de Reims, soit incomplètement connue et mal jugée?

L'autre aile est à moitié engagée dans des maisons, et il ne faut pas craindre, si on veut l'étudier, de s'exposer aux

désagréments du torticolis. L'une des flèches a été fou-
droyée. On a voulu la reconstruire en 1837 ; mais l'architecte, dont nous tairons le nom, avait si mal pris ses dimensions, si mal calculé la pesanteur des matériaux, si
peu réfléchi aux lois de l'équilibre, qu'un matin les bourgeois de Saint-Denis furent tout étonnés de trouver le clocher mollement étendu sur la place, où il s'était laissé choir
pendant la nuit. Cette colossale bévue avait le don d'exciter
l'inépuisable raillerie de l'éminent critique Gustave Planche.

La place qui se trouve devant la cathédrale devait être
moins grande qu'aujourd'hui, et la façade de l'édifice s'offrait moins dégagée dans les parties inférieures. Nous tirons
cette conclusion de la lecture d'un document fort précieux
auquel nous aurons assez souvent recours. Il s'agit d'un
écrit longtemps inédit du duc de Saint-Simon, retrouvé et
publié par M. Prosper Faugère [1]. C'est une *Relation des
Cérémonies observées à l'église de l'abbaye royale de
Saint-Denis en France, en la célébration du service solennel et de l'enterrement de Marie-Anne-Victoire-Chris-
tine-Josèphe-Bénédictine-Rosalie-Pétronille de Bavière,
Dauphine de France, le 5 juin* 1690 ; relation rédigée par
Louis de Saint-Simon, vidame de Chartres, qui y fut présent. Ajoutons, ce qui n'est pas dit sur ce titre, qu'il convient d'abréger : le futur historien de Louis XIV et de sa
cour, alors vidame de Chartres, avait quinze ans et demi.

Sa relation n'en est pas moins un modèle, nous dirions
volontiers un prodige d'exactitude. Ce qui prouve combien
Saint-Simon fut un homme tout d'une pièce, c'est qu'il
apparaît déjà dans ce document d'extrême jeunesse tel que
nous le verrons plus tard, ne perdant pas un détail, notant
les moindres gestes, les moindres paroles, absolument, mi-

[1] *Écrits inédits* de Saint-Simon, t. III (Hachette).

nutieusement occupé des questions d'étiquette. Ce récit est un tableau, un commentaire, une dissertation. En voici le début, qui offre une remarquable description de l'église canoniale au xvii⁰ siècle.

« Tout le monde sait comme l'église de l'abbaye royale de Saint-Denis, en France, des RR. PP. bénédictins, est faite, puisqu'elle est si célèbre par la sépulture des rois et princes de la Maison royale de France qu'il n'y a aucun étranger qui vienne en ce royaume, bien moins encore de naturels du pays, qui n'aillent voir par curiosité ce monastère si fameux. Cependant, pour l'intelligence des cérémonies qui y furent faites pour le service et l'enterrement du corps de feu Madame la Dauphine, de glorieuse mémoire, il sera bon de dire quelque chose de la structure de cette magnifique église. Je dirai donc que devant le portail il y a une place assez raisonnable, à peu près de figure triangulaire. On entre dans l'église par trois somptueuses portes, desquelles vous entrez comme dans une petite cour, à peu près semblable (mais bien plus longue et plus large, quoique de même figure) à celle par où on passe lorsqu'on entre dans l'église des RR. PP. minimes de la place Royale de Paris. On rencontre ensuite trois grandes portes qui vous conduisent dans une grande nef, qui, quoique sombre, n'en paraît que plus belle, étant fort propre à inspirer la dévotion. Il y a trois voûtes soutenues par deux rangs de gros piliers de pierre; et cela est assez semblable, quoique bien plus long et bien plus large, à l'église de la maison professe des RR. PP. jésuites de la rue Saint-Antoine de Paris. Il y a trois portes du chœur, vis-à-vis les trois portes de la nef, par lesquelles on entre dans le chœur; et lorsqu'on y est on trouve une muraille entre deux espèces de galeries, à droite et à gauche, pour en séparer le chœur où est le grand autel et les sièges des religieux, et de dedans lequel on descend dans la cave où reposent les corps de nos défunts rois, d'immortelle mémoire. On entre dans ce chœur par une porte, vis-à-vis le grand autel et par où la cérémonie entra, et par deux portes, dont chacune sort dans ces deux espèces de galeries à peu près comme on voit dans le chœur de l'église de l'abbaye royale de Saint-Germain-des-Prés des RR. PP. bénédictins de Paris. Au bout de chacune de ces deux galeries, lorsqu'on n'entre point dans le chœur, on trouve un escalier d'une vingtaine de marches de pierre qui vous conduisent à une autre espèce de chœur que les religieux de cette abbaye nomment le chevet, et qui est bâti tout comme la nef, il y a un grand autel au milieu et des chapelles à l'entour et derrière le grand autel. Ce fut là où le corps de Madame la Dauphine fut placé, entre le grand autel du chœur et le chevet. »

N'est-on pas frappé tout d'abord, chez ce très jeune homme, presque un enfant, de la force d'attention qu'il a déployée, de la précision des souvenirs? Non seulement son *intérieur* de Saint-Denis est peint fidèlement en quelques larges traits, mais on voit que dans ses courses à Paris, dans ses fréquentations pieuses, il a bien observé, retenu, comparé. Nous ne retrouvons point dans le Saint-Denis actuel ce porche primitif ni la petite cour sur lesquels se sera sans doute exercée la manie démolissante de Robert de Cotte. L'impression générale que donne l'écrivain est fort juste. Cette entrée sombre, avec ses lourds piliers, formant une sorte de péristyle aux extrémités duquel s'aperçoivent encore les vestiges de l'église de Pépin le Bref, a véritablement de la grandeur. Le chœur aussi est fort remarquable; par son étendue il rappelle celui de Reims, avec moins d'éclat et d'ampleur cependant. Les nefs, que l'on a rapprochées de celles de Noyon, n'en ont pas la légèreté, la sublime hardiesse. En un mot, — nous exprimons ici une opinion purement individuelle, — Saint-Denis ressemble à beaucoup de belles choses, moins quelque chose. Cet immense vêtement sépulcral laisse à désirer comme profondeur, comme tristesse, nous avons presque dit comme terreur. Pour lui redonner son caractère, il faut le repeupler en évoquant les ombres augustes qui se sont abritées sous ces voûtes, se le figurer en un jour de solennelles funérailles. C'est à quoi Saint-Simon va nous aider.

Lorsque la mode des panoramas, qui reprend aujourd'hui avec une nouvelle fureur, était à son plus haut degré de faveur dans Paris, Daguerre, toujours en quête de perfectionnements, inventa le diorama. C'était le panorama avec des changements à vue merveilleux, provoqués par l'habile gradation de la lumière, et qui mettaient en relief ou rejetaient dans l'ombre telles ou telles parties de l'ensemble. On admirait surtout une église, qui, d'abord déserte et froide, se remplissait peu à peu de fidèles, s'illuminait, resplendissait des colorations les plus riches. Le jeu des orgues s'ajoutant à cela, l'illusion était complète. L'imagination supplée quelquefois chez nous à l'absence de spectacle. C'est une magicienne qui, en s'appuyant sur la science, tantôt soulève légèrement le voile de l'avenir, tantôt nous reporte vers le passé avec une intensité telle que nous croyons le revoir, et en quelque façon le revivre.

Assis au bas de la grande nef, près des piliers au milieu desquels se dressa longtemps le tombeau de Dagobert, M. Berger et son neveu, auquel il avait fait lire le matin la relation de Saint-Simon, reconstruisaient de leur mieux les royales funérailles qui, à de longs intervalles, amenaient la foule dans ce monument si vaste et maintenant si solitaire. Une pluie fine tombait au dehors, et le ciel grisâtre assombrissait encore les nefs déjà sombres. Dans

le chœur, quelques prêtres psalmodiaient les vêpres devant
une dizaine de personnes. Peu à peu le bruit des voix s'é-
teignit. Des pas se firent entendre pendant quelque temps.
On ouvrit et l'on ferma des grilles; puis rien, le silence
complet.

Il fut loisible alors à nos visiteurs, complétant mutuellement les souvenirs laissés par une récente lecture, de reconstituer les pompes lugubres des siècles écoulés.

Au jour du service solennel, le corps du souverain, enfermé dans le cercueil, était placé au milieu du chœur sur
une estrade que recouvrait un dôme soutenu par huit colonnes, éclairé à son sommet et surmonté par « un superbe
pavillon attaché au haut de la voûte, d'où pendaient quatre
grands morceaux de drap noir, doublés d'hermine, magnifiquement rattachés aux murailles du chœur ». Tout autour
de l'église on disposait des têtes et des os de morts, en
relief, entourés de cierges. Près de la grille du chœur, à
droite, figurait l'effigie du précédent roi, reposant également sur une estrade et sous un dais. Trois coussins de
velours noir supportaient la grande et la moyenne couronne, le sceptre et la main de justice. En face, l'espace
réservé était occupé par les archevêques et les évêques. Plus
haut, à gauche, la maison royale. Venaient ensuite les
princes et les princesses, les cours souveraines, la ville,
c'est-à-dire le prévôt des marchands et les échevins, l'université, représentée par le recteur, les doyens des facultés, les principaux des collèges. Il ne faut pas croire que,
malgré la rigueur du cérémonial, la curiosité perdît ses
droits. Les gardes, rangés le long de la nef, retenaient la
foule au bas de l'église; mais, pour les personnes de qualité qui voulaient assister à ce spectacle, on élevait des
deux côtés du chœur des échafaudages, construits en amphithéâtre, d'où l'on pouvait tout voir et tout entendre.

Dans le jubé se tenait la musique du roi, venue là pour accompagner la messe de *Requiem*. Entre autres particularités qui signalaient cette messe, il convient de remarquer que l'on y donnait la communion sous les deux espèces avec un chalumeau d'or. Tous les mouvements, toutes les évolutions s'opéraient au son des clochettes des vingt-quatre jurés-crieurs.

L'oraison funèbre prononcée dans une « chaire ornée et parée de velours noir, avec franges de soie noire et blanche, et le devant de velours noir, avec une croix de moire d'argent » ; la messe finie, l'évêque célébrant faisait trois fois le tour du mausolée en l'encensant et l'aspergeant d'eau bénite ; les deux évêques assistants faisaient de même. Aussitôt après, quatre chevaliers de l'ordre de Saint-Louis enlevaient par les quatre coins le poêle placé sur le cercueil et se rendaient processionnellement à l'entrée du caveau mortuaire, devant laquelle ils tenaient ce poêle déployé. Six gardes du corps descendaient alors le cercueil, que l'économe de l'abbaye attendait au bas de l'escalier. On plaçait le cercueil sur la dernière marche, et du haut du caveau l'évêque célébrant chantait les dernières prières. On apportait devant lui un panier d'osier rempli de terre et une pelle en bois. A trois reprises, sans toutefois cesser les oraisons psalmodiées, il jetait de la terre dans le caveau. La cérémonie religieuse prenait fin à ce moment et se terminait par un *De profundis* que la musique du roi exécutait. C'est alors que se produisait le plus émouvant épisode des funérailles. Le roi d'armes, suivi de huit hérauts, venait se placer à l'entrée du caveau, à côté de l'effigie du précédent roi, et trois fois il répétait à haute voix : « Le Roi est mort ! » A quoi il était répondu par l'assistance : « Vive le Roi ! » Puis chaque serviteur de la couronne était appelé pour déposer auprès

Funérailles royales à Saint-Denis.

du cercueil ce qui avait appartenu au défunt. On se rendra
mieux compte de ce lugubre et saisissant cérémonial par
celui qui eut lieu aux obsèques de la Dauphine, et que
Saint-Simon a scrupuleusement reproduit.

« Lorsque le roi d'armes eut crié : « Très haute, très
« puissante et excellente princesse Marie-Anne-Victoire-
« Christine-Josèphe-Bénédictine-Rosalie-Pétronille de Ba-
« vière, épouse de très haut, très puissant et excellent
« prince Louis, Dauphin de France, fils de très haut,
« très puissant et très excellent prince Louis, quatorzième
« du nom, roi de France et de Navarre, est morte, » il
ajouta :

« Monsieur le maréchal de Bellefonds, qui faites la
« charge de chevalier d'honneur de Madame la Dauphine,
« venez faire votre charge et jetez sa couronne dauphine. »
Lequel tenant sur ses deux mains un carreau de velours
noir sur lequel était posée la couronne dauphine couverte
d'un crêpe comme elle était sur le cercuei., vint à petits
pas très lents, son chapeau sous son bras et tête nue, et,
étant arrivé au bord du caveau, l'y jeta avec le carreau et
le crêpe, puis s'en retourna. Ladite couronne fut reçue sur
les marches par le religieux célérier qui y était exprès.
Ensuite fut pareillement crié par ledit roi d'armes : « Mar-
« quis de Montchevre.il, qui faites la charge de premier
« écuyer de Madame la Dauphine, venez faire votre charge
« et jetez son manteau à la royale. » Lequel à l'instant,
revêtu d'un chaperon et du grand collier de l'ordre dont
il est honoré, partit de son siège entaillé dans les marches
de l'estrade du mauso.ée, ayant ledit manteau sans être ni
plié ni étalé sur ses bras, et arrivé très lentement au bord
du haut du caveau, l'y jeta, puis se retira. Ce marquis
ayant fait sa fonction, ledit roi d'armes cria pour la troisième et dernière fois : « Maîtres d'hôtel de Madame la

« Dauphine, venez faire vos charges et rompez et jetez vos
« bâtons. » Lesquels vinrent en manteaux jusques à terre
et en collets avec leurs bâtons en main brisés (faits en sorte
que lorsqu'on y donne un certain tour ils se cassent en
deux et sont réservés pour ces lugubres cérémonies); lesquels arrivés au bord du caveau les brisèrent et les y jetèrent. Ces bâtons, au reste, sont assez gros et longs jusques à l'épaule ; en trois ou quatre endroits, il y a des
cercles de vermeil avec de pareilles fleurs de lys sur les-
dits cercles, et sur le haut dudit bâton est posée perpen-
diculairement une double fleur de lys d'or ou de vermeil. »

De ce cérémonial étrangement dramatique qui, jusque
dans les dernières années du xviie siècle, rappelle les coutumes, les manières de procéder du moyen âge, il nous
faut descendre à des détails caractéristiques aussi, mais qui
sont empreints d'une certaine vulgarité. Commencées de
bonne heure, presque indéfiniment prolongées, ces funérailles accablaient tout le monde de fatigue. A celles de la
Dauphine, on mourait de faim. Sauf les évêques célébrants,
personne n'avait pu garder le jeûne (c'est ce qui empêcha
la communion au chalumeau d'or), et encore vers trois
heures et demie les membres du clergé durent se faire apporter un bouillon dans la sacristie. A six heures du soir,
prélats, princes et princesses, parlement, cour des comptes,
cour des aides, municipalité de Paris, université, tribunal
du Châtelet, furent splendidement traités aux frais du roi
et par ses officiers de bouche dans le monastère de Saint-
Denis, et l'on eut soin, par une dernière recherche d'étiquette, de servir chaque corps dans une salle séparée.

Si nous avions le temps de feuilleter longuement l'histoire
et d'entrer dans un détail que l'on pourrait trouver par
trop funèbre, il y aurait à suivre, seulement à partir de
Henri IV, ces diverses obsèques des rois de France, à

noter ce que nous nommerions dans le langage du jour leur physionomie. Désolation universelle lorsqu'on enterre le vainqueur d'Arques et d'Ivry, la victime de Ravaillac; inquiétude profonde quand c'est le tour de Louis XIII, laissant, comme son prédécesseur, le royaume entre les mains d'une femme et d'un enfant. L'esprit de la régence éclate déjà aux funérailles de Louis XIV. Irrévérencieuse, dissipée, avinée, la foule est presque hostile. L'orage va grossir encore sous son successeur, et dans l'inhumation quasi-clandestine de Louis XV, que le mal contagieux dont il était mort contraignit de précipiter, on put voir un symbole ou tout au moins un présage qui permettait de redouter les plus terribles événements. C'était, ont pensé plus tard les superstitieux, le signe précurseur de la tempête prochaine.

XIII

La crypte. — Le caveau royal. — Statues colossales de Dupaty et de
Cortot. — Curiosités du trésor. — Vitraux de l'abside et rosaces. —
Tombeaux : Louis d'Orléans et Valentine de Milan, Louis XII et Anne
de Bretagne, François Ier et Claude de France, Henri II et Catherine
de Médicis. — Violation des tombes; cause psychologique. — Réquisitoire contre les cicerones. — Mesures à prendre. — Saint-Denis, monument national.

Lorsqu'on est sous le coup d'une forte impression, le
meilleur parti à prendre, c'est d'aller jusqu'au bout et de
l'épuiser. M. Berger, après avoir initié Albert à toutes ces
particularités du passé qui aident mieux à le connaître que
les considérations générales et les dissertations abstraites,
voulut, pour ainsi dire, les lui faire toucher du doigt.
Lié depuis de longues années avec l'un des principaux di-
gnitaires du chapitre, il avait obtenu la permission d'étudier tout à son aise les tombeaux, de visiter le trésor, de
pénétrer dans la crypte, sans être importuné par un cicerone ignorant et bavard. Nous aurons à nous expliquer
bientôt sur l'indigne manière dont on montre, ou plutôt
dont on ne montre pas au public les antiquités de Saint-
Denis. Nos touristes n'eurent point à subir cette ennuyeuse
exploitation. Comme ils étaient libres de leurs allures,

l'oncle Maxime conduisit d'abord Albert dans la crypte et lui fit voir le caveau, jadis provisoire, devenu définitif, où dorment quelques-uns des derniers membres de la famille royale de France. D'étroites ouvertures permettent à l'œil d'y plonger. Peut-être n'y a-t-il pas de spectacle plus émouvant, plus terrifiant ni qui parle avec une plus écrasante autorité du néant des grandeurs humaines. Ces cercueils, d'inégale dimension, posés à côté les uns des autres, à peine éclairés par la pâle lueur des cierges, semblent déjà tomber de vétusté. Est-ce illusion de la vue ou préoccupation, quelques-uns paraissent près de se disjoindre. Si l'on pouvait descendre l'escalier réservé du caveau, entrer de face dans le souterrain, l'impression serait encore plus vive. Le cercueil de Louis XVIII a longtemps attendu sur la dernière marche de l'escalier mortuaire qu'un roi de France vînt le relever de sa funèbre faction. Aujourd'hui il a repris place au milieu de sa famille, et l'on dirait que dans la mort il la préside. Napoléon 1er avait décrété que Saint-Denis servirait de sépulture aux empereurs. L'engagement était imprudent et il n'a pu le tenir, mais au moins sa cendre, comme celle de Louis-Philippe, a fini par reposer sur la terre de France, tandis que Charles X et Napoléon III sont inhumés dans le sol étranger. Par une ironie du sort, dans un couloir à peu près obscur se trouvent les figures colossales qui devaient décorer le monument expiatoire élevé au duc de Berry sur la place Louvois. Dans cette lueur crépusculaire, *la Religion, la France, la Force, la Ville de Paris* ont l'air d'attendre le jour du jugement. Elles y tiendraient honorablement leur place, car Dupaty et Cortot, souvent froids, compassés, trop strictement académiques, ont apporté dans ce travail un large sentiment de tristesse et une réelle ampleur d'exécution. Déjà, dans les diverses salles de cette crypte, l'art se fait une part considérable. Le tombeau de Louis XIII et d'Anne d'Autriche, qui intéressait particulièrement nos visiteurs, est l'un des plus simples. En face, dans le même caveau, celui de Louis XIV et de Marie-Thérèse d'Espagne a plus de richesse et d'éclat. Marie Leczkinska et Marie-Antoinette ont eu Petitot pour sculpteur. S'il a corrigé chez l'un de ses modèles le manque de beauté, il a su rendre avec une touchante fidélité l'attrayante et noble tête tombée sous la hache de la Terreur, tandis que de Gaulle, préoccupé de l'esthétique plus que de l'histoire, s'est proposé pour but, — et il y a réussi, — d'idéaliser Louis XVI.

On éprouve un véritable soulagement lorsqu'on se retrouve dans l'église. La beauté des œuvres qui restent à voir attire le visiteur et dissipe l'oppression qui pesait sur lui dans la crypte. On se sent moins en présence de la mort. Cette violation des tombeaux qui a jeté au vent tant de cendres illustres nous permet, sous certains rapports, de les considérer avec plus de calme, avec une émotion moins pénible. Dans une légitime hâte de les aborder, on peut à la rigueur négliger la sacristie, où trop de peintres médiocres ont travaillé, où Guérin et Gros lui-même, glacés sans doute par la commande officielle, ne nous apparaissent guère dignes de leur réputation. Le trésor est plus intéressant. Il devait l'être surtout avant la révolution, lorsque tant de dons, de richesses, de curiosités artistiques et historiques s'y accumulaient. Le fauteuil de Dagobert, que nous avons vu sous le second empire au musée des Souverains, était une des pièces célèbres que l'on aimait à montrer. C'est pour cela sans doute qu'on a eu l'idée d'en faire exécuter un fac-similé. On a eu recours au même procédé pour l'oriflamme et pour l'armure de Jeanne d'Arc. Les vêtements sacerdotaux, les ostensoirs, les crosses épiscopales abondent en ce trésor. Il s'y voit aussi des couronnes, entre autres celle qui servit à Marie-Antoinette pour le sacre de Reims. Une armoire spéciale contient tous les objets destinés à servir dans les grandes cérémonies funéraires. On y trouverait peut-être en cherchant bien quelques-uns des *pans* de velours noir ou des chandeliers d'argent qui émerveillaient si fort le jeune vidame de Chartres.

Ce qui, plus que ces ornements, nous éloigne du courant moderne et nous rappelle impérieusement en arrière, ce sont les vitraux des chapelles absidales. Ils sont de toute beauté, d'une authenticité incontestable, et la justesse des tons produit un effet d'ensemble dont le charme est tout à fait pénétrant. Il y a là des bleus très solides et cependant d'une transparence surprenante. Suger a sans doute vu ces vitraux sur lesquels les artistes l'ont fait figurer. Le pieux abbé se délassait des soucis de la politique et des charges du gouvernement en contemplant ces compositions tirées de l'Ancien Testament et de l'Apocalypse. La fresque, les peintures murales, les tableaux à l'huile, les collections, les musées nous ont désaccoutumés de regarder avec attention la peinture sur verre. Elle ne nous frappe guère que par la puissance des reflets ou l'intensité des colorations, mais nos aïeux s'attachaient bien plus que nous aux détails. Ces figures nimbées, drapées dans des manteaux verts ou rouges, posées sur des nuages dorés, leur donnaient la sensation de créatures animées. Ils se prenaient quelquefois pour elles d'un attachement passionné, et le vide eût été bien grand dans leur existence intérieure si ce splendide décor fût venu à leur manquer.

Dans les cathédrales qui ont conservé la plus grande partie de leurs vitraux : à Rouen, à Reims, par exemple, on a dans l'infinie variété des nuances, dans les opposi-

tions voulues, dans les transitions savamment ménagées,
ce qu'on pourrait appeler la symphonie de la lumière.
A Saint-Denis, si les vitraux de l'abside représentent assez
bien la délicatesse et la discrétion des *soli*, la fanfare éclatante des *tutti* fait comme explosion dans le rayonnement
des rosaces. Il y a là tout un épanouissement où se mani-
festent la force, la joie, l'orgueil des siècles qui ont pleine
confiance en eux-mêmes et qui sont arrivés à trouver leur
expression. Il s'était pris, ce XIIIe siècle, dans un retour
vers le passé légendaire, d'une profonde tendresse pour
Dagobert et les siens. La tombe du vieux roi fut refaite.
On l'orna de bas-reliefs ingénieux, où la malice est en
lutte avec la foi, qui n'a pas toujours le dessus. Une main
déjà exercée se plut à ciseler la statue de la reine Nanthilde. Longtemps dédaignée par des générations vouées
au culte du pur classique, pour lesquelles la sculpture du
moyen âge n'existait pas, cette statue a trouvé, lors de
l'éclosion du romantisme, des admirateurs intelligents et
sincères. Charles Magnin, esprit droit, consciencieux,
scrupuleux, accessible à tous les genres de beauté, aussi
peu exclusif dans les lettres que dans les arts, mais ayant
un faible pour le primitif, Charles Magnin a éprouvé pour
la reine Nanthilde une passion non moindre que celle qu'il
a ressentie pour Roswitha, la religieuse lettrée, et il a
écrit dans la *Revue des Deux Mondes,* sur cet art si précis et pourtant si imprégné d'idéal, dont nos cathédrales
conservent trop peu d'échantillons, quelques pages d'une
justesse parfaite et d'une sobriété magistrale.

Cette sculpture originale a été entravée dans son développement par l'affreuse guerre de Cent-Ans, que l'on peut
considérer à tous les points de vue comme le plus grand
malheur qui ait frappé la France. Il semble qu'après ce
coup terrible, notre génie national, étonné, effaré, ait eu

toutes les peines du monde à se ressaisir. Pourtant, dès la
fin de Charles VI, il se relève, il a des pressentiments de
la Renaissance, témoin l'admirable tombeau de Louis
d'Orléans et de Valentine de Milan, la perle peut-être des
œuvres d'art rassemblées dans cette église. C'est l'art somptueux et fin, fort et riche, qui éclate également en ces
tombeaux de Dijon et de Bruges, par lesquels s'affirme
encore la puissance quasi-royale des ducs de Bourgogne.
On sent que ce monument, où les figures secondaires,
celles des membres de la famille d'Orléans, celles des martyrs et des apôtres qui font cortège aux deux morts, sont
si habilement traitées, a été fait avec amour. Louis d'Orléans était populaire, malgré ses entraînements et ses fai-
blesses, et Valentine Visconti est restée l'une des plus sympathiques personnalités de notre histoire. Dans ce couple
si jeune, si beau, frappé, foudroyé par le malheur en
en pleine prospérité, l'artiste a mis quelque chose de son
âme et des larmes de tout un peuple.

Une science plus consommée a présidé au tombeau de
Louis XII et d'Anne de Bretagne. On est moins touché,
cependant. Le bon roi et la bonne reine, que, selon
l'usage, on nous représente deux fois : étendus sur le sarcophage, puis à genoux sur une sorte de plate-forme, ont
vécu leur vie normale sans trop de secousses. Des bas-reliefs attestent que Louis XII a quelquefois vaincu ses ennemis. Il n'y est pas question de nos défaites. Belle œuvre
en somme, digne de la couronne de France et que son fini
a fait attribuer à des sculpteurs vénitiens. Juste (de Tours)
peut en être fier. Malgré tout, j'y trouve une lourdeur ambitieuse. Louis XII et Anne de Bretagne, si économes de
leur vivant, se seraient accommodés de plus de simplicité
pour leur tombeau.

Le faste, au contraire, convient à la tombe de Fran-

çois Ier. On ne s'en est pas fait faute. Sommes-nous en présence d'une œuvre d'architecture? Il est permis de le croire.
Cet élégant édifice a été dessiné par Philibert Delorme.

Tombeau de Henri II et de Catherine de Médicis,
dans l'église abbatiale de Saint-Denis.

L'influence des maîtres italiens est sensible et se reconnaît
à la diversité, au luxe des ornements. La modeste Claude
de France est comme perdue dans l'ombre de son glorieux

époux. On ne voit pas qu'une annexe quelconque fasse
mention de la seconde femme de François Ier, Éléonore de
Portugal, sœur de Charles-Quint. Cela aurait trop rappelé
Pavie, et les nombreux sculpteurs qui ont travaillé au tombeau aimaient mieux ressusciter les splendeurs de Marignan et de Cerisoles. Sans abuser de la symbolique, on
peut dire que la sépulture du roi chevalier répond assez
bien à son existence. Les lignes principales sont belles,
la surface est brillante, mais il y manque le je ne sais
quoi de calme, d'assis, d'achevé qui constitue le chef-
d'œuvre.

Il n'est pas loin ce chef-d'œuvre; il est tout à côté :
c'est le tombeau de Henri II. Nous avons ici la Renaissance dans toute sa séduction, avec toute sa maîtrise, mais
aussi avec son paganisme, sa recherche exclusive du beau
plastique presque indépendamment du sentiment moral,
sa fierté d'être savante et de le montrer. On égalera diffi-
cilement comme exécution les Vertus cardinales, placées
aux quatre coins du tombeau. Dans ce voisinage de la
mort, et par une opposition qui n'a peut-être pas été vou-
lue, ces figures expriment la vie dans ce qu'elle a de plus
captivant, de plus brûlant, de plus intense. Germain Pilon
s'est trop souvenu de ce qu'il y eut de trouble et d'orageux
dans la conduite du roi, et il n'a pas eu l'énergie d'écarter
certaines réminiscences. Parfois il est arrivé aux anciens
de placer près d'un tombeau des images de volupté, mais
c'était comme contraste, comme leçon, et ils n'auraient
pas affublé leurs nymphes du titre de Vertus cardinales.
Vous êtes un incomparable artiste, ô Germain Pilon; mais
que nous sommes loin de la reine Nanthilde!

Il n'est pas naturel, — et bien heureusement, — que la
jeunesse s'arrête aux pensées de deuil. Sans doute on doit

lui montrer quelquefois ce que la vie a de pénible, ce que l'histoire a de cruel. L'esprit, comme le corps, s'affaiblit en devenant trop douillet. Mais il convient de ne pas insister et de se conformer à la mobilité qui est une des conditions et une des ressources de cet âge. Aussi M. Berger s'empressa-t-il d'emmener son neveu dans les champs pour détourner le cours des pensées trop sérieuses qui l'avaient assailli pendant cette visite. La précaution était bonne, et il ne tarda pas à s'en apercevoir. Les questions se succédaient sur les lèvres d'Albert. Il voulait savoir pourquoi ces tombes avaient été violées en 1793 ; pourquoi la cathédrale demeurait dans un demi-abandon, presque ignorée ; comment il se faisait que nous fussions si insoucieux des chefs-d'œuvre de l'art et des gloires du passé.

« Mon cher enfant, lui répondit son oncle, peut-être faudrait-il mettre un peu d'ordre dans tes demandes, car elles portent sur des points qui, en apparence du moins, n'ont pas grand rapport entre eux. Je veux toutefois te faire les honneurs d'une logique que tu n'as pas, et je tâcherai de satisfaire tes multiples curiosités. Puisque tu es en plein dans tes auteurs antiques, tu dois te souvenir que chez les Grecs et chez les Romains, lorsque l'on n'avait pu se rendre favorable la divinité d'un peuple avec lequel on était en guerre, on cherchait par ruse, par violence, à s'en emparer, et, si l'on n'y réussissait pas, on tâchait de l'anéantir. Proportions gardées, on croyait aux *palladiums* comme les sauvages croient aux fétiches et aux manitous. Dans les emportements populaires de 93, dans les ravages et les destructions qui en furent la conséquence, la foule a été guidée, ou plutôt poussée, par un sentiment assez analogue à cette superstition primitive et antique. Le peuple, une portion du peuple, car il ne faut pas trop solidariser en

pareille matière, s'est figuré que la puissance de l'ancien
régime reposait dans ses manifestations extérieures, que
son âme était là, et qu'en brûlant les papiers, les chartes,
les archives, en démolissant les châteaux, en mêlant au
sol la poussière royale, on préviendrait à tout jamais le
retour de la féodalité, de la noblesse, de la monarchie.
Erreur que l'on pourrait dire enfantine, s'il n'était défendu
de mêler l'image gracieuse de l'enfance à des effervescences
coupables, à des revanches déraisonnables. Comme la plupart des actes de la Terreur, la violation des tombeaux de
Saint-Denis a tourné à la confusion des persécuteurs.
Chateaubriand, dans quelques pages célèbres du *Génie du
christianisme,* a protesté avec éloquence contre cette profanation. Le retour d'opinion fut si vif, dès que l'intimida-
tion cessa de s'exercer, que le premier consul s'occupa,
aussitôt en arrivant au pouvoir, de la restauration de
Saint-Denis. Quand les sépultures furent rétablies, en 1814,
rien ne parut plus naturel. La tempête avait passé sans
laisser de traces, et la violence matérielle n'avait eu ni
contre-coup ni influence dans le monde moral.

« Tu veux savoir aussi pourquoi, depuis quelques années,
les visiteurs sont fort rares dans la vieille cathédrale. Je
crois que cela tient beaucoup moins à de l'indifférence qu'à
la manière ridicule et vraiment inconvenante dont on ac-
cueille le public. Tout le monde n'a pas des amis dans le
chapitre, et il faut alors se résigner à faire comme les
simples mortels, c'est-à-dire à suivre dans une course
éperdue, qui dure à peine vingt minutes, le plus ignare
des cicerones, prononçant *sercophage* pour sarcophage,
brouillant tout, ne sachant même pas sa leçon et plaçant
de son autorité privée Charlemagne et Louis XI dans la
crypte à côté de Henri IV et de Louis XIII. Les profanes,
les ignorants n'apprennent rien ou, ce qui est pis, ils ap-

prennent des sottises. Les hommes instruits, les gens de
goût n'ont le temps de rien voir, de rien étudier, contraints
qu'ils sont de suivre le troupeau dont le cicerone est le peu
imposant pasteur. On se décourage, on s'impatiente et
l'on ne revient pas.

— Alors, interrompit Albert, que penses-tu qu'il con-
viendrait de faire?

— La question que tu me poses serait facile à résoudre
si les monuments de Saint-Denis n'offraient un caractère
complexe. La Convention n'avait voulu y voir que des
œuvres d'art ou des monuments historiques, et naturellement elle les avait destinés à prendre place dans un musée. Nous ne pouvons la suivre dans cette voie. Qu'ils contiennent ou non des cendres, ces monuments sont des
tombeaux. La plupart d'entre eux ont été faits en vue de
l'édifice où ils se trouvent, et l'édifice lui-même est le
meilleur cadre qui leur convienne. Ne touchons donc à
rien. Mais pourquoi ne pas faire comme dans beaucoup
d'églises en Belgique, en Italie, en Suisse, où, l'heure
des offices étant réservée, on laisse toute liberté aux visiteurs. S'ils sont instruits, ils consultent leur *Guide du
voyageur* ou quelque ouvrage spécial, sinon des écri-
teaux rédigés avec soin et d'une façon sommaire, comme
il s'en trouve, par exemple, dans la cathédrale de Bâle, les
mettent au courant de ce qu'il est indispesable de connaître. Un petit abrégé historique, populaire, qui se ven-
drait à bas prix à la porte de l'église dispenserait des
cicerones, et on aurait le plaisir, en y jetant les yeux le
lendemain, de retrouver, d'approfondir ses impressions.

« Peut-être se rencontrera-t-il des esprits chagrins qui
demanderont pourquoi, sous une république, prendre soin
d'amener des visiteurs dans un monument spécialement
consacré à la royauté? Il leur faut répondre sans hésiter

15

que le passé ne saurait pas plus être aboli qu'il ne saurait
être ressuscité. Les craintes à cet égard sont aussi vaines
et aussi puériles que les colères rétrospectives. Une démocratie digne de ce nom n'est point une rupture violente
avec la tradition, mais une continuation se prêtant sous
des formes différentes à des besoins nouveaux. Les ter-
reurs frivoles qui se traduiraient par des intolérances inex-
cusables lui sont interdites. On ne va pas à Saint-Denis
pour en revenir royaliste; mais on y va parce qu'il n'y a
pas d'endroit où l'on puisse plus aisément s'entretenir avec
le génie du passé national, où l'unité de la France à travers les siècles apparaisse plus clairement. »

XIV

On touchait aux premiers jours d'octobre. La rentrée des
classes était prochaine. C'est toujours, quoi qu'on en dise,
et même pour le plus studieux écolier, un moment assez
sévère. Il est vrai que l'arrivée prochaine de Mme Verteil à
Paris apportait au jeune Albert mieux qu'une compensa-
tion; mais, d'autre part, les belles et instructives courses
avec l'oncle Maxime allaient prendre fin. Il n'en restait
plus qu'une à faire, la visite promise à Fortuné Valentin;
puis ce serait tout. La grande question était de savoir
comment se comporterait le temps. L'automne est, en
effet, une saison à double face comme à double genre,
grammaticalement parlant. Pluvieux, il est d'une tristesse
morne. C'est le dernier sourire du soleil méchamment in-
tercepté, une maussade préface de l'hiver, sans la poésie
de la neige ou la salubrité du froid vif. S'il est souriant,
au contraire, sa douceur est inexprimable. La nature a je

ne sais quoi d'attendri, de recueilli. Un ciel pur et non ardent, une chaleur tempérée, des fleurs aux colorations exquises, aux parfums adoucis, des fruits appétissants et savoureux, le feuillage qui se transforme et dont la verdure devient peu à peu dorée : tout se réunit pour composer une pénétrante harmonie et jeter avec ensemble un dernier éclat.

Notre écolier eut de la chance jusqu'au bout. Le temps était splendide. De Paris à Melun par le chemin de fer, rien n'est plus charmant que la première partie de la route, surtout de Villeneuve-Saint-Georges à Brunoy. La fraîche vallée d'Yères, où l'on sent l'eau courir sous les ombrages, les collines chargées de villas qu'entourent des jardins élégants, le moutonnement sombre de la forêt de Senart, sont une distraction et un repos pour les yeux. Les agréables retraites ne manquent, nous assure-t-on, ni à Combs-la-Ville ni à Cesson ; mais le voyageur n'en peut guère juger par ce qu'il voit de son wagon. Il n'aperçoit que des plaines d'une monotonie insupportable quand on les a dépouillées de leur vêtement d'avoine, de seigle et de blé. L'aspect de Melun à quelque distance est pittoresque. Vue de près, la ville est peu de chose.

La gare est située dans un faubourg. Fortuné Valentin y attendait ses amis. On aurait pu prendre pour gagner Dammarie une des voitures de louage qui stationnent là. Nos intrépides marcheurs s'en gardèrent bien, et ce fut à pied qu'ils gagnèrent la maisonnette du peintre, située à l'extrémité du village, près de Farcy. Valentin fit à ses hôtes les honneurs de ce qu'il appelait sa vue.

« Vraiment, dit-il, je la puis louer sans qu'on m'accuse d'orgueil, puisque je n'en suis pas l'auteur. Encore ai-je quelque vanité d'avoir bien choisi la situation. En un pays aussi peu accidenté, ni les replis ni les contours ne font défaut. La capricieuse Seine est merveilleuse pour cela. Ce n'est pas un fleuve bête et routinier qui va tout droit son chemin. Elle serpente, ronge doucement ses bords, s'attarde paresseusement autour des îles. On la perd, on la retrouve : surprise toujours nouvelle, émotion toujours piquante. Les bateaux sont rares, je l'avoue. Toutefois nous n'en sommes pas entièrement dénués, et de temps à autre, comme les vieillards dans *Faust,* je vois passer de ma fenêtre quelque chaland chargé de vins ou de bois, halé par des chevaux ou remorqué par un pyroscaphe, et cela suffit pour animer le paysage.

— La navigation était moins languissante autrefois, interrompit l'oncle Maxime. Il y avait le coche d'eau venant de Paris, allant à Auxerre et qui s'arrêtait un instant à Valvin. La voiture était chargée sur le bateau, et, lorsque la chaleur avait desséché la rivière à certains endroits, on mettait le carrosse sur la berge et l'on faisait une étape par la route de terre. Senancour, qui avait usé de ce moyen de transport dans sa jeunesse, déclare qu'il était très désagréable. Nous avons la peinture fort vivante d'un coche d'eau, de celui-là même dont je vous parle, dans les *Mémoires* de Dulaure, fuyant sous un déguisement, pendant la Terreur, le supplice auquel il se croyait réservé. Le coche devint plus tard un bateau à vapeur, et Gustave Flaubert nous le décrit avec une grande exactitude dans un de ses romans, *l'Éducation sentimentale.* Aujourd'hui le chemin de fer a tué tout cela. Nous sommes des gens trop pressés d'arriver et de jouir pour nous arrêter aux incidents du trajet et aux bagatelles de la route.

— Je m'accommode bien, quant à moi, reprit Fortuné, de cette rivière abandonnée et solitaire, qui n'est pas journellement déshonorée par des canotiers, comme la Marne, par exemple, à Nogent et à Joinville. Ces maisons que vous voyez en face de nous, perdues dans un bouquet de bois, appartiennent à un petit village appelé le Mée. Alfred de Musset en s'y promenant a écrit quelques-uns de ses plus beaux vers, et c'est là qu'est venu au monde un des meilleurs sculpteurs de la France moderne, Chapu. De ce côté, à droite (pardonnez-moi de parler comme un homme qui montre la lanterne magique), les jardins de *Belle-Ombre*, ancienne dépendance de l'abbaye du Lys. A gauche, au sommet de ce mamelon boisé, se trouve le château des *Vives-Eaux*, dont le parc serait fort agréable à parcourir si les pentes y étaient un peu mieux ménagées et moins à pic. Vous conviendrez que voilà un joli coin de terre, et qu'il y a plaisir à le regarder, même quand on ne s'amuserait pas à tâcher de le peindre. »

Plus d'un étranger a pu traverser Dammarie-les-Lys sans se douter qu'il y subsiste de très beaux restes d'architecture. L'antique abbaye du Lys, fondée en 1212, selon les uns, en 1244, selon les autres, par Alix de Mâcon et Blanche de Castille, se trouve enclose aujourd'hui dans les murailles d'une propriété particulière. Heureusement Fortuné Valentin avait des intelligences dans la place, et, grâce au consentement tacite des maîtres de la maison, les trois amis purent pénétrer dans le parc et regarder les ruines tout à leur aise. Le temps s'est acquitté si consciencieusement de son œuvre de destruction, qu'il est bien difficile, ou plutôt impossible, de reconstruire par la pensée ce monastère, dont la célébrité a été grande. Comme le chœur et l'un des transepts de l'église sont encore debout, et que ce qui fut la nef est jalonné par des débris, on peut se rendre compte de l'étendue du vaisseau. Elle était considérable. Blanche de Castille, qui dans l'abbaye avait, ainsi qu'à Maubuisson, installé des religieuses de Cîteaux, l'avait prise en si profonde affection qu'elle voulut que son cœur y fût enterré[1]. Elle dut surveiller la construction avec tout le soin imaginable, et l'on était, ne l'oublions pas, à une époque où l'adorable architecture française ogivale touchait à la perfection. Les parties chancelantes de l'église du Lys, que nous pouvons voir encore et que peut-être on ne verra plus demain, car elles s'effritent et quelquefois des pierres viennent rouler aux pieds des visiteurs, sont, en effet, d'une extrême élégance. Ce chevet, dessiné de main de maître, devait avoir de la fierté. Lorsque dans le noble, le gracieux édifice, vitraux et rosaces versaient la lumière multicolore, l'enchantement se produisait irrésistible. L'autel était extrêmement élevé. A l'heure qu'il est, les divers affaissements subis par le sol, et qui ont amené une sorte de nivellement, nous empêchent de nous en apercevoir. Mais nous possédons à cet égard un témoignage positif. Thomas du Fossé, qui, contrairement aux habitudes de ses contemporains, avait le goût des voyages et savait regarder, a eu l'occasion de visiter cette église. dans l'été de 1691, en se rendant à Fontainebleau. Voici ce qu'il en dit dans ses *Mémoires*[2] :

« Nous vîmes, tout en passant, une célèbre abbaye, nommée *du Lys,* située près de la Seine. Le vaisseau de son église est très vaste, et son autel est auguste à cause de son élévation, qui est encore plus grande que celle de l'autel des Carmélites au faubourg Saint-Jacques de Paris. Nous fûmes en quelque façon effrayés par cette prodigieuse élévation tout en entrant. Et il est comme impos-

---

[1] Dans l'église paroissiale on a trouvé, en 1853, un coffret d'ébène aux armes de Louis IX. Grâce aux bons soins et à la vigilance de M. Désiré Sertier, alors maire de Dammarie, ce coffret appartient aujourd'hui à l'État.

[2] On se souvient des emprunts que nous avons déjà faits aux *Mémoires* de du Fossé, dans le chapitre IV, à propos de Port-Royal.

sible que la vue n'en soit frappée de surprise. L'abbesse, dont les armoiries, placées en divers endroits, faisaient connaître qu'elle était de la famille des Colbert, y faisait beaucoup bâtir. »

L'entretien entre nos amis roula pendant toute la soirée sur l'impression que leur avait causée cette visite. Ils tombèrent d'accord qu'il est déplorable de voir de si beaux fragments voués à une destruction inévitable et peut-être prochaine. Les propriétaires ne paraissent pas avoir envie de les faire classer comme monument historique, et, d'ailleurs, il serait bien tard maintenant. Au moins est-il regrettable qu'il n'en existe pas même une photographie. Que de richesses ainsi perdues et dont la postérité n'aura connaissance que par ouï-dire!

De propos en propos, M. Berger en vint à quereller amicalement Fortuné, à lui reprocher de n'avoir point, selon l'expression consacrée, employé ses pinceaux à peindre les ruines de l'église *du Lys*. Des colonnes gothiques, un chœur du xiiie siècle, entourés de grands arbres, réchauffés par le soleil et s'enlevant sur un fond de verdure, quel sujet mieux fait pour séduire un artiste de talent! Le peintre se défendait de son mieux. Il lui faudrait, disait-il, mettre des personnages dans son tableau, et notre costume moderne, notre habit noir, notre chapeau rond paraîtraient vraiment trop grotesques. Non, ce qu'il aurait rêvé, — mais pour cela il fallait le savoir d'un archéologue, — ç'aurait été une sorte de restitution où l'artiste eût pu introduire sur la scène des célébrités historiques, appartenant aux siècles passés.

« Une restitution ne me paraît pas impossible, répondit M. Berger. Avec l'aide d'un architecte savant, et ils sont tous en train de le devenir, on y parviendrait sans trop de peine. Quant au passé, il n'est pas besoin de re-

monter jusqu'à saint Louis et à Blanche de Castille pour
trouver des costumes à effet et des personnages se prêtant
à la représentation anecdotique. Vous ne savez pas, mon
cher Valentin, et vous n'êtes pas forcé de savoir que l'abbaye du Lys a reçu et gardé pendant quelque temps une
hôtesse très romanesque, bien faite pour parler à votre
imagination.

— Et qui donc?

— Marie Mancini.

— Celle que Louis XIV faillit épouser?

— Elle-même. Quand elle vint à l'abbaye du Lys, un peu
contre son gré, il n'était plus question de rien de tel. Le
roi était marié, et le cardinal Mazarin avait fait de sa nièce
la femme du connétable Colonna, une princesse romaine
du plus haut rang. Ce mariage fut aussi malheureux que
possible. A un certain moment, craignant pour sa liberté,
pour sa vie peut-être, Marie Mancini s'échappa en compagnie de sa sœur, la duchesse de Mazarin, et à travers
mille aventures, mille périls, se réfugia en France, se di-
rigeant sur Paris dans l'espérance de revoir le roi et peut-
être, qui sait? de ressaisir sur lui une partie de son ancienne influence. Mais à Fontainebleau elle rencontra un
gentilhomme envoyé au-devant d'elle, M. de la Gibertière,
qui l'engagea fortement à ne pas persister dans son dessein, et, par précaution, défendit au maître de poste de
lui fournir des chevaux. M. de la Gibertière conclut en insinuant à la connétable qu'elle serait à merveille à l'abbaye
de Montfleuri, près de Grenoble. Cette ouverture n'obtint
aucun succès. Marie répondit qu'elle avait écrit au roi
pour demander la permission de vivre dans sa famille en
France, et qu'elle attendrait un ordre formel avant de
prendre un parti. Sur quoi elle se mit à jouer de la guitare
et congédia l'envoyé.

« Il fallut dépêcher de Versailles le duc de Créqui, l'un des hommes marquants de la cour. Le duc trouva la connétable dans une méchante hôtellerie, étendue sur un grabat. Elle coupa court aux paroles de commisération, et se heurtant à une prescription positive de s'éloigner, elle s'écria qu'il lui était impossible, par une telle chaleur (on était en juillet 1672) et après d'incroyables fatigues, de traverser à nouveau la France pour aller à Grenoble ; qu'elle suppliait le roi de lui permettre d'entrer à l'abbaye du Lys.

« Cette fois sa demande lui fut accordée. M. de la Gibertière vint la prendre et la conduisit à Dammarie. Au moment où elle y arrivait, un émissaire de Colbert lui remit mille pistoles en deux bourses. Elle en devait recevoir, et elle en reçut, en effet, autant tous les six mois pendant son séjour.

« Plusieurs des lettres que, du Lys, elle écrivit au roi et à Colbert ont été conservées. On a aussi celles de l'abbesse, qui était alors la sœur Madeleine de Jésus. On y voit que Marie s'ennuyait beaucoup, mais qu'en somme elle n'était pas bien à plaindre. Ses deux sœurs, la comtesse de Soissons et la duchesse de Bouillon, avaient permission de venir la voir. La première lui envoya des meubles de valeur, parmi lesquels un lit orné de magnifiques tapisseries. On prenait grand soin d'elle, et les religieuses s'évertuaient de leur mieux à la consoler. La blessure était trop profonde, la déception trop immense. La colère l'emporta sur la prudence dans cette âme impérieuse. Elle écrivit violemment, se plaignit en termes peu mesurés. Louis XIV, par un billet, dont la froideur lui fit l'effet d'un coup de poignard, ainsi qu'elle l'avouait plus tard à Mme d'Aulnoy, lui ordonna de se retirer à l'abbaye d'Avenay, près de Reims. Cinq jours après, l'inévitable M. de la Gibertière reparaissait et emmenait dans son carrosse Marie Mancini, accompagnée de trois demoiselles que lui avait envoyées le connétable Colonna[1].

« Eh bien! mon cher Fortuné, il me semble que dans le séjour de cette héroïne de roman à l'abbaye du Lys vous trouveriez matière à composer un tableau. Vous pourriez même, avec la comtesse de Soissons et la duchesse de Bouillon, faire un groupe des trois sœurs qui serait très agréable et très vivant.

— Bah! dit Fortuné Valentin, je demande à réfléchir. C'est du Paul Delaroche que vous me proposez de faire là, et je trouve ce genre extrêmement faux. Enfin j'y penserai. La nuit porte conseil, et nous allons, si vous le voulez bien, gagner chacun notre chambre, car demain, au saut du lit et de très bonne heure, nous partons pour le château de Vaux. »

[1] Ces détails sont puisés en grande partie dans l'ouvrage très complet de M. de Chantelauze, intitulé *Louis XIV et Marie Mancini*.

XV

« Une grille monumentale ouvre l'entrée du château de Vaux, en laissant planer la vue sur l'ensemble des constructions et des parterres d'avenue, dont l'harmonie est du plus heureux effet. Cette grille donne accès dans une première cour de belle proportion, bordée à droite et à gauche par des pavillons et des portiques conduisant aux communs du château, et guidant les yeux sur le château lui-même, dont ils forment comme deux ailes détachées, à travers lesquelles se déploient des tapis de verdure, des jets d'eau, des ornements du meilleur goût. La seconde cour est bornée par les fossés du château remplis d'une eau vive et abondante, qu'on traverse sur un pont d'un style noble et élégant.

« Une seconde grille du plus bel aspect donne entrée dans cette magnifique cour d'honneur qui mène le voyageur au pied d'un perron assez élevé, distribué en plusieurs repos, et dont la montée fait pénétrer dans le château par une porte de riche architecture, soutenant un fronton qui décore le pavillon central du château. C'est une maison royale où vous pénétrez par un vaste vestibule, ouvrant sur une magnifique rotonde surmontée d'un dôme majestueux; on l'appelle la salle des gardes; elle prend jour sur d'immenses parterres, prolongés jusqu'à un château d'eau, adossé à une colline qui borne l'horizon de ce côté, et que l'on gravit par des perrons grandioses autant que gracieux; le tout accompagné de bassins, de pièces d'eau, et jadis peuplé d'un monde de statues ou d'objets de curiosité et encadré dans un parc de cinq à six cents arpents, fermé de murs, comme un jardin.

« Le château est un des beaux ouvrages d'architecture du XVIIe siècle. Il est, à l'extérieur, du plus beau style et du plus grand goût. La vue en est ravissante, de quelque côté que se place le spectateur. C'est un des plus remarquables monuments de l'art français [1]. »

On dirait que les maisons comme les hommes ont leur destinée. Il semblait que Vaux, frappé à son origine par les foudres de la royauté, en la personne de son fondateur Fouquet, fût voué à l'abandon, à une sorte de ruine; il n'en a rien été. Toutefois cette magnifique demeure a connu de dures vicissitudes. Achetée par le maréchal de Villars aux descendants de Fouquet, revenue entre les mains de ceux-ci (les Belle-Isle), acquise par les Praslin, qui la léguèrent aux Choiseul, elle se trouve aujourd'hui entre les mains d'un des plus riches industriels pari-

1 *La maréchale de Villars et son temps,* par M. Ch. Giraud. Nous avons consulté avec fruit cette agréable production du regrettable savant qui, jusqu'à la dernière heure, a su allier le ton le plus enjoué à la plus solide érudition.

siens, M. Sommier, allié à la maison de Barante. Ce nouveau propriétaire a pris à cœur de rendre au château, construit par Levau, orné par Charles le Brun, Mignard, Puget, Anguier, et dont les jardins ont été dessinés par le Nôtre, quelque chose de sa première splendeur. En effet, Vaux exige chez la personne qui le possède une immense fortune. Ce lieu princier demande à être entretenu avec luxe. Villars, ami du faste, y tint une véritable cour. Il se faisait entourer de ses gardes, et la maréchale de ses demoiselles d'honneur. Les réceptions, très recherchées, étaient sur le plus grand pied. Ambassadeurs, hommes d'État, personnages de marque, duchesses et comtesses affluaient au château.

On y faisait aussi très bon accueil aux littérateurs, et Voltaire dans sa jeunesse y vint plus d'une fois. Avec la souplesse et le feu de son esprit, il faisait les délices de cette société oisive et frivole sans doute, mais très intelligente. La maréchale avait organisé des *nuits blanches,* qui rivalisaient avec celles de Sceaux; seulement, tandis que chez la duchesse du Maine c'était un des conviés qui devait, par son esprit, faire tous les frais et tenir la compagnie éveillée, à Vaux, les maîtres de la maison ne se fiaient qu'à eux-mêmes du soin de distraire et d'égayer leurs invités.

A la suite de ces *nuits blanches,* on n'était guère matinal. Or il arriva que le soleil s'étant levé fort rouge, puis ayant subitement pâli, la frayeur s'empara de tous les serviteurs du château. Ils coururent en réveiller les maîtres. Les hôtes ne tardèrent pas non plus à être prévenus. Causeries et conjectures d'aller leur train. Il fallait sans perdre de temps, consulter le plus aimable des astronomes de l'époque, un astronome en chambre, il est vrai, l'auteur de *la Pluralité des mondes,* Fontenelle. Ce fut Voltaire qu'on chargea de lui écrire. Voici le début de sa lettre :

« Comme nous passons la nuit à observer les étoiles, nous négligeons fort le soleil, à qui nous ne rendons visite que lorsqu'il a fait les deux tiers de son tour. Nous venons d'apprendre tout à l'heure qu'il a paru de couleur de sang tout le matin; qu'ensuite, sans que l'air fût obscurci d'aucun nuage, il a perdu sensiblement de sa lumière et de sa grandeur. Nous n'avons su cette nouvelle que sur les trois heures du soir. Nous avons mis la tête à la fenêtre, et nous avons pris le soleil pour la lune, tant il était pâle. Nous ne doutons point que vous n'ayez vu la même chose à Paris.

« C'est à vous que nous nous adressons, Monsieur, comme à notre maître. Vous savez rendre aimables les choses que beaucoup d'autres philosophes rendent à peine intelligibles; et la nature devait à la France et à l'Europe un homme comme vous, pour corriger les savants et pour donner aux ignorants le goût des sciences. »

Suivaient des vers badins, auxquels Fontenelle répondit sur le même ton, sans d'ailleurs entrer dans la moindre explication scientifique. Pour les mondains ce n'était pas là l'important. Il s'agissait d'avoir un thème à plaisanteries, et celui-là en valait bien un autre.

M. Berger s'était plu à donner tous ces détails à ses compagnons de route avant que l'on entrât dans le château, afin de les mieux disposer à regarder attentivement. Quand on sait ce qui s'est passé en un lieu, quand on a quelque connaissance des personnes qui l'ont habité, de leurs actions, de leur caractère, tout y prend un sens, un intérêt. Ainsi, quand on a franchi le péristyle, et traversé un beau

Château de Vaux.

vestibule au bout duquel s'ouvre une rotonde (la salle des gardes) qui supporte le dôme central, on ne saurait se défendre d'être ému en apprenant que la première représentation des *Fâcheux,* de Molière, eut lieu à cette même place, en août 1661, et qu'au mois de juin précédent on y avait joué l'*École des maris*. De même on est bien aise de visiter aux deux extrémités de ce palais, au rez-de-chaussée, car les étages supérieurs sont réservés à l'intimité : à droite, la chambre modeste où couchait Villars; à gauche, le superbe cabinet de la maréchale, où se trouve encadré dans les lambris son portrait par Jean-Baptiste Vanloo. Charles Giraud en a donné une très exacte et très vivante description :

« La maréchale est représentée, dit-il, de grandeur naturelle et en pied, entourée d'emblèmes et d'attributs mythologiques, entre autres de l'oiseau de Junon. Elle est dans tout l'éclat de sa beauté, une cithare dans les mains, et paraissant vouloir inspirer le goût des arts à un bel adolescent, son fils, debout à côté d'elle, en costume et attributs d'Apollon. C'est probablement le seul portrait en grand qui existe de la maréchale. Son regard est à demi voilé, l'expression est ravissante, et l'on songe involontairement aux jalousies du maréchal en contemplant ce tableau, qui est d'un grand effet. »

D'autres peintures de maîtres subsistent ou ont été rapportées. Les admirables plafonds de le Brun sont toujours l'honneur de ce splendide logis. La chambre que Fouquet destinait à Louis XIV et que celui-ci refusa d'occuper, préférant retourner le soir même à Fontainebleau, doit être rétablie dans son ameublement primitif. On sent partout une sollicitude intelligente, qui s'étend non seulement aux appartements, aux objets d'art, mais aux jardins entretenus avec un soin merveilleux. La végétation y doit être certainement plus belle qu'au xviie siècle, car la Fontaine avoue naïvement, dans la préface du *Songe de Vaux*, que les plantations, tout fraîchement faites, étaient maigres. « Je ne les pouvais décrire en cet état, dit-il plaisamment, à moins que je n'en donnasse une idée peu agréable, et qui au bout de vingt ans aurait été sans doute peu ressemblante. Il fallait donc prévenir le temps. Cela ne se pouvait faire que par trois moyens : l'enchantement, la prophétie et le songe. »

Ce que l'on avait pu obtenir plus promptement que de gros et grands arbres, ce que l'on s'était procuré à coups d'argent, à coups de millions, c'étaient de superbes eaux jaillissantes. On comptait jusqu'à cent cinquante jets d'eau dans le jardin. Lorsque le duc de Villars, fils du maréchal, supprima les eaux par économie, la seule vente du plomb des conduites souterraines rapporta quatre cent quatre-vingt-dix mille livres, c'est-à-dire près de deux millions en monnaie d'aujourd'hui. Sous ce rapport, bien que les jardins actuels soient très suffisamment pourvus de bassins, de gerbes, de fontaines, l'idée de restauration ne saurait s'y appliquer ni même se présenter comme possible. Préserver Vaux de la ruine, lui maintenir son luxe seigneurial, rappeler ce qu'il fut à force de bon goût et d'habileté : voilà ce que l'on peut faire et ce qui est déjà fait en partie. Quant à ressusciter, à recréer ce que les contemporains eux-mêmes, peu d'années après, étaient unanimes à proclamer unique, incomparable, mais essentiellement passager, il n'y faut pas penser un instant.

C'est sans doute sous l'influence de ce courant d'idées que Fortuné Valentin s'écria, lorsque nos amis eurent repris avec leur voiture la route de Melun, en traversant le village de Maincy, où les seigneurs de Vaux venaient à la messe :

« Je devrais, comme artiste, me réjouir de cet essai de restitution, et pourtant il me cause une sorte de mauvaise humeur ou plutôt d'impatience. Songez que, dans les appartements comme dans les jardins, Vaux était un immense musée. Statues, peintures, tapisseries des Gobelins, mobilier enfin formaient une collection d'une richesse éblouissante. D'Argenville s'épuise à la décrire. L'inventaire des objets confisqués est à lui seul un livre. Avec ce que l'on a pris là on a fait la décoration du parc et du château de Versailles. Ce qui restait du mobilier était comme le vaisseau de Robinson, d'où l'on trouvait toujours quelque chose à rapporter, et l'on en a vendu des débris jusqu'à ces derniers temps. Est-ce tout cela qu'on va nous rendre? Non certes, personne ne peut concevoir un pareil dessein. Eh bien, j'aimerais mieux Vaux désert, me parlant de Fouquet avec une éloquente tristesse, de tout cet éclat évanoui, de cette prodigieuse fantasmagorie dissipée, que rajeuni, pimpant, restauré et *retapé*. La Fontaine a dit le vrai mot, et sans le vouloir il a été prophète. Vaux fut un songe, le songe d'une nuit d'août en 1661, le rêve d'un grand ambitieux, ami des lettres, des arts, de la beauté, de la fortune, du pouvoir. Jardins et palais auraient dû s'en aller en fumée, comme dans les contes fantastiques, en même temps que du dôme embrasé partaient les dernières fusées qui firent cabrer les chevaux attelés au carrosse d'Anne d'Autriche, affolés de peur jusqu'à se jeter dans les fossés du château et à s'y noyer.

— Vous êtes un antiquaire un peu bien exclusif, mon cher Valentin, répondit en riant son ami. Si l'on ne vous donne tout, vous ne voulez rien. Il faut être plus accommodant, que diable! On vous conserve le château. Les jardins et le parc sont toujours à leur place, je suppose, comme aussi la petite rivière d'Anqueuil, dont les paysans

d'ici ont oublié le nom. En voilà bien assez pour fournir
un thème à votre imagination.

« Quant à Fouquet, souffrez que je vous reproche votre
indulgence à son égard. Un surintendant des finances qui
dépensait trente-six millions de notre monnaie pour une
de ses maisons de campagne, car Saint-Mandé ne laissait pas que de lui coûter très cher; un homme qui consa-
crait quatre millions par an à l'entretien de Vaux, qui
donnait trois cent soixante-onze mille livres de gages à
ses domestiques, et qui payait à Louis XIV une collation
dont la note se soldait par cent vingt mille livres, est un
fastueux, un orgueilleux, un fou, sur la chute duquel je ne
saurais m'apitoyer.

« Ajouterai-je, ce que vous savez aussi bien que moi,
combien était impure la source de cette fortune, amassée
à force d'exactions, de dilapidations? J'ai horreur des
phrases, mais en vérité, avec le système d'impôts et de
recouvrements usité à cette époque, représentez-vous ce
que ces prodigalités supposent de gens saisis, bâtonnés,
dépouillés, obligés de coucher en plein air, car on enlevait
le toit de leur maison, et d'expirer en broutant l'herbe,
comme l'établissent d'une manière certaine des documents
qui ont justement trait à cette année 1661. On dînait bien à
Vaux, mais à condition que le peuple mourût de faim.

— Vraiment, dit Fortuné, l'histoire est bonne fille, et
j'admire toujours avec quelle facilité elle emploie tour à
tour deux poids et deux mesures. Il est quelqu'un qui a
certes plus volé que Fouquet et dont on ne parle jamais
qu'avec toutes sortes de circonlocutions et de précautions
oratoires. Il était grand diplomate et habile ministre. Vous
entendez qui je veux dire et me dispenserez de le nommer.
Fouquet fut à son école et y profita trop. Encore l'infortuné
surintendant se montra-t-il généreux envers les savants, les

littérateurs et les artistes. Accusez-moi, comme M. Josse, d'être orfèvre, mais j'aurai toujours une certaine faiblesse pour ce bourgeois parvenu qui donnait par an dix mille livres à le Brun, sans compter qu'il lui achetait fort bien ses tableaux. Il avait du goût et même de l'âme, quoi que vous en disiez, celui-là qui faisait une pension à la Fontaine, à condition que le poète rédigerait ses quittances en vers. Quelle fidélité ses amis lui ont conservée dans la disgrâce! et ce n'étaient pas les premiers venus qu'un Pellisson et une Sévigné. En toute circonstance nous les voyons s'incliner devant Louis XIV. Là seulement ils s'exposent, ils résistent, ils persistent. On ferait un recueil à part des pièces que Fouquet, heureux ou malheureux, a inspirées à la Fontaine. Ce *Songe de Vaux,* où il y a tant de choses charmantes, cette composition tout en l'honneur du surintendant, le poète n'a cessé de la réimprimer, affirmant ainsi son inaltérable amitié. La belle *Élégie aux Nymphes de Vaux* est célèbre; mais on connaît moins l'*Ode* au roi en faveur de Fouquet, datée de 1663, où se détache une de nos meilleures strophes lyriques.

> Oronte[1] seul, ta créature,
> Languit dans un profond ennui,
> Et les bienfaits de la nature
> Ne se répandent plus pour lui.
> Tu peux d'un éclat de ta foudre
> Achever de le mettre en poudre;
> Mais, si les dieux à ton pouvoir
> Aucunes bornes n'ont prescrites,
> Moins ta grandeur a de limites,
> Plus ton courroux doit en avoir.

Ainsi, pour Fouquet, la Fontaine se risque sur les traces de Malherbe. Il abdique son originalité. Le voilà

---

[1] C'est le nom qu'il donne habituellement à Fouquet dans ses poésies.

qui donne le grand coup d'aile de l'ode, et souvent avec
bonheur. Ceci, je vous le ferai remarquer en passant,
assène un terrible démenti à la légende d'un la Fontaine
insensible, viveur égoïste, sorte de stupide, comme le ca-
ractérise la Bruyère, n'ayant d'esprit et d'âme que pour
faire parler les pierres, les arbres ou les animaux. Vous
m'accorderez bien que le fabuliste qui poussa jusqu'à l'extrême le désintéressement, et dont on a si souvent blâmé
l'incurie, ne pleurait point sur sa pension perdue. Vous ne
l'accuserez pas non plus d'avoir été complice du surintendant en quelque opération de finance ou de maltôte. Il le
connaissait, le jugeait, ne le méprisait pas; loin de là. Sa
lettre à Maucroix, en septembre 1661 ; celle à Fouquet, en
janvier 1663, attestent autant d'estime que de tendresse.

— Que concluez-vous de tout cela? dit M. Berger.

— Je ne conclus pas, mais il m'est bien permis de proposer des conjectures. Pour moi, malgré tout ce qu'on a
écrit et imprimé, cette affaire de Fouquet, cette soudaine
et si effroyable disgrâce me demeure inexplicable. Les uns
ont inventé je ne sais quelle rivalité à propos de Mlle de la
Vallière. Cela fait hausser les épaules. D'autres ont vu la
main de Colbert dans le coup qui frappa un compétiteur
puissant, un ennemi probable, motif secondaire tout au plus.
Louis XIV n'aurait pas montré tant d'âpreté à venger les
injures ou à servir les passions du premier des subalternes.

— Alors nous sommes en présence d'un effet sans cause.

— Vous vous moquez de moi, et vous triomphez peu
généreusement de mon ignorance, qui n'a peut-être
d'égale que la vôtre. Voulez-vous que j'aille jusqu'au bout
de ma pensée?

— Sans doute.

— Eh bien, la fête de Vaux a déterminé un choc entre
deux glorieux. Louis XIV sortait du joug de Mazarin ; il

avait passé son enfance à entendre médire de Richelieu, plaindre Louis XIII, dénigrer et redouter les ministres tout-puissants, et voilà qu'à son entrée dans la vie active, à sa prise de possession du pouvoir, il se heurte à l'opulence, au luxe, à l'infatuation, à l'omnipotence d'un des anciens lieutenants de Mazarin. Il n'était besoin ni de la Vallière, ni de Colbert, ni des clameurs du peuple, ni de la raison d'État pour déterminer une explosion à laquelle succédèrent les manifestations d'un ressentiment implacable. Tous s'accordent à le dire : dès qu'il eut franchi le seuil du château, le roi fut suffoqué. Il voulait faire arrêter Fouquet au milieu de la fête, et, sans les supplications d'Anne d'Autriche, d'Artagnan, le capitaine des gardes, aurait exécuté sur-le-champ l'ordre qu'il en avait reçu. A tout le moins le roi voulut partir le soir même, fuir le plus tôt possible cet odieux endroit. Quelques années plus tard ce du Fossé, dont vous nous parlez si souvent, passant au château de Vaux, désert alors et sous séquestre, remarqua sur une cheminée un portrait de Louis XIV. « On voit bien, dit le fin Normand à l'exempt qui lui « faisait les honneurs du logis, que sa Majesté est fâchée « d'être là, car son visage exprime le courroux. »

« Le cardinal de Retz et le surintendant Fouquet sont les deux hommes que Louis XIV a le plus haïs, parce que ce sont ceux qu'il a le plus craints. Sa sévérité à leur égard ne s'est jamais démentie. Chez l'un comme chez l'autre il avait senti l'ambition de la maîtrise, et c'est à eux qu'il répondait indirectement quand il disait à ses ministres : « Nous travaillerons désormais ensemble, et vous recevrez « mes ordres. »

Fortuné Valentin espérait garder ses hôtes encore quelques jours, mais une lettre de Mme Verteil, qu'on leur re-

mit en rentrant à Dammarie et qui leur annonçait son
arrivée à Paris, les contraignit de partir dès le lendemain.
Le peintre obtint à grand'peine qu'au lieu de s'en aller ba-
nalement par Melun, ses amis prendraient le chemin des
écoliers en traversant la forêt de Fontainebleau.

De Dammarie à Bois-le-Roi, lorsqu'on a peu de temps
à dépenser, l'itinéraire est charmant. On passe à l'extrémité des jolis bois de la Rochette; à mi-chemin de Chailly
on rencontre le monument de Châteauvillars. Fortuné n'en
fit pas grâce à nos voyageurs. Dans un terrain enclos de
murs s'élève une sorte de chapelle où le comte de Châteauvillars s'est fait ériger un mausolée. C'était sous Louis-
Philippe un excentrique du premier ordre que cet étrange
gentilhomme. Il n'y avait point de folies qu'il ne fît ou
qu'on ne lui prêtât, celle, entre autres, d'avoir monté à
cheval, par l'escalier, bien entendu, au premier étage de
la Maison dorée. Vers la fin de ses jours, ce rude compagnon, que quelques chroniqueurs ont classé parmi les Treize
de Balzac, pensait volontiers comme Hamlet : l'homme
ne lui plaisait guère, ni la femme non plus; mais en revanche il adorait les chiens. Quand un de ses limiers venait
à mourir, il le faisait enterrer dans l'enclos de Chailly et
lui élevait une sépulture. Il voulut que son propre tombeau
s'élevât sur le même terrain, et que les chiens survivants,
au fur et à mesure qu'ils mourraient, fussent inhumés à ses
pieds dans la chapelle mortuaire. Les héritiers se sont insurgés, à ce qu'on nous a assuré, contre cette volonté dernière, et ils ont fait disparaître de l'enclos les sépultures
érigées antérieurement aux représentants de la race canine.
La chapelle nue et froide au milieu de laquelle est placé le
monument a quelque chose de particulièrement sépulcral,
bien que les clartés du dehors y pénètrent aisément. Elle
fait penser au tombeau du Commandeur tel que le repré-

sente, dans *le Festin de pierre,* le décor classique de la
Comédie Française.

Il fallut bien faire une visite à la Mare-aux-Évées, ce
recoin solitaire, d'une mélancolie si pénétrante, d'un charme
souverain. Le vent était frais sans être piquant. Quelques

La Mare-aux-Évées

feuilles jaunies tombaient en tournoyant avec lenteur ; mais
le feuillage était vivace encore, d'un vert sombre, vigoureux, à peine moucheté çà et là de quelques taches de
rouille. Les chemins qui conduisent au Rocher-Canon, au
carrefour de Monseigneur et dans la direction des Longues-
Vallées, s'enfonçaient à perte de vue. Des bouquets de

bruyères, restés touffus malgré la saison, éclataient çà et
là. Sous bois, l'odeur de vanille des oronges, la douce
senteur des corallines et des chanterelles montait dans l'air.
L'herbe était haute; on y pouvait marcher sans crainte.
Les vipères qui, dit-on, sont nombreuses à cet endroit,
dormaient encore, engourdies par le froid de la nuit. Il
avait plu quelques jours auparavant. La mare, aux trois
quarts pleine, jouait le petit étang, bien qu'en plus d'un
endroit elle disparût sous le large parasol des plantes
aquatiques. L'impression de recueillement, de solitude
était si grande, que les trois promeneurs s'arrêtèrent
comme saisis d'un religieux respect. On aurait pu se
croire bien loin des hommes et de la civilisation. Mais
l'heure pressait, et l'on dut se remettre en marche.

La voiture attendait à la Croix-de-Vitry, et par la
Table-du-Roi on gagna rapidement Brolle, une longue
rue qui aboutit à un superbe château moderne. Lorsqu'on
atteignit la station de Bois-le-Roi, le train venant de Lyon
était déjà signalé. On s'embrassa cordialement en se pro-
mettant de se revoir à Paris pendant l'hiver. Fortuné
Valentin s'en revint tout seul par l'Épine-Foreuse et le
Chêne-aux-Chiens, songeant aux bonnes journées précédentes, et se disant qu'après tout Marie Mancini, à l'abbaye *du Lys,* remettant au duc de Créqui une protestation
contre sa captivité, serait un excellent sujet de tableau, à
moins pourtant qu'il ne lui dût préférer l'entrée triomphale
de Louis XIV dans la cour de Vaux. « L'ombre de la
Fontaine me le défend! » s'écria-t-il tout à coup. Et dès
lors il n'y pensa plus.

DEUXIÈME PARTIE

MEAUX. — CHATEAU-THIERRY. — REIMS. — LAON. — SOISSONS
BRAINE — NOYON. — COMPIÈGNE

I

Où l'on fait connaissance avec les trois voyageurs.

Les rentiers ne demeurent plus guère au Marais, parce que le Marais, jadis célèbre par sa tranquillité, est devenu un quartier commerçant, industriel, des plus animés et des plus bruyants. A vrai dire, de ces endroits paisibles et retirés, où l'on pouvait cacher une vie modeste, abriter une vieillesse laborieuse et digne, il n'y en a plus beaucoup dans Paris. Les grandes voies de communication, les immenses boulevards nouvellement ouverts au centre de la ville et qui vont se perdre à ses extrémités, ont forcé les riches comme les pauvres à des émigrations souvent pénibles.

Si le Marais s'est transformé, le faubourg Saint-Germain a subi une destinée encore plus dure : il a péri presque entièrement. Les vieux hôtels sont tombés, les beaux jardins qui faisaient dire à Boileau :

Paris est pour un riche un pays de cocagne ;
Sans sortir de la ville, il trouve la campagne :
Il peut, dans son jardin tout peuplé d'arbres verts,
Recéler le printemps au milieu des hivers ;
Et, foulant le parfum de ses plantes fleuries,
Aller entretenir ses douces rêveries.

Ces beaux jardins ne sont plus qu'un souvenir; nous avons vu, sous la hache du démolisseur, tomber les fameux arbres verts célébrés par le poète, et disparaître leur ombre séculaire.

Les habitants de l'aristocratique faubourg ont, pour se consoler, leurs élégantes retraites aux champs, leurs châteaux, où ils passent la plus grande partie de l'année. Mais où le petit bourgeois trouvera-t-il un équivalent à ce qu'il perd? La banlieue de Paris est horrible avec ses décharges urbaines, ses fabriques, utiles sans doute, mais noires et sales, ses fumiers infects, ses plaines crayeuses et soleillées. Restent les environs immédiats, qui sont charmants. Le malheur est que, pour habiter ces petits paradis, Ville-d'Avray ou Luciennes, Brunoy ou Bellevue, il faut de la fortune, et que, là comme ailleurs, s'applique l'ancien proverbe : « Il n'est pas donné à tout le monde d'aller à Corinthe. »

Le quartier de l'Observatoire est un de ceux que les bouleversements, ou, pour mieux parler, les remaniements modernes ont le moins atteints. Sa grande avenue n'est plus ce lieu désert, quasi-abandonné, à l'extrémité duquel Balzac, dans *Ferragus*, plaçait ses joueurs de boules. Les marchands de macarons et de bimbeloterie, les cafés, les bals publics l'ont quelque peu gâtée. A deux pas de là pourtant s'ouvre une rue admirablement calme, ombragée, et en quelque sorte dissimulée par les jardins de ce qui fut Port-Royal. C'est dans cette rue, qui porte le nom de l'illustre astronome Cassini, que M. et Mme Dubonnet étaient venus s'établir en quittant la rue du Roi-Doré.

Jean-Pierre-Prosper Dubonnet était fils d'un médecin parisien, homme fort distingué, que la science passionnait, et qui mourut jeune, ayant dépensé tout ce qu'il gagnait en expériences du plus haut intérêt, dont sa fin prématurée l'empêcha de tirer la conclusion et de dégager les résultats pratiques. Peut-être souhaitait-il secrètement que son fils suivît la même voie et continuât le sillon qu'il avait commencé de tracer. La destinée ne le permit pas. De très bonne heure, Prosper dut entrer dans le commerce pour venir en aide à sa mère, demeurée dans une situation difficile, où elle ne se soutenait que par beaucoup d'économie. Devenu un excellent comptable, le jeune homme amena rapidement dans la maison maternelle une aisance relative, et, quand sa mère s'éteignit dans ses bras, il eut la consolation de se dire qu'il n'avait rien négligé pour adoucir les derniers jours de cette femme excellente, et pour lui procurer tout le bien-être qu'elle pouvait désirer.

Dans l'ensemble et la suite de sa vie, on peut dire que Prosper Dubonnet avait été le dévouement même. N'est-ce pas, en effet, se dévouer d'une manière délicate et très positive que de consacrer son activité à une carrière pour laquelle on ne se sent point fait, et cela en vue de remplir un devoir, d'acquitter une dette sacrée? L'existence du comptable de la maison Gauthier et Cⁱᵉ, bronzes d'ornements, rue de Turenne. au coin de la rue Saint-Claude, fut en effet, surtout dans les premiers temps. un très douloureux sacrifice. Prosper aimait les lettres avec autant de passion que son père avait aimé les sciences. Ses études, brusquement interrompues après une brillante année de rhétorique au collège Henri IV, où il avait obtenu un second prix d'histoire et un premier accessit de discours français, lui laissaient un vif désir de savoir davantage, d'aller plus loin, de gravir plus haut.

Tant qu'il eut à faire l'apprentissage de son métier, ses instants furent comptés. Quelquefois même il lui fallait prendre sur les heures de sommeil pour mettre sa besogne

17

à jour. Mais une fois au courant, et à mesure que, montant en grade, il fut secondé par d'habiles auxiliaires, Dubonnet se trouva et se fit plus de loisirs. Ses soirées et ses dimanches se passèrent à lire, et il ne tarda pas à rattraper l'arriéré, grâce à son assiduité courageusement passionnée, grâce aussi aux conseils et aux indications que lui donnait de temps en temps son ancien professeur d'histoire, M. Mériel, avec lequel il avait toujours conservé de très affectueuses relations.

M. Mériel aurait pu être un professeur brillant, s'il ne s'était contenté d'être utile, se considérant, ainsi que l'a recommandé un moraliste, comme un pasteur des jeunes esprits, chargé de les guider dans la bonne voie et de leur enseigner où se trouvent les saines nourritures. Ses défauts, ou, pour employer une expression moins sévère, ses imperfections ne l'avaient pas moins incliné vers ce rôle que ses rares qualités. La plus grave de ces imperfections, puisqu'elle avait arrêté son essor après une thèse extrêmement remarquée sur *l'abolition de l'esclavage dans la Gaule chrétienne,* c'était la timidité. L'idée d'occuper une chaire de faculté, d'affronter un nombreux auditoire lui causait une telle épouvante, qu'il avait cherché avec soin toutes les occasions de s'effacer, de rester dans l'ombre.

Sa nature innocente et bonne aurait peut-être été portée à la gaieté; mais veuf à trente ans, après trois années de mariage, il ne s'était jamais consolé, bien que sa femme lui eût laissé deux enfants charmants, une fille et un fils, Laurence et Philippe. D'une piété délicate et vive avant la perte cruelle qui avait brisé son cœur, M. Mériel avait senti sa foi religieuse s'étendre et croître sous la rosée des larmes. Il avait eu un redoublement de vie intérieure, qui, se joignant à son activité scientifique, l'avait rendu, non pas moins attentif, mais moins sensible à ce qui se passait à son foyer. Auprès de ce père d'une douceur exquise, presque constamment absorbé, parfois si distrait, Laurence et Philippe, privés de la vigilante direction d'une mère, s'étaient, pour ainsi dire, élevés eux-mêmes, et, ajoutons-le, très bien élevés; car leurs natures étaient droites, et ils avaient devant les yeux l'admirable exemple paternel.

Pourtant de cette éducation un peu libre il était résulté chez l'un et chez l'autre un développement des caractères, une franchise et une décision d'allures qui tranchaient singulièrement avec l'habituelle circonspection de M. Mériel. Le frère et la sœur avaient un grain très marqué d'originalité. Bien qu'ils s'adorassent, ils discutaient sans cesse, et, comme ils ne parvenaient jamais à se convaincre, leur père les avait surnommés *les deux entêtés*. Leurs opinions différaient sensiblement. Philippe s'était épris de la tradition du passé; le moyen âge était son monde favori, et le règne de Louis XIII lui semblait déjà une époque trop moderne. Laurence, au contraire, regardait de préférence vers l'avenir. Elle était, à sa manière, une petite philosophe; et dans ce passé, dont son frère ne voyait que les beautés, son sens critique, aiguisé par une naturelle malice féminine, lui faisait apercevoir et signaler plus d'une lacune, plus d'une tache. C'étaient des duels interminables, où les arguments se croisaient en guise d'épées, où sur la tête de chaque adversaire pleuvaient des citations destinées à le réduire en poudre.

Ces terribles tournois avaient lieu le plus souvent dans l'après-midi du dimanche, où la famille se trouvait réunie; car, dans la semaine, M. Mériel était à sa classe ou à ses répétitions, et Philippe au ministère des affaires étrangères, où il commençait, dans les bureaux, son appren-

tissage de diplomate, ce qui était, assurait-il, sa vocation.
Prosper Dubonnet, libre aussi ce jour-là, venait rapporter les livres que lui prêtait son ancien professeur et en
chercher de nouveaux. Comme il avait fait une partie de
ses classes avec Philippe et qu'ils avaient conservé les habitudes d'une cordiale camaraderie, Prosper se sentait
presque chez lui dans cette maison hospitalière. Il y passait de longues heures, interrogeant M. Mériel, et notant
avec soin dans sa mémoire jusqu'aux moindres indications
que celui-ci lui donnait. On l'invitait quelquefois à dîner,
et Laurence, qui avait deviné en lui un gourmet, faisait
toujours à son intention quelque plat sucré ou quelque
mets de haut goût. Philippe se récriait, prétendant que sa
sœur voulait peser sur l'impartialité de Prosper et l'entraîner dans son camp. Le reproche était injuste. Dubonnet et
M. Mériel, qui formaient le centre, n'étaient point capables de se laisser corrompre par des friandises, et, quoique
Prosper éprouvât un vif attachement pour Laurence, il ne
sacrifiait pas son équité à cette affection. D'ailleurs, il ne
croyait ressentir pour Mlle Mériel qu'une fraternelle amitié,
et il ne fut éclairé sur ses véritables sentiments que par les
circonstances douloureuses qui survinrent.

Une succursale importante que la maison Gauthier possédait à Lyon, sur la place Saint-Nizier, ayant été compro-
mise par l'improbité ou l'incapacité du gérant, les patrons
envoyèrent Dubonnet, dans le jugement duquel ils avaient
une pleine confiance, pour voir quelle était l'étendue du
mal et chercher les moyens d'y remédier. Prosper croyait
s'absenter pour quelques jours, mais il trouva la situation
plus grave qu'on ne l'avait annoncé. Appelé à diriger, à surveiller de près un sauvetage compliqué, qu'il eut la chance
de mener à bien, Dubonnet resta plus de six mois sans
voir ses amis de la place de l'Estrapade. C'est là que

logeait M. Mériel, dans une vieille maison où Diderot
avait, dit-on, demeuré. Au bout de ces six mois, Philippe, qui s'était fait remarquer de ses chefs par sa
promptitude au travail et la solidité de ses connaissances,
fut nommé vice-consul dans un des ports de la mer
Rouge. En gagnant Marseille pour se rendre à son poste,
il passa une demi-journée à Lyon avec Prosper, et lui fit
part de ses inquiétudes, de ses sombres pressentiments.
La santé de son père était devenue tout à fait mauvaise,
et le jeune homme tremblait à la pensée de savoir Laurence seule, avec de bien modiques ressources, sans
appui, sans conseiller; car l'idée ne lui venait pas d'associer une jeune fille à la vie errante d'un consul, qu'on en-
voie d'Arabie en Amérique, de New-York à Téhéran.

Prosper s'appliqua de son mieux à calmer les inquiétudes de Philippe. Il taxa d'exagération les craintes de son
ami, et lui fit observer que M. Mériel appartenait à cette
race d'êtres délicats et frêles dont le roseau de la fable est
le symbole : ils plient sans rompre, et peuvent dire comme
une femme célèbre du xviiie siècle : ma faiblesse d'Her-
cule. Avec sa vie régulière, sa sobriété bien connue, son
régime exactement suivi, les bons soins dont sa fille l'entourait, il n'y avait pas de crainte, au moins immédiate,
à concevoir pour la vie du modeste et infatigable travailleur.
Le jeune homme ajouta que, d'ailleurs, il comptait ne
plus rester longtemps à Lyon; qu'une fois à Paris il ne
perdrait pas de vue les habitants de l'Estrapade, et que
Philippe serait informé des moindres détails avec autant
de sincérité que de précision. Peut-être même laissa-t-il
entendre bien discrètement, — car il ne voyait pas encore
très clair dans ses sentiments ni dans ses idées, — que
Laurence pouvait se fier à son dévouement, et qu'il ferait
tout au monde pour alléger ou assurer le sort de Mlle Mé-

riel. Philippe partit un peu moins troublé, emportant comme un cordial ces bonnes paroles.

Nous pouvons quelquefois pressentir les malheurs qui doivent nous frapper; mais, fort heureusement pour notre faiblesse, nous ignorons de quelle manière et par quel biais ils nous atteindront. Quelques jours après le départ de Philippe, Prosper vit dans les journaux qu'une épidémie de fièvre typhoïde venait d'éclater dans la capitale et sévissait avec une intensité particulière dans les quartiers des Gobelins, Saint-Victor et du Panthéon. Au bout de huit jours, une lettre de Laurence apprit à Dubonnet que M. Mériel, qui était le membre le plus actif du bureau de bienfaisance de son arrondissement, avait contracté la terrible maladie en portant des secours à domicile, et qu'une attaque foudroyante l'avait emporté. La résolution de Prosper fut rapidement prise. Autorisé par ses patrons à retourner sur-le-champ à Paris, où il reprenait dans la maison Gauthier un poste plus considérable qu'auparavant, il n'eut pas de peine à convaincre Mlle Laurence qu'elle n'avait pas de meilleur ami que lui sur la terre, et qu'elle était prédestinée à s'appeler Mme Dubonnet. Peu de temps après, le mariage fut célébré à Saint-Jacques-du-Haut-Pas.

Philippe ne put être témoin du bonheur des nouveaux époux. On venait de l'envoyer de la mer Rouge dans la mer Noire, ce qui constituait, paraît-il, un avancement, mais ne le rapprochait guère des siens.

Les ménages bien assortis sont comme les peuples heureux, ils n'ont pas d'histoire. M. et Mme Dubonnet virent s'écouler les années sans en sentir le poids. N'ayant pas eu d'enfants, ils avaient l'un pour l'autre une tendresse exclusive, qui s'accroissait et se fortifiait avec le temps. Dubonnet avait hérité de la bibliothèque de M. Mériel. Elle n'était pas nombreuse et se composait à peine de quelques

centaines de volumes, mais elle était parfaitement choisie.
L'histoire, — la grande passion et la vraie carrière du
vieux professeur, — y occupait une large place. Laurence
y avait fait entrer plusieurs ouvrages de philosophie, et
Philippe des traités de l'art héraldique. C'était là que
Prosper se retirait avec délices lorsqu'il pouvait goûter
quelques instants de liberté. Mais le grand plaisir des deux
époux était, tous les ans, profitant du congé que leur ac-
cordait la maison de commerce, de passer un mois en
voyage. Ils parcoururent ainsi une grande partie de la
France, et poussèrent même quelques pointes à l'étranger.
Marcheurs excellents tous les deux, également épris de la
nature et des monuments, ils faisaient de longues courses
pour contempler un site qu'on leur avait signalé, pour
trouver quelques ruines perdues au fond d'un village,
parmi des paysans ignorants et insoucieux.

De ces excursions ils rapportaient d'agréables souvenirs,
qui faisaient la distraction, l'enchantement de leurs soirées d'hiver. Quoiqu'ils n'eussent point l'humeur sauvage,
et qu'ils eussent avec des personnes de leur monde des
relations suivies, ils se plaisaient beaucoup au coin de leur
feu et ne se doutaient pas de ce que c'est que l'ennui. On
ne pouvait les voir, les fréquenter, causer avec eux, entrer
dans leur intimité sans penser à ce vers de *Philémon et
Baucis :*

> Ils s'aiment jusqu'au bout, malgré l'effort des ans,

ou encore à cette belle pièce d'un poète moderne, *les
Neiges d'antan,* dans laquelle André Theuriet nous montre
un ménage modèle réveillant, dans une causerie familière,
la douce mémoire du passé :

> Le logis est bien clos. Dans l'ombre du parloir,
> Deux vieillards, deux époux, sont assis devant l'âtre,

Et, perdus à demi dans un doux nonchaloir,
Ils rêvent aux lueurs de la brise bleuâtre.

Autour d'eux est rangé l'antique mobilier :
Rideaux fanés, miroirs ternis, dressoirs de chêne.
Dans cet encadrement sévère et familier,
Leur vieillesse apparaît lumineuse et sereine.

. . . .

O cher homme, sur nous la vieillesse a neigé,
L'âge nous a blanchis comme autrefois le givre ;
Mais la robuste fleur de l'amour partagé
Embaume les instants qui nous restent à vivre.

Nous marcherons tous deux jusqu'au bout du chemin,
Et quand nous atteindrons la cime solennelle,
Puissions-nous, côte à côte, et la main dans la main,
Descendre ensemble encor dans la paix éternelle.

L'installation des époux Dubonnet rue Cassini fut une opération longue et laborieuse. Les déménagements sont toujours une rude épreuve ; mais combien davantage lorsqu'il s'agit d'établir le nid définitif, s'il y a jamais quelque chose de définitif en ce monde ! La bibliothèque, considérablement augmentée par des acquisitions successives, remplit à elle seule une pièce entière. M. Dubonnet se proposait d'en faire le catalogue, agréable toile de Pénélope, que l'on recommence et que l'on modifie incessamment. Son ambition allait même plus loin. M. Mériel avait amassé les matériaux, formé le plan et rédigé quelques chapitres d'une *Histoire des états généraux de* 1614. Son gendre se proposait de la continuer, de l'achever, si possible, et l'on pense bien que, depuis qu'il nourrissait ce désir, sa ferveur historique avait redoublé.

Un autre souci fut la préparation de l'appartement de Philippe. Consul de première classe aux États-Unis, dans une des principales villes du Nord, et en passe de devenir consul général, il avait donné sa démission à la suite d'un démêlé avec le gouverneur de l'État où il résidait, et il revenait en France furieux contre les Yankees, moins libéral et plus féodal que jamais. Sa sœur et son beau-frère mirent tout en œuvre pour lui arranger un logis confortable, et l'on peut croire qu'ils y réussirent, car il daigna les féliciter lorsqu'ils lui en firent les honneurs.

Mériel rapportait de ses longs séjours à l'étranger une incontestable expérience, une pénétration aiguisée par un exercice continuel, des connaissances étendues; mais on eût dit que ses contacts multipliés avec les hommes l'avaient fatigué outre mesure. Il fuyait les relations nouvelles, ne se plaisait qu'à la maison, redoutait les moindres déplacements. Vivre assis après avoir trop couru semblait être sa devise, son idéal.

Aussi, lorsque, l'été approchant de son terme, M. et Mme Dubonnet commencèrent à parler de leur voyage annuel et insinuèrent timidement à Philippe qu'il serait bien aimable de les accompagner, celui-ci les reçut tout d'abord d'une façon assez peu encourageante. Il avait tout vu, savait d'avance tout par cœur, était revenu de partout avant même d'y être allé, ne se souciait de rien. L'Italie était trop chaude, l'Angleterre trop brumeuse, la Hollande trop froide, la Belgique trop plate, la Suisse trop montagneuse.

« Eh bien! lui dit un jour sa sœur, impatientée de ces fins de non-recevoir, je parie que tu ne connais pas seulement l'Ile-de-France?

— Que me parles-tu d'île de France? Je ne suis jamais allé ni aux Indes, ni au delà du cap de Bonne-Espérance, et je ne sais sur ce beau pays, si malheureusement et si maladroitement perdu par nous, que ce que nous en apprennent les voyageurs et particulièrement les notes aussi précises que colorées de Bernardin de Saint-Pierre.

— Vous ne vous entendez nullement, fit observer M. Dubonnet. Ta sœur, mon cher Philippe, parle du pays qui environne Paris, que bornent la Normandie, la Picardie, la Champagne, l'Orléanais, et que nos pères ont longtemps appelé tout court la France, comme s'il méritait ce nom pour avoir été le point de départ de la nationalité, le berceau de la monarchie, le noyau compact et résistant du peuple français. Laurence prétend que tu n'as aucune idée de cette région où se sont passées les premières scènes de notre histoire, et que probablement tu n'as jamais songé à y mettre les pieds. »

Philippe se prit à rire, et il avoua que sa sœur avait raison; mais aussi quelle singulière idée de parler de l'Ile-de-France comme d'un pays où l'on puisse voyager! On part pour Pékin, on visite Moscou, on flâne à Venise, on s'arrête à Rome; mais on n'a jamais entendu dire que quelqu'un doué de bon sens se soit mis, autrement que pour le soin de ses affaires, en route vers Soissons, Noyon ou Meaux.

« Voilà pourtant trois villes intéressantes à divers titres, se hâta de remarquer Laurence. Meaux rappelle le souvenir de ton cher Bossuet, Noyon possède une des plus belles cathédrales de France, enfin Soissons a vu commencer les Mérovingiens, et je suis étonnée qu'un homme qui se glorifie, comme toi, d'aimer par-dessus tout l'ancien régime, parle si dédaigneusement d'une ville à laquelle se rattache le souvenir de Clovis. Est-ce que par hasard Clovis serait trop moderne, et faudrait-il, pour te plaire, remonter à Pharamond ou à Francus, fils d'Hector, fondateur fabuleux de la nation franque, célébré par notre vieux poète Ronsard ?

— Si j'ai commis une irrévérence envers le passé, je m'en accuse et m'en excuse, répondit Philippe. J'avoue

que tu n'as pas fait impunément appel à mes sentiments
et à mes souvenirs. La grande nation cue nous sommes
aujourd'hui, — je dis grande au point de vue de la population et du territoire, faisant d'expresses réserves sur les
autres points, — nous a trop fait oublier le petit peuple
que nous fûmes d'abord et l'humble contrée où il était
obligé de se cantonner. Décidément Soissons a du bon ; et
si vous y allez, je ne refuse pas de vous y accompagner. »

Contents de ce premier succès, les deux époux ne voulurent point, sur le moment, pousser trop loin leurs avantages. Quelques jours après, ils furent agréablement surpris lorsque Mériel, après le déjeuner, leur dit :

« J'ai retrouvé ces jours-ci, dans mes papiers, une informe biographie de la Fontaine, que j'avais esquissée
dans ma jeunesse et que la diplomatie m'a contraint de
mettre de côté. A coup sûr je n'ai point envie d'écrire un
livre, et ce n'est point à mon âge que l'on devient auteur ;
mais je rencontre dans mes notes des indications qu'il me
serait agréable de compléter. J'y vois, entre autres choses,
que la nature, telle que la Fontaine l'a eue sous les yeux,
me préoccupait fort, et que je m'étais adressé à moi-même
cette recommandation expresse : ne pas manquer de visiter
Château-Thierry et la campagne environnante. Il me semble
donc que nous pourrions gagner cette ville en jetant sur
Meaux un rapide coup d'œil, puis nous donner le plaisir
d'aller à Reims, où la Fontaine passa mainte bonne journée avec son ami Maucroix et où nous appelle impérieusement la cathédrale du sacre. Nous reviendrons ensuite à
Paris par Laon et Soissons. Comment trouvez-vous ce
plan?

— Il me convient d'autant plus, s'écria Laurence, que
Laon est une des villes dont l'histoire au moyen âge s'offre
à nous comme très émouvante et très dramatique.

— Oui, parlons-en, interrompit Philippe; ces scélérats de bourgeois de Laon étaient toujours en révolte
contre leurs évêques, et je crois même qu'ils finirent par
en assassiner un. Du reste, on est bien revenu aujourd'hui
de l'engouement que l'on a eu pendant quelque temps pour
les communes.

— Et l'on a grand tort, riposta vivement Laurence. On
fait preuve d'une noire ingratitude. Des communes est
sortie la bourgeoisie, sur laquelle s'est appuyée la royauté
pour lutter contre ta chère noblesse, qui se serait parfaitement accommodée d'un chaos féodal comme en Allemagne.

— Tu sais, répliqua Philippe, que sur ce point-là je ne
te céderai jamais.

— Ni moi non plus, fit Laurence.

— Voilà qui va le mieux du monde, dit en riant
Prosper. Vous n'avez changé ni l'un ni l'autre et vous serez jusqu'au bout, selon le mot prophétique du pauvre
papa Mériel, deux incorrigibles entêtés. Laissons la discussion pour aujourd'hui et allons faire nos malles. Demain,
conformément au plan de Philippe, nous prendrons le
chemin de fer de l'Est et nous irons passer la journée à
Meaux. »

II

On ne peut parler de Meaux sans penser à Bossuet. C'est le nom du grand évêque qui recommande principalement cette ville à notre souvenir. La ville a, paraît-il, une certaine importance commerciale. Son marché, qui se tient tous les samedis, est fort considérable, et les marchands de grains y font de très belles affaires. Quant aux personnes qui ont du goût pour le fromage de Brie, elles apprendront peut-être avec plaisir que par an il s'en vend sur ce marché trois millions deux cent mille kilogrammes. Ce sont là des détails qui ont leur place marquée dans quelque *Annuaire* de Seine-et-Marne, si, comme cela est probable, il existe un recueil de ce nom, et que les statisticiens n'ont pas le droit de négliger. Mais nos trois voyageurs ne pensaient ni au fromage de Brie, ni au commerce des céréales, et pendant le trajet, qui d'ailleurs est fort court, ils ne parlèrent que du xviie siècle, sans beaucoup s'occuper de la campagne qu'ils traversaient, ni de l'histoire de Meaux pendant les époques précédentes.

La campagne, en effet, est agréable, mais sans caractère. On est longtemps à sortir de la gare de l'Est, car le mouvement croissant des transactions et de l'industrie a fait de nos modernes gares de véritables villes qui s'étendent indéfiniment. Rapidement on passe Bondy, le Raincy, Chelles, pour s'arrêter durant quelques minutes à Lagny.

La forêt de Bondy était jadis célèbre. Les fâcheuses odeurs que, bien malgré lui, répand aujourd'hui ce village, sont trop connues pour qu'il soit nécessaire d'y insister. La plaine peu à peu a gagné du terrain sur le bois, et l'ombre ne commence à vous protéger qu'aux premières maisons de Livry. Quiconque a lu les lettres de Mme de Sévigné connaît et aime Livry. Dans une abbaye du XIIIe siècle, dont son bon parent Coulanges était abbé commendataire, elle s'était accommodé un nid pour les douces joies de l'amitié et de la famille, pour la rêverie, — car cette rieuse aimait à rêver comme le rieur la Fontaine, — pour la tristesse et les larmes, quand sa fille la quittait et qu'un voile de deuil s'étendait en quelque sorte autour d'elle.

Tous ces états de l'âme, l'incomparable enchanteresse nous les a fait connaître dans sa correspondance. On ne se sépare point d'elle pendant les continuelles allées et venues qui la conduisaient de Paris à son ermitage, et, de sa retraite demi-mondaine, la ramenaient à Paris. Un homme du XVIIIe siècle, un Anglais, qui certes n'était pas tendre, le spirituel et sarcastique Horace Walpole, avait, dans son paganisme littéraire, admirablement surnommé Mme de Sévigné *Notre-Dame de Livry*.

Le mot est joli et juste; il a sa profondeur. Livry, en effet, ce n'est pas les Rochers; c'est tout autre chose.

D'abord, pour aller aux Rochers, il y a le voyage; un voyage de ces temps-là, avec complication de carrosse, de coche, de bac, de bateau sur la Loire, avec mille fatigues et bon nombre de dangers. Lorsqu'on est arrivé, c'est la solitude, le sentiment profond, continu, désespéré, que la Bretagne est terriblement loin de la Provence, et que les lettres sont bien longtemps en route. Et le monde qu'il faut voir! autre ennui, autre accablement. Passe encore pour la bonne Tarente! Son attachement sincère compense sa niaiserie. Mais les voisines de campagne, les dames de Vitré, de Rennes, ces pecques provinciales, comme dit crûment Molière, qu'il faut recevoir, héberger, distraire! Oh! du coup, le fardeau est trop lourd!

Ce n'est pas tout. Quand Mme de Sévigné venait aux Rochers, surtout dans les dernières années de sa vie, c'était pour sauver les débris de sa fortune, pour la refaire autant que possible. Le faste de Mme de Grignan, dont les robes brochées d'or contrairement aux ordonnances royales, scandalisaient les bonnes âmes et faisaient sourciller la police; les extravagances du chevalier de Sévigné, le plus charmant garçon du monde s'il eût eu de la cervelle; les grandes dépenses du comte de Grignan, accoutumé à vivre en roi dans cette Provence où il représentait presque constamment l'autorité : tout cela faisait bien des trous, bien des vides dans la bourse maternelle, à laquelle on s'adressait sans cesse. Non seulement il fallait dire adieu à la capitale, se cloîtrer au désert, vivre de régime et d'économies, mais encore, tâche ardue, contraindre les fermiers à payer, déjouer les ruses des paysans, parfois se montrer sévère à leur égard. Dure corvée! que Mme de Sévigné a remplie jusqu'au bout avec son beau sourire de chrétienne stoïque. Elle n'en a pas moins profondément souffert, et peut-être sa vie en a-t-elle été abrégée.

Livry, au contraire, c'était la distraction, le repos, souvent la joie. Là se tenaient les belles conversations, plaisantes et savantes, philosophiques et badines; là les
goûters sur l'herbe, les sommeils sous les arbres, les
promenades avec les amis que l'on attendait au matin et
que l'on reconduisait le soir; les lectures de quelque poète
italien, de quelque romancier à la dernière mode ou même
de quelque austère moraliste, dont cette pure conscience
pouvait écouter la voix sans trouble.

S'ennuyait-on à l'abbaye, en quelques heures on était à
Paris, chez l'aimable Mme de Lavardin, chez Mme de la
Fayette, ce modèle achevé de politesse et de bonne grâce,
qu'on a essayé récemment de nous présenter comme une
intrigante. On allait entendre quelque tragédie de Corneille
à son déclin, ou de Racine à son aurore; on se risquait
jusqu'à la cour, mais pour revenir bien vite entendre les
prédicateurs fameux et faire pénitence aux pieds de Mas-
caron, de Fléchier ou de Bourdaloue.

Les Rochers subsistent. Ils ont, dit-on, peu changé. Il
en faut parler par conjecture; car la famille qui les possède n'en permet point l'accès. Livry n'est plus qu'un souvenir. Il y a quelques années, une partie du parc appartenait à l'amiral Jacob. Ce coin de terre n'a peut-être pas été
respecté au milieu de l'excessif morcellement qui se fait
dans cette région. Mais peu importe, l'immortelle correspondance nous le fait voir et toucher; c'est par là qu'il est
impérissable.

Le train passe devant le Raincy, qui fut pendant quelque temps la résidence favorite de la famille d'Orléans. La
nouvelle des ordonnances de juillet 1830 vint y surprendre
le chef de la branche cadette. Louis-Philippe partit de là
pour être roi. Peut-être, s'il avait eu à ce moment la claire

vision de l'avenir, aurait-il préféré aux grandeurs des Tuileries le séjour de son agréable propriété princière.

A Chelles, les souvenirs historiques ne manquent pas. Chilpéric Ier s'y était fait construire un palais, ou, pour parler plus exactement, une sorte de villa rustique, et il

Assassinat de Chilpéric Ier dans la forêt de Chelles.

y habitait avec Frédégonde. Il y trouva la mort de la main de Landry, et l'on montre encore la pierre sur laquelle la tradition veut qu'il ait été égorgé. Le souvenir des Mérovingiens s'attache aussi à l'abbaye fondée par sainte Clotilde au commencement du vi^e siècle, et illustrée par sainte Bathilde, qui vint y prendre le voile et y chercher une

sépulture. L'une des dernières abbesses de Chelles, Louise-
Adélaïde de Chartres, ne fut pas une sainte. Il est vrai que
c'était une fille du régent.

Quand on a dépassé Lagny, le paysage prend plus de
douceur. Bien que tout en plaines, la Brie n'a ni l'aspect
morne de la Sologne, ni l'ennuyeuse platitude de la Beauce.
Elle a dû être primitivement très boisée, comme tout le
reste de l'Ile-de-France, et elle conserve par-ci par-là
des bouquets d'arbres qui agrémentent l'horizon et empêchent la monotonie. Vers Tournan et Rosoy, il y a des bois
charmants, très bien entretenus, et qui appartiennent, je
crois, à la famille de Crillon. C'est un des endroits les
moins connus et les plus favorisés de la Brie.

« Vous avouerez, dit Mériel au moment où le train
n'était plus qu'à deux ou trois kilomètres de Meaux, que
l'histoire a ses caprices; car enfin Meaux, je le suppose,
n'a pas commencé avec Bossuet.

— Est-ce que tu vas nous parler des *Meldi* et des Aus-
trasiens? demanda M. Dubonnet en prenant un air ré-
signé.

— Je n'y tiens pas, mais il me semble qu'on pourrait
dire quelques mots des *Jacques*. Introduits dans la ville
par le maire Soulas, neuf mille de ces paysans, que ren-
forçaient un certain nombre de Parisiens, furent taillés en
pièces par le fameux captal de Buch, assisté du comte de
Foix et du seigneur de Hangest. Assurément les *Jacques*
n'avaient pas montré beaucoup de mansuétude; mais, il en
faut convenir, la répression fut atroce. Elle dépassa même
le but, et les vainqueurs s'abandonnèrent aux dernières
extrémités. Le château fut incendié, la cathédrale pillée.
On mit le feu aux maisons qui l'entouraient, et quinze
jours après le foyer flambait encore.

— Tu pourrais ajouter, reprit Laurence, que Meaux ne fut guère épargné pendant les guerres de religion, soit par les protestants, soit par les catholiques. De bonne heure, un centre d'opposition aux doctrines orthodoxes s'y était formé, que dirigeaient Lefèvre d'Étaples et Guillaume Briçonnet. Ces initiateurs de la réforme ne se doutaient guère que dans cette cathédrale, qu'ils allaient quelquefois jusqu'à menacer, prêcherait un siècle plus tard, avec une autorité incontestée, l'historien des variations du protestantisme.

— Puisque vous parlez de singularités, reprit à son tour Prosper Dubonnet, il est assez curieux d'observer qu'on dit toujours, en parlant de Bossuet, l'évêque de Meaux, et non l'évêque de Condom. On ne s'occupe pas plus de son séjour dans cette dernière ville que s'il n'y était jamais allé ; on le voit de préférence dans son cadre définitif, dans celui qui sans doute lui convenait le mieux. »

La cathédrale de Meaux, le palais épiscopal et l'ancienne maîtrise, voilà ce qui vaut la peine d'être visité par le touriste qui s'intéresse aux choses du passé. Encore la maîtrise n'est-elle intéressante que par sa vétusté. Est-ce là que se touvait l'officialité, ou bien faut-il n'y voir qu'un vaste dépôt destiné à contenir le produit des dîmes ? Un de nos plus habiles archéologues, Arcisse de Caumont, n'ose se prononcer à ce sujet. On ne s'étonnera donc pas que nos voyageurs, tout en considérant, non sans quelque surprise, ces solides murailles que quelques-uns prétendent faire remonter jusqu'au xe siècle, se soient tenus sur une prudente réserve. Ils avaient hâte d'ailleurs de voir la cathédrale.

C'est surtout en s'arrêtant à droite, sur la place Saint-Étienne, qu'il faut examiner ce monument pour en rece-

voir une impression favorable. En face, on est choqué par
le manque de symétrie, puisqu'une des tours fait défaut.
L'avorton que l'on nomme la *tour noire* ne compte pas et
gâte tout. Quant au côté gauche, il est à peu près complètement masqué par le palais épiscopal. Les deux édifices
se nuisent. Le palais cache la cathédrale, et la cathédrale
assombrit le palais. Les trois portails sont beaux; ils devaient l'être encore plus lorsqu'ils étaient ornés, et, pour
ainsi dire, couverts de sculptures. La plupart de celles-ci
ont été mutilées ou ont disparu pendant la révolution. La
tour est finement décorée, et ses ouvertures ogivales lui
donnent beaucoup d'élégance et de légèreté.

Le vaisseau de l'église est vaste, admirablement propor-
tionné, largement éclairé par des verrières d'une beauté
remarquable. Il ne faudrait certes pas abuser du symbolisme, ni se laisser dominer par des idées préconçues;
mais ce monument, à l'intérieur surtout, est bien d'accord
avec le personnage dont l'illustre souvenir le remplit.
Noble, grand, lumineux, il n'a rien de mystérieux et ne
nous jette point dans ce trouble poétique dont on se sent
saisi dans telle vieille cathédrale, à Dol de Bretagne, par
exemple, ou dans l'ombre immense de Strasbourg. Achevée au xvi⁰ siècle, en traversant la période du gothique
flamboyant, la cathédrale de Meaux a profité de tous les
progrès accomplis en architecture; aussi n'y trouve-t-on
point de ces irrégularités qui ont parfois du charme, de
ces gaucheries qui font rêver.

Il était naturel que la statue de Bossuet s'élevât dans
l'église. Elle est convenable; c'est tout ce qu'on en peut
dire. Ce Rutxiel, qui la sculpta en 1822, est peu connu, et
il ne méritait point, en effet, la célébrité. Il n'a su trouver
ni une inspiration ni un geste. Son paterne prélat est un
évêque quelconque, mais non pas l'homme éminent chez

Édifice du xiiie siècle près de la cathédrale de Meaux.

lequel le génie se faisait jour dans les plus simples actions, dans les plus modestes paroles. Ce qui touche et frappe davantage, c'est la tombe même de Bossuet. Elle est placée dans le chœur, à main droite, en montant vers le sanctuaire. Une plaque de marbre noir, portant une inscription latine en lettres d'or, indique le lieu précis de sa sépulture. On pouvait se dispenser de l'épitaphe. C'est le cas de songer au fameux vers de Lamartine à propos de Napoléon :

> Ici gît !... point de nom. Demandez à la terre !

et encore à cet autre vers de la même pièce :

> Il est là; sous trois pas, un enfant le mesure !

L'impression dont on est saisi en contemplant ce petit espace, ce mince carré noir qui se détache sur le pavé du chœur, y retient le regard. C'est un sentiment de respect, de vénération attendrie. Joseph de Maistre avait raison de dire que Bossuet est une des religions françaises. Il l'avouait à contre-cœur; la chose n'en est pas moins vraie.

Certes, il y a dans la cathédrale de Meaux plus d'un détail à remarquer, plus d'une curiosité archéologique à contempler, ne fût-ce que la très intéressante statue en marbre blanc de ce guerrier couvert de son armure et agenouillé, que l'on voit adossé au chœur, en face d'une jolie porte du xv° siècle, la porte Maugarni. Ce guerrier, Philippe de Castille, seigneur de Chenoise, mort à Briare en 1627, était fils de Catherine de Ligny. Ses restes furent transférés à Meaux lorsqu'un de Ligny, prédécesseur immédiat de Bossuet, en fut évêque. Philippe de Castille, tel que l'a figuré l'artiste, — et on peut le tenir pour très ressemblant, — est resté un homme du xvi° siècle, presque un représentant attardé du moyen âge. Nous sommes loin encore des courtisans de Louis XIV.

Il n'est pas permis non plus de sortir de l'église sans jeter un regard sur la chapelle où sont enterrés Jean Rose et sa femme. C'étaient sans doute de gros personnages en leur temps, puisque le principal boulevard de la ville s'appelle boulevard Jean Rose. Ces honnêtes bourgeois du xive siècle sont représentés en relief sur un des côtés de la chapelle qu'ils ont fondée et où se trouve leur tombe. Les vêtements sont en marbre noir, tandis que la tête, les mains et les pieds, ainsi que deux anges groupés aux angles de la pierre sépulcrale, sont en marbre blanc. Ce n'est point d'un effet agréable, mais cette bizarrerie s'imprime dans la mémoire.

Oui, tous ces détails ont leur prix, toutes ces particularités valent la peine d'être notées; cependant, par une pente invisible, c'est à Bossuet que l'on revient toujours. Comme si la tombe avait quelque chose à nous révéler, on a ouvert son cercueil en 1854, au moment où commençaient les travaux de réparation de la cathédrale. Les traits apparurent parfaitement conservés, dans une régularité forte et solennelle, et pendant deux jours on put le voir dans ce cercueil, dont le couvercle en plomb avait été remplacé par une glace. Mais il vaut mieux détourner les yeux de ce cadavre et penser à Bossuet vivant, tel qu'il était dans cette chaire, très simple d'ailleurs, que l'on a refaite avec les morceaux de celle où il prêchait, tel qu'il était dans son palais épiscopal.

Ce palais est comme soudé à la cathédrale. Il s'y rattache par des bâtiments secondaires, par des cours étroites qui semblent abandonnées, où chaque jour voit croître l'herbe.

« Ni Versailles ni Trianon ne sont aussi noblement tristes, ne rendent plus présente la grandeur des temps écoulés. Et ce qui touche encore plus, c'est que la gran-

deur y est simple. Un large et sombre escalier de briques,
escalier sans marches, dirigé en pente douce, conduit aux
appartements. Le monotone jardin, que domine la tour de
l'église, est borné par les vieux remparts de la ville, aujour-
d'hui tout enveloppés de lierre; sur cette terrasse, une allée
de houx mène au cabinet du grand homme [1]. »

C'est dans ce cabinet que Bossuet venait préparer ses
travaux. Quelquefois il s'y enfermait pendant quinze jours
de suite, tout entier à sa méditation. Nous savons aussi,
par l'abbé Ledieu, que le prélat se réfugiait dans cet asile
pour s'y dérober aux louanges et s'y humilier dans la prière,
lorsqu'il avait obtenu quelque éclatant succès oratoire. Les
visiteurs remarquèrent que les ifs qui bordent le boulevard
Jean Rose n'avaient pu résister à la rigueur d'un terrible
hiver. La mort dans l'histoire, la mort dans la nature,
c'étaient bien des tristesses à la fois. Leurs âmes en furent
pendant quelques instants comme accablées. Les souvenirs
mélancoliques abondent dans ce palais épiscopal de Meaux.
Marie-Antoinette et Louis XVI y passèrent une nuit lors
du retour de Varennes. La reine se fit montrer les appartements, les parcourut au bras de Barnave. C'est là qu'elle
eut avec le célèbre orateur un entretien mémorable. Mais
il était trop tard pour que les conseils de cet esprit loyal et
pénétrant pussent remédier à une situation désormais complètement désespérée. Ce jour-là, plus ou moins prudemment, il donna son cœur. C'était donner sa vie, comme
le lui prouva bientôt la logique implacable de ses adversaires.

Nos voyageurs avaient hâte d'échapper à ces douloureux
souvenirs. Le temps, au dehors, était fort beau; mais les

---

[1] Michelet, *Histoire de la révolution*, tome II.

rues de Meaux, qui n'ont rien de gai par elles-mêmes et
où le mouvement des passants doit être chose à peu près
inconnue, sauf peut-être le jour du marché, sont particulièrement désertes et sévères le dimanche. Une sorte de
jardin public, qui longe la rivière, est la promenade favorite des habitants. Au delà s'étend une campagne sans caractère, platement uniforme et presque entièrement dénuée
d'ombrage. Les trois amis s'assirent sur un des bancs du
jardin en attendant le train qui devait les emmener le soir
à Château-Thierry. Ils parlaient peu, échangeant à peine
quelques monosyllabes; une teinte mélancolique semblait
s'être répandue sur leur esprit. L'évocation du passé avec
ses souvenirs graves, quelquefois tragiques, produit toujours cet effet.

A propos de la rampe en pente douce qui, dans le palais
épiscopal, conduit aux appartements et à la chapelle,
M. Dubonnet rappela la montée en spirale des tours d'Amboise et l'escalier qui permet d'arriver à cheval jusqu'au
premier étage de l'hôtel de ville de Genève.

« On assure, dit Laurence, que cette rampe a été faite
pour épargner à Bossuet la fatigue de gravir un trop grand
nombre de marches. Il est certain que dans sa vieillesse la
moindre ascension lui était douloureuse; et l'on rapporte
que, lorsqu'il devait aller à Versailles, il s'exerçait auparavant pour ne point paraître chancelant et à bout de forces
devant le grand roi. Ses ennemis ne lui ont pas, à cet
égard, ménagé le reproche de courtisanerie.

— Reproche profondément injuste! s'écria Mériel.

— Je le crois comme toi, poursuivit Laurence; mais je
ne pense pas, cependant, que la qualité dominante de
l'évêque de Meaux fût la fermeté de caractère. Sans aller
aussi loin que l'homme d'esprit qui a dit un jour, par
manière de boutade : « Après tout, Bossuet n'était qu'un

conseiller d'État, » il est évident qu'il était, par tempérament et par goût, l'homme de la régularité gouvernemen-
tale, de l'absolue soumission au pouvoir.

— Pas tant que tu le crois. Il existe même, relativement
à son courage moral en des circonstance décisives, un témoignage précieux, celui de Saint-Simon. Tu sais que l'on
a récemment découvert, au ministère des affaires étrangères, plusieurs manuscrits de l'ardent et caustique historien, et qu'en ce moment on les publie. Parmi ces papiers
posthumes se trouve une notice très brève et très curieuse
sur Bossuet.

« Dans cette notice, Saint-Simon nous apprend que
l'évêque de Meaux, le premier, et pendant quelque temps
le seul, osa parler haut à Louis XIV, blâmer sa coupable
intimité avec Mme de Montespan. Il ne fut pas moins sincère avec l'altière et violente marquise. Ces deux pénitents
convenaient de leur faute, mais se dérobaient, lui échap-
paient. Il ne se découragea pourtant point, et, saisissant
le roi à un retour de Flandre, il lui parla avec tant de force,
qu'il s'exposa presque à la disgrâce. Son éloquence le
sauva, et il finit, non sans peine, par avoir gain de cause.
Sa conduite fut tout aussi honorable, tout aussi nette,
lorsqu'il fut question du mariage de Louis XIV avec
Mme de Maintenon. Il s'opposa énergiquement à ce qu'on
en fît une déclaration publique, et parvint sur ce point
encore à se faire écouter.

— J'ai lu cette notice, dit à son tour Prosper ; elle est,
en effet, extrêmement favorable à la mémoire de Bossuet.
Saint-Simon nous le montre, non seulement à la cour,
mais dans son diocèse, tout entier aux occupations et aux
devoirs de son épiscopat. L'écrivain aussi nous apparaît et
nous est, en quelque sorte, révélé dans la familiarité de sa
préparation, dans son déshabillé intellectuel. Sa facilité

était étonnante. Travaillant toujours de verve, il n'avait point d'heures réglées pour composer. Dans sa chambre à coucher, il y avait du feu et de la lumière, des vêtements placés près de son lit. Presque toutes les nuits il se levait, écrivait pendant plusieurs heures. On était étonné de trouver sa porte close à onze heures du matin, puis de le voir bientôt se lever et se vêtir à la hâte pour aller à la messe. C'est que souvent, emporté par la richesse de la matière ou par l'abondance de ses pensées, il avait travaillé jusqu'à six, sept et même huit heures du matin [1]. »

Laurence fit remarquer que ces renseignements complètent ceux que nous a donnés l'un des secrétaires du prélat, l'abbé Ledieu, dans ses *Mémoires* et son *Journal*. Parmi les détails qu'il nous a conservés il s'en rencontre un qui est assez curieux.

Lorsque Bossuet composait ses oraisons funèbres ou ses discours de doctrine, « il écrivait sur un papier à deux colonnes, avec plusieurs expressions différentes des grands mouvements, mises l'une à côté de l'autre, dont il se réservait le choix dans la chaleur de la prononciation, pour se conserver, disait-il, la liberté de l'action en s'abandonnant à son mouvement sur ses auditeurs, et tournant à leur profit les applaudissements mêmes qu'il en recevait. » Il y a là un mélange bien rare d'art et de naturel qui montre que l'improvisation pure n'existe pas, même chez les plus éloquents, au moins dans leurs œuvres importantes, et qu'un premier travail a préparé le terrain où les plus éclatantes fleurs du langage vont éclore en foule.

La conversation tomba ensuite sur ce qu'on pourrait appeler la pratique épiscopale de Bossuet. On loua cette piété solide qui lui faisait aimer la résidence, lorsque ses fonc-

---

[1] *Œuvres inédites de Saint-Simon,* publiées par M. Prosper Faugère, tome II (chez Hachette).

tions d'aumônier à la cour et de précepteur du Dauphin
lui donnaient tant d'occasions et de facilités de rester à
Versailles. Il s'était engagé à prêcher à Meaux toutes les
fois qu'il officierait pontificalement, et jamais aucune affaire, quelque pressée qu'elle fût, ne le fit manquer à sa
parole. Nous sommes accoutumés à ne voir en lui que
l'orateur imposant, pompeux, tonnant et fulgurant quelquefois, des *Oraisons funèbres;* mais il est tout autre dans
ses sermons. « Il les faisait avec une grande abondance de
cœur et une appropriation vive de chaque parole à son
auditoire. Leur caractère ordinaire était d'être *touchants,*
d'ouvrir les cœurs de tous comme il y ouvrait le sien, de
faire couler les larmes, de persuader enfin [1]. » On y reconnaît l'homme excellent et supérieur auquel deux religieuses, dont il était le directeur de conscience, Mmes de
Luynes, disaient : « Comment faites-vous donc, Monseigneur, pour vous rendre si touchant? vous nous tournez
comme il vous plaît, et nous ne pouvons résister au charme
de vos paroles. »

Ce caractère de bonté se manifeste aussi dans sa correspondance avec la sœur Cornuau. Mais c'est surtout dans
ses sermons familiers, dans ses allocutions épiscopales,
que se marque l'onction de sa nature. Avant de les prononcer, il commençait par arrêter ses idées dans son cabinet, en relisant l'Écriture ou saint Augustin; puis il se
tenait dans une douce méditation et une prière continuelle,
avec recueillement pendant l'office divin. Parfois la parole
sacrée le transportait, l'élevait au-dessus de lui-même, et
la grande éloquence débordait malgré lui comme un sublime torrent.

« Un jour, dans le carême de 1687, à Meaux, prêt à

[1] Sainte-Beuve, *Causeries du lundi,* tome XII.

aller à l'église Saint-Saintin expliquer le Décalogue, je le
vis, dit Ledieu, M. l'abbé Fleury présent, prendre sa bible
pour s'y préparer, et lire à genoux, tête nue, les chapitres xix et xx de l'Exode; s'imprimer dans la mémoire
les éclairs et les tonnerres, le son redoublé de la trom-
pette, la montagne fumante et toute la terreur qui l'envi-
ronnait, en présence de la majesté divine; humilié profondément, commençant par trembler lui-même afin de mieux
imprimer la terreur dans les cœurs et enfin y ouvrir les
voies à l'amour. »

On voit que, pour le grand orateur, la forme et le fond
ne faisaient qu'un. Il était bien plus préoccupé de l'effica-
cité de sa parole que de son éclat. Le côté par trop extérieur, par trop littéraire des *Oraisons funèbres,* déplaisait
à sa scrupuleuse délicatesse. Il ne les trouvait pas suffisamment utiles, et c'est là le motif qui le fit renoncer à ce
genre d'assez bonne heure. Il n'avait aucune des passions
de l'homme de lettres. Par là, il différait profondément de
Fénelon. C'est pour cela sans doute qu'il le comprit si peu,
qu'il le jugea avec une sévérité voisine de l'injustice.

Le nom de Fénelon faillit amener un débat entre Laurence et Philippe. Mme Dubonnet ne pardonnait pas à
Bossuet l'amertume de sa censure contre le *Télémaque,*
qu'il trouvait « écrit d'un style efféminé et poétique, outré
dans toutes ses peintures, la figure poussée au delà des
bornes de la prose et en termes tout poétiques. Tant de
discours amoureux, tant de descriptions galantes, une
femme qui ouvre la scène par une tendresse déclarée et
qui soutient ce sentiment jusqu'au bout, et le reste du
même genre, lui fit dire que cet ouvrage était indigne non
seulement d'un évêque, mais d'un prêtre et d'un chrétien [1] ».

1 *Journal* de l'abbé Ledieu.

Les *Aventures d'Aristonoüs* et *les Dialogues des morts*
ne trouvaient pas grâce davantage devant l'évêque de
Meaux. Cette critique à outrance indisposa tout à fait
Mme Dubonnet contre Bossuet, et elle soutint que l'éducation du duc de Bourgogne par Fénelon prouvait autrement
en faveur du maître que les tristes résultats obtenus par le
précepteur du grand Dauphin. Dans la chaleur de la discussion, relevant une parole fâcheuse de Bossuet qui, un
jour, devant Ledieu, avait taxé d'hypocrisie la conduite
de Fénelon, elle l'accusa d'en avoir été jaloux; mais Philippe n'eut pas de peine à démontrer qu'une nature si
droite et si haute ne connaît point de pareils sentiments.
M. Dubonnet, en guise de résumé, cita aux deux adversaires le sincère et noble aveu de Bossuet à son lit de
mort. Le curé de Vareddes, qu'il avait fait appeler, lui
exprimait son étonnement qu'il voulût bien le consulter,
lui, à qui Dieu avait donné de si grandes et si vives lumières. L'évêque répondit : « Détrompez-vous, il ne les
donne à l'homme que pour les autres, le laissant souvent
dans les ténèbres pour sa propre conduite. » Il n'y a que
les âmes irréprochables qui soient capables d'une telle
humilité.

III

Philippe ne se tenait pas de joie. Il avait toujours rêvé de visiter Château-Thierry, dans cette persuasion que, pour bien comprendre la Fontaine, il faut connaître le milieu où il a vécu et d'où se sont envolées tant de fables immortelles. Pour les autres écrivains du siècle de Louis XIV, cette sorte d'enquête est moins nécessaire. Ils n'ont ni beaucoup regardé, ni peint volontiers les objets qui les entouraient. La Fontaine presque seul semble s'être avisé qu'il y avait en dehors de son cabinet de travail des arbres, des jardins, des animaux, des paysans, une campagne. Tout ce qui est sorti de sa plume a été, sinon écrit, du moins conçu et observé en plein air. Aussi Philippe se figurait-il que Château-Thierry allait être pour lui une véritable révélation.

Une déception l'attendait. Quand nos voyageurs arrivèrent à destination, il était nuit close. La gare est assez

19

loin de la ville. Pour rejoindre celle-ci, on doit d'abord
traverser un faubourg de construction assez récente, et qui
n'a rien à dire à l'imagination de l'archéologue. On fran-
chit la Marne sur un large pont, et l'omnibus s'arrête à
l'un des plus anciens hôtels de la ville, lequel ne doit avoir
vu cependant ni le fabuliste, ni son ami Maucroix, ni la
duchesse de Bouillon, ni aucun des contemporains dont
Philippe évoque les images et rappelle les noms.

Il est tard. La table d'hôte est à peu près déserte. A
l'un des bouts se tiennent deux ou trois fonctionnaires
d'ordre moyen, et les journalistes du cru. C'est le côté
bruyant et brillant. On fait des mots, on *potine,* on
blague, on rit. A l'extrémité opposée s'attardent des commis voyageurs d'humeur relativement calme et qui, entre
la poire et le fromage, s'efforcent de donner quelques notions de géographie pratique et commerciale à l'un des
plus mélancoliques Anglais que Londres nous ait jamais
envoyés.

Voici au juste la situation : l'honorable M. Blackstone
est tout simplement directeur d'une ménagerie ambulante
compliquée d'un cirque. Il a des chevaux savants, des
lions, des éléphants et une magnifique collection de reptiles. A ce mot, Mme Dubonnet dresse l'oreille et s'agite.
Les reptiles lui sont particulièrement odieux. Est-ce que
ce vilain Anglais et ses malfaisantes bêtes vont passer la
nuit sous le toit de l'hôtel? Si Laurence le croyait, elle se
mettrait immédiatement en quête d'un autre logis. Mais
rien ne vient l'éclairer à ce sujet. Ce que la conversation de
M. Blackstone avec ses voisins lui apprend, c'est que le
pauvre diable s'est trompé de date. Il a cru arriver pour la
foire de Château-Thierry, et cette foire n'a lieu qu'un mois
plus tard. C'est un rude mécompte. Il va falloir se remettre
en route, gagner le Nord tant bien que mal et peloter en

attendant partie. Où ira-t-il? Les uns lui conseillent la Fère-
en-Tardenois, les autres Laon; quelques-uns l'assurent
qu'à Charleville il fera des recettes superbes. Mais c'est
bien loin Charleville. Comment transporter jusque-là bêtes
et gens? Comment les faire vivre, les faire manger? Ces
tristes pensées s'inscrivent si nettement sur la morne figure
de M. Blackstone, que Laurence en a le frisson. Une
nouvelle de Zacharie Astruc[1], qu'elle a lue autrefois, lui
revient en mémoire. Le spirituel écrivain y racontait l'histoire effroyable, le crime sans pareil, d'un montreur de
bêtes qui, n'ayant rien à mettre sous la dent de ses lions,
cueillit un passant sur la route et le leur offrit à titre
d'acompte. Ce forfait lui avait paru invraisemblable, et elle
avait taxé de cruauté gratuite la fantaisie du narrateur.
Mais qui sait? tout arrive en ce monde, et les tigres de
M. Blackstone doivent avoir grand'faim, car sa physionomie est bien lugubre.

Heureusement Philippe fait une diversion. Il propose de
parcourir la ville. C'est absolument insensé. On ne parcourt pas Château-Thierry à dix heures du soir. Cette raison ne l'arrête point. Il faisait bien autrement noir du
temps de la Fontaine, où l'on ne connaissait ni la lumière
électrique, ni le gaz plus ou moins rectifié, ni même les
réverbères, et où l'on éclairait les rues en posant de place
en place, sur les bornes, des lanternes que les voleurs
s'empressaient d'éteindre. Encore n'était-ce qu'à Paris et
dans les très grandes villes qu'on se permettait un pareil
luxe. Donc si Château-Thierry est sombre ce soir, il n'en
sera que plus dix-septième siècle. Que répondre à un
pareil logicien? M. et Mme Dubonnet préfèrent lui céder.
Ils s'engagent dans les rues de la petite ville, suivent une

1 *Buk-Mug.*

montée et, au sommet de ce raidillon, aperçoivent vaguement une maison blanche, d'assez bonne apparence, que précède une cour le long de laquelle règne un mur à hauteur d'appui. « Le cœur me bat, s'écrie Mériel; c'est la maison de la Fontaine! » M. Dubonnet affirme que c'est la sous-préfecture. Laurence veut y voir le tribunal. Il faudrait pouvoir interroger un indigène, mais les indigènes dorment paisiblement. Des Parisiens perdus de littérature sont seuls capables d'errer, à ces heures indues, dans des chemins à se casser le cou.

Quelques pas plus loin, et ils s'engagent presque dans la campagne, sous une rangée de grands arbres, au pied d'une colline où l'on devine des débris d'architecture, des ruines qui doivent avoir du caractère. C'est le vieux château de Thierry, auquel la ville doit son nom. Il la domine, il pèse sur elle comme celui de Vendôme, avec lequel il n'est pas sans analogie. Ce n'est point le moment de le visiter. M. et Mme Dubonnet sont accablés de sommeil et songent à regagner l'hôtel. Philippe, plein de feu sacré, voudrait continuer ses pérégrinations nocturnes. Il est humilié d'aller se mettre au lit sans avoir vu le carrefour du Beau-Richard, ce carrefour où la Fontaine et ses amis tenaient leurs joyeuses assises. Ce sera pour demain.

En rentrant à l'hôtel, nos touristes trouvent tout le monde en éveil. Le patron, la patronne, les garçons, les servantes, les voyageurs eux-mêmes cherchent de tous côtés avec une activité fébrile. Que s'est-il donc passé? Ce simple fait : M. Blackstone en faisant le compte de ses serpents à sonnettes n'en a retrouvé que onze. Où diable a pu se nicher le douzième? C'est justement cette inconnue qu'il s'agit de dégager. Mme Dubonnet déclare énergiquement qu'elle aime mieux passer la nuit sur le quai que de rentrer dans un hôtel infesté de reptiles. Mériel, qui, dans ses voyages, s'est quelque peu familiarisé avec les serpents, insinue que le fugitif pourrait bien s'être établi dans la cuisine, attendu que ces aimables êtres sont essentiellement frileux. Cette remarque judicieuse est le signal d'une débandade générale de la part des marmitons, que le chef essaye en vain de retenir, et qui s'élancent dans la cour en entre-choquant leurs casseroles, ce qui rappelle à Mme Dubonnet les corybantes de l'antiquité, tandis que le journaliste de l'endroit flaire un article à sensation et murmure d'un ton ironique : « Ces marmitons ne ressemblent guère aux serpents; ils ne sont pas à sang froid. Ce sera mon mot de la fin. »

On ne sait trop ce qui serait advenu, et l'hôtel était menacé d'une désertion en masse, si vers minuit M. Blackstone n'était apparu et n'avait prononcé ces paroles rassurantes : « Moa avoir mal compté. La douzième sonnette était sous les onze autres. »

« Voyez-vous, s'écria Philippe, lorsque le lendemain, dans la matinée, les voyageurs arrivèrent devant le numéro 13 de la maison de la rue du Collège, que mes pressentiments ne m'avaient pas trompé. C'était, ce ne pouvait être que la maison de la Fontaine. N'admirez-vous pas comme elle a le cachet du temps?

— Elle a même plus que ce cachet, répondit en souriant son beau-frère, car elle date évidemment du XVIe siècle. Elle a bonne apparence. On voit que ceux qui l'ont construite et qui l'ont habitée étaient des gens riches. Ces pilastres ioniques au premier étage, corinthiens au second, ces chiffres aux croissants entrelacés, attestent une recherche artistique et le goût de l'élégance. Entrons, puisque la porte est ouverte, et jetons un coup d'œil à l'intérieur. »

La visite fut bientôt faite. On n'a point conservé l'or-

donnance de l'ancien logis, et la distribution des pièces
est changée. Mais ce qui intéressa beaucoup nos voyageurs ce fut le jardin placé derrière la maison, formant
terrasse et d'où la vue s'étend sur les promenades, sur le
cours de la Marne et les collines environnantes. Une tradition très vraisemblable prétend que ce jardin était autrefois d'une certaine étendue. Il est maintenant tout petit;
mais ce débris authentique a plus de valeur que les pierres
de la maison et parle à l'imagination bien davantage. Une
courte allée de tilleuls fait penser à *Philémon et Baucis*.
Du reste les souvenirs s'éveillent en foule. Les jardins
jouent un grand rôle dans l'œuvre de la Fontaine. Il se
plaît à les décrire, et il considère volontiers comme des
sages ceux qui en font leur séjour préféré.

La satisfaction de Mériel était très vive. Il aurait passé sa
journée dans ce jardinet, errant de côté et d'autre, respi-
rant chaque fleur et croyant y retrouver quelque chose de
l'âme du poète. On ne pouvait l'arracher du berceau de
tilleuls où la légende veut que la Fontaine ait composé
quelques-unes de ses fables. Pourtant il n'attribuait à cette
légende qu'une confiance relative, et c'est surtout en pensant à la jeunesse du fabuliste qu'il était enchanté d'avoir
retrouvé un coin de son jardin, d'en connaître l'emplacement, la disposition, de savoir quel paysage on y découvrait.

C'est ce qu'il expliqua à M. et Mme Dubonnet en descendant à l'hôtel pour déjeuner. On se souvient peut-être que
Philippe avait ébauché une histoire de la Fontaine. Il en
en avait même écrit quelques chapitres, et les premières
années du poète l'avaient particulièrement occupé.

« Tu te moques de moi, disait-il à sa sœur, et tu m'ac-
cuses d'idolâtrie parce qu'ici j'attache et ne cesserai d'attacher de l'importance à tout. Il n'y a pourtant pas de quoi

s'étonner. Chez certains hommes. l'art ou l'étude prime la
nature. De celle-ci l'on peut donc ne s'inquiéter qu'en seconde ligne. Corneille et Racine, par exemple, ont presque
constamment vécu dans les livres, et ils n'ont accordé aux
objets qui les entouraient qu'une attention distraite, quelque peu dédaigneuse. Le vallon de Port-Royal a très mal
inspiré Racine, et lorsque Corneille écrivait des tragédies
à sa campagne de Grand-Couronne, il ne songeait guère
à regarder la Seine coulant au pied de sa maison ou la forêt, dont les vastes avenues s'ouvraient à deux pas de chez
lui. Avec de pareilles organisations, l'étude du milieu naturel est peu nécessaire. Il suffit de connaître les maîtres,
les études, les influences intellectuelles et morales; on ne
court guère risque de s'égarer. Avec la Fontaine c'est tout
autre chose. Ce n'est certes pas un esprit inculte. De très
bonne heure il a lu et beaucoup, mais à sa façon, à sa
guise, sans s'astreindre à la moindre discipline, s'amusant là comme ailleurs à une perpétuelle école buissonnière.
Toutefois le livre ne l'a pas confisqué, absorbé. Il a eu
pour le préserver le beau jardin de son père, ces coteaux
que vous voyez et qui étaient plus boisés alors qu'ils ne
le sont aujourd'hui, enfin ce goût de la camaraderie
enfantine et juvénile qui donne tant d'alacrité à l'esprit
et jette un si doux charme sur la vie. Voilà d'où il est
parti; voilà le milieu naturel où il faut le replacer, l'étudier,
si on veut bien le connaître; et il me semble qu'il en vaut
la peine. Le jardin paternel et les grosses gaietés qui
avaient cours au carrefour du Beau-Richard ont plus
contribué à créer la Fontaine que la fameuse ode de
Malherbe.

— Mais quel est donc ce Beau-Richard dont tu nous
parles sans cesse? interrompit M. Dubonnet.

— Je vous le dirai quand nous aurons mangé, répondit

Philippe, car le bon air matinal, la marche, l'enthousiasme et le bavardage m'ont terriblement creusé. Je serais
capable d'avaler, s'il était préparé convenablement, le
douzième serpent à sonnettes et M. Blackstone avec. »

Laissons souffler Philippe, qui a bien droit au repas et
au repos, et disons quelques mots du Beau-Richard.

« Beau-Richard est un carrefour de Château-Thierry
où l'on se rassemble pour causer. » Qui parle ainsi? Tallemant des Réaux. Le renseignement est bref. Il le faut
compléter.

Le carrefour formé par la réunion de la Grande-Rue,
de la rue du Pont et de la rue du Marché, a très longtemps porté le nom de Beau-Richard. Il se trouvait là une
chapelle nommée la chapelle de Notre-Dame-du-Bourg,
construite en 1484 par Richard Fier-d'Épée, qui manifeste
dans son testament la volonté d'y être inhumé. Nous ne
connaissons point l'histoire de ce Richard et nous ne
sommes même pas bien sûr de l'orthographe de son nom.
Peut-être y faudrait-il ajouter un *t* (*fiert,* de *ferit*), et
cette rectification étymologique tendrait à prouver non seulement qu'il s'enorgueillissait de son épée, mais qu'il savait
s'en servir. Quoi qu'il en soit, la chapelle du brave et beau
Richard a subsisté jusqu'en 1790, où la révolution l'a démolie, sans trop savoir pourquoi, « pour le plaisir, »
comme dit Victor Hugo dans *Marion Delorme*. Dans les
belles soirées d'été, les bonnes gens de la ville venaient
s'asseoir sur les marches de la chapelle du Bourg; là, malins propos de courir, anecdotes scabreuses de prendre leur
volée, sujettes à caution, paraît-il, car il y a quarante ans
à peine on disait à Château-Thierry, en parlant d'un bruit
peu sérieux ou peu probable : C'est une nouvelle du Beau-
Richard.

On pense bien qu'à ce centre de gaies conversations et
de distractions relativement mondaines ne devait pas manquer ce la Fontaine, qui, selon le joli mot de Töpffer, flâna
toute sa vie. Il y venait avec quelques-uns de ses amis,

La Fontaine devisant au carrefour du Beau-Richard.

compatriotes et camarades d'enfance : avec de la Haye, de
Bressay, le Breton, de la Barre, Curron, le Formier et le
Tellier. Deux noms manquent à cette liste, ceux de Pintrel
et de Maucroix. Ils étaient sans doute trop graves l'un et
l'autre, ou du moins trop circonspects, pour se mêler à
des divertissements que l'on poussait quelquefois un peu
loin. Pintrel, estimable traducteur des œuvres de Sénèque,

aurait voulu inspirer à son jeune parent la Fontaine le goût de la grande et sévère littérature. Quant à Maucroix, s'il n'était déjà ecclésiastique, il allait le devenir, et sa place n'était point parmi les spirituels étourdis qui se réunissaient au Beau-Richard.

Ce carrefour était situé entre le pont et le marché. Tous les caquetages de la banlieue et de la ville y venaient aboutir. Les plus plaisantes histoires se débitaient au marché, que la Fontaine fréquentait volontiers, et dont le souvenir revient dans quelques-unes de ses fables.

Il faudrait remuer bien de la terre et fouiller profond pour retrouver quelques traces du *castrum* ou *castellum Theodorici*. Servit-il dès l'an 720 de résidence au jeune roi Thierry, qui n'avait que l'ombre d'un pouvoir dont Charles Martel possédait toute la réalité? Cela fait matière à doute et à discussion. Il est beaucoup plus certain qu'en 923 Charles le Simple y fut enfermé par Herbert II, comte de Vermandois. A quoi bon entrer dans le détail des vicissitudes par lesquelles eut à passer ce malheureux château? Les Anglais le prirent en 1421, Charles-Quint s'en empara en 1544. Pillé, ainsi que la ville, pendant la Ligue en 1591, il fut dévasté au temps de la Fronde en 1652. A la fin de la campagne de France, il fut témoin d'une bataille, d'une victoire. Devant Château-Thierry, Napoléon fit éprouver aux Prussiens un très sérieux échec.

L'emplacement du vieux château est devenu, grâce à l'intelligente initiative de la municipalité, un très agréable parc. Les quelques débris qui s'élèvent çà et là se trouvent encadrés le plus heureusement du monde, trop coquettement peut-être pour qu'on en reçoive toute l'impression qu'ils devraient produire. Les trois amis erraient dans les allées du parc, jouissant de la beauté splendide d'un jour d'été, mais tout étonnés, presque scandalisés de n'être point plus émus par ce passé qu'ils avaient sous les yeux et qui résonnait sous leurs pas.

« Que voulez-vous, dit M. Dubonnet, répondant à quelques-uns de ces scrupules timidement exprimés, il y a des ruines parlantes et des ruines muettes. Pourquoi? Je serais assez embarrassé de le dire; mais le fait est réel, incontestable. Dieu me préserve de faire des théories, et ne prenez ce que je vais vous dire que comme une opinion qui me vient sur-le-champ.

« Pour que le passé, sous sa forme concrète, nous émeuve fortement, il faut qu'il nous rappelle d'une manière précise un grand souvenir, ou que, par sa masse imposante, par sa persistance dans le temps, il évoque instantanément devant nous l'image des siècles écoulés. Ici, rien de tel. Charles le Simple nous intéresse peu, et Théodoric pas du tout. Les vestiges, parfois considérables, de l'antique construction féodale que nous rencontrons au détour d'un sentier éveillent notre curiosité; mais le sentiment que nous éprouvons ne va pas plus loin. L'esprit cherche un instant quel pouvait être l'usage ou la place dans un si vaste ensemble de ces salles, de ces souterrains, de ces réduits, de ces voûtes. Il s'interroge, mais ne s'évertue point, comme il le ferait ailleurs, à reconstruire, à relever ce qui fut. Nous nous accommodons en somme de cette ruine. Elle ne provoque en nous ni tristesse ni regrets. La nature, à laquelle nous en voulons parfois d'effacer sous sa riche végétation les œuvres de l'homme et souvent jusqu'à ses traces, nous trouve en ce lieu plus indulgents. Peu s'en faut que nous ne lui sachions gré de parer la vétusté de ces pans de mur, et que nous ne prenions à les voir le plaisir qu'on goûte à regarder de fausses ruines dans les jardins prétendus anglais. Quant à la Fontaine, — bien que son buste n'ait pas été oublié sur cette promenade, — et à la duchesse de Bouillon, leur souvenir n'a rien à faire ici. Ni l'un ni l'autre ne se doutaient de ce qu'il y a eu de poésie ou de beauté dans le moyen âge. C'est une découverte dont l'honneur doit revenir au XIXᵉ siècle. L'ombre du fabuliste ne se plaît certainement point à contempler cette triple enceinte, ces fortifications croulantes, ces tours massives et maussades. Allons plutôt la rejoindre sur ces collines, où Philippe voudrait déjà nous voir. »

Celui-ci, malgré la hâte qu'il mit à entraîner Laurence et son beau-frère, ne put les empêcher de s'arrêter aux deux corps de garde qui, à l'entrée du château, vers le faubourg de la Barre, forment une espèce d'ouvrage avancé. Cette partie, relativement bien conservée, est réellement intéressante. Il est aisé, sans grand effort d'imagination, de repeupler ces deux salles, de se représenter l'animation qui devait y régner à l'approche de l'ennemi, de voir les combattants lancer des flèches ou tirer des coups d'arquebuse par les meurtrières, ou encore se pencher aux plus larges embrasures pour jeter sur les assaillants la poix enflammée ou l'huile bouillante. Il y avait, en effet, pour l'assiégeant, dans tous ces châteaux du moyen âge, un passage terriblement difficile à franchir : c'était le court espace qui s'étendait entre la première et la seconde porte. Dans cette courte ruelle encaissée entre deux murailles, on recevait des coups de partout, et l'on n'était guère à même de les rendre. Évidemment, c'est là qu'il périssait le plus de monde et que l'on faisait le plus de prisonniers. Dans l'un des corps de garde de Château-Thierry, un escalier conduit à un cachot très solidement grillé. On y déposait sans doute les ennemis que l'on venait de prendre, quitte à les répartir ensuite dans les souterrains, dont l'entrée, encore subsistante, n'a rien d'attrayant ni de rassurant.

Les voilà enfin dans la campagne! C'est justement jour de marché, et Philippe, dont l'imagination est en fête ainsi que la mémoire, croit apercevoir partout l'aventureuse laitière Perrette, ou le Meunier et son fils, chassant devant eux le pacifique baudet. Il est gai, animé, très vivant, le marché de Château-Thierry, mais il n'offre rien de caractéristique. Ces Champenois-là ne sont point assez éloignés de Paris pour avoir un cachet provincial bien marqué. En était-il autrement au xviiᵉ siècle? le doute, à cet égard, est permis. Ni le paysan ni la nature n'ont tant changé que cela. Et d'ailleurs, la photographie eût-elle été inventée dès cette époque, eussions-nous sous les yeux les costumes, les visages des campagnards qui figurent dans les *Fables,* aussi bien que l'exacte reproduction de la contrée telle qu'elle était alors, tout cela ne nous renseignerait que médiocrement. Il faudrait pouvoir nous mettre au lieu et place de la Fontaine et substituer notre regard au sien. Ce qu'il a vu, il n'y avait que lui qui pût le voir, et la preuve, c'est que ses contemporains, avec les yeux tout grands ouverts, n'ont rien aperçu de pareil.

Le château n'est pas tout à fait situé au sommet. Derrière, le terrain continue à s'élever; et, quand on a monté une côte assez raide, on ne trouve devant soi que la plaine peu accidentée, bordée au loin par des coteaux que Sainte-Beuve aurait eu le droit de qualifier de *modérés.* Il vaut mieux prendre à droite, par une route qui, en décrivant de légers lacets, descend vers le village de Brasles. Le plateau la surplombe assez longtemps et s'interrompt pour découvrir une vallée riche en cultures, sans beaucoup d'agrément ni de profondeur; mais de l'autre côté, du côté de la Marne, le coup d'œil porte plus loin. Le terrain descend par une série de plans inclinés jusqu'à la rivière, qui suit paresseuse-

ment son cours. Sur l'autre rive, des plaines encore, toujours des plaines, le long desquelles court un rang de collines. Peu d'arbres dans les champs, çà et là d'élégants
rideaux de peupliers; au flanc des hauteurs, de simples
bouquets de bois. Au sud, c'est Charly et Dormans; en
face, la route de Meaux; vers le nord, la Fère-en-Tarde-
nois et Soissons. Le paysage est étendu sans être vaste;
le ciel lui-même ne semble pas s'y déployer avec sa largeur illimitée; il a quelque chose de restreint, et l'on
dirait que la proximité des horizons l'arrête et le contrarie.

Philippe était en train de chercher une bonne caractéristique de tout cet ensemble, lorsque nos voyageurs en-
tendirent éclater derrière eux *la Marseillaise,* vociférée par
des voix enfantines. Ce qui les étonna et les déconcerta
tout d'abord, c'est que les rimes du refrain ne rendaient
pas le son habituel. On aurait dit que l'assonance des
finales était changée, et l'on ne se serait pas trompé. Les
cinq ou six petits garnements en loques et coiffés de cha-
peaux en papier de différentes couleurs, avaient introduit
ou plutôt accepté des variantes à l'hymne de Rouget de
l'Isle. Ils y mêlaient des paroles qui, dans leur stupidité,
avaient la prétention d'être menaçantes.

Ces chanteurs-poètes d'un nouveau genre passèrent
triomphalement devant les touristes, les dévisageant avec
une maligne effronterie et comme leur jetant un défi. Des
bonnes femmes suivaient, assez mécontentes et peu fières
pour leurs jeunes compatriotes de cette incartade. L'une
d'elles, en manière d'apologie indirecte, dit en passant à
Laurence : « Que voulez-vous, ça ne va pas à l'école! les
parents ne veillent point sur eux, et ils apprennent en
vagabondant toutes ces vilaines choses. » Le chant s'éloi-
gnait avec accompagnement de l'aigre sifflet des locomo-

tives qui vont et viennent sans cesse dans la gare placée
à l'extrémité du faubourg de Marne.

« Tu vois bien, mon pauvre Philippe, qu'il s'est produit
ici quelques changements depuis la Fontaine. Ton grand
fabuliste serait fort étonné s'il voyait rouler les locomotives
et s'il entendait les gamins de son pays chanter *la Marseillaise*.

— Encore, ma chère Laurence, ajouta M. Dubonnet,
pourrais-tu faire remarquer que ce n'est point de *la Marseillaise* qu'il s'agit, mais d'une sauvage complainte comme
en pouvaient chanter les soldats de Condé pendant les
guerres de religion.

— Vous avez raison, répondit Philippe, et celui-là se
trompe qui se flatte de pouvoir évoquer complètement le
passé, fût-ce pendant quelques minutes. Faust vend son
âme au diable pour contempler Hélène dans son incomparable beauté ; mais la vision s'est à peine produite qu'elle
disparaît pour ne plus revenir. Ces polissons, avec leurs
drôleries lugubres, et les locomotives, avec leurs appels
stridents, ont gâté mon plaisir et comme émoussé mon
impression. Allons-nous-en. Je verrais tout en noir ; et ces
paysans qui récoltent des pommes de terre (encore quelque
chose d'inconnu à la Fontaine) me rappelleraient les hor-
reurs prétentieuses de nos jeunes peintres naturalistes. »

A Brasles, on rejoignit la route, et l'on fut bientôt à une
sorte de mail appelé les Petits-Prés, où s'élève une statue
de la Fontaine. Philippe la trouva du dernier médiocre et
prétendit que le Bonhomme avait l'air de bouder la prosaïque vulgarité de notre temps ; mais sa sœur ne consentit
pas à lui céder sur ce point. Elle soutint que la Fontaine
aurait volontiers mangé des pommes de terre, qu'il aurait
été enchanté d'avoir le chemin de fer à sa disposition pour
aller voir plus souvent à Reims son ami Maucroix, ou à

Paris Mme de la Sablière; enfin, comme si elle avait juré
de faire enrager son frère, elle soutint que *la Marseillaise*
des galopins de Château-Thierry aurait diverti le poète et
qu'il en aurait fait le soir un thème de joyeux propos pour
les habitués du Beau-Richard. Elle allait même lui rappeler le curé Jean Chouart et quelques autres plaisanteries
du même genre, lorsque le dîner qui les attendait à l'hôtel
mit fin à la discussion.

Que faire dans la soirée? se promener? Nos voyageurs
étaient passablement fatigués; d'ailleurs, les ténèbres pla-
naient de nouveau sur Château-Thierry, où, décidément, la
compagnie du gaz ne doit pas réaliser de grands bénéfices.
M. Dubonnet proposa d'aller au café. Remarquez bien que
cet excellent homme n'entrait jamais, à Paris, dans un
établissement de ce genre; mais, dès qu'il était en voyage,
il devenait un véritable pilier d'estaminet. Il retrouvait là,
par les journaux, quelque écho de la vie parisienne, et il
était plus bourgeois de Paris qu'il ne voulait le paraître. Il
y avait ce soir-là, au principal café de la ville, une grande
attraction, rien moins qu'un concert et une séance d'escamotage.

Des programmes imprimés et ornés de portraits annon-
çaient une représentation extraordinaire de la famille Despinoy. Le répertoire annoncé était très varié. On avait à
choisir, en fait d'ouvertures, *Si j'étais roi, Martha* ou *le
Barbier de Séville;* quant aux fantaisies, la liste en était
interminable. Mme Despinoy et sa belle-fille jouaient du
violon, ainsi que M. Maigrot, élève-lauréat du Conserva-
toire de Paris. Le vioncelle était tenu par le fils Despinoy.
Cet orchestre ne jouait pas plus mal qu'un autre, ni mieux
non plus. De temps en temps Maigrot faisait une fausse
note; ce qui lui attirait les quolibets et les sarcasmes de
l'imposant M. Despinoy.

Statue de la Fontaine à Château-Thierry.

C'était un homme, celui-là! et tout son monde devait trembler devant lui, à commencer par Mme Despinoy. Il ne jouait d'aucun instrument; mais personne, depuis le célèbre Bilboquet, n'avait mieux appliqué les finesses de l'art oratoire à la mystification des badauds et à l'extraction des pièces de monnaie contenues dans leur gousset. Son procédé était insinuant. Il agissait avec une rondeur dont on ne se méfiait point. Ainsi, par exemple, le tour de la tombola était d'une simplicité phénoménale. Les billets devaient d'abord être d'un franc, mais comme on ne réussissait pas à les placer tous, Despinoy multipliait les émissions à cinquante centimes, à vingt-cinq centimes, et il avait une manière si insidieuse de vous regarder, de haranguer la galerie, d'opérer des diversions, que personne ne put se vanter d'avoir quitté le café sans avoir été saigné dans d'honnêtes proportions. M. Despinoy était un prestidigitateur du troisième ordre, et les tours qu'il exécutait n'avaient rien d'extraordinaire, mais il en réussissait un parfaitement, celui qui consiste à faire une bonne recette. Cela prouve qu'il avait le génie de son métier.

En regagnant leurs chambres, les voyageurs s'entretenaient du spectacle, assez triste au fond, que leur avaient offert ces malheureux artistes nomades. Laurence faisait observer que, depuis leur arrivée à Château-Thierry, ils étaient voués aux escamoteurs et aux montreurs de bêtes.

« Oui, conclut M. Dubonnet en allumant la bougie de Philippe; mais quelle différence entre la misère anglaise et la misère française! M. Blackstone est funèbre, et si ses affaires ne vont pas mieux d'ici à quelque temps, il trouvera tout naturel de se pendre. M. Despinoy combattra pied à pied le guignon, vivra tant bien que mal, et fera vivre les siens. Aux pires instants, vous l'entendrez fredonner *les Gueux* ou *Fanfan-la-Tulipe*. Au fond de ce peuple français il y aura toujours un grain de sel gaulois. C'est pour cela qu'on ne cessera pas d'aimer et d'admirer la Fontaine. »

IV

M. Dubonnet s'était réservé de diriger les promenades dans Reims. On ne peut, en effet, dans une grande ville où les objets de recherche et les sujets de curiosité abondent, se lancer au hasard; il faut s'orienter. Mais quel système adoptera-t-on? Prendra-t-on sans examen préalable et sans raison de se décider en sa faveur un quartier quelconque de la ville, se réservant de pousser devant soi et de tout voir à la file? Ira-t-on à ce qu'il y a de plus voyant, de plus éclatant? Ici particulièrement la tentation est grande. La cathédrale est là qui s'impose. Mais cette cathédrale, c'est tout un monde. En elle se résume et s'incarne la vie de la cité pendant des siècles. Il se trouve en outre qu'au lieu d'un monument purement local, nous avons en face de nous un des plus anciens, un des plus vénérables témoins de l'histoire de France. Quand nous aurons étudié cette œuvre colossale de nos pères, nous aurons émoussé notre force d'attention, notre puissance d'admiration; et tout ce que nous aurons à voir encore, dans sa petitesse, sa dispersion relative, nous paraîtra d'un intérêt secondaire. Ayons donc, autant que possible, le courage de résister à une attraction si naturelle, et de ne regarder Notre-Dame qu'après avoir visité les édifices ou les vestiges du passé qui insensiblement nous acheminent vers elle.

Telles furent les réflexions que soumit Prosper à ses compagnons de voyage. Ils les approuvèrent, mais lui demandèrent, non sans impatience, comment il comptait les guider. Ce n'est pas tout de signaler avec justesse les inconvénients de telle ou telle méthode; encore faut-il par devers soi en posséder une meilleure et se sentir prêt à la mettre en pratique. Prosper ne fut pas pris au dépourvu. Son plan était de remonter la chaîne des temps et d'aller aux souvenirs les plus antiques en mettant à part la cathédrale, qui lui paraissait appeler une étude approfondie. Il proposa donc à Laurence et à Philippe de se rendre d'abord à la porte de Mars[1], où s'élève un arc de triomphe romain, et ensuite, à l'autre bout de la ville, à Saint-Remi, où conduit le vulgaire mais commode omnibus.

En route, il leur rappela que les Rèmes ne comptaient point parmi les plus fervents Gaulois; que Rome avait trouvé en eux des alliés fidèles, et qu'ils s'étaient rangés avec empressement aux habitudes, aux douceurs et même aux mollesses de sa civilisation. Ce n'était point assurément faire acte de patriotisme que de construire un arc de triomphe en l'honneur de César et d'Auguste.

« Mais, fit observer Philippe, existait-il réellement en Gaule, à l'époque de la conquête, un sentiment large et

1 La porte de Mars proprement dite a disparu, mais l'appellation subsiste appliquée à l'Arc de Triomphe et à la place qui l'entoure. La station des omnibus est indiquée porte de Mars.

ferme de la patrie générale? On l'a soutenu, je le sais, non sans ardeur, et il s'est établi en faveur de cette opinion une sorte de préjugé national. Cependant, quoi que l'on ait pu dire ou écrire à l'appui de cette thèse, mes doutes persistent.

La porte de César, à Reims.

— Alors tu ne crois pas à Vercingétorix, et tu renonces à expliquer le grandiose soulèvement final de la Gaule?

— Nullement. Devant l'imminence du péril, il s'est créé spontanément une fédération, comme cela aurait eu lieu partout ailleurs, et la résistance a trouvé pour la diriger un homme supérieur aux petites passions et aux rivalités de clan. N'oubliez pas, je vous prie, combien les

divisions et les défiances des siens furent pour Vercingétorix une cause de faiblesse et une perpétuelle souffrance.
Si les Gaulois avaient eu réellement du patriotisme, ils
n'auraient pas attendu au dernier moment pour l'affirmer
et ils auraient mieux secondé les efforts de leur chef.
Voyez ce qui s'est passé en France à l'apparition de
Jeanne d'Arc. Elle a été un point de départ. Tout au contraire, après la prise d'Alesia, c'est un grand écroulement,
un aplatissement presque universel. Il éclate encore des
mouvements partiels; point d'élan ni d'ensemble : cher-
chez où est l'âme de la Gaule ?

— Ne versons pas trop dans les thèses générales, in-
sinua prudemment Prosper. Nous n'avons guère pour
nous guider que le témoignage de César, qui est bien sujet
à caution. Mais à propos de notre porte de Mars, à laquelle
nous allons arriver tout à l'heure, je dois vous avertir
qu'elle a une origine purement locale. Les érudits pensent
que les Rémois élevèrent cet arc triomphal lorsque le gouverneur des Gaules, Agrippa, fit aboutir à Reims les chemins qui allaient augmenter la population et la richesse de
la ville. De ces routes romaines, on n'en comptait pas
moins de huit. L'une d'elles, qui conduit à Fismes, devait
voir, un jour, passer Clovis allant avec son armée livrer
bataille au chef romain de Soissons, Syagrius. Il y avait
sans doute, non loin de la nouvelle porte, un temple de
Mars d'où elle aura tiré son nom [1]. »

Le monument a de la grandeur. Il plaît par ses nobles
proportions, par sa solidité élégante, par cet air de fierté
durable que les Romains savaient imprimer à leurs ouvrages. Il forme trois arcades, que décorent huit colonnes
d'ordre corinthien. Les douze mois de l'année figuraient

---

[1] Il paraît qu'on le désigne habituellement, à Reims, sous le nom de
porte de César.

dans autant de cadres sous l'arcade centrale. Cinq de ces cadres ont complètement disparu. L'histoire de Léda orne une autre arcade. A la voûte de la dernière on voit Romulus et Rémus dans le giron de la louve. Faustulus et Acca Laurentia se tiennent debout à leurs côtés. Tout autour règnent des rosaces et des trophées d'armes. Ces derniers restes, plus aisément visibles que les autres, ont une réelle valeur. C'est de l'honnête sculpture romaine, assez lourde, mais exécutée avec conscience, avec un sensible désir d'élévation.

L'arc de Mars est situé à l'extrémité de la rue du même nom, en face du populeux faubourg de Laon, regardant d'une part le chemin de fer, qui a là une gare de marchandises, et de l'autre le principal cimetière de la ville. Quelle fut sa destinée au moyen âge? On voit bien qu'au xvi⁰ siècle il disparaissait sous les remparts. Il fut quelques années comme entièrement perdu. Vers 1812, on s'avisa de le déblayer. Cette opération n'a été complètement menée à bien que tout récemment. Cela ne nous explique pas comment la porte de Mars a traversé les siècles antérieurs, et les interrogations de Philippe à ce sujet ne laissèrent pas d'embarrasser Prosper et de mettre son érudition en échec.

« Eh bien, c'est moi qui vais te le dire. L'arc de triomphe se trouvait au beau milieu d'une forteresse bâtie, à ce que l'on croit, par un des archevêques de Reims, Henri de France, frère de Louis VII. Du côté de la campagne, les fortifications consistaient en quelques tours élevées sur le fossé même de la ville et communiquant avec le dehors par un pont-levis; mais le côté opposé présentait des défenses formidables. Les murailles étaient plus épaisses, les fossés plus larges et plus profonds, et les remparts, bien terrassés, étaient garnis de machines;

tout indiquait que cette citadelle avait pour destination,
non de protéger la ville contre des attaques extérieures,
mais de contenir et d'effrayer les habitants[1]. L'arc de
triomphe avait donné son nom au château qui s'appelait
château de la Porte-Mars. Les archevêques n'y demeuraient point ordinairement. Au pied des murs, dans la
campagne, ils occupaient un hôtel entouré de jardins. Dès
que la révolte grondait dans la ville, — elle y grondait
souvent, — ils rentraient dans la forteresse, dont quelques
pas à peine les séparaient.

— Je vois, interrompit Laurence, que tu as lu dans
Augustin Thierry l'histoire de la commune de Reims. Je
l'ai lue aussi, et je me souviens fort bien maintenant que
cette Porte-Mars faisait aux Rémois le même effet désagréable que la Bastille aux Parisiens. Il courait sur elle
d'assez mauvais bruits.

— Exagération de chroniqueurs favorables aux révoltés,
dit Philippe.

— Que ces plaintes soient exagérées ou non, je les
trouve adressées à saint Louis par les habitants de Reims.
Ils représentent au roi que les officiers de l'archevêque se
sont attribué le jugement des causes criminelles au détri-
ment des échevins, qui devaient rendre cette justice. Mais
ceci n'est rien. Ces officiers exigeaient que l'on comparût
devant eux au château de la Porte-Mars, où se tenaient
les plaids de la cour épiscopale; et quand on avait franchi
le seuil de la redoutable forteresse, on n'avait plus que le
choix entre deux maux : payer une amende exorbitante, ou
subir un emprisonnement illimité.

« Malheur à qui leur résistait. Ils se mettaient à sa recherche avec une troupe de soldats, pénétraient dans les

---

[1] Augustin Thierry, *Lettres sur l'histoire de France.*

maisons, et s'ils ne parvenaient pas à mettre la main sur l'homme qu'ils poursuivaient, ils s'emparaient du premier venu qui leur servait d'otage jusqu'à ce que le délinquant, ou soi-disant tel, vînt se livrer de lui-même. Le pauvre diable tombait-il en leur pouvoir (et ce n'était pas toujours un pauvre diable, mais souvent quelque riche bourgeois), ils s'empressaient de lui imposer une nouvelle amende. S'il tardait trop à la payer ou si sa famille faisait la sourde oreille, on le mettait au cachot, on le chargeait de fers; parfois on le privait de nourriture et, en dernier lieu, on le torturait. Plus d'un, si l'on en croit la tradition, a perdu ainsi la vie dans les souterrains de la Porte-Mars [1].

— Ma chère Laurence, dit Mériel avec quelque impatience, il me semble que tu es bien mélodramatique. Qu'à des époques troublées il se soit produit des violences, cela était inévitable et n'a rien d'extraordinaire; mais je me refuse à croire à ces systèmes de brigandage organisés sous les yeux d'un archevêque et avec son consentement au moins tacite.

— Nous ne discutons point ici la conduite des archevêques de Reims, répliqua vivement Laurence, mais bien celle de cette armée de serviteurs qu'ils étaient obligés d'avoir autour d'eux et qui ne se croyaient forcés ni à la modération ni à la sainteté.

— Avec cela que les bourgeois, qui te sont si chers et dont tu prends en toute occasion le parti, étaient doux et patients. L'un de leurs archevêques, Henri de Braine (1235), s'étant avisé d'ajouter quelques ouvrages de défense au château de la Porte-Mars, une insurrection violente éclata aussitôt. Au son de la cloche, les habitants de la ville accoururent, attaquèrent les ouvriers et disper-

[1] Anquetil, *Histoire de la ville de Reims,* cité par Augustin Thierry.

sèrent les matériaux. Il y avait dans le château une garnison assez considérable. Elle fit une sortie, essaya d'écarter les insurgés; ce fut en vain. Les bourgeois se battaient
avec fureur. Le commandant de la garnison fut blessé
mortellement d'un coup de flèche, et si les archers en se
retirant ne s'étaient point hâtés de dresser le pont-levis, la
forteresse eût été enlevée par un hardi coup de main.

« Un si beau début mit les révoltés en veine de hardiesse. On gardait dans les églises de la ville d'énormes
machines de guerre, nommées pierriers ou mangonneaux.
Rapidement les bourgeois s'en saisirent, les mirent en bat-
terie et s'efforcèrent de renverser les murs de la citadelle.
En même temps, ils occupèrent la maison des Frères
mineurs placée un peu au-dessus du château, la créne-
lèrent, y logèrent des arbalétriers et firent nuit et jour
pleuvoir sur la garnison des nuées de projectiles.

« La place tint bon. Vous croyez peut-être que cela découragea nos furieux; nullement. Ils convertirent le siège
en blocus. Une ligne de redoutes revêtues en pierres s'éleva
sur le rebord extérieur du fossé, de manière à prévenir
toute sortie de la garnison. Comme les matériaux manquaient, ils dépavèrent les rues, enlevèrent les tombes des
cimetières et prirent jusqu'aux pierres de taille de toute
grandeur, qui se trouvaient sur la place de la cathédrale
et devaient servir à son achèvement. »

En racontant ce dernier fait, l'indignation de Philippe
sembla redoubler.

« Oui, répétait-il dans un véritable accès de colère, il
n'a pas tenu à ces scélérats de bourgeois de Reims que
leur admirable cathédrale, dont ils se montraient si parfaitement indignes, ne demeurât inachevée. En 1235, à l'é-
poque même où des pierres du sanctuaire ils se faisaient
des projectiles et des armes, depuis vingt-trois ans on

travaillait à l'édifice, et il commençait à prendre des proportions considérables. Albéric de Humbert, le cinquante-
quatrième archevêque de Reims, avait posé la première
pierre de la cathédrale, et en 1215 on put en célébrer solennellement la dédicace...

— Toute ta chronologie se retourne contre toi, répliqua
vivement Laurence. Nous avons puisé notre érudition à une
même source, dans la très complète notice de l'abbé Tourneur sur Notre-Dame de Reims. Or je me souviens fort
bien d'y avoir lu qu'en 1241, c'est-à-dire sept ans après
la redoutable insurrection dont tu viens de nous faire une
si tragique peinture, le chapitre métropolitain commençait
à célébrer les offices dans la cathédrale. Ce qui prouve que
les dégâts n'avaient pas été aussi graves que tu le prétends. »

Le débat aurait pu s'éterniser, si M. Dubonnet ne s'était
décidé à intervenir. Il leur rappela la formule de Rabelais,
qui conseille à ses lecteurs de *soy réserver à rire* pour
telle partie à venir de son livre.

« Que ferez-vous, leur dit-il, si vous vous disputez
ainsi dès le début? Vous serez bientôt au bout de vos polémiques, et il ne vous restera plus qu'à vous taire ou à vous
répéter, ce qui ne laissera pas d'être fastidieux. Songez
qu'en Picardie, à Laon, à Noyon, à Soissons, nous re-
trouverons les communes et que vous pourrez encore
rompre des lances ensemble, si le cœur vous en dit.
Croyez-m'en, laissez celle de Reims se calmer peu à peu.
L'archevêque et les bourgeois se trouveront insensiblement
rangés sous une même autorité, sous la main du roi. Ces
Rémois, si longtemps turbulents, ont fait au temps de la
monarchie les meilleurs et les plus dévoués sujets. Je n'en
veux pour preuve que l'homme dont nous allons visiter la
maison natale en traversant la ville pour nous rendre à

Saint-Remi. Colbert est certes, avec Richelieu, le ministre qui a le plus fait pour la royauté; et s'il avait conservé la vive humeur de ses ancêtres, ce n'était pas pour la mettre au service de la révolte. »

Comme Prosper achevait ces mots, les voyageurs arrivaient au coin de la rue Cérès, et s'arrêtaient quelques instants devant la maison où se voyaient au xviie siècle les magasins de drap à l'enseigne du *Long-Vêtu*. C'est de là que le fidèle serviteur de Mazarin, légué, plus tard, par celui-ci à Louis XIV comme ce qu'il avait de plus précieux, devait partir pour commencer sa fortune politique et l'élévation de sa famille.

La maison est grande et belle sans avoir rien de remarquable. Il était sans doute dans sa destinée d'abriter des représentants de la bourgeoisie commerçante, car elle est encore occupée par de riches industriels ou par des banquiers. En regardant cette haute et spacieuse habitation, nos amis purent se convaincre que la famille de Colbert tenait un bon rang dans la ville. Cela remontait assez loin. Dès 1555, un vitrail de l'ancienne église Saint-André, conservé dans la nouvelle, porte, parmi d'autres noms de donateurs, celui de Thomas Colbert. La famille Colbert avait fait également don à cette même église, sa paroisse, d'un tableau sur bois avec fleurs, que Saint-André possède encore dans sa sacristie. Il ne faut donc pas se représenter Colbert s'en allant courir la fortune comme un simple voyageur de commerce, et rencontrant sur son chemin la place de ministre des finances. Sa carrière n'en a pas moins été assez surprenante pour le temps; mais enfin il n'était pas parti de si bas qu'on se l'imagine quelquefois.

De la rue Cérès à Saint-Remi, la distance est assez longue, même en omnibus. Prosper en profita pour expliquer à Philippe et à Laurence que le quartier qui entoure

Saint-Remi était au xii° siècle séparé de la ville par des prairies et des jardins. On lui donnait le nom de *ban de Saint-Remi,* tandis que la cité de Reims recevait le nom de *ban de l'Archevêque.* Les habitations du faubourg se groupaient dans les environs et comme à l'ombre de la puissante abbaye, à la juridiction de laquelle ils étaient d'ailleurs soumis. Il paraît que cela ne les contentait point.

« Ils commencèrent par chasser de leur quartier les officiers et les partisans de la juridiction abbatiale, et descendirent tumultueusement dans la cité, où tous ceux qui désiraient la réunion des deux juridictions s'armèrent et se joignirent à leur troupe. Tous ensemble marchèrent vers le palais épiscopal, pour présenter leur requête à l'archevêque et le contraindre d'y faire droit (1147). Sanson de Malvoisin les harangua d'une fenêtre, et tâcha de les persuader de renoncer à ce qu'ils demandaient; mais, loin de céder, ils devinrent plus audacieux, maltraitèrent les officiers de l'archevêque, pillèrent leurs meubles et démolirent leurs maisons. Obligé de se renfermer dans son palais et d'y rester comme en prison par crainte des ressentiments populaires, l'archevêque Sanson écrivit à Suger, abbé de Saint-Denis, alors régent du royaume à cause du départ du roi pour la Terre-Sainte, le priant de lui envoyer du secours. En effet, des troupes furent dirigées sur Reims, et en même temps Joscelin, évêque de Soissons, accompagné de saint Bernard, partit pour être médiateur entre les bourgeois et l'archevêque. A l'approche des troupes, l'émeute cessa, et le ban de Saint-Remi demeura séparé de la commune, mais toujours prêt à se soulever pour la réunion, quand un nouvel incident causait du trouble dans la ville [1]. »

---

[1] Augustin Thierry, *Lettres sur l'histoire de France.*

Plus tard, une même enceinte de murs réunit le faubourg à la ville. Il ne s'en distingue plus aujourd'hui. Quand on arrive à Saint-Remi après avoir suivi des rues longues, populeuses, peu intéressantes pour l'observateur ou l'archéologue, lorsqu'on se trouve sur une place triste, sans caractère et que l'on aperçoit un portail de peu d'apparence, deux tours basses et comme écrasées, on éprouve un sentiment de malaise et de déception. Malgré soi, l'on cherche l'abbaye absente. Cette église, relativement humble, adossée à d'autres bâtiments, engagée dans des maisons, n'est pas ce que l'on attendait. Aussi ne doit-on point rester dehors et l'on fera bien de se hâter d'entrer.

A l'intérieur, Saint-Remi offre un caractère assez rare chez les basiliques d'une aussi grande dimension, celui d'une église abbatiale. Les bas côtés semblent les arceaux d'un cloître, et l'on ne serait nullement surpris de voir arriver l'abbé à la tête de ses moines. Autre impression, qu'il convient de noter et qui ne laisse pas de gêner la liberté d'esprit du visiteur. Les guides, les historiens ont beau nous apprendre, nous répéter que le Saint-Remi actuel n'a été commencé qu'en 1041, on se croit toujours dans une église mérovingienne. Il en a la simplicité et, si l'on me passe ce mot, qui ne s'applique guère à l'architecture, la bonhomie. Saint-Remi est vaste pourtant; son vaisseau même, à ce que l'on assure, est plus étendu que celui de la cathédrale; la lumière y entre par cent vingt fenêtres et par deux rosaces de la plus grande beauté. Pierre de Celles (1170) a construit l'abside, les voûtes, le grand portail et embelli la nef. Le portail du sud, en style ogival flamboyant, a été rétabli en 1500 par Robert de Lenoncourt, tandis que la rose septentrionale a été relevée seulement en 1602 par Philippe du Bec.

Il est bon de savoir ces détails à condition de ne pas

trop s'en souvenir. S il y a des parties neuves ou renou-
velées dans cette basilique, on ne les distingue plus. Tout
s'est fondu dans une même harmonie, tout est devenu
contemporain. Les vitraux de l'abside sont-ils du xiiie ou

Église Saint-Remi à Reims.

du xie siècle? M. l'abbé Tourneur, qui connaît admirablement les vieilles églises rémoises, penche pour cette dernière date, et le congrès de 1861, tenu à Reims, lui a donné
raison[1]. Cette fois la science est d'accord avec l'imagina-

_____

[1] *Guide du voyageur dans Reims,* par M. l'abbé Cerf.

tion, et la rêverie lui sait gré de s'être prononcée en ce sens. Il ferait vraiment beau voir que les vitraux de Saint-Remi ne fussent pas de la plus grande antiquité possible ! Nous nous sentons ici dans le plus reculé moyen âge, avant les croisades, quand la Gaule politique cherche encore son unité, que tout est en péril et que l'Église seule est inviolable. Voilà des murs que le flot des tempêtes a battus et n'a point renversés. Lisez à l'entrée de l'église le tableau de tous les grands personnages qui s'y sont fait inhumer. La liste est longue et imposante, et il s'y trouve même un roi de France, Carloman.

Avancez, remontez, l'église est déserte. Tout à l'heure on y faisait le catéchisme, et les voix enfantines se mariaient avec l'accent plus grave du prêtre ; mais tout se tait, la lumière seule continue à tomber multicolore, tamisée, avec une douceur infinie, une douceur d'un autre âge. Nous sommes arrivés au mausolée de saint Remi. Il a été relevé bien des fois depuis que le corps du saint fut déposé, en 600, dans la chapelle de Saint-Christophe, à laquelle il donna aussitôt son nom. Le dernier tombeau édifié l'a été en 1847, par Mgr Gousset ; mais les douze statues représentant les douze pairs de France et le groupe du saint sont fort antérieurs. De mausolée en mausolée, on les transporte, on les rétablit avec honneur à leur place, les protégeant comme l'on peut contre la ruine, et l'on a raison. Ces sculptures sévères, et dont cependant la raideur est touchante, s'accordent admirablement avec le tombeau. Le saint est bien gardé, et, tranquille sous sa dalle, il attend d'un immortel espoir le jour de l'éternité bienheureuse.

En sortant de Saint-Remi, on est tout surpris de se retrouver en plein xixe siècle, de ne point rencontrer des chevaliers, casque en tête et lance à la main, des châtelaines en équipage de chasse, bien installées sur leurs haquenées, portant sur le poing leur faucon favori, des abbés crossés et mitrés. La visite à la cathédrale étant réservée pour le lendemain, nos amis jugèrent qu'ils avaient ce jour-là fait la part assez large à l'antiquité, et qu'ils pouvaient bien accorder les dernières heures de l'après-midi au moderne Reims.

M. Dubonnet proposa d'aller voir le musée. C'était une habitude à laquelle, dans leurs voyages, ni lui ni sa femme ne dérogeaient jamais. Ils s'en étaient bien trouvés. Le musée le plus pauvre contient toujours, soit un souvenir historique de quelque valeur, soit une toile de prix, sur laquelle va tout de suite tomber le regard du connaisseur. On pouvait espérer, dans un centre comme Reims, trouver une ample matière pour l'étude et se promettre une belle moisson.

L'hôtel de ville, où l'on a installé le musée, est une construction élégante, assez belle même, et en rapport avec l'importance de la cité. Commencé en 1627, il est à peine achevé à l'heure qu'il est, et l'on est en train d'y ajouter de nouveaux bâtiments. Au fronton se dresse une statue équestre de Louis XIII, exécutée en 1818. C'est un morceau un peu lourd, mais consciencieusement fait, et qui pourrait bien sauver de l'oubli le nom de son auteur, M. Milhomme. Les soixante-huit colonnes corinthiennes, ioniques et doriques qui ornent la façade lui donnent un très bon air XVII° siècle. Mais ce n'est pas à cela que l'on s'attend lorsqu'on vient de raviver, comme l'avaient fait nos voyageurs, le passé orageux de la commune rémoise. Il semble que cette vie communale si intense aurait dû, ainsi que dans les grandes cités du Nord, s'affirmer par quelque vaste édifice. Les hôtels de ville de Bruxelles, de Gand, les immenses halles d'Ypres, la merveille de Louvain nous entretiennent des efforts gigantesques du passé, de ses heures victorieuses, de ses moments de floraison. Sans doute il y a lieu de faire exception pour quelques-unes de nos villes (Arras, Saint-Quentin, etc.); mais la plupart n'ont point laissé de traces de leur existence communale, ce qui semblerait prouver qu'elle a été plus violente que profonde. Ici, la municipalité s'est établie dans quelque ancien palais ducal, à Nevers, par exemple; là, comme à Rouen, dans quelque vieille abbaye. Le souvenir des luttes et des ambitions locales est aboli bien à fond.

Comme ce n'était pas un dimanche, le musée était fermé. Le concierge de l'hôtel de ville, homme fort poli et d'humeur agréable, s'offrit à guider les visiteurs. Philippe lui demanda si l'on ne pouvait point avoir en eux assez de confiance pour leur laisser parcourir le musée sans les surveiller comme des individus dangereux. Il affirma que son beau-frère ni lui n'avaient subi aucune condamnation, même en simple police; que le dossier judiciaire de sa sœur était également d'une blancheur immaculée, et qu'elle n'appartenait pas à la race de ces babonnettes qui s'en vont toujours les poches remplies comme par mégarde. Sa péroraison fut qu'un bon catalogue leur suffirait parfaitement, et il appuya ce discours en faisant briller aux yeux du gardien un or corrupteur. Mais ce fonctionnaire rémois se montra inflexible. Il devait se conformer à sa consigne, et puis il avoua, non sans embarras, que le catalogue c'était lui. Il n'y en avait pas d'autre pour le moment. Cet aveu dépouillé d'artifice plongea les voyageurs dans un profond désespoir. Pas de catalogue, grand Dieu! et la perspective de visiter les galeries au pas de course, tiraillés par le guide qui voudrait déjà vous voir dehors, étourdis par les bourdes qu'il vous débite, par les attributions

fantasques qu'il applique à chaque toile et que l'on n'a
ni le temps ni le pouvoir de contrôler! Il fallut se résigner. Mais leur plaisir fut troublé et leur impression très
confuse.

Leur mauvaise humeur s'exhala dans la rue en discours
passablement impétueux. Il est à remarquer que la mauvaise humeur est bavarde. C'est une manière très naturelle et inoffensive, après tout, de se soulager, de prendre
sa revanche. Nos touristes ne s'en firent pas faute. Ce qui
rendait leurs regrets plus amers, c'est que ce musée de
Reims, sans être d'une richesse extraordinaire, contient
beaucoup d'éléments intéressants. Pour produire tout leur
effet, pour être appréciés à leur juste valeur, ils n'auraient
besoin que d'être distribués d'une manière convenable,
classés avec intelligence. Certains maîtres devraient être
rapprochés les uns des autres. Les modernes, pris à part,
s'éclaireraient mutuellement; les portraits, enfin, gagne-
raient à être groupés. Quelques-uns de ces portraits sont
fort remarquables. Ils ont une double importance historique
et artistique. Henriette de Bourbon, par Vanloo; d'Espinay-
Saint-Luc, par Louis Elle; Mansard, par Claude le Fèvre;
Marie d'Orléans, duchesse de Nemours, par du Cayer; le
marquis d'Asfeld, par Nicolas Nilbaut, formeraient une
galerie qui aurait son importance; il ne s'agit que de
l'établir. On y pourrait joindre l'*Homme en prière,* de
Janet, tout à fait digne de ce fondateur de l'école française,
et les portraits peints par Holbein, par les deux Cranach,
où se retrouve le fini savant et profond de l'école allemande contemporaine de la réforme.

La Hollande est représentée par Téniers et Ostade, l'Italie
par Louis Carrache (*le Mouchoir de sainte Véronique*);
la France du xviiie siècle, par une admirable tête de vieille
femme, due au pinceau de Chardin. L'école de Reims du

xv° siècle compte de rares échantillons; quant à nos contemporains, ils sont vraiment trop clairsemés; seuls quelques paysagistes, Chintreuil, Schenck, Auguin, sont là pour attester que la tradition ne s'interrompt point, et que de nos jours, comme au xvii° siècle, la nature a ses fidèles et ses interprètes. De la sculpture actuelle, il n'y aurait rien à regarder, par conséquent rien à dire, si l'on ne rencontrait dans l'une des salles une statuette de René de Saint-Marceaux, adorable par la grâce de l'expression et la perfection du modelé. Grand artiste que ce Saint-Marceaux, qui a su s'attaquer aux difficultés les plus opposées et en triompher dans le *Génie de la tombe,* où il évoque, sans en être écrasé, le souvenir de Michel-Ange, et dans l'*Arlequin,* marqué au cachet de la modernité la plus audacieuse et la plus élégante.

« Demain, dit Philippe à sa sœur et à son beau-frère, nous verrons de ce même sculpteur, au cimetière situé près de la porte de Mars, une œuvre qu'on dit très forte : le tombeau de l'abbé Miroy, un jeune prêtre de ce diocèse fusillé par les Prussiens lors de la dernière invasion. Cette simple statuette m'a réjoui le cœur, et j'aurais aimé à la considérer plus attentivement, si cet inflexible gardien ne s'était attaché à nos pas, nous laissant à peine le temps de respirer. Je lui en veux aussi de m'avoir arraché à ce portrait de la Fontaine que j'avais eu la chance de découvrir et qui me semble offrir un intérêt particulier. Si la date que j'ai cru lire est bien 1695, ce portrait aurait été peint l'année même de la mort du poète. La physionomie, très colorée, décèle de la fatigue. Les yeux sont fins encore, mais il y règne une vague tristesse. On sent que l'heure des riantes promenades, des gaies causeries, des fins repas avec l'ami Maucroix, chanoine de Reims, est passée. N'est-ce pas à ce même Maucroix, resté toujours aimable, mais devenu fort grave et de conduite très édifiante, que la Fontaine écrivit sa dernière lettre, si attendrie et si élevée? Je l'avoue d'ailleurs, j'aurais été indigné, — cela m'aurait donné le coup de grâce— que l'image de la Fontaine fût absente du musée de Reims. S'il s'est plu dans sa jeunesse à Château-Thierry, il n'a jamais réellement aimé que deux villes, Reims et Paris, témoin ces vers qui chantent en ce moment dans votre mémoire comme dans la mienne :

> Il n'est cité que je préfère à Reims :
> C'est l'ornement et l'honneur de la France,
> Car, sans compter l'ampoule et les bons vins,
> Charmants objets y sont en abondance.

M. Dubonnet saisit ce moment pour interrompre son beau-frère.

« Ta citation me fait penser que nous nous devons à nous-mêmes de humer ici le divin piot, comme dit maître François, en d'autres termes, de goûter quelques-uns des meilleurs crus du pays. On m'a indiqué, sous les arcades de la Couture, un restaurant où nous serons très bien. Je propose ensuite, pour terminer la soirée, d'aller au théâtre. On y donne deux pièces du répertoire du Gymnase. Nous verrons comment s'en tirent des comédiens de province, et cela nous permettra de ne pas rentrer trop tôt à l'hôtel, ce qui n'a rien de divertissant. »

La proposition fut acceptée. Les voyageurs pouvaient se promettre une soirée agréable ; elle ne le fut pas autant qu'ils l'auraient pensé. Nous ne ferons pas à la cuisine champenoise l'injure de lui attribuer la cause de cette déception. S'il est certaines villes où la bonne chère soit plus raffinée, Dijon et Tours, par exemple, Reims offre à ses habitants et aux étrangers qui le visitent les séductions de ses pâtisseries et l'excitation un peu capiteuse de ses vins. Il eût été injuste de se plaindre d'un repas où l'on avait trinqué gaiement aux souvenirs historiques de la cité et à sa prospérité présente. Mais cette joyeuse disposition aurait eu besoin, pour se soutenir, de l'animation du théâtre. C'est précisément ce qui manqua.

A l'intérieur comme à l'extérieur, le théâtre de Reims est d'un bel aspect et d'une noble ordonnance. Nous parlons du monument tout récemment élevé sur les plans d'un architecte rémois, M. Alphonse Gosset. L'ancienne salle, qui se trouve à peu de distance de la nouvelle, était d'assez chétive apparence. L'édifice construit par M. Gosset, et décoré avec beaucoup de goût par un peintre de talent, M. Bin, est digne d'une grande ville, et peut être considéré à bon droit comme une des plus estimables œuvres de l'architecture contemporaine. Il contient treize cent cinquante places. Le soir où nos voyageurs s'y rendirent pour voir jouer, par une troupe arrivée depuis quelques jours, *la Maison sans enfants*, de Dumanoir, et *le Cousin Jacques*, de Louis Leroy, il y avait bien peu de ces places occupées. Les fauteuils d'orchestre eussent été complètement déserts s'il ne s'y fût rencontré quelques oiseaux de passage comme les Dubonnet, notamment leurs voisins de wagon en revenant de Château-Thierry, un jeune couple sur la fin de la lune de miel, et un voyageur de commerce d'humeur assez joviale pour se consoler d'avoir perdu son pardessus au buffet d'une station précédente. A dire les choses tout simplement, les acteurs jouaient devant les banquettes. Ils n'étaient ni mauvais ni bons, ces acteurs, et leur honnête médiocrité n'était pas de nature à compromettre les pièces agréablement anodines qu'ils interprétaient. Eussent-ils été excellents, le découragement les aurait pris en face de cette immense salle vide, où les mouvements des spectateurs s'a-

percevaient à peine, et d'où ne partait aucun bruit, comme
si l'on avait eu affaire à des ombres. La première pièce,
le Cousin Jacques, marcha encore passablement; mais
la Maison sans enfants se termina d'une façon piteuse,
l'indifférence et la lassitude des spectateurs n'ayant d'égales
que celles des comédiens.

La conversation des trois amis, en regagnant leur gîte,
fut assez mélancolique. Peut-être avaient-ils quelques par-
celles de cette infatuation parisienne qui se contente diffici-
lement et s'abandonne complaisamment au blâme dès que
la barrière est franchie. Après la déconvenue du musée, la
déconvenue du théâtre; c'était trop. Ils se lamentèrent sur
la faiblesse chaque jour plus grande des troupes de province; et, comme ils faisaient part de ce sentiment à leur
hôte, qui les attendait tout en donnant partout le dernier
coup d'œil du maître, celui-ci leur répondit :

« Que voulez-vous? d'abord la saison est mauvaise. On
n'est pas rentré de la campagne; puis, ce qui perd tout,
ce sont les célébrités de Paris qui viennent de temps à autre
jouer la pièce en vogue, accaparant ainsi l'attention, les
applaudissements, écrasant par la comparaison la troupe
ordinaire; enfin, il faut bien l'avouer, le beau monde, le
monde riche, celui qui paye, qui donne le ton et fait la
mode, ne va guère au théâtre. Ce n'est pas bien porté. On
laisse aux petites gens, aux commis voyageurs, aux militaires, un si vulgaire plaisir : voilà pourquoi, malgré les
sacrifices que s'imposent presque partout les municipalités,
les salles de spectacle sont à peu près constamment vides
ou fermées. »

Ainsi changent les choses de ce monde! pensait Laurence
en prêtant l'oreille aux discours instructifs de l'hôtelier.
Autrefois, la vie locale ici était trop intense. Elle s'exaltait
et débordait jusqu'à la révolte; aujourd'hui, Paris tire tout

à lui, et, sauf l'activité commerciale ou industrielle qu'il ne peut centraliser, il ralentit, il tarit la vie de la province, la désaccoutumant de l'initiative, lui enlevant jusqu'à la velléité de sentir et de vouloir par elle-même.

V

Il n'y a point de bonne expédition sans un historien qui
la raconte, point de belle campagne sans un chantre qui la
célèbre. La guerre de Troie et Homère, la retraite des Dix
Mille et Xénophon, sans parler des *Commentaires* de César
et des *Mémoires* de Napoléon, sont là pour le prouver.
Bien qu'elle n'eût point la pensée de rivaliser avec de tels
écrivains, et ne songeât guère à ces illustres exemples,
Laurence s'était instituée historiographe du voyage entrepris à son instigation. Tous les soirs elle rédigeait ses notes.
Mises au net plus tard, elles composent une sorte de journal auquel, de temps en temps, nous nous permettrons de
faire quelques emprunts. Nous en extrayons les pages
relatives à la seconde journée que les voyageurs passèrent
à Reims.

Journal de Laurence.

« M. Dubonnet nous a enfin permis de contempler tout
à notre aise la cathédrale. Le premier coup d'œil est saisis-

sant. Rouen, Chartres, Coutances, ne m'ont point fait
éprouver une aussi forte impression. A Strasbourg seulement mon émotion, comme ici, a été très grande, mais
pas précisément de la même nature. La cathédrale de
Strasbourg impose par sa masse, par sa hardiesse; elle est
un des plus prodigieux monuments destinés à prouver devant l'avenir tout ce qu'il y eut de fécondité dans l'alliance
du génie de l'homme, si puissamment inventif, et d'une
ardente foi religieuse. Reims vous écrase moins, vous rape-
tisse moins; il vous éblouit, vous charme, vous captive.
Cette cathédrale est essentiellement l'église du sacre; au
dehors comme au dedans, elle est perpétuellement ornée,
parée, perpétuellement en fête. Voilà ce qu'il faut bien se
dire lorsqu'on étudie, soit les admirables portails, soit
les riches et chaudes verrières. Dans celles de la nef, par
exemple, les rois sont placés en haut et les archevêques en
bas. Il paraît que rien n'est plus contraire aux règles de la
liturgie, mais nous sommes dans un lieu exceptionnel.
Même remarque pour les figures qui foisonnent aux principales entrées, et dont la plupart, autrefois, étaient pein-
tes et dorées. Elles formaient un décor permanent, attendant et rappelant la cérémonie du sacre.

« Le souvenir de cette cérémonie, qui fut pendant si longtemps l'indispensable préface de tout règne, la permission
mystique de faire le premier pas sur le chemin qui conduisait au Louvre, plus tard à Versailles, pour aboutir à Saint-
Denis, vous hante, en effet, dès que l'on est arrivé en face
de l'édifice. Entre tant de sacres fameux, il en est un surtout qui se présente à la mémoire, l'obsède, la tyrannise :
c'est celui de Charles VII. L'honneur en est tout à Jeanne
d'Arc. Je ne puis traverser la place du Parvis sans que
mon imagination évoque aussitôt le cortège royal passant
sous le porche, Jeanne marchant des premières, son éten-

Cathédrale de Reims.

dard à la main. Il n'est pas jusqu'au banal hôtel de la Maison-Rouge qui ne devienne à l'instant, par une fantasmagorie complaisante, l'hôtellerie de l'Ane-Rayé, où logeaient les parents de Jeanne. L'illusion me suit jusque sous les voûtes. J'essaye de rétablir la scène telle qu'elle a dû se passer. Malheureusement, de grands changements se sont opérés depuis le 17 juillet 1429, et la cathédrale que vit Jeanne d'Arc différait beaucoup de celle que nous avons sous les yeux.

« Tout d'abord le jubé en pierres, très récemment construit alors (1417), et sur lequel, de Charles VII à Louis XV, tous nos rois, sauf Henri IV, sacré à Chartres, furent intronisés, n'existe plus. Les six clochers, dont Reims était justement fier, et les quatre pavillons des transepts ont également disparu dans le formidable incendie de 1481. Les dégâts qu'il fit ne sont pas encore complètement réparés, et l'on peut voir aux extrémités du transept de gauche des pierres calcinées qui formaient les assises des deux tours du sud et servaient de base à l'étage en maçonnerie du beffroi; enfin les grands travaux de Charles de Lorraine n'avaient point donné à l'intérieur de l'église ce caractère d'achèvement qui n'en fait pas la moindre beauté. Dénuée ainsi de point d'appui, l'imagination ne sait plus où se prendre, et la voilà, bien malgré elle, contrainte de rester dans le vague.

« Comment se fait-il que ces immenses constructions, poursuivies pendant des siècles par des hommes différents, à travers des dispositions d'esprit opposées, souvent interrompues, parfois dégradées et en partie détruites, soient arrivées, en dépit de tout, à ce caractère d'unité si frappant et si incontestable? A plus d'une reprise je me suis posé cette question. Ce n'est pas Reims qui me fournira le moyen d'y répondre. Qui a donné le plan de l'édifice? Nul ne le sait. Villard de Honnecourt, l'architecte de Saint-

Yved-en-Braine, que nous devons aller visiter ces jours-
ci, n'aurait, paraît-il, aucun titre sérieux à faire valoir ;
cependant ses croquis, dessinés pendant la construction de
la cathédrale, n'en doivent pas moins être singulièrement
curieux à consulter. La tradition est plus favorable à
Libergiers et à Robert de Coucy ; mais M. l'abbé Tourneur
résiste à la tradition [1]. Il réduit Libergiers au rôle d'architecte de Saint-Nicaise. Quant à Robert de Coucy, comme
il est mort cent ans après que l'on avait commencé les travaux de la cathédrale, il n'a évidemment pas pu en tracer
le plan primitif. Voici pourtant, à sa gloire, quelque chose
qui mérite d'être noté : ce Saint-Nicaise, démoli en 1793,
et dont les matériaux furent achetés (ce qui est assez bizarre)
par un révolutionnaire célèbre, le brasseur Santerre, était
une fort belle église commencée par Libergiers et terminée
par Robert de Coucy, qui en construisit le portail, l'une
des œuvres architecturales les plus estimées au xive siècle.
Or, si l'on compare le portail de Notre-Dame avec les
dessins de la façade de Saint-Nicaise, que l'on nous a
conservés, on y rencontrera les plus grandes analogies
quant à l'agencement et à la disposition des lignes. On a
donc copié Saint-Nicaise quand il s'est agi de doter Notre-
Dame d'un portail digne d'elle. Grâce à cette heureuse
imitation, l'œuvre de Robert de Coucy a échappé, sous sa
seconde forme, au stupide marteau des démolisseurs, et
notre architecture nationale n'a pas été privée à tout
jamais d'une de ses plus remarquables productions.

« Il semble qu'une volonté supérieure ait mis un soin
particulier à dérouter toutes les recherches et à nous dérober le nom du principal architecte de la cathédrale. Entre
le second pilier de la nef et le quatrième en partant du

---

[1] *Description historique et archéologique de Notre-Dame de Reims*
(1880).

porche, aux quatre angles de ce qu'on appelait *le Labyrinthe,* se trouvaient les sépultures des maîtres ès œuvres qui ont successivement dirigé la construction de l'édifice. Au xvıᵉ siècle, on voyait encore très distinctement leur image sur les pierres tombales, et l'on y pouvait lire leurs noms : Jean Loup, Gaucher de Reims, Bernard de Soissons, Jean d'Orbais. Le cinquième, celui du centre et

Trois personnages du grand portail de la cathédrale de Reims.

probablement le principal architecte, auteur des plans du noble édifice, y était aussi figuré; mais les pieds des passants avaient effacé son nom. Philippe, qui a le goût du symbolisme, composerait certainement là-dessus quelque belle histoire. Il soutiendrait que ce premier architecte a été un glorieux qui, tout en traçant ses plans, ne songeait qu'à la célébrité, point du tout à l'édification des fidèles ni à la grandeur du Dieu auquel il allait bâtir une si belle maison. Il a été puni par où il a péché. Son œuvre subsiste,

22

sa personnalité a péri ; de sorte que, si de l'autre monde il recueille les témoignages d'admiration que fait naître la vue de la cathédrale, il doit être à la fois ravi et désolé.

« Faut-il remonter, pour expliquer l'unité de plan, aux antiques traditions maçonniques, ou bien à de secrètes traditions liturgiques se rattachant au symbolisme sacré ? Il est certain que, dans ses sculptures et dans ses verrières aussi bien que dans l'ensemble de son vaisseau, Notre-Dame de Reims se présente à l'œil et à l'esprit comme une œuvre rigoureusement calculée, composée, où tout s'enchaîne, où chaque partie a son rôle et sa signification. Et cependant cette œuvre a été remaniée, elle a eu ses ratures, et les retouches ont amené quelquefois des incorrections.

« J'avais été très frappée, en parcourant l'église, de l'extrême longueur du chœur. On dirait même qu'il y en a deux, car le maître-autel est placé au milieu. J'avais demandé la raison de cette anomalie à Philippe et à M. Dubonnet, qui ne m'avaient rien répondu de satisfaisant. Rentrée à l'hôtel, j'ouvre mon cher abbé Tourneur et j'y trouve la clef du mystère. On s'était trompé dans le premier plan de la cathédrale et on l'avait faite trop courte ; il a fallu la rallonger de trois travées. Le portail devait être moins large. On lui a donné plus d'importance en même temps que l'on agrandissait l'église. Le chœur remplissait l'abside ; mais, lorsque l'on eut ajouté de nouvelles travées, l'autel se trouvait placé trop au fond, à trop longue distance des fidèles. Il fallut rapprocher le chœur, dont les limites ne furent autres que celles de l'église primitive. Le jubé, où l'on sacrait les rois, occupait donc, en avant du chœur, la place où se fût élevé le portail. Il y a là certainement une intention dont le sens et la portée nous échappent. Le moderne autel, trop moderne même, puis-

qu'il date de 1747 et porte le cachet du style Louis XV,
est situé sur l'emplacement de l'autel antique auquel
officièrent saint Nicaise et Hincmar.

« Le souvenir de saint Nicaise est très vivant à Reims.
C'est lui qui en 401 ,consacra , au nom de la Vierge un
édifice placé au centre de la citadelle et qui servait au
culte d'un dieu du paganisme. Quelques années plus tard,

Saint Siméon. (Sculpture de la cathédrale de Reims.)

il fut décapité au seuil de son église par les Vandales, au-
devant desquels il s'était avancé. Une dalle carrée de marbre noir, placée au milieu de la nef, dans la travée qui suit
la chaire, indique le lieu où le saint subit son supplice.
Comme ce lieu était l'entrée de l'église, nous voyons que
l'édifice occupé par saint Nicaise était d'assez petite dimension. Depuis, Notre-Dame a été deux fois reconstruite,
et elle est devenue le vaste monument que nous admirons
aujourd'hui; mais ce qui n'a point changé, ce qui est en

quelque sorte l'endroit le plus saint et le plus consacré de
l'église, c'est l'espace compris entre la chaire et l'autel. Là,
saint Remi, plus heureux avec les Francs que saint
Nicaise avec les Vandales, enseigna le christianisme à Clovis et lui administra le baptème. En fait de souvenirs historiques, il n'y en a guère de plus authentiques ni de plus
précis. Cet emplacement que nous parcourons en quelques
minutes a vu finir la domination romaine en Gaule et commencer la royauté franque.

« Il semble, au premier abord, que s'il est une œuvre
qui doive produire une impression impersonnelle, c'est une
église. Souvent le nom de l'architecte n'est point venu jusqu'à nous; notre courte science archéologique l'ignore. Le
tableau, la statue, le livre, le drame, reflètent une personnalité; mais sous ces vastes nefs, sous ces voûtes immenses, qui s'aviserait de songer à un nom propre? Aussi se
fait-il une transposition bizarre et se passe-t-il un phénomène qu'on n'a pas assez remarqué: c'est l'église même
que l'on est amené à traiter comme une personne, à
prendre en respect, en terreur ou en affection, surtout
si, remontant à ses origines, la suivant dans son développement, on s'est associé à sa vie croissante.

« J'éprouve ce sentiment avec beaucoup de force, à
mesure que je parcours Notre-Dame de Reims et que je
lis les publications qui s'y rapportent. Elle m'apparaît,
non plus définitive, achevée, mais dans sa successivité,
tantôt stationnaire et presque abandonnée, tantôt reprise et
poursuivie avec une espèce d'activité fébrile.

« Le souvenir de la commune de Reims et de son orageux passé revient à ma mémoire en regardant les vitraux
de l'abside. Au-dessous de l'église céleste j'y vois l'archevêque Henri de Braine, et auprès de lui son épouse mystique, l'église métropolitaine; cet Henri de Braine, dont

mon frère Philippe a si vivement pris le parti contre moi, a gouverné la province ecclésiastique de 1226 à 1240, ce qui permet de dater d'une manière précise ces magnifiques vitraux. Ils sont donc, à peu de chose près, contemporains des soulèvements populaires, et nous reportent à l'époque où l'on enlevait les matériaux de la cathédrale pour les transformer en engins de guerre.

« Les figures placées au pied du célèbre clocher à l'Ange rappellent une émeute vaincue, non plus cette fois une émeute contre l'archevêque, mais contre le roi lui-même. Il est vrai que le roi Louis XI avait cruellement lésé les intérêts de la ville en mettant sur les vins un impôt extraordinaire. Plusieurs villes n'en voulurent rien croire et soutinrent que l'édit était controuvé.

« A Reims, les vignerons, le petit peuple et les enfants
« pillèrent les receveurs. brûlèrent les registres et les bancs
« des élus. Le roi, sans bruit, coula des soldats déguisés
« dans la ville, fit justice, puis vendit son pardon. Il par-
« donna lorsqu'on eut coupé les oreilles aux uns, la tête
« aux autres, sans compter les pendus. Et ils pendent en-
« core au clocher de la cathédrale, où leur triste effigie,
« registres au col, fut mise aux frais de la ville, en mé-
« moire de la clémence du roi [1]. »

« L'amour-propre rémois n'a point accepté sans protestation la dure réalité historique. L'abbé Tourneur, qui s'en est fait l'interprète, ne veut pas à toute force que ces huit cariatides représentent des suppliciés. Suivant lui, on a pris à tort pour des instruments de torture de simples écrous de fer attachant au clocher ces hommes de plomb, qui sont censés le porter sur leurs épaules. L'attitude des bourgeois représentés ne concorde guère avec cette as-

[1] Michelet, *Histoire de France,* tome VI.

sertion. L'un d'eux tient une bourse d'où il tire de l'argent ; un autre porte des marques de flétrissure ; d'autres, percés de coups, sont porteurs de rôles d'impôts lacérés. Si ce ne sont pas des suppliciés au sens littéral du mot, tout au moins font-ils une fort piteuse mine. Il y aurait mauvaise grâce à les considérer comme des figures symboliques, et, d'ailleurs, les documents sont formels.

« Il a fallu que la rancune de la royauté fût bien tenace, car elle a survécu à Louis XI, puisque le clocher à l'Ange, qui avait été détruit par l'incendie de 1481, ne fut reconstruit, suivant les uns, qu'en 1492, et, selon les autres, qu'en l'année 1500, près de quarante ans après la révolte. L'ange en cuivre portant une croix et tournant à tous les vents, qui lui a donné son nom populaire et qui lui servait de couronnement, a quitté ce poste d'honneur. Descendu en 1860 pour être réparé, il demeure oublié depuis vingt et un ans dans la chapelle souterraine de la cathédrale. Cela est regrettable ; il était, paraît-il, de l'effet le plus gracieux.

« Je voudrais échapper à ces souvenirs d'insurrection et de discorde. L'occasion s'en offre heureusement à moi en redescendant du chevet vers l'entrée.

« La grande rose du portail occidental, l'un des triomphes de la peinture sur verre, inonde la nef de ses rayons lumineux. Quelques-uns tombent sur le dallage, relativement neuf, compris entre le second et le quatrième pilier. Là se trouvait le *Labyrinthe* ou *Chemin de Jérusalem*, qui n'a disparu qu'en 1778. On y venait en pèlerinage. « Une « allée en dalles blanches, bordées de pierres noires, « partait d'un point de la circonférence et aboutissait au « centre, en décrivant des sinuosités sans nombre et très « compliquées. Les pèlerins parcouraient à genoux ce long « chemin et récitaient certaines prières en mémoire de la

« Passion. » Quelquefois on l'appelait *la lieue*. C'est encore le nom que porte *le Labyrinthe* de Chartres, qui a sept cent soixante-huit pieds de développement. Quelle animation devait offrir cette foule de pèlerins se pressant sous le porche, chacun attendant avec impatience le moment de commencer ses stations et de mériter des indulgences! Les dévotions populaires et originales jouissaient

Le labyrinthe de la cathédrale de Reims.

à Reims d'une préférence marquée. Jusqu'au milieu du xvi⁰ siècle a subsisté à Saint-Remi l'étrange et célèbre procession du *Hareng*.

« Le mercredi saint, dit M. Géruzez, après ténèbres,
« tout le clergé de la cathédrale allait faire une station
« dans l'église Saint-Remi. Précédés de la croix, les
« chanoines, rangés sur deux files, comme dans les pro-
« cessions ordinaires, traînaient derrière eux un hareng
« attaché à une corde...; chaque chanoine s'efforçait de
« marcher sur le hareng de celui qui le précédait, et n'ou-

« bliait rien pour empêcher celui qui le suivait de marcher
« sur le sien. »

« Il n'est pas facile de déterminer quelle pouvait être
la signification de cette singulière coutume. On a pensé que
c'était une insulte au carême expirant et comme une revanche de la nature à la veille de Pâques. Peut-être n'y
faut-il voir qu'une de ces fantaisies créées spontanément
par l'initiative populaire et auxquelles l'Église du moyen
âge s'accommodait volontiers.

« Pendant des siècles, le peuple a vécu dans l'église. Il
ne se lassait point de la parer. Les murs, les porches, les
divers étages n'étaient jamais assez couverts de sculptures.
On se prit aussi d'une véritable passion pour la peinture
sur verre. Les saintes légendes, figurées par de vives et
puissantes colorations, planant dans l'espace, illustrées,
transfigurées par la lumière, formaient un spectacle toujours nouveau, une féerie toujours ravissante. Sur le parvis se dressaient les échafaudages des *Mystères*. Les
Rémois paraissent avoir fort goûté ce genre de représentations. Au mois de mai 1484, trois mois après le grand
incendie de la cathédrale, on joua une première fois *la
Passion*, pour le sacre de Charles VIII. On croit que ce
spectacle fut spécialement adopté à Reims pour les fêtes
de la Pentecôte. En 1490, il y eut une représentation très
éclatante. L'archevêque de Tours, l'évêque de Thérouanne,
le comte et la comtesse de Crouy assistèrent à cette fête,
qui dura huit jours. On obtint même que le service de
l'église serait avancé à cette occasion, car la partie musi-
cale réclamait le concours des enfants de chœur.

« Le 30 mai, jour de la Pentecôte, le jeu commença
« après le service divin. Le lundi 31, on joua de huit
« heures du matin à sept heures du soir. Le mardi, de
« neuf heures du matin jusqu'à la nuit; de même le mer-

Représentation d'un mystère devant le portail de la cathédrale de Reims.

« credi. Le jeudi matin, on joua jusqu'au dîner; après
« midi la pluie fit cesser la représentation. Le vendredi on
« joua, après dîner, jusqu'au soir. Le samedi on se reposa.
« Le dimanche, le Crucifiement fut représenté devant seize
« mille assistants. Le lundi, la Résurrection, l'Ascension,
« la descente du Saint-Esprit. Ensuite on chanta le *Te*
« *Deum*, « les acteurs étant en places éminentes ». Durant
« tout le jeu, des femmes présentaient, au nom de la ville,
« du vin et des pâtisseries aux spectateurs et aux acteurs.
« Et y avaient des acteurs qui avaient des buffets tout
« couverts de vaisselle d'argent et bien ornés, et faisaient
« présenter vin et fruits en leur nom [1]. »

« En 1518, on devait encore, à l'occasion de la Pentecôte, donner *la Passion*. Déjà les angelets, les pourtraic-
tures et autres choses propres à servir aux *Mystères* étaient
préparés, lorsque survint une gelée qui perdit vins et vi-
gnes. Si le désastre fut grand, la tristesse fut profonde.
On resta treize ans sans jouer; mais enfin, le 25 mai 1531,
à la demande d'un certain nombre de bourgeois dont les
noms nous ont été conservés, on se décida à donner de
nouveau *le Mystère*. Cette fois le public dut payer. Aux
personnes qui montaient sur les échafauds on demandait
trois deniers tournois; celles qui prenaient des chambres
sur la place fournissaient une rétribution de quarante sous
tournois par fenêtre. Les acteurs payaient douze hommes
pour faire le guet pendant la représentation, et, — détail
bien significatif, — on ne laissait ouvertes que deux des
portes de la ville. On ne s'en tint pas à *la Passion*, et *la
Vengeance de Jésus-Christ* fut représentée à grand spectacle, au milieu d'un enthousiasme immense et d'un ap-

---

[1] L. Paris. Cité par M. Petit de Julleville au tome II de son abondant
et intéressant ouvrage sur *les Mystères*.

plaudissement universel. On était venu de trente lieues à la ronde.

« Ce goût des récréations et des ornements artistiques, si général et si populaire au moyen âge, semble avoir été plus vif à Reims que partout ailleurs. Tout le monde a entendu parler de l'extrême richesse avec laquelle la cathédrale est décorée. C'est, en effet, dans cet édifice, ce qui frappe et saisit le regard presque à l'égal de la grandeur. Ailleurs, on est plus sensible à la pureté des lignes et à l'ampleur des proportions. Ici, l'éclat de la parure s'ajoute à la beauté du fond sans aller cependant jusqu'à la masquer.

« Diverses causes ont sans doute concouru à créer ce qu'on a si bien nommé cette splendide floraison de la pierre. L'idée d'une particulière importance s'attachait nécessairement à l'église du sacre, et l'on a dû ne rien négliger pour que le décor fût digne de l'acte unique qui s'y accomplissait à chaque règne. Mais cette raison seule n'expliquerait pas tant de profusion. Ce prodigieux développement sculptural atteste chez les artistes rémois un goût prononcé et des aptitudes impérieuses.

« Ce qu'il y a d'admirable et ce que nous ne connaissons plus guère, c'est l'ensemble qui relie les unes aux autres ces innombrables figures ; c'est, au-dessus de l'extrême variété des personnages, l'unité de pensée. La cathédrale forme, à sa manière, un poème où pas un détail n'est abandonné au hasard, où pas une figurine ne se trouve qui n'ait sa place légitime. Sous ce rapport, rien de plus ingénieux ni de plus complet que la décoration des trois porches.

« Le porche central, cela va de soi, est consacré à la Vierge Marie. Elle y tient la place d'honneur. Au-dessous d'elle on voit Adam et Ève mangeant le fruit défendu et chassés du paradis. Ceci est le point de départ des compositions qui vont se développer et s'enchaîner. L'homme est tombé; comment se relèvera-t-il sous les auspices de Marie? par la triple culture corporelle, intellectuelle et morale. Au porche du centre, les travaux accomplis pendant les douze mois de l'année nous font assister à ce commencement de réhabilitation. Il se poursuit au porche de gauche et s'achève au porche de droite. Certes, une telle conception est profonde; elle comporte une rare variété de représentations et de formes; encore faut-il que dans l'exécution elle soit vivifiée par la sympathie passionnée et la verve du talent. C'est justement ce qui est arrivé. Le porche de gauche, surtout, est une œuvre du premier ordre par l'élévation et la vérité. Il y a là des personnages où l'intensité de la vie est extraordinaire. La pierre est animée; elle a un caractère, une âme; à travers les siècles elle les conservera. Plus je visite ces anciens monuments, plus je les étudie, plus aussi je me persuade que la Renaissance, tout en étant très belle et très utile, n'a pas été une création ni une révélation au sens précis que l'on donne ordinairement à ces mots. Tout un cycle d'art existait : architecture, sculpture, peinture, soit dans les manuscrits, soit sur verre. On ne peut donc pas dire que la Renaissance, venue d'Italie, ait trouvé devant elle le néant ou la barbarie. Qu'elle ait heureusement complété dans plusieurs pays et notamment en France le génie national, on ne saurait le nier; mais ce génie s'était déjà manifesté par des ouvrages grandioses et durables, d'une originalité superbe, et qui ne doivent rien à l'imitation de l'antiquité classique. La cathédrale de Reims est là pour le prouver, et elle le prouve éloquemment. »

Arrêtons pour le moment ces extraits du journal de Lau-

rence. Ils ont le mérite de résumer fidèlement les impressions concordantes des trois voyageurs. Il ne se produisit,
en effet, entre eux aucune divergence de sentiments en
face de ce magnifique édifice. Tout au plus Philippe, par-
tisan de ce qu'il appelait la nudité mystique, aurait-il re-
proché à l'ornementation un peu trop de luxe; mais,
devant l'enthousiasme de ses compagnons, il se garda bien
d'appuyer sur cette critique.

Laurence aurait voulu quitter Reims sur-le-champ. Elle
prétendait qu'après avoir vu la cathédrale il n'y a plus
rien à regarder, et qu'il vaut mieux partir sur une impression bien nette, bien franche. Mais M. Dubonnet tint bon.
C'était un homme méthodique. Il avait un plan et ne voulut point s'en écarter. Le palais archiépiscopal, où il
conduisit ses compagnons, se rattache, d'ailleurs, étroite-
ment à la cathédrale par les liens historiques. Quand on a
visité le sanctuaire où les rois de France venaient recevoir
la couronne, il est indispensable de visiter la salle des
sacres où ils allaient prendre leur repas.

L'impression que l'on reçoit manque de netteté. Cela
tient à la multiplicité des constructions qui se sont succédé,
selon les régimes différents et le plus ou moins de bon
goût des archevêques. Nous avons vu que, pendant longtemps, ceux-ci furent établis à la porte de César, excellente
situation stratégique qu'ils avaient en grande estime. Cependant, dès le xiie et le xiiie siècle, des constructions
s'élevaient sur l'emplacement du palais archiépiscopal
actuel. On bâtissait, en 1138, la salle du Tau, ainsi nommée à cause de la forme de T qu'elle affectait. Vers 1230,
une chapelle était édifiée sur une crypte qui date sans doute
des premiers temps de l'Église chrétienne dans les Gaules.
La chapelle et la crypte subsistent encore, mais la primitive salle du Tau a disparu. Celle que nous voyons aujour-

d'hui, et qui est fort belle, est due à l'initiative de Guillaume Briçonnet et remonte seulement à 1498. Ce n'est donc pas là que s'assirent Charles VII, Jeanne d'Arc, et plus tard Louis XI. Celui-ci, au repas du sacre, se montra tout à fait sans gêne, et, posant sur la table la couronne qui pesait trop lourdement sur sa tête, se mit à causer avec un des plus habiles hommes d'État du temps, l'éloquent et savant Philippe Pot.

La tête du Tau a disparu pour faire place aux appartements où le roi de France passait la première nuit et quelquefois les premiers jours de son règne. Ces appartements, d'une sobre et grave élégance, renferment d'intéressants portraits historiques. La chapelle est une fine et forte construction dans laquelle se marque, en ce qu'il a de plus délicat, le génie du xiiie siècle. Mais ce qui attira ou réveilla plus particulièrement l'attention des trois voyageurs, ce fut la crypte, et, dans cette crypte, le monument connu sous le nom de *tombeau de Jovin*.

Est-ce dans cette chapelle souterraine, comme l'assurent les cicérones, que Clovis demeura en prières pendant les heures qui précédèrent son baptême? Il est assez difficile d'avoir une opinion à cet égard; mais la probabilité ou même la seule possibilité du fait suffit à causer une certaine émotion. Que ce soit ici ou à deux cents pas plus loin qu'ait eu lieu cet événement décisif, nous n'en sommes pas moins au point de départ de la monarchie française. Il y a là de quoi rendre sérieux et faire surgir en un instant tout un monde de pensées.

Quelques-unes des figures sculptées de la cathédrale attendent dans ce caveau qu'on les remette à leur place, lorsque les travaux de réparation qui masquent une des ailes de l'édifice seront achevés. Philippe s'y serait arrêté avec plaisir, mais son beau-frère et sa sœur l'entraînèrent

devant le tombeau de Jovin, qu'ils avaient cherché vainement à la cathédrale et à l'hôtel de ville. Ce cénotaphe en
marbre blanc, érigé dans le ıv⁰ siècle au rémois Flavius
Jovin, devenu préfet des Gaules et consul Romain, se trouvait ˙ avant 1800 dans l'église Saint-Nicaise, ce chef-
d'œuvre de Libergier qui fut détruit à la révolution. Depuis
on l'a placé en divers endroits, et le voilà aujourd'hui au
fond d'une crypte jusqu'au moment où il sera installé dans
l'hôtel de ville agrandi.

Malgré les dégradations qu'il a subies, ce cénotaphe est
une œuvre de haute valeur. L'attitude du consul a de la
noblesse ; les têtes des chevaux sont superbes et leur mouvement d'une vérité admirable. Pas une figure dans le
groupe qui entoure le consul n'est vulgaire, pas une n'est
banale. On ne se trouve point en présence de froides académies, comme il s'en rencontre si fréquemment aux époques
de décadence, mais en face de types accentués, énergiques,
vivants. Los guerriers, les captifs, les animaux représentés
sur le tombeau de Jovin font honneur à la sculpture romaine du ıv⁰ siècle. On pense en les voyant aux reliefs
célèbres qui ornent la colonne Trajane, et l'on est frappé
d'une certaine parenté aussi bien dans l'exactitude magistrale du rendu que dans la dignité des personnages. De nos
jours, où l'ethnographie est en faveur, et à juste titre, la
fidélité des artistes romains donne à leurs œuvres une importance que l'esthétique ne leur accorde pas toujours. Ici,
le savant et le dilettante sont d'accord pour admirer ; et si
le tombeau de Jovin est un document, il demeure aussi un
modèle.

L'église Saint-Thomas et le principal cimetière de Reims
sont situés à l'entrée du faubourg de Laon. Les voyageurs
durent reprendre la route de la porte de César en donnant
un coup d'œil, trop rapide à leur gré, à quelques antiques

habitations décorées avec une fantaisie assez audacieuse,
notamment à la maison de Jacques Callou, contemporaine
de Charles VI, et à la maison des Musiciens, avec son
orchestre en pierre, ses joueurs de tambourin, de corne-
muse, de harpe et de violon.

Tombeau de Jovin.

De modeste apparence, Saint-Thomas ne commande-
rait en aucune manière l'attention, si l'on ne savait que
l'un des derniers archevêques de Reims, le cardinal
Gousset, a voulu reposer dans cette église, qu'il avait très
activement contribué à faire bâtir. M. Bonnassieux a représenté le prélat à genoux sur son monument funéraire. C'est
une sorte de convention hiératique qui a remplacé l'antique
règle en vertu de laquelle les évêques nous apparaissent
couchés sur leurs tombeaux. L'effet est générlement plus
heureux, et à l'une de nos récentes expositions, nous
avons vu M. Thomas en tirer grand parti pour le monument de Mgr Landriot. Dans la statue de Mgr Gousset,

23

M. Bonnassieux s'est élevé au-dessus de lui-même. Nous le connaissions comme un sculpteur sage, consciencieux, mais ne dépassant point une certaine moyenne ; nous le trouvons, dans ce monument, très pénétrant et très précis. Non seulement le vêtement est disposé avec habileté, non seulement les membres du cardinal ont la souplesse et le jeu de la vie, mais la personnalité du modèle est concentrée avec une rare intensité d'expression dans les traits du visage. Ce n'est pas un archevêque quelconque qui s'agenouille et prie devant nous, c'est Mgr Gousset, avec son caractère bien déterminé, son individualité nettement prononcée. Cette œuvre de M. Bonnassieux compte assurément parmi ses plus remarquables, et il faut bien qu'elle le soit, puisqu'on s'en souvient encore après avoir vu au cimetière le tombeau de l'abbé Miroy, par M. René de Saint-Marceaux.

L'abbé Miroy était curé d'une petite paroisse à quelques lieues de Reims, lors de l'invasion de 1870. Indigné des mauvais traitements que les Prussiens faisaient subir à nos malheureux paysans, il osa les leur reprocher et leur résister en face. Il fut arrêté par les envahisseurs, conduit à Reims, condamné à mort. Sans doute, il avait, par ses paroles ou ses actes, profondément blessé les Allemands, car rien ne put le sauver. Les démarches, les supplications de l'archevêque demeurèrent impuissantes. M. Miroy fut passé par les armes et mourut avec courage.

Il avait le goût des arts, peignait dans ses heures de loisir, s'amusait à faire des portraits d'amis, de parents, et annonçait un heureux talent naturel. Est-ce cette circonstance qui attira particulièrement l'attention et la sympathie d'un autre fils de la Champagne ? Le tombeau de l'abbé Miroy a-t-il été commandé par sa famille, ou bien est-il dû à une souscription populaire ? Nous l'ignorons. Ce

que nous savons, par exemple, ce que nous aimons à proclamer très haut, c'est que la figure couchée sur cette
tombe est la plus belle œuvre sortie des mains de M. de
Saint-Marceaux et l'une des plus belles de notre temps.

Le jeune prêtre vient de tomber foudroyé par les balles
prussiennes. La vie n'a pas encore eu le temps de se retirer, le sang de se refroidir, la chair de devenir inerte.
Tout frémit, tout palpite encore dans cet être frappé en
pleine force, en pleine floraison. Le visage, ressemblant
sans doute, est d'une simplicité qui touche au sublime;
il exprime la résolution et la douleur. Le caractère humain,
conservé dans l'héroïsme, est admirablement marqué. Le
vêtement ecclésiastique serre le corps en ses plis rigides
et le dessine avec une étonnante précision. Quand on a
vu ce bronze, on ne saurait l'oublier. Certes M. de Saint-
Marceaux a, depuis cette époque, produit des œuvres éclatantes. Le *Génie de la tombe* et *Arlequin* ont prouvé la
variété de ses aptitudes, la souplesse et la supériorité de
son talent. Mais dans ces productions si remarquables on
sent et l'on reconnaît l'art; devant la tombe de l'abbé
Miroy, cet art est poussé si loin qu'on n'y pense même
pas. On est subjugué, on est étreint par une impérieuse et
grandiose réalité. Ce monument funéraire est une œuvre
tellement personnelle, tellement originale qu'il ne rappelle
rien, ne suggère aucune comparaison. C'est autre chose
que le *Godefroy Cavaignac* de Rude, l'une des plus puissantes manifestations de la statuaire moderne. Ce modelé
si serré, cette fidélité noble, cette énergie contenue feraient penser plutôt au sincère et sévère Coysevox, toujours si naturel en son élévation. Dans tous les cas, la tradition de l'école française n'a jamais été plus glorieusement
continuée ni soutenue.

VI

La montagne de Laon. — Le panorama. — L'évêque Gaudry. — Les bourgeois au moyen âge. — L'incendie de 1112. — La cathédrale. — Légende
du bœuf. — Fêtes ecclésiastiques et populaires. — Michelet. — Champfleury. — Le maréchal Sérurier. — La bataille de 1814.

Lorsqu'on arrive à Laon, dans la soirée, l'impression
que l'on reçoit est très singulière. Le chemin de fer n'a
pas essayé d'escalader la montagne sur laquelle est placée
la ville. La gare se trouve au pied de la hauteur, et l'omnibus qui doit vous conduire au sommet n'y parvient guère
qu'au bout d'une demi-heure. En bas et derrière vous,
les lumières du faubourg de Vaux peuplent l'espace et
l'égayent. A droite et à gauche, sur le versant, quelques
maisons éclairées reposent l'œil inquiet qui fouille obstiné-
ment dans la nuit. En avant, le noir, rien que du noir; de
sorte qu'on a l'air d'émerger de la clarté pour plonger dans
l'ombre. L'aspect de la ville, même à une heure peu
avancée (neuf ou dix heures du soir), n'est guère fait pour
atténuer cette sensation. Les rues qui avoisinent la cathédrale sont d'une affreuse tristesse; on se croirait encore en
plein moyen âge, et l'on dirait qu'aux derniers tintements

du couvre-feu, sonné par le beffroi [1], les bourgeois viennent de rentrer chez eux, craignant la rencontre des
grinches, ribauds, malandrins et autres mauvais garçons.

Nos voyageurs se hâtèrent, dès le fin matin, de courir
sur le rempart. Ils pensaient que de cette éminence le coup
d'œil sur les campagnes environnantes devait être splendide. Tout d'abord ils furent contrariés par le brouillard,
avec lequel il faut compter aux approches de l'automne;
mais peu à peu des percées se firent, puis le soleil prenant le dessus, l'espace immense se colora d'une chaude
lueur. Le regard se plaît à contempler les grandes étendues; il est particulièrement heureux lorsqu'il rencontre de
ces accidents de terrain, de ces richesses d'aspect ou de
ces beaux fonds imposants, qui rompent la monotonie et
semblent, en quelque sorte, élargir le cadre où ils sont
contenus. Malheureusement rien de tel ne se présente dans
le pays plat qui entoure la ville de Laon :

Plaines que des plaines prolongent,

comme dit le poète des *Orientales*. Pas le plus petit mon-
ticule! pas la moindre ceinture de forêts! Des fermes isolées qui s'abritent derrière un maigre rideau d'arbres; çà
et là quelques clochers; en revanche, dans deux directions
opposées, la fumée des locomotives qui arrivent de Soissons ou qui se mettent en route pour Reims. La locomotive joue un rôle considérable dans le paysage contemporain. Quelquefois les amateurs de la belle nature ou des
souvenirs historiques prennent de l'humeur contre elle. Ce
n'est pas à Laon qu'ils lui adresseront le reproche d'être
importune. La note bruyante du railway et son mouvant

---

1 Non pas par le beffroi, mais par la grosse cloche établie dans la tour
de Porte-Martel. Une ordonnance royale, rendue en 1331, avait enlevé à
Laon son beffroi et les deux cloches qui s'y trouvaient.

panache, tantôt blanc, tantôt noir, jettent au moins quelque
peu d'animation dans cette campagne uniforme et endormie.

Une légère nuance de désappointement passa sur le
visage de Laurence. M. Dubonnet paraissait aussi manquer
d'enthousiasme. Philippe, qui, ce matin-là, n'était pas
d'humeur charitable, s'amusa fort de leur déconvenue.

« Vraiment, disait, vous voilà bien malheureux parce
qu'on a oublié de placer à l'horizon les sombres masses
de la forêt de Fontainebleau, le pic du Sancy ou la dent
de Jaman, ou bien encore quelque perspective marine
fuyant à l'infini. J'avoue que de la plate-forme du mont
Saint-Michel la vue est plus poétique et provoque davantage à la rêverie. Mais voilà le moment ou jamais, pour
vous qui vous piquez de passion archéologique, d'évoquer
le passé et de songer à ce qu'était autrefois ce pays.

« En premier lieu, j'estime que ce décor, auquel vous
attachez tant d'importance, était plus pittoresque. Des bois
épais couvraient en grande partie cet espace, aujourd'hui
sans caractère, et du milieu de ces bois on voyait s'élancer soit l'élégant clocher d'une église abbatiale, soit les
tours orgueilleuses de quelque château fort. Laissons à
part, toutefois si vous le voulez bien, ce côté accessoire,
et si nous désirons que cette région insignifiante se transforme à nos regards, rappelons à notre mémoire qu'autour
de nous, dans ce carré de quelques lieues, a commencé la
France, la France des communes, la France de l'art, la
France de la royauté.

« Il semble que par sa situation géographique aussi
bien que par sa configuration topographique exceptionnelle, Laon ait été destiné de bonne heure à protéger la
Neustrie contre l'Austrasie, et, plus tard, ce qu'on pourrait appeler la France française contre la France germanique. A la fin du ixe et au commencement du xe siècle,

cette ville devint la place d'armes du parti national soulevé contre les derniers rois de la dynastie carolingienne ou carlovingienne. En 895, Swintibold, roi de Lorraine et fils naturel du roi de Germanie Arnulf, s'avançait par cette route du Nord qui s'étend à nos pieds, et menaçait Laon avec une armée composée de Lorrains, d'Alsaciens et de Flamands, où tout le monde parlait la langue tudesque ; il fut obligé de reculer honteusement devant le compétiteur de Charles le Simple, Ode ou Eudes, fils du comte d'Anjou, Robert le Fort[1]. Ce qui prouve la confiance que les chefs de la nouvelle dynastie accordaient à la fidélité des Laonnois, c'est qu'ils choisirent leur ville pour y enfermer successivement Charles le Simple et son fils Louis d'Outre-Mer. La tradition veut que ce dernier ait été prisonnier dans une tour qui s'élevait sur une des places de la ville et que l'on s'obstinait à nommer la tour de Louis d'Outre-Mer, bien qu'il y eût lieu à sérieuse contestation sur son antiquité. Quoique complètement découronnée et privée de tout accessoire sculptural, elle produisait un effet très pittoresque[2], et il est fort à regretter que le conseil municipal de Laon, par une économie mal entendue, ait cru devoir la faire démolir.

— La politique était étrangère à l'événement, dit en riant M. Dubonnet. Il n'en avait pas été de même en 1793, pour les flèches de la cathédrale, qu'une mesure révolutionnaire fit tomber au mois de décembre. Les quatre grandes tours de Notre-Dame faillirent avoir le même sort. Un scrupule grammatical de la municipalité laonnoise les sauva. Les représentants Roux et Lejeune, alors en mis-

1 Augustin Thierry, *Lettres sur l'histoire de France.*

2 Vitet, *Monuments historiques du nord-ouest de la France.* Au tome II de ses remarquables *Études sur l'histoire de l'art.* (Chez Calmann Lévy.)

sion dans l'Aisne, avaient ordonné la destruction de tous
les clochers, ceux même des églises conservées pour le
culte. Les municipaux de Laon se demandèrent si, par ce
mot *clocher*, il fallait entendre ou la seule flèche terminale
ou la tour et la flèche à la fois. N'ayant pu tomber d'accord,
ils en référèrent au directoire du département, qui se ré-
cusa et les renvoya à l'ingénieur en chef, Becquey de
Beaupré. Celui-ci, sans s'aventurer sur le terrain de la
linguistique, se contenta de répondre que la démolition des
tours entraînerait probablement la ruine de la cathédrale.
Cette considération suffit à la municipalité, et il n'y eut de
définitivement supprimé que les flèches [1].

— Ces Picards ont toujours été d'affreux révolutionnaires, reprit Philippe. Ils étaient bien dignes d'avoir
pour évêque Robert Lecoq, le complice d'Étienne Marcel
et le conseiller de Charles le Mauvais. Il n'occupa, du
reste, le siège épiscopal que pendant sept ans; car en
1358, après l'écrasement de son parti, il quitta la France
et accepta du roi de Navarre l'évêché de Calahorra, où il
mourut au bout d'un an ou deux. Triste fin pour un homme
d'un mérite réel et d'une incontestable habileté politique.

---

[1] J'emprunte cette anecdote au très curieux et très complet ouvrage de
M. Édouard Fleury, frère du romancier Champfleury. *Antiquités et monuments du département de l'Aisne*. (3 vol. grand in-4°, chez Didier. Il y
en aura encore un ou deux.)

Ce livre est véritablement précieux pour toutes les personnes qui s'oc-
cupent non seulement d'archéologie, mais simplement d'histoire. J'y
aurai constamment recours pour tout ce qui concerne Laon, Soissons et
Braine. M. Fleury joint à toutes les finesses de l'érudition locale et spéciale des vues étendues sur l'ensemble de l'art, qu'il expose avec beaucoup d'élévation et de fermeté. Son ouvrage, admirablement illustré, dans
le vrai goût scientifique, est un excellent cours d'histoire de l'architecture. L'auteur n'avance rien sans preuves, et ses démonstrations rigoureuses emportent presque toujours l'assentiment du lecteur. — Au moment où nous réimprimons cet ouvrage, nous apprenons avec un profond
sentiment de regret la mort de M. Édouard Fleury. (Août 1883.)

— Sa fin, dans tous les cas, fut moins triste que celle
d'un de ses prédécesseurs, l'évêque Gaudry, pasteur assassiné par ses ouailles, comme le rappelle, avec un laco-
nisme mélancolique, son épitaphe latine. »

Sur ces paroles de M. Dubonnet, il se fit un silence.
Tout en causant, les promeneurs avaient fait presque le
tour de la ville et suivi le très beau boulevard qui a remplacé les remparts du moyen âge. Peu à peu ils se récon-
ciliaient avec cette vue dont ils avaient médit tout d'abord,
et qui, en son immensité lumineuse, finissait par les
attirer. L'air était si frais, le matin si gai, qu'ils hésitaient
à rentrer dans les rues étroites et assez mal entretenues.
Ils s'assirent sur un banc, moins absorbés encore par la
contemplation des choses extérieures que par les réflexions
éveillées en eux au souvenir du passé.

Laurence sentait qu'au fond elle était en cause. Plus
d'une fois elle avait eu avec son frère de chaudes discussions à propos des communes. Ici elle ne se trouvait pas
sur un très bon terrain pour les reprendre. La révolution
communale de Laon a été l'une des plus violentes et des
plus cruelles qui se soient accomplies au XIIe siècle. Un
contemporain, Guibert de Nogent, nous en a fait connaître
les principaux détails. Son récit a été repris, ravivé, coloré
à nouveau par Augustin Thierry, dans les *Lettres sur
l'histoire de France*[1]. Enfin un jeune écrivain, M. Ed-
mond Demolins, dans un livre intitulé *le Mouvement com-
munal et municipal au moyen âge*[2], est revenu sur cet
événement avec une interprétation nouvelle et un visible
désir de conciliation.

Mériel avait justement vu le volume de M. Demolins
entre les mains de Laurence quelques jours avant leur

1 Lettres XVI, XVII et XVIII.
2 Chez Didier.

départ de Paris. Il lui demanda si elle se souvenait des pages consacrées au récit de la révolte des Laonnois contre leur évêque.

« Assurément, répondit-elle, et aussi de la narration si précise, si dramatique de Thierry. Où s'en souviendrait-on, si ce n'est à la place où nous sommes et d'où l'on n'a qu'à lever les yeux pour apercevoir le quartier où se trouvaient la cathédrale, le palais épiscopal, la maison du trésorier et tant d'autres habitations qui furent la proie des flammes lors de l'effroyable insurrection de 1112. Je ne sais si à l'époque où nous sommes nous jugeons bien les faits qui se sont passés en un temps si éloigné, si différent du nôtre, en supposant que nous les connaissions tous, ce qui n'est pas prouvé. L'état mental des hommes d'alors ne correspond que d'une manière bien indirecte avec nos dispositions d'esprit. Les mots que nous employons pour distinguer les divers éléments sociaux sont loin d'exprimer exactement les mêmes réalités à sept siècles de distance. Les rois, les seigneurs, les évêques, les bourgeois du xix° siècle diffèrent notablement de ceux du xii°. Bouleversée par les invasions des barbares, troublée par les dissensions intestines, par le choc d'éléments hétérogènes qui ne pouvaient parvenir à s'amalgamer, la société cherchait ses assises. La sécurité lui manquait. Chacun, ne fût-ce que pour sa défense personnelle, était plus ou moins soldat, en prenait les mœurs et les allures. Les évêques, bien souvent, étaient des guerriers, et Guibert de Nogent, qui a tout l'air d'un témoin bien informé, impartial, nous représente Gaudry comme grand ami des exercices de la chasse, où l'on courait alors de véritables périls. Autant que l'on peut reconstituer un caractère avec quelques lignes, quelques mots d'un écrivain, il est probable que Gaudry était un homme d'action, plus accoutumé à la politique qu'à la

vie contemplative, et qui, peut-être à dessein, ne craignait pas de se singulariser. Il avait auprès de lui un es-
clave noir nommé Jean, que lui avait sans doute donné
quelqu'un de ses amis au retour de la première croisade;
et plus d'une fois dans les démêlés que l'évêque eut avec
les bourgeois, Jean le Noir se montra pour ceux-ci le plus
implacable des adversaires.

— Encore une fois, répliqua Mériel, tu ne me feras
jamais m'intéresser à tes bourgeois de Laon. Tu le sais
aussi bien que moi, au moment même où ils se plaignaient
tant de leur évêque, ils exerçaient de véritables brigan-
dages. Lorsque les paysans venaient au marché, ils les
attiraient, sous différents prétextes, dans leurs maisons,
et les y tenaient emprisonnés jusqu'à ce qu'ils eussent
payé rançon.

« Mais ce n'est pas là ce que je leur reproche le plus.
Il est bien difficile d'être meilleur que son époque et supérieur à son milieu. Les individus y arrivent parfois; les
classes presque jamais. Ce qui me blesse dans cette bourgeoisie du xiie siècle, que les historiens, sous la restauration et sous Louis-Philippe, ont tant exaltée, c'est bien
plus son étroitesse que sa violence, ses vues bornées que
l'âpreté de ses revendications. Que vient-on nous parler de
patriotisme? Hors de l'enceinte de leurs murailles, les bourgeois ne voyaient rien. La pensée leur est-elle venue de
faire, comme en Suisse, aux Pays-Bas, en Amérique, une
fédération? Se sont-ils secourus les uns les autres? Nullement. Étienne Marcel, dont il ne faut pas faire un précurseur, un saint Jean-Baptiste de la démocratie, mais qu'il
ne faut pas non plus trop rabaisser, a-t-il trouvé dans les
communes de France un appui, soit contre l'étranger, soit
contre la féodalité? En aucune façon. Est-ce une bourgeoise
qui a délivré le sol national et ramené l'oriflamme à Reims?

Non; c'est une paysanne, Jeanne d'Arc, qui a su mourir pour la patrie, comme l'avait fait auparavant l'héroïque laboureur de Venette, le grand Ferré. Si les bourgeois révoltés l'eussent emporté d'une manière durable, notre pays se serait couvert d'un nombre infini de petites républiques

Maison de pierre à Laon.

tracassières, despotiques, toujours en jalousie et en méfiance les unes contre les autres. Point d'unité pour la France. Nous serions devenus les sujets de l'Allemagne, de l'Angleterre et de l'Espagne. »

Ce ne fut pas sans une certaine ironie que Laurence répondit à son frère :

« Si je m'attendais à entendre blâmer les bourgeois du moyen âge de n'avoir point fondé une république fédérative, ce n'était certes pas par toi. Tu généralises à dessein tes reproches, mais c'est un piège que tu me tends, et je me garderai bien d'y tomber. Nous sommes dans l'Ile-de-France; restons-y. As-tu donc oublié ce que tu proclamais si haut tout à l'heure que cette région a été le berceau de la monarchie et aussi le foyer de notre art national, de notre art presque unique pendant des siècles, l'architecture? Les grands architectes de l'école gothique sont nés dans l'Ile-de-France, en Picardie ou sur les confins de la Bourgogne et de la Champagne. Ai-je besoin de te rappeler ces noms glorieux, Robert de Luzarches, Pierre de Montereau, Eudes de Montreuil, Raoul de Coucy, Thomas de Cormont, Jean de Chelles, Pierre de Corbie, Villard de Honnecourt, Guillaume de Sens, Libergier de Reims. Regarde leur œuvre, et si tu ne trouves pas que c'est là de l'unité, tu seras singulièrement difficile.

« Quant aux bourgeois, ils n'ont pas tardé à comprendre que l'indépendance locale était impossible. Je sais qu'on soutient aujourd'hui le contraire, et que des esprits généreux, élevés, se formant un idéal rétrospectif, rêvent dans chaque cité une république bourgeoise, avec l'évêque pour président. Cela s'est vu quelquefois, particulièrement à Noyon, où le début de la commune fut paisible, grâce à la clairvoyance et à la sagesse de l'évêque, Baudry de Sarchainville, imité par quelques-uns de ses successeurs. Néanmoins l'événement a, sur presque tous les points, prononcé trop sévèrement contre cette combinaison pour qu'il y ait lieu de la discuter. Les villes, menacées par la féodalité et ne pouvant — par leur faute, je le reconnais — compter sur l'appui des paysans, devaient naturellement adopter pour ligne de conduite de s'appuyer à la royauté, empruntant de sa force et lui rendant de la leur. Les légistes, pour lesquels, il est vrai, tu n'as guère de tendresse,

n'en ont pas moins contribué plus que personne à constituer la monarchie, et ces légistes étaient de simples bourgeois, fils et petits-fils des turbulents citadins qui se
réclamaient de Louis VI et de Louis VII.

— Tout cela est fort subtil; mais quelle est la conclusion?

— Je dis que les luttes soutenues par les bourgeois ont
eu du bon et qu'elles n'ont pas été absolument sans résultat. Un mouvement d'où sont sortis nos architectes
nationaux, nos légistes et une classe moyenne qui, avec
ses défauts, n'en est pas moins, depuis des centaines d'années, la lumière d'un pays dont elle a été parfois la conscience, ne saurait être considéré avec dédain ni traité avec
hostilité. Je ne demande pas qu'on l'admire; il me suffit
que l'on s'applique à le comprendre.

— Je veux, dit M. Dubonnet, venir au secours de Philippe, car vraiment ta modération l'a tellement surpris qu'il
en reste à court d'arguments et tout déconfit, n'ayant pas
même la ressource de se mettre en colère. Pour moi, ma
chère Laurence, je te rappellerai que ces architectes, dont
tu viens d'évoquer le souvenir, passent pour avoir communiqué à l'art l'impulsion révolutionnaire en substituant la
forme laïque de l'ogive à la forme sacerdotale du plein
cintre.

—Vous vous mettez deux contre moi; je quitte la place. »
Laurence, en parlant ainsi, s'était levée et se préparait à
entrer dans l'une des rues qui conduisent à la cathédrale.
Mériel et M. Dubonnet l'imitèrent. Philippe lui fit observer
qu'elle aurait grand'peine à éviter un nouveau débat, car
il ne pouvait manquer de se ranimer en face d'un monument construit au plus fort de ce qu'on a nommé impropre-
ment la période gothique.

Il est impossible, en face de la cathédrale de Laon, de

ne point songer aux dramatiques souvenirs qu'elle évoque. Ce lieu semble avoir été voué à des scènes tragiques. C'est dans l'enceinte de la cathédrale que s'était réfugié le dernier des Carlovingiens, le duc Charles de Lorraine, comptant sur l'amitié, sur la protection courageuse de l'évêque Adalbéron. Celui-ci dut-il céder aux instances de ses clercs et de la population, qui commençaient à voir avec terreur la puissance croissante de Hugues Capet? La chose est probable, mais nous ne saurions l'affirmer. Toujours est-il qu'en 991 le roi, après avoir fait cerner l'église, ne craignit pas d'y pénétrer et d'en arracher son compétiteur. Ce plateau a donc vu la fin d'une race et le commencement d'une dynastie.

Nous disons ce plateau, car il y a bien peu de vraisemblance à ce que l'ancien édifice ait subsisté jusqu'à nous. On sait combien fut terrible l'incendie allumé en 1112, lors de la formidable émeute où périt l'évêque Gaudry. Le feu avait été mis à la maison du trésorier, que les Laonnois détestaient tout particulièrement. Cette maison touchait à la cathédrale, et bientôt celle-ci fut en flammes. Le quartier presque entier, où se trouvaient plusieurs églises et un couvent de religieuses, devint à son tour la proie du fléau.

La cathédrale fut-elle détruite ou seulement très endommagée? C'est ce que nul ne saurait dire au juste. « Tout est mystère dans l'histoire de ce monument, » a écrit quelque part l'un de nos plus grands archéologues, Arcisse de Caumont. Faut-il croire que le second successeur de Gaudry [1], Barthélemy de Vic, ait pu relever en deux ans un bâtiment déjà considérable? Guibert de Nogent parle simplement d'une réparation, ce qui s'accorde avec d'autres documents. Cependant le style de l'église est là, qui té-

[1] Le premier, Hugues d'Orléans, mourut presque aussitôt.

moigne d'une reconstruction à peu près complète, et c'est
le cas ou jamais de dire que les pierres parlent. Autant que
l'on peut se guider en commentant, à l'aide de renseignements trop peu nombreux et trop peu précis, l'édifice
même que l'on a sous les yeux, il est permis de penser
que, comme la plupart de nos cathédrales, Notre-Dame
de Laon n'a pas été reconstruite d'un seul jet ni à la
même époque.

M. Édouard Fleury, qui a traité avec beaucoup de soin
et d'autorité cette question délicate, estime que les premiers
grands travaux (en laissant de côté les réparations indispensables opérées de 1112 à 1114) durent être entrepris
entre 1135 et 1145. Selon lui, on commença par les transepts, où l'ogive règne au rez-de-chaussée et le plein cintre aux étages supérieurs. « Cette disposition cesse brusquement à partir des gros pilastres, par lesquels le chœur
et ses latéraux s'unissent aux transepts, et la coupe de la
première travée du chœur, au moment où celui-ci se rac-
corde aux transepts, montre l'ogive dominant du haut en
bas et sur les quatre étages, bien que les chapiteaux soient
encore un décor roman. » Le savant écrivain en conclut
qu'une nouvelle influence s'est prononcée pour l'unité de
style et pour l'emploi exclusif de l'ogive vers le temps où
les transepts étaient en cours d'achèvement.

Vitet et Quicherat, sans peut-être tenir assez compte
des diversités signalées par M. Fleury, inclinent à croire
que la cathédrale a été démolie et réédifiée vers 1170.
L'opinion de l'érudit qui a si bien et si continuement
étudié sur la place les éléments du problème, est que la
construction se divise en deux parties : la première, dont
l'honneur reviendrait à Barthélemy de Vic, où dominent
l'alliance du plein cintre et de l'ogive, et, dans les transepts ainsi que dans le chœur, les habitudes sculpturales

24

de l'art roman; la seconde, que l'on peut attribuer au ferme et prudent Gauthier de Mortagne (1153-1174), dans laquelle l'arc plein cintre ne se retrouve plus une seule fois, et qui comprend une partie du chœur, la nef, le grand portail. Le tout devait être très avancé vers 1160, au plus fort de la période de transition.

Malgré leurs proportions inégales, les deux styles se sont si exactement mélangés, si harmonieusement fondus, que l'impression reçue par le visiteur, en entrant dans la cathédrale, est celle d'une imposante, d'une majestueuse unité. L'aspect tourmenté du dehors rend plus vif le contraste et accentue le calme de l'intérieur. La rudesse hardie de la façade étonnait, sans trop l'indisposer cependant, l'esprit subtil et chercheur de M. Viollet-le-Duc.

« La façade de la cathédrale de Laon paraît appartenir à un château plutôt qu'à une église. Sa physionomie est quelque peu sauvage et brutale; tout, jusqu'à ses sculptures colossales d'animaux qui semblent garder les tours, concourt à produire une impression d'effroi plutôt qu'un sentiment religieux. On n'y sent pas l'empreinte, comme à Paris ou à Amiens, d'une civilisation avancée et policée; au contraire, tout est là rude et hardi, comme doit l'être le monument d'un peuple entreprenant, énergique, plein d'une mâle grandeur, d'une race de géants. »

Vitet se montre d'une sévérité à peu près absolue :

« La cathédrale de Laon est vaste, mais c'est là son principal mérite. Sa façade, quoiqu'elle ait été *probablement* construite au xiiie siècle, est d'une lourdeur désespérante et d'une irrégularité sans motif, sans effet, sans esprit. Elle n'est bonne qu'à déconsidérer l'art du moyen âge. Il faut en détourner les yeux. C'est encore une bizarrerie propre à cette cathédrale que les énormes animaux sculptés qui font sentinelle sur le haut des tours. Ces vilaines bêtes, grossièrement taillées, ne sont ni des bœufs ni des ânes. C'est quelque chose de monstrueux et d'informe qui fait l'effet d'un cauchemar. L'artiste a-t-il voulu se permettre une mauvaise plaisanterie, ou a-t-il cru imiter ces bêtes si grotesquement bizarres qui garnissent les galeries du dôme de Worms? Je ne sais, mais il a fait quelque chose de fort laid [1]. »

Cette opinion n'était pas celle d'un des meilleurs architectes du xiiie siècle, Villard de Honnecourt. Il appartenait sans doute à quelqu'une de ces puissantes associations maçonniques qui couvraient l'Europe et se rattachaient entre elles par des liens mystérieux. Profitant des facilités que lui offraient ces relations, Villard voyagea beaucoup en France, en Suisse et jusqu'en Hongrie, notant sur son *Album* tout ce qui le frappait, ainsi que nous avons eu déjà occasion de le faire remarquer à propos de la cathédrale de Reims. Cet *Album*, contenant ses dessins, ses essais, ses notes, a été retrouvé à la Bibliothèque nationale, en 1849, par Jules Quicherat, et publié en 1858 par M. Alfred Darcel, continuant le travail commencé par M. Lassus. On y trouve, entre autres curiosités, le croquis sommaire d'une des tours qui dominent le portail

---

1 Cette page, citée par M. Fleury, au tome III de son ouvrage, se trouvait dans un rapport adressé au ministre de l'intérieur en 1831, par Vitet, sur les monuments du nord-ouest de la France. Elle a été reproduite dans les premières éditions des *Études sur l'histoire de l'art;* mais, dans l'une des dernières que nous avons sous les yeux, elle a disparu et a été remplacée par une note dont voici le début : « La cathédrale de Laon est un vaste monument qui renferme, à côté de quelques bizarreries, des beautés du premier ordre. » Plus loin, l'auteur ajoute : « Notre-Dame de Laon est intéressante à étudier, comme une des plus importantes créations des derniers temps de l'époque de transition. »

On voit que l'opinion de Vitet s'était considérablement modifiée. Nous avons cru cependant devoir laisser subsister son impression première en sa juvénile vivacité d'expression.

de la cathédrale de Laon. Une note, rédigée en dialecte picard, accompagne cette reproduction. En voici les premières lignes (traduites), qui constituent à elles seules un curieux document :

« J'ai été en beaucoup de pays, comme vous pouvez le reconnaître par ce livre. Jamais, en aucun lieu, je ne vis tours pareilles à celles de Laon. »

Et Villard en donne, au point de vue du métier, une description détaillée, qui prouve en quelle haute estime il tenait leur constructeur, quel qu'il fût. Les fameux animaux symboliques ne paraissent pas l'avoir choqué le moins du monde.

A propos de ces animaux, dans lesquels Vitet hésite à reconnaître des bœufs, il existe diverses légendes que Philippe Mériel, très amateur de récits merveilleux, fit connaître à sa sœur et à son beau-frère. L'une de ces légendes repose sur un fait raconté par Guibert de Nogent, qui lui-même n'a rien vu, mais rapporte les paroles d'un témoin oculaire très bien placé pour ne pas se tromper.

On sait qu'après l'incendie de 1112, les chanoines de la cathédrale parcoururent la France et poussèrent même jusqu'en Angleterre pour solliciter des dons qui permissent de rétablir leur église, en partie détruite. Lorsqu'ils rentrèrent à Laon, le chanoine que l'on avait chargé de veiller au transport des matériaux nécessaires pour la réparation du toit de l'église vit tomber de lassitude, dans la rude montée conduisant à la ville, l'un des bœufs attelés au lourd chariot. Comment faire pour continuer la route et d'abord compléter l'attelage? Le digne chanoine était fort en peine.

« Tout à coup, dit Guibert, arriva un bœuf qui courait et qui, par une sorte de combinaison réfléchie, se présenta pour prêter son secours à l'ouvrage commencé. Après qu'il eut, d'un pas agile, conduit, avec les autres bœufs, le char jusqu'à l'église, le pauvre clerc se tourmentait de savoir à qui il devait remettre cet animal, qu'il ne connaissait pas ; mais celui-ci fut à peine détaché, que, sans attendre ni conducteur ni menaces, il s'en retourna promptement à l'endroit d'où il était venu. »

Tout à coup un bœuf se présenta pour compléter l'attelage.

C'est du chanoine même que Guibert tenait ce récit, qui est bien de nature à frapper l'imagination et qui a sans doute puissamment agi sur celle des sculpteurs de la cathédrale.

M. Dubonnet fit observer qu'il existe à côté de cette légende une tradition locale très ancienne, expliquant pour-

quoi les bœufs figurent en si belle et si honorable place au
portail de la cathédrale. Pour monter les tours, il fallut, à
ce qu'on assure, construire en bois un immense plan incliné, qu'on élevait à mesure que les assises se superpo-
saient. Des attelages de bœufs, péniblement amenés sur
cet assemblage de planches, hissaient les matériaux jusqu'au sommet des clochers. La reconnaissance populaire
aurait voulu qu'en sculptant l'image de ces vaillants animaux à la place où s'était arrêté leur labeur on conservât
la mémoire des services qu'ils avaient rendus.

« Vous savez, dit Laurence, que je ne partage point
l'amour effréné de Philippe pour le symbolisme. Il est
difficile cependant, ici, de ne pas voir dans ces bœufs installés et logés à l'endroit le plus apparent de l'édifice le
souvenir du gigantesque travail poursuivi et accompli pendant tant d'années. Ce qui est plus délicat à déterminer,
c'est le caractère même qu'il convient d'attribuer à ce souvenir. On se souvient du mal comme du bien ; on se souvient pour bénir comme pour maudire. Les animaux du
portail sont-ils des actions de grâces en pierre exprimant
la satisfaction que laisse une tâche heureusement terminée?
ou bien faut-il les regarder comme des monstres irrités qui
rappellent un profond mécontentement et grimacent une
protestation perpétuelle?

« Pas d'église plus énigmatique que celle-ci, aussi bien
en ce qui touche à l'histoire qu'au point de vue de l'architecture. A-t-elle été la revanche des évêques contre les
communalistes, une citadelle menaçante destinée à tenir la
ville en bride? ou bien est-elle un monument attestant le
triomphe de la bourgeoisie, élevé avec son concours, avec
ses deniers, marqué à son cachet par certaines fantaisies
sculpturales, demeurant sous sa main, devenant sa chose
autant que celle de l'évêque?

— A quel propos soulèves-tu cette question? demanda Philippe.

— J'ai mes raisons. La plus grave est le règlement de réforme signé en 1270, par Jean de Courtenay, archevêque de Reims. Ce Jean de Courtenay avait été chanoine de Laon, et lorsque ses anciens confrères le sollicitèrent d'approuver un règlement assez sévère pour empêcher de grossiers abus, il n'hésita nullement, sachant à quel point leurs réclamations étaient fondées. Les termes d'un des paragraphes de ce règlement donnent beaucoup à réfléchir.

« L'église, qui doit être la maison de la prière, nous défendons de la transformer en lieu de négoce; il n'y sera pas vendu de marchandise, quelle qu'elle soit; nous voulons qu'on n'y plaide ni décide de procès, ni surtout qu'on y tienne de foires. Ces foires et commerces étant prohibés, qu'on y célèbre le seul office divin. Toutes les réunions et rassemblements y sont interdits, ceux mêmes qui auraient pour but des œuvres de charité. »

« Vous avouerez que ce singulier document vient tout à fait à l'appui de l'opinion qui considère un assez grand nombre de cathédrales, et très particulièrement celle de Laon, comme ayant fait office à la fois d'église, de maison communale et de halle. Le fait n'est guère niable. Sa signification seule demande à être interprétée. Les évêques voulaient-ils, comme le pensent plusieurs écrivains, notamment Viollet-le-Duc, attirer le peuple et les bourgeois dans l'église pour faire contrepoids à l'influence féodale? ou sont-ce les habitants, toujours animés par leur esprit de turbulence et de domination, qui ont essayé de transformer la cathédrale en un bâtiment municipal et civil? Il est bien étonnant que les Laonnois, si épris de leur commune, n'aient pas songé à construire un grand hôtel de

ville. Ne serait-ce pas parce qu'ils ont toujours considéré la cathédrale comme devant et pouvant leur en tenir
lieu? »

Tout en agitant ces questions, nos voyageurs avaient fait
le tour de l'église. L'une des parties les plus intéressantes
leur échappait. La façade était en réparation, comme aussi
à l'intérieur plusieurs travées de la nef. Cela leur parut
d'autant plus regrettable, que l'édifice demande à être vu
d'en bas et embrassé dans son ensemble. Il est dessiné
avec netteté, simplicité, sans pour cela manquer d'ampleur. On ne songe nullement, sous ce vaisseau d'une
hardiesse élégante, à ce qu'il y eut de successif dans la
construction, à la longue durée, aux efforts, aux tâtonnements. Quoique l'église, dans sa partie la plus lumineuse,
dans ses larges et imposants transepts, appartienne à ce
que l'époque de transition a de mieux caractérisé, on n'é-
prouve aucune indécision, aucune inquiétude. Évidemment
c'est l'ogive qui l'emporte. Il n'y a ni lutte ni confusion,
et les débris du roman qui subsistent n'ont pas assez d'importance pour déranger l'harmonie, tout en conservant ce
charme qui s'attache au lointain passé.

Lorsqu'on sait l'histoire d'un monument, l'impression
qu'on reçoit à sa vue est peut-être plus profonde que si, à
l'improviste, on était amené à le regarder sans préparation
aucune. Un vide presque effrayant semblera toujours régner
sous ces hautes voûtes, dans ces nefs majestueuses. Ni le
profane ni l'ignorant ne se déroberont à cette sensation.
Mais elle est plus vive encore pour celui qui, connaissant
les vieilles annales de la cité, revoit dans cette cathédrale
le mouvement de vie intense qui l'emplissait au moyen
âge. A coup sûr, il n'était ni très orthodoxe ni très convenable de tenir dans la basilique le marché, la foire ou la
bourse. Pourtant, comme ces pratiques un peu libres ne

procédaient d'aucun sentiment d'impiété, elles avaient au moins cet effet et ce mérite de prouver que la vie sociale se trouvait à son aise dans l'église et en quelque sorte chez soi.

Nos visiteurs se sentaient émus en songeant que les foules abondaient jadis tellement en ce lieu, qu'on avait dû, comme à Reims, remanier et modifier l'édifice pendant qu'il était en cours de construction. Les nefs et les transepts étant envahis par le peuple, on fut contraint, pour que le chapitre et le clergé ne se trouvassent point trop à l'étroit, d'agrandir le chœur et de renoncer à la forme ronde de l'abside. Quatre travées et demie s'ajoutèrent à la partie orientale du monument, qui se termina en abside plate. Il ne fallait pas moins d'espace pour contenir quatre-vingt-quatre chanoines, sans compter les chapelains et prêtres composant le bas clergé. Les officiers, les fonctionnaires, les serviteurs de la cour épiscopale venaient à certains jours grossir ce nombre. Tout un monde peuplait le chœur et se répandait dans les allées latérales.

Une autre raison a été donnée de la profondeur de l'abside. Viollet-le-Duc a pensé que les architectes de la cathédrale avaient conçu leur plan au point de vue des spectacles liturgiques et des *mystères* que l'on offrait à une immense quantité de spectateurs, non pas indifférents ni sceptiques, mais passionnés et fidèles. M. Édouard Fleury combat vivement cette opinion. Les *mystères* représentés à Laon au xve siècle : *la Vengeance de Dieu*, en 1464, *le jeu de sainte Barbe*, en 1476, *le jeu de la vie de Monseigneur saint Denis*, n'ont aucun rapport avec la construction de la cathédrale. Rien ne prouve d'ailleurs qu'ils n'aient pas été joués sous le porche et sur le parvis, ainsi que cela se pratiquait ordinairement. Le consciencieux historien reconnaît sans hésitation que des cérémonies bizarres, probablement ecclésiastiques au point de départ, devenues, on ne sait comment, populaires, eurent lieu dans la cathédrale de Laon. On n'y connut point la célèbre fête de l'Ane en honneur à Beauvais, à Autun, et dans laquelle le prêtre, à la fin de la messe, au lieu de dire l'*Ite missa est*, imitait trois fois le cri de l'animal qui a porté le Sauveur, à quoi le peuple répondait de même, en guise de *Deo gratias*. En revanche, Laon a vu célébrer la fête des *Innocents* et celle des *Fous*.

La fête des *Innocents* dut avoir d'abord un caractère tout intime. Il s'agissait de divertir les nombreux enfants de chœur qui étudiaient à la maîtrise et habitaient dans le cloître. La veille de la Saint-Nicolas, on leur donnait congé, et ils avaient le droit d'élire un président ou patriarche. Cette journée de repos et de distraction n'allait pas sans quelqu'une de ces énormités que nos pères affectionnaient, et qui ont duré jusqu'à la Renaissance, quelquefois même jusqu'au xviie siècle. Les enfants de chœur disaient la messe et les chanoines la leur servaient en chantant des hymnes composées pour la circonstance. Ce sont là les jeux et les innocences d'une foi robuste. Autant faut-il en dire de la fête des *Fous*. Elle pouvait entraîner quelques légers désordres; en somme elle était un dérivatif au besoin d'amusement et de gaieté, plus impérieux peut-être chez les Gaulois que chez les autres nations, penchant naturel qui se déprave et s'aigrit quand on ne lui accorde aucune satisfaction. Ce n'est pas nous qui reprocherons aux évêques d'avoir toléré ces naïves licences, tant qu'elles ne se sont compliquées ni de malice ni de révolte.

Avant de regagner leur hôtel, les voyageurs jetèrent un dernier regard sur le monument auquel ils allaient dire adieu. Ils s'en éloignaient avec un sentiment de malaise, qu'ils auraient eu quelque peine à définir et dont Mériel se fit l'interprète en s'écriant :

« Sont-ce vraiment les églises du moyen âge que nous voyons? Par moments, il me semble que c'est seulement leur ombre et leur squelette. Quelle différence entre cet édifice trop souvent désert, trop souvent silencieux, où tout est d'un ton froid et calme jusqu'à la sévérité, avec la cathédrale récemment relevée par Barthélemy de Vic et Gauthier de Mortagne, où la foule pieuse et bruyante se pressait, ravie de contempler les vitraux étincelants, les colonnes aux chapiteaux dorés et jusqu'au pavage revêtu de riches couleurs! Et pour l'extérieur, il en va de même. Songez à l'étonnement, à l'admiration que l'on devait éprouver lorsque cet édifice était couronné de sept tours d'où partaient des flèches hardies, s'élevant à cent quatre-vingts mètres au-dessus du niveau de la vallée. On a beau travailler, consolider, restaurer, on ne retrouvera, on ne restituera jamais la vraie physionomie. Il y a un je ne sais quoi que les années emportent et que toute l'érudition du monde ne parvient pas à ressusciter!

— Allons, lui répondit en riant Laurence, exhale tes regrets en toute liberté; mais, pendant que tu es en train, je te conseille d'aller jusqu'au bout. Pourquoi ne regrettes-tu pas les agitations du XIIᵉ siècle? Pour moi, je pense que si l'évêque Gaudry revenait parmi nous, il s'accommoderait mieux des paisibles citadins que nous voyons circuler sur les trottoirs que des farouches bourgeois contre lesquels la lutte quotidienne à main armée était une nécessité.

— Quelque chose de l'humeur aventureuse des anciens Laonnois semble pourtant s'être transmis à leurs descendants, si j'en juge par les écrivains du terroir. Michelet est né à Paris, mais sa famille paternelle était de Laon.

On n'accusera pas l'illustre historien de manquer d'audace ; et c'est lui, je crois, qui a dit que l'histoire, pour arriver pleinement au vrai, doit commencer par perdre le respect. Champfleury ne me paraît pas non plus trop classique ni trop ami de la tradition. Avant qu'on eût inventé le natura lisme, il s'attachait d'instinct à l'étude et à la peinture du réel, écrivant des romans d'une observation exacte et pénétrante, *les Bourgeois de Molinchart, la Succession Le Camus, les Souffrances du professeur Delteil*. Il a fait sur le terrain littéraire sa démonstration d'indépendance et déployé comme ses ancêtres la fermeté picarde.

— Et celui-ci? dit Philippe en montrant à son beau-frère la statue du maréchal Sérurier sur la place de la mairie, que peux-tu nous apprendre sur son compte?

— Rien de plus que ce que contiennent les histoires et les dictionnaires. Sérurier était un de ces hommes de second plan que les habiles utilisent, mais se gardent de mettre en avant. Nous ne le connaîtrions guère s'il n'avait, dans la campagne d'Italie, dirigé avec un sang-froid admiré des gens du métier le blocus de Mantoue. Sa carrière militaire était finie dès 1804, quand le maréchalat et le gouvernement de l'hôtel des Invalides le récompensèrent d'avoir adhéré au 18 brumaire. On l'oublia vite; tant d'hommes alors luttaient pour la gloire et conquéraient des noms éclatants! »

Les touristes se trouvaient justement sur le rempart.

« N'éveillons pas ici, dit vivement Laurence, le souvenir du premier empire. Vous apercevez là-bas le château de Clacy. C'est de la terrasse de ce château que, dans les premiers jours de mars 1814, Napoléon vit échouer ses troupes qui, sous le commandement de Ney et de Mortier, essayèrent vainement de déloger Blücher, établi à l'endroit où nous sommes. Marmont, posté au pied de la ville, s'était laissé surprendre pendant la nuit, et notre armée, trop faible, versa en pure perte des flots de sang. Quand,

Statue du maréchal Sérurier.

le soir, nos troupes furent obligées de se retirer, la route de Paris était ouverte et le sort de l'empire n'était plus douteux. »

VII

Malgré la circulation active qui règne dans ses rues et
l'étendue de ses quartiers neufs, Reims, nous l'avons vu,
se rattache fortement au passé. Quelques monuments
comme la Porte de César, Saint-Remi, Notre-Dame
suffisent pour rappeler avec éclat les hommes disparus et
les temps écoulés. Laon, resserré sur son plateau, dominé
par sa sombre et menaçante cathédrale, autour de laquelle, comme au xɪɪᵉ siècle, se pressent et s'entassent
les maisons, entouré encore dans maint endroit par ses
vieilles murailles, fermé à l'une de ses extrémités par une
citadelle et à l'autre par la vieille église des Prémontrés,
Saint-Martin, Laon a conservé son antique physionomie
et gardera sans doute longtemps un assez pur cachet
moyen âge.

Il n'en est pas de même de Soissons. C'est la moderne
ville de province dans toute sa correction, son insigni-
fiance et son ennui. Lorsqu'on y arrive, comme le faisaient

nos amis, en chercheur d'impressions rétrospectives, on court grandement risque d'être déçu. « C'est aux portes de Soissons, a dit Vitet, que les Romains livrèrent leur dernier combat. Ce coin de terre fut la demeure de plusieurs rois de la première race; il servit de refuge aux derniers rois de la seconde. C'est là que s'est assise pour la première fois la nation franque; c'est là que s'est formé plus tard le noyau de la nation française. » Voilà qui est parfaitement exact; seulement, hélas! on est contraint d'ajouter que de ce passé si intéressant il ne subsiste presque plus de traces, surtout au point de vue de l'architecture, car les sépultures ont été interrogées par de consciencieux et habiles archéologues; le sol a été fouillé, retourné, et il a donné une moisson relativement abondante d'objets anciens, d'ustensiles, d'armes de bijoux, dont bon nombre appartient à l'époque mérovingienne.

La ville des Suessions, de Syagrius, des Gallo-Romains (dont le plan nous a été conservé), de Clovis, du roi Hilpéric, de Louis le Débonnaire, n'est plus qu'un souvenir. Son théâtre, son cirque, ses immenses abbayes, plusieurs de ses églises n'existent que dans les récits des historiens ou les dissertations des savants. Qu'est devenue la splendide construction qui s'étendait au nord-ouest de la ville et que l'on appelait au moyen âge le château d'Albâtre, tant était grande la quantité de marbre blanc que l'on en retirait? Pendant des siècles, quand on a pris la peine de sonder à quelque profondeur l'emplacement occupé jadis par ce palais, on y a fait des découvertes d'une importance capitale : des débris de mosaïques, des épingles d'ivoire, des monnaies romaines d'or, d'argent et de bronze, un superbe plateau d'argent ciselé, que l'on conserve au musée de Soissons, des peintures murales, une statue de femme ou de déesse, enfin et surtout le groupe du Niobide et de son Pédagogue, que l'on trouva, en 1834, gisant au pied d'une substruction.

Les Romains de l'empire n'étaient pas sans analogie avec les Anglais. On sait que ceux-ci, lorsqu'ils s'en vont au loin, en Australie, au Cap, dans les Indes, emportent autant que possible tout ce qui peut leur rappeler la patrie absente, tout ce, qui constitue le confort, l'agrément, le luxe de l'habitation. Les fonctionnaires romains que l'on envoyait au nord de la Gaule, parmi des populations à demi sauvages, qui demeurèrent longtemps hostiles, dans les villes entourées d'épaisses forêts, où se cachaient les malfaiteurs et les révoltés, tâchaient de se consoler de cet exil par la beauté de la résidence qu'ils se construisaient, par la magnificence du mobilier, par les raffinements de l'installation [1], par la perfection et la rareté des objets d'art qu'ils faisaient venir d'Italie ou de Grèce. C'est ainsi que l'on peut s'expliquer comment on retrouve dans notre terre gauloise tant de restes précieux, qui nous attestent que les descendants de Romulus s'étaient fort civilisés, puisque la vue de belles et nobles œuvres était pour eux une nécessité du premier ordre.

Si le temps a usé, à Soissons, les ouvrages des Romains, bâtis si solidement et comme pour l'éternité, on ne doit pas être surpris qu'il ait eu raison des constructions moins savantes et sans doute plus rapidement menées des Mérovingiens. On a cru d'abord que des substructions mises à jour dans les jardins du grand séminaire placé sur la voie romaine de Reims à Boulogne, étaient les débris d'un cirque construit par Hilpéric; mais on a reconnu que ces vestiges appartenaient à un théâtre romain assez considérable, que M. Édouard Fleury a restitué d'une manière

---

1 Sous des maisons voisines du château d'Albâtre, on a retrouvé des tuyaux servant de calorifères.

fort ingénieuse. Le Soissons monumental commence donc avec le moyen âge, peut-être avec la petite église Saint-Pierre-à-l'Assaut, ou à la Chaux (à la chaussée), qui a passé longtemps pour un temple païen et qui pourrait bien remonter au x° siècle. Ce curieux édifice ne nous dédommage malheureusement pas de la disparition complète des abbayes si souvent mentionnées dans notre histoire et qui ont fait si grande figure. Saint-Léger, Saint-Crépin, Saint-Médard ont vu tomber leurs murailles, s'écrouler leurs tours, leurs cloîtres, leurs chapelles. C'est le cas de dire, en répétant les paroles d'un ancien, que les ruines mêmes ont péri.

Saint-Médard préoccupait surtout Philippe Mériel. Ce nom, qui revient à chaque instant dans les annales de nos premiers siècles, s'imposait à sa vive imagination. Il avait très présente à l'esprit la scène dont Grégoire de Tours nous a conservé le souvenir et qui a été si dramatiquement encadrée par Augustin Thierry : Frédégonde et Hilpéric, plaçant sur un brancard leur second fils, Chlodobert, atteint de la variole, et l'accompagnant à pied depuis leur villa de Braine jusqu'à la basilique où Clotaire avait fait inhumer, en 560, le saint évêque de Noyon.

« Là, suivant une des pratiques religieuses du siècle, ils l'exposèrent couché dans son lit près de la tombe du saint, et firent un vœu solennel pour le rétablissement de sa santé. Mais le malade, épuisé par la fatigue d'un trajet de plusieurs lieues, entra en agonie le jour même, et il expira vers minuit. Cette mort émut vivement toute la population de la ville ; à l'impression de sympathie que cause d'ordinaire la fin prématurée des personnes royales se joignait, pour les habitants de Soissons, un retour personnel sur eux-mêmes. Presque tous avaient à pleurer quelque perte récente. Ils se portèrent en foule aux funérailles du jeune prince et le suivirent processionnellement jusqu'au lieu de sa sépulture, la basilique des martyrs saint Crépin et saint Crépinien. Les hommes versaient des larmes, et les femmes, vêtues de noir, donnaient les mêmes signes de douleur qu'aux obsèques d'un père ou d'un époux; il leur semblait, en accompagnant ce convoi, mener le deuil de toutes les familles [1]. »

Philippe ne rêvait rien moins que de faire une course commémorative de Saint-Médard à Saint-Crépin. Il s'en expliquait fort chaleureusement, lorsqu'un petit vieillard, commodément installé dans un coin du wagon, et qui, depuis quelque temps, ne pouvait se défendre, en l'écoutant, d'un imperceptible sourire, lui dit :

« Excusez-moi, Monsieur, si je prends la liberté de vous interrompre; mais je voudrais vous épargner une déception. Dans quelques minutes nous serons à Soissons; vous voyez cette grande plaine qui s'étend à notre droite et les beaux arbres qui bordent ce ruban blanc, doré par le soleil, la route de Reims. Eh bien, c'est là que se trouvait l'abbaye de Saint-Crépin. Quant à Saint-Médard, il est situé de l'autre côté de la ville, sur la rive droite de l'Aisne. Vous n'apercevrez que de vastes clôtures, des bâtiments modernes, une arcade cintrée qui n'a pas été réduite en poudre, j'ignore pourquoi, et ce sera tout.

— Et le caveau de Louis le Débonnaire? s'écria Mériel avec feu.

— Nous en parlerons quand vous l'aurez vu, » répondit le petit vieillard avec une nuance d'ironie que remarqua Laurence.

Philippe ne poussa pas plus loin la conversation. Évidemment il était agacé. Sa nature enthousiaste s'accom-

[1] *Récits mérovingiens.*

modait mal des désillusions. Aussi se rejeta-t-il sur l'éloge du saint.

« Savez-vous, dit-il, que ce saint Médard connu surtout du vulgaire parce que le jour de sa fête se décide une question de pluie ou de beau temps, fut un des hommes les plus considérables, les plus utiles et les plus vénérés de son époque? C'était un de ces Gallo-Romains [1] qui, en contribuant à civiliser les barbares, ont abrégé les cruelles épreuves que subissait la Gaule. Il porta sans fléchir le poids de deux évêchés; car il ne quitta pas le siège de Noyon lorsqu'il fut élu évêque de Tournay.

— De quelle partie de la Gaule était-il? demanda M. Dubonnet.

— De la Picardie même. Il est né à Salency, près de Noyon, et c'est à lui, ne vous déplaise, qu'on doit le couronnement annuel de *la rosière de Salency,* une institution qui dure depuis quatorze cents ans, à travers les monarchies et les républiques, et qui n'a pas l'air de se porter trop mal. On a composé de petits vers et un opéra comique sur *la rosière de Salency;* mais je ne sais si l'on y a rendu à saint Médard la justice et l'honneur qui lui sont dus. »

Laurence intervint :

« En ma qualité de femme, je ne puis que mêler ma voix à cet éloge de saint Médard, non seulement pour sa poétique institution des rosières, mais pour son admirable conduite envers une personne de mon sexe, cette Radegonde, dont l'Église a fait une sainte, et qu'il déroba au barbare, au sensuel et inégal amour de Clotaire. Vous vous souvenez de cette histoire que Fortunat nous a fait con-

[1] Ou plutôt Franco-Romain, car il était fils d'un Franc et d'une Romaine.

Radegonde supplie l'évêque Médard de la consacrer au Seigneur.

naître et qui nous est arrivée, si touchante et si vivante
encore, par l'intermédiaire d'Augustin Thierry[1].

« Fille du roi des Thuringiens, elle avait été amenée
en Neustrie à l'âge de huit ans, après une cruelle défaite
éprouvée par son peuple. Clotaire, dès cette époque, décida qu'elle serait sa femme, et la fit élever dans une de
ses maisons royales, au domaine d'Aties, sur la Somme.
Elle y étudia les lettres latines et grecques, les poètes profanes, les écrivains ecclésiastiques. Sa vie se passait dans
la lecture et la méditation. Il ne paraît pas que cette méditation l'ait familiarisée avec l'idée de devenir reine de
Neustrie, car lorsque l'époque de son mariage approcha,
elle s'enfuit. Ce fut en vain. Le mariage eut lieu à Soissons; mais cette union ne devait satisfaire aucun des deux
époux. Radegonde souffrait des infidélités, de la brutalité
de Clotaire, et celui-ci disait avec humeur : « C'est une
« nonne que j'ai prise, ce n'est pas une reine. »

« Les choses en vinrent au point que Radegonde, encore une fois, crut devoir s'éloigner. Elle n'avait, hélas!
qu'un trop bon prétexte : son frère, amené en Neustrie
avec elle, venait d'être mis à mort, comme mêlé sans doute
à quelque conjuration. Clotaire n'essaya point de la retenir,
quand elle lui annonça son intention d'aller à Noyon trouver l'évêque Médard. Celui-ci officiait à l'autel lorsqu'elle
se présenta devant lui. « Très saint prêtre, s'écria-t-elle,
« je veux quitter ce siècle et changer d'habit! Je t'en sup-
« plie, très saint prêtre, consacre-moi au Seigneur! »

« Surpris d'une telle demande, l'évêque hésitait à répondre. Au même moment il fut entouré par l'escorte de
la reine. Les seigneurs et les guerriers franks lui prodi-
guaient les menaces. « Ne t'avise pas de donner le voile à

---

[1] *Récits mérovingiens.*

« une femme qui s'est unie au roi ! Prêtre, garde-toi d'en-
« lever au prince une reine épousée solennellement. »
Quelques-uns plus emportés que les autres se jetèrent sur
lui, l'arrachèrent de l'autel, l'entraînèrent dans la nef.
Radegonde, obligée un instant de se réfugier dans la sacristie, ne perdit pas courage. Elle se fit apporter le costume monastique, le jeta sur ses épaules sans prendre
même le temps de quitter les vêtements royaux, et marcha
jusqu'au sanctuaire où Médard restait assis, plongé dans
l'inquiétude et la tristesse. « Si tu tardes à me consacrer,
« lui dit-elle, si tu crains plus les hommes que Dieu, tu
« auras à rendre compte, et le Pasteur te redemandera
l'âme de sa brebis. »

« Médard s'inclina devant une vocation aussi inflexible-
ment prononcée, et la reine fut consacrée diaconesse par
l'imposition des mains. Ce spectacle frappa tellement les
seigneurs franks qu'ils se retirèrent sans essayer une seconde tentative de violence. Quant à la nouvelle diaconesse, son premier mouvement fut de dépouiller sa tête des
ornements qui la couvraient; elle ôta aussi ses bracelets,
ses agrafes de pierreries, déchira les franges de sa robe,
tissues de fils d'or et de pourpre, brisa de sa propre main
sa ceinture d'or massif en disant : « Je la donne aux
« pauvres, » et plaça sur l'autel tous ses objets précieux.

— Je tiens le récit pour exact, déclara Philippe, d'autant
plus qu'il a été probablement écrit sous la dictée de Radegonde. Il faut avouer, cependant, que si Clotaire était vio-
lent, il n'était guère rancunier, car ce fut lui qui, au lit de
mort de l'évêque, le supplia de laisser transporter son
corps à Soissons. La villa royale de Crouy, située près de
la ville, reçut d'abord les restes du saint, qui furent dépo-
sés dans un petit réduit couvert avec des tiges d'osier, en
attendant qu'un vaste monastère s'élevât en leur honneur.

— Alors cette villa de Crouy est devenue l'abbaye de Saint-Médard?

— Précisément; et c'est là, si vous m'en croyez, que nous irons tout d'abord. »

Philippe souligna ces dernières paroles en jetant un majestueux coup d'œil au petit vieillard, qui n'en parut, d'ailleurs, aucunement ému.

C'est à peine si Mériel laissa le temps à ses compagnons de choisir un hôtel et d'y installer tant bien que mal leurs bagages. On dut, sans désemparer, se mettre en route pour Saint-Médard. Les voyageurs franchirent un pont qui relie à la ville le faubourg de Saint-Waast, et se lancèrent dans la campagne un peu au hasard. Elle n'a rien de pittoresque ni même d'agréable, cette banlieue de Soissons. Peut-être, quand les moissons la réjouissent de leur coloration dorée, s'aperçoit-on moins de sa platitude; mais en automne, par un temps grisâtre, menaçant même, — quelques gouttes de pluie tombaient par intervalles, — elle offre un aspect particulièrement triste. A mesure qu'on s'éloigne, cependant, on voit se masser les maisons de Soissons, resserrées entre les fortifications qui le protègent. La tour de la cathédrale indique le centre de la ville. A gauche s'élancent les flèches élégantes de Saint-Jean-des-Vignes, qui ont résisté à l'incurie, à la brutalité des hommes, à l'intempérie des saisons, et qui relèvent la cité moderne par leur fière tournure archaïque.

Ce n'était point de ce côté que se portaient les regards de Philippe Mériel. Tout à son désir et à son idée, il cherchait à l'autre point de l'horizon l'antique abbaye, ne pouvant se résigner à croire qu'elle eût si complètement disparu. Après s'être informés plusieurs fois s'ils étaient dans la bonne direction, les trois amis prirent un chemin de tra-

verse qui les conduisit dans un endroit assez retiré. Une
longue enceinte de murailles entourait plusieurs maisons,
relativement neuves et sans aucun caractère. Au pied d'une
de ces maisons s'étendaient des eaux dormantes, couvertes
d'une riche floraison de plantes aquatiques. La campagne,
aux alentours, était d'une tranquillité parfaite. Des vaches
paissaient à peu de distance, en compagnie d'un petit tau-
reau noir qui manifesta des intentions hostiles contre
Mme Dubonnet et que l'honnête chien de garde dut mettre
à la raison. Soudain un bruit strident déchira l'air : c'était
un train qui passait. A demi cachée par les arbres, la voie
ferrée était à deux pas. Puis le silence se fit de nouveau,
interrompu de temps à autre par la voix de quelques
paysans que retenaient aux champs les premiers soins du
labourage.

« Pardon, demanda Mériel à l'un d'eux, pourriez-vous
nous dire où nous sommes?

— A Saint-Médard, Monsieur. »

Ainsi ces jardinets, cette ferme, ces maisons bourgeoises, ces méchantes murailles, voilà ce qui remplaçait Saint-
Médard, l'immense et puissante abbaye témoin de l'humiliation de Louis le Débonnaire et de tant d'autres scènes
fameuses dans notre histoire! Philippe voulut en avoir le
cœur net, et, sans se laisser abattre par un coup si rude,
essaya de pénétrer à l'intérieur. Nouvelle déception. La
grille de la maison de santé qui s'élève sur l'emplacement
du monastère était fermée et son accès défendu. Il fallut se
contenter de revenir en longeant les murs, puis en suivant
le cours de l'Aisne.

« Ne rentrons pas bredouille, au moins, dit M. Dubonnet, voulant ranimer la troupe un peu déconfite. Ce Saint-
Jean-des-Vignes nous tire les yeux. Allons le visiter, il en
vaut certainement la peine. »

La proposition fut bien accueillie. C'était, en effet, une fiche de consolation. Mais la stupéfaction des voyageurs fut grande lorsque, arrivés après une marche assez longue sur la petite colline qui domine la rue de Panleu, ils s'aperçurent que le portail et les flèches constituent le seul débris de l'église. C'est le génie militaire qui a ordonné et accompli cette destruction. Il s'agissait d'établir sur cette hauteur un parc d'artillerie. Le chœur et la nef furent démolis; après quoi l'on changea sans doute d'idée, car aujourd'hui ce qui subsiste des bâtiments et du cloître est occupé par une manutention. Les abords en sont gardés avec une extrême rigueur, et aux premiers pas que nos touristes firent dans la cour, la concierge se dressa devant eux comme un véritable molosse, pour les arrêter et, en cas d'urgence, les dévorer. Ils durent se borner à regarder ces ruines, placées dans des conditions si exceptionnelles, ce charmant portail aux fines moulures, ces clochers ornés d'une façon si ingénieuse et d'une coupe si heureuse, si hardie! Quand ils redescendirent vers la ville, ils étaient pleins de tristesse en songeant qu'un si beau vestige de notre architecture nationale est laissé dans un abandon pareil, non réparé, non consolidé, de telle sorte qu'un de ces hivers, par une nuit de tempête, les clochers de Saint-Jean-des-Vignes s'écrouleront, achevant dans leur chute de détruire le portail.

Leur conscience d'archéologue ne leur permettait point de négliger la cathédrale. C'est un grand et noble monument du xiii° siècle (1212). Elle gagnerait beaucoup à être dégagée, surtout vers le chevet, qui est très intéressant. L'intérieur est spacieux, très haut de voûte, et les chapelles, placées derrière le chœur, sont magnifiquement éclairées par neuf grandes verrières encadrées dans des fenêtres à ogives. La rosace qui décore le transept nord est aussi d'une rare beauté. Ces vitraux appartiennent, selon

Vitet, à la meilleure époque de la peinture sur verre. Deux figures agenouillées de chaque côté du grand portail attirèrent l'attention des visiteurs. Elles proviennent d'une abbaye qui a disparu (Soissons est le pays des regrets), de la célèbre abbaye de Notre-Dame. Ces statues en marbre noir et blanc, noir pour les vêtements, blanc pour le visage et les mains, ornaient les tombeaux de deux abbesses : Henriette de Lorraine d'Elbœuf, dont le gouvernement dura de 1660 à 1669, et Gabrielle-Marie de la Rochefoucauld, fille de François, sixième du nom, et de dame du Plessis (1683-1693). On les a transférées dans la cathédrale en 1821. Ce sont des œuvres consciencieuses et fermes, sans éclat, mais d'une exécution sincère. On y sent, sous l'uniformité que communique la vie religieuse, la persistance de caractères individuels très accentués.

Les déceptions n'avaient pas manqué à nos voyageurs. Aussi rentrèrent-ils à leur hôtel la tête un peu basse et l'air assez contrit. La première personne qui frappa leurs yeux en s'asseyant à la table d'hôte, fut le petit vieillard avec lequel ils étaient venus de Laon. Il les regardait avec un malicieux sourire, et l'on aurait juré qu'il découvrait sur leur visage le mauvais succès de leurs tentatives. Il ne se mêla guère à la conversation générale; mais quand la salle se fut dégarnie peu à peu, il se tourna vers Philippe et lui demanda si la journée avait été bonne.

« Ma foi non, Monsieur, répondit Philippe d'un ton passablement maussade. Vous n'aviez que trop raison, et notre course à Saint-Médard a été parfaitement en pure perte. Nous n'avons absolument rien vu.

— Quoi! pas même la crypte?

— Quelle crypte? balbutia Mériel, effaré.

— Allons, fit en riant son interlocuteur, on est toujours aussi complaisant, là-bas, pour les touristes. Je regrette

que l'on ne vous ait pas indiqué cette crypte, car je vous
eusse prié de m'apprendre quel est votre sentiment au
sujet de son antiquité. Les avis sont fort partagés. A la-

Restes de l'abbaye de Saint-Médard à Soissons.

quelle des églises élevées sur cet emplacement appartient-
elle? Vous n'ignorez pas que les églises se sont succédé
rapidement dans ce domaine de Crouy. La petite chapelle
de claies d'osier où Clotaire avait fait déposer le corps de

saint Médard ne tarda pas à faire place à une église que Grégoire de Tours vit en 580. Est-ce à cette époque que les restes du pieux évêque et les corps de Clotaire Ier, de Sigebert Ier trouvèrent asile dans une crypte affectée à cet emploi spécial? ou bien faut-il croire qu'elle date de 840, année où l'on construisit un édifice plus considérable et plus solide? Problème épineux et dont la solution ne paraît point prochaine.

« Vitet s'est montré fort hésitant. Dans une même page, il incline à croire que la crypte pourrait bien être mérovingienne, presque voisine des Romains; puis il se déjuge et la croit postérieure à l'an 1000. Je possède quelques photographies de cette construction souterraine, et si demain, Monsieur, vous êtes encore ici, j'aurai plaisir à vous en adresser une. Vous serez frappé par une simplicité de formes qui me semble bien réellement primitive, par l'extrême sobriété d'ornementation. Les statues de Clotaire et de Sigebert, couchées sur leur tombeau, ont aussi un caractère tout particulier de rudesse et de naïveté. Je déplore que l'accès de cette crypte soit, en quelque sorte, interdit au public. Elle constitue, à mes yeux, un monument historique du plus haut intérêt.

— Et le cachot de Louis le Débonnaire? demanda Laurence; ne le montrait-on pas encore aux étrangers il y a une cinquantaine d'années?

— Assurément, répondit le vieillard, et mes compatriotes, les Soissonnais, en étaient plus fiers que de la crypte. Ils admiraient même beaucoup des vers écrits, à ce qu'on disait, par le royal captif sur les murs de sa prison. Ce qu'il y a de fâcheux, c'est que les voûtes du cachot sont à ogives et que les vers sont composés en langue d'oïl. Il n'y a pas à douter cependant, si l'on fouillait le sol de Saint-Médard à quelque profondeur, que l'on n'y trouvât bien des vestiges de l'époque carlovingienne. Vers février 1852 on a découvert, en posant des conduites d'eau, trois sarcophages en excellent état. La tête des squelettes reposait sur des chevets de formes différentes. L'un de ces morts était de grande taille, avait la tête penchée, les mains croisées sur la poitrine. De sa robe de bure et de ses chaussures, quelques fragments subsistaient. On a pensé qu'on se trouvait en présence de la tombe d'Agobard, qui, après avoir été archevêque de Lyon, se fit moine à Saint-Médard, où il mourut et fut inhumé en 830 [1].

« Excusez-moi de vous avoir retenus aussi longtemps ; mais nous avons la même passion, l'archéologie, et je me doutais bien que je ne vous ennuierais pas en vous communiquant ces renseignements. J'en vais ajouter un encore. Quand vous serez de retour à Paris, ne manquez point d'aller à la Bibliothèque nationale, au département des Manuscrits, et demandez à voir l'évangéliaire de Saint-Médard. Il est demeuré neuf cents ans dans cette abbaye, à laquelle Louis le Débonnaire l'avait donné en 837. De fins connaisseurs estiment que ce pourrait bien être un des premiers manuscrits calligraphiés pour Charlemagne par des artistes grecs réfugiés en France. Ce dont vous pourrez vous convaincre, c'est que l'on rencontre peu d'œuvres plus intéressantes, non seulement au point de vue de la curiosité scientifique, mais au point de vue de l'art même. Il y a, dans ces ingénieuses et brillantes illustrations, des germes précieux qui produiront plus tard des fruits d'une éclatante beauté. Ni Memling, ni Pérugin, ni même les cathédrales du xiie siècle ne sont sortis du néant. Qui voudra chercher dans les évangéliaires du ixe siècle y découvrira les origines du gothique, du préraphaélisme et de la Renaissance. »

[1] Édouard Fleury, *Antiquités,* tome II, page 257.

Trouverait-on et prendrait-on à Braine la revanche de Soissons? C'était peu probable. Il y a beau temps que le palais de bois où les guerriers franks se groupaient autour de Frédégonde et de Hilpéric, et l'église où Grégoire de Tours était obligé de dire la messe successivement à trois autels pour se disculper des calomnies qui le poursuivaient, ont disparu sans laisser de traces. Une nouvelle église, il est vrai, connue et vantée de tous pour la régularité, la justesse, l'élégance de ses proportions, méritait qu'on lui accordât un coup d'œil; mais nos touristes n'ignoraient point que Saint-Yved a subi de cruelles mutilations. Fallait-il courir à des déceptions nouvelles, ne rapporter ni une notion complète, ni un souvenir historique?

Si le temps, comme la veille, avait été pluvieux, si simplement des nuages avaient caché le soleil, la négative l'aurait probablement emporté. Mais la matinée était riante et la journée s'annonçait magnifique. L'étude dût-elle demeurer stérile, la promenade au moins serait charmante. Pourquoi ne ferait-on pas au hasard et à la fantaisie leur part? Sur ces beaux raisonnements on se mit en route.

En moins de trois quarts d'heure, le chemin de fer vous porte de Soissons à Braine. On suit pendant un certain temps la vallée de l'Aisne; le paysage, relativement étendu, a de la douceur. Des collines verdoyantes moutonnent à gauche; à droite s'élèvent des coteaux boisés. Ces accidents de terrain reposent l'œil qu'a fatigué la désespérante monotonie des plaines. Un chemin en pente douce et très bien entretenu conduit de la station jusqu'au bourg. Après avoir traversé la Vesle, qui alimente quelques moulins et s'éloigne à droite pour rejoindre l'Aisne, on se trouve sur la plus maussade place qui se puisse imaginer. Une halle en fait tout l'ornement. Le marché s'était tenu le matin; mais il avait dû finir de très bonne heure, car le bourg, quelques minutes avant midi, semblait désert. Les voyageurs se mirent en quête d'un lieu quelconque où l'on pût déjeuner, et parvinrent, non sans peine, à découvrir une auberge, dont la maîtresse, grosse femme réjouie, leur assura qu'on allait servir à l'instant. Sur cette promesse et pour se mettre à l'abri de la chaleur qui devenait intense, ils entrèrent dans une petite salle à manger où une servante à l'humeur grognonne achevait de mettre le couvert.

« Voilà, dit Laurence, une bonne que je ne prendrais point à mon service.

— Il ne paraît pas, remarqua M. Dubonnet en affectant un air sérieux, que cet endroit ait jamais été le pays des servantes soumises et douces. La pauvre Galeswinthe se serait, elle aussi, bien dispensée de garder Frédégonde à son service. Elle paya de sa vie le tort de n'avoir point, dès son arrivée, demandé au roi le renvoi de la redoutable servante.

— Nous n'avons rien à craindre, je pense, de cette rustique descendante des Franks, répliqua Mériel, sinon qu'elle ne nous laisse mourir de faim. On mangeait bien cependant, au VIe siècle, à Braine ou dans ses proches environs, à la villa de Mummolen, située sur les bords de l'Aisne. Fortunat fut reçu chez ce maire du palais, un Gallo-Romain sans doute, ruiné plus tard et mis à la torture par Frédégonde; et il a célébré les excellents repas qu'on lui offrit. Il n'y est question que d'immenses plats remplis de viandes. Sur la table se dressent des montagnes de mets. Dans l'intervalle des services on fait circuler des pommes douces, des pommes de Perse; mais ce qui excite surtout l'admiration de l'hôte de Mummolen, c'est un monstrueux poisson, nageant dans un océan d'huile. Aussi Fortunat s'en donne-t-il à cœur joie, si bien que son ventre se tend et qu'il s'y passe des désordres très peu poétiques,

26

bien que poétiquement racontés en distiques d'un latin de décadence et qui a la prétention d'être fleuri. »

L'arrivée de quelques habitués, qui venaient à une heure prendre leur repas de midi, interrompit Philippe. C'étaient des paysannes de quelques villages voisins, s'entretenant de ce qu'elles avaient vendu au marché, des vieillards échoués dans cette solitude, de jeunes employés à la figure niaise, à la parole vulgaire. Le roi de la table était un huissier faisant l'entendu et que gonflait un immense amour-propre. Le repas ne rappela en rien celui de Mummolen; mais un ragoût de mouton, un poulet assez maigre et de la salade, partagés entre une dizaine de personnes, suffirent à contenter nos petits mangeurs. Ils avaient hâte, d'ailleurs, de courir un peu le pays.

C'est sans doute dans la partie du bourg où se trouve Saint-Yved qu'était placé le grand établissement des rois mérovingiens.

« C'était une de ces immenses fermes où les rois des Francs tenaient leur cour, et qu'ils préféraient aux plus belles villes de la Gaule. L'habitation royale n'avait rien de l'aspect militaire des châteaux du moyen âge : c'était un vaste bâtiment, entouré de portiques d'architecture romaine, quelquefois construit en bois poli avec soin, et orné de sculptures qui ne manquaient pas d'élégance. Autour du principal corps de logis se trouvaient disposés par ordre les logements des officiers du palais, soit barbares, soit Romains d'origine, et ceux des chefs de bande qui, selon la coutume germanique, s'étaient mis avec leurs guerriers dans la *truste* du roi, c'est-à-dire sous un engagement spécial de vasselage et de fidélité. D'autres maisons de moindre apparence étaient occupées par un grand nombre de familles qui exerçaient, hommes et femmes, toutes sortes de métiers, depuis l'orfèvrerie et la fabrique des armes jusqu'à l'état de tisserand et de corroyeur, depuis la broderie en soie et en or jusqu'à la plus grossière préparation de la laine et du lin...

« Braine fut le séjour favori de Clotaire, le dernier des fils de Clovis, même après que la mort de ses trois frères lui eut donné la royauté dans toute l'étendue de la Gaule. C'était là qu'il faisait garder, au fond d'un appartement secret, les grands coffres à triple serrure qui contenaient ses richesses en or monnayé, en vases et en bijoux précieux; là aussi qu'il accomplissait les principaux actes de sa puissance royale. Il y convoquait en synode les évêques des villes gauloises, recevait les ambassadeurs des rois étrangers, et présidait les grandes assemblées de la nation franke, suivies de ces festins traditionnels parmi la race teutonique, où des sangliers et des daims entiers étaient servis tout embrochés et où des tonneaux défoncés occupaient les quatre points de la salle [1]. »

C'est de Braine que partit, dans l'automne de 561, Clotaire, qui venait de châtier si cruellement son fils Chramm, pour s'en aller dans les bois d'alentour chasser le loup et le sanglier. Pris de la fièvre dans la forêt de Compiègne, il alla mourir sur l'un de ses domaines, non loin de cette ville. Dès le lendemain des funérailles, Hilpérik courut à Braine et mit la main sur le trésor royal.

Ce fut longtemps sa villa préférée. Le malheur seul put l'en chasser. Un jour que l'évêque d'Albi, Salvius, se promenait en causant avec Grégoire de Tours devant le palais, il s'interrompit brusquement et dit à son interlocuteur : « Est-ce que tu ne vois pas quelque chose au-dessus du toit de ce bâtiment? — Je vois, répondit l'évêque de Tours, le nouveau belvédère que le roi vient d'y faire élever. —

---

[1] *Récits mérovingiens.*

Et tu n'aperçois rien de plus? — Rien du tout, repartit Grégoire; si tu vois autre chose, dis-moi ce que c'est. » L'évêque Salvius fit un grand soupir et reprit : « Je vois le glaive de la colère de Dieu suspendu sur cette maison. » La maladie s'abattit, en effet, sur les enfants du roi et de Frédégonde. Le bruyant et brillant séjour de Braine, abandonné précipitamment, devint un lieu désert et comme marqué d'un sceau funeste.

L'étrange fortune de ce pays sembla cependant lui ménager un retour de faveur, lorsque, vers le milieu du xiie siècle, un frère de Louis le Jeune, Robert de France, comte de Dreux, premier du nom, et son épouse, Agnès de Baudimont, comtesse de Braine, posèrent les fondations de l'église de Saint-Yved. La construction s'acheva sous Robert II, et l'édifice fut consacré en 1216 par l'évêque de Soissons, Haimard de Provins. « Depuis ce temps jusqu'en 1282, à ce que nous apprend Vitet, Saint-Yved devint une sorte de succursale de Saint-Denis; du moins, elle donna successivement la sépulture à dix membres de la lignée royale. Le dernier qui s'y fit enterrer fut Robert IV, en qui s'éteignit la postérité masculine des comtes de Dreux et de Braine. »

Saint-Yved, bâti probablement sur l'emplacement de la primitive église mérovingienne, a subsisté jusqu'à nous, mais dans quel état de délabrement et combien mutilé! La façade et plusieurs travées de la nef ont été détruites en 1832. Les vitraux du portail ont servi à la restauration de la cathédrale de Soissons, et les curieuses sculptures du portail sont déposées au pied d'un escalier, dans un vestibule du musée de cette ville. Ainsi réduite, gâtée, découronnée, cette église n'offre plus à l'intérieur un aspect satisfaisant. Elle était surtout recommandable par ses proportions, et ce sont ces proportions qui ont été altérées.

Pour la juger à l'extérieur, il faudrait pouvoir en faire le tour. Or l'église est en grande partie entourée de maisons. Le chevet donne sur la cour d'une habitation particulière, où les voyageurs ne furent pas admis. Ils se consolèrent philosophiquement en regagnant à pied la station de Ciry-Sermoise, où ils prirent le train de Reims pour Soissons.

Le lendemain, avant de se diriger sur Noyon, les touristes voulurent rendre visite au musée. Il occupe quelques-unes des salles de la mairie, devant laquelle s'élève une statue de Paillet, le spirituel avocat. C'est un musée en voie de formation, mais où ne manquent ni les objets curieux ni les intéressantes œuvres d'art. Pressés par l'heure, par le concierge, et. bien entendu, sans le moindre catalogue, les visiteurs eurent à peine le temps de remarquer un beau Guerchin représentant *saint François en extase,* *Carloman blessé à mort dans la forêt de Bezieu,* par Rémond, un consciencieux classique de la fin du xviiie siècle; *les Trois Parques de village,* de Camille Paris, un intérieur moderne traité avec beaucoup de verve et de talent; une *Sainte Geneviève* d'Étex, le sculpteur bien connu qui s'acharne à la peinture et n'y réussit pas toujours; des portraits de *Malebranche,* bonhomme à l'air simple et même un peu niais; du chanoine *Coignet,* très vivant, par Tissier; de *la Marquise de Créqui,* vieille spirituelle et expressive; une *Vue du château de Clermont en Beauvoisis,* par Carrier-Belleuse, le père ou le grand-père du célèbre statuaire, enfermé, sous Robespierre, dans cette prison avec cent autres personnes. L'antiquité est représentée par un superbe morceau, un *Jupiter* gallo-romain en pierre, découvert à Jouy, près de Vailly.

L'ornement de ce musée devrait être le magnifique groupe *le Fils de Niobé et son précepteur,* qui provient de quelque opulente résidence romaine, et qui est la

reproduction très habile et très savante d'un des chefs-
d'œuvre de la statuaire antique. Mais la ville de Soissons
a vendu ce *Niobide* au musée du Louvre, moyennant une
faible somme, et en échange d'une collection de plâtres,
pour laquelle le concierge professe une vénération particulière. Il serait bien à désirer qu'un peu de cette vénération
s'étendît au tympan de Saint-Yved, rélégué dans l'ombre,
dans la poussière, placé si bas qu'il faut se courber pour
le voir. On devrait le mettre bien en lumière, dans une
salle à part, où il serait facile d'étudier comme il le mérite cet admirable spécimen de la sculpture au moyen âge.

VIII

Journal de Laurence.

« Nous avons trouvé Noyon en grande réjouissance. On
y célébrait sans doute quelque fête annuelle. Les boutiques
se pressaient sous les arbres, dans les allées de la belle
promenade qui sépare la ville de la station du chemin de
fer. Quelques baraques de saltimbanques faisant appel à la
curiosité publique par les hyperboles de leurs affiches,
l'éloquence des boniments, le tapage des grosses caisses,
des fifres et des cymbales. La foule est rassemblée devant
un cirque où l'on doit voir les plus beaux éléphants de
l'Afrique et de l'Asie. Philippe, qui a de bons yeux et
encore plus d'imagination, prétend reconnaître M. Blackstone dans le personnage affublé d'un costume de général

anglais qui harangue, sans beaucoup les séduire, les Picards, à l'humeur méfiante et parcimonieuse. M. Dubonnet assure que nous allons certainement apercevoir aux vitres de quelque café les portraits de la famille Despinoy. Mais nous ne sommes pas venus à Noyon pour assister à des séances d'escamotage ou pour contempler les incomparables éléphants de M. Blackstone. A peine jetons-nous un coup d'œil sur les dames de Noyon, qui, revêtues de leur toilette des dimanches et assises en cercle auprès de la statue du sculpteur Sarazin, regardent, tout en causant, leur progéniture prendre ses ébats. Impatients d'arriver à la cathédrale, dont nous apercevons les tours à peu de distance, nous nous engageons dans la première rue qui se présente.

« A mesure que nous avançons, le bruit diminue; bientôt il cesse complètement. Les passants sont de plus en plus rares. Parvenus sur la place de la cathédrale, nous éprouvons une étrange sensation de stupeur à l'aspect d'une solitude, d'un abandon que le silence rend plus sensible encore. Les hôtels des chanoines, qui s'étendent autour du parvis, ont quelque chose d'imposant et de morne. On se croirait dans un faubourg Saint-Germain fantastique. L'herbe croît entre les pavés, et les cryptogames enguirlandent les portes cochères. La vivace et turbulente cité du moyen âge sert aujourd'hui de retraite à des bourgeois tranquilles, opulents, et dont les demeures affectent volontiers des dehors aristocratiques. J'ai vu des églises isolées, délabrées, près de tomber en ruines, mais elles n'étaient pas situées au cœur d'une ville, dans l'endroit qui devrait être le plus animé. Cette tristesse ambiante m'a fait penser, je ne sais pourquoi, à l'un des monuments qui m'ont le plus intéressée dans mes voyages, la cathédrale de Dol, en Bretagne. Ce sont deux grandeurs évanouies. Dol a exercé la primatie sur plusieurs provinces: Noyon était évêché, comté-pairie: l'une et l'autre n'ont plus que des souvenirs. Je ne les compare pas, du reste, au point de vue de l'architecture. Notre-Dame de Dol a pour elle le voisinage de la mer, dont le vent vient gémir dans ses hauts clochers; Notre-Dame de Noyon, construite dans un pays plat et ne pouvant emprunter aucun prestige à la nature qui l'environne, doit tout aux ressources, et, on peut bien le dire sans exagération, aux merveilles de l'art. Cette œuvre admirable a trouvé son commentateur, son interprète dans Vitet. Si Victor Hugo a, dans *Notre-Dame de Paris*, sonné la fanfare de l'architecture gothique, Louis Vitet, dans son *Essai sur Notre-Dame de Noyon*, en a donné la formule, l'histoire et le sens. Je l'ai lu et relu bien des fois, et je me disais toujours : Ne verrai-je donc pas cette magnifique cathédrale dont la seule description a le privilège de me ravir? Voilà qu'enfin ce plaisir m'est accordé. Tâchons d'en jouir dignement.

« Avant d'entrer dans un monument, avant même d'en examiner la façade, j'aime à en faire le tour. Ici, malheureusement, ce n'est pas possible. De vieilles maisons, sans doute des dépendances de l'ancien évêché, dérobent à la vue le côté droit de l'église. Le côté gauche, ou côté du cloître, est extrêmement curieux par sa vétusté: mais ce qui frappe surtout, c'est le chevet de l'église. Il est appuyé sur une véritable forêt de contreforts et d'arcs-boutants. Point de confusion dans cet ensemble. Tout est bien à sa place; rien ne se contrarie, ne fait double emploi. Si ce chevet ne venait tomber sur une petite place où il est comme perdu, l'effet qu'il produirait serait saisissant. L'impression égalerait celle que l'on éprouve au Mans lorsqu'en suivant la rue de la Grimace on aperçoit le puissant chevet de la cathédrale.

« Il m'est arrivé quelquefois de comparer la façade d'un édifice à l'ouverture d'un opéra. Elle en doit exprimer et résumer le caractère. Ce n'est point précisément le cas pour la façade de Noyon. Les tours sont belles, mais lourdes et comme trapues. Le porche ne fait pas non plus un très heureux effet. Le regard serait plus flatté si les portes s'offraient directement à lui. L'harmonie générale serait ainsi mieux conservée. La salle du chapitre, placée à gauche du porche et disposée en largeur, au lieu de s'enfoncer en longueur, introduit aussi dans la façade une sorte de disparate.

« Lorsque l'on a franchi la principale entrée, et dès les premiers pas que l'on fait dans la nef, on est comme subjugué par un sentiment de surprise, par un contentement intime qui va jusqu'à l'enchantement. Les imperfections mêmes de la façade semblent ajouter à ce charme de l'intérieur en permettant à peine de le soupçonner. C'est comme un rideau qui se tire et vous dévoile soudain un spectacle inattendu. La pureté des lignes et la parfaite proportion des parties donnent tout de suite le petit frisson que causent les œuvres exquises. L'élévation des voûtes n'a rien d'exagéré. Les colonnes montent simples, fortes, sveltes, sans vaine ornementation, sans luxe inutile. On n'est pas pris de vertige comme à Coutances. Cet immense vaisseau est vaste sans être nu ; on y sent l'espace, et pourtant on n'y souffre point du vide. Partout une lumière franche, et qui devient adorablement magique lorsque dans l'après-midi les rayons du soleil, inclinant à l'horizon, viennent empourprer les verrières.

« M. Dubonnet nous fait observer à quel point, dans cette église, l'ogive se marie avec le plein cintre. Les arcades, les voûtes, les nervures sont ogivales. Les grandes fenêtres placées tout en haut sont en plein cintre. Il en est de même des trois premières travées du chœur ainsi que de la décoration des chapelles groupées autour de l'abside. Ce mélange n'est pas absolument particulier à Noyon, mais il s'y est accompli dans des conditions singulières : d'habitude, dans les monuments mixtes, c'est la partie basse qui est à plein cintre. Le goût s'étant modifié pendant que l'on construisait l'édifice, — on mettait à ces constructions quarante, soixante ans, quelquefois un siècle, — les parties hautes se terminaient en ogive. A Notre-Dame de Noyon, c'est tout le contraire. L'ogive est en bas, le plein cintre au sommet. Il n'y a donc pas eu superposition dans l'ordre chronologique. La fusion a été faite après réflexion et calcul, en vertu d'un parti pris. C'est sans doute là ce qui donne à cette église un si étonnant caractère d'unité, ce qui en fait l'église du pur esprit.

« Il faut être bien fin connaisseur pour déterminer l'ordre qui a été suivi dans la construction ou plutôt la reconstruction de la cathédrale. On a commencé, paraît-il, par le chœur, et tout d'abord on l'a trop étendu, car probablement il venait autrefois jusqu'au second pilier de la nef et le dépassait même un peu. On l'a reculé et rehaussé, puisqu'on n'y entre qu'en montant cinq degrés. Quelques traces de tâtonnements subsistent encore dans les galeries du premier étage ; elles disparaissent complètement dans la nef, qui est le triomphe de l'art de transition. On se rend très bien compte des divers états d'esprit par lesquels ont passé les architectes. Le seul point qui échappe, c'est le motif qui a pu les engager à construire des transepts arrondis. Selon Philippe, ils ont obéi à des considérations d'ordre mystique. Trois hémicycles groupés en forme de trèfle contiennent le principe trinitaire. Dans les églises à transepts semi-circulaires, l'idée de la croix est exprimée en même temps que celle de la Trinité. Cependant on a plus généralement adopté la forme de la croix latine, bien qu'elle soit plus incomplète. L'explication de M. Dubonnet est beaucoup plus simple : il nous rappelle que l'église de Tournay présente la même particularité. Or Noyon et Tournay ont été longtemps gouvernés par les mêmes évêques, et il n'est pas surprenant que, sur un point appartenant en quelque sorte à la liturgie, l'une des églises ait imité l'autre. Quoi qu'il en soit, et, à ne parler qu'en profane, l'emploi du demi-cercle dans le transept est certainement du plus heureux effet.

« Les chapelles étaient jadis fort nombreuses. Il en est tout autrement aujourd'hui. De plus, ce qui achève de dérouter le curieux, les attributions ont été changées. La chapelle de la Vierge était auparavant dédiée à saint Éloi; la chapelle de Saint-Nicolas se divisait en trois parties, dont deux étaient consacrées à sainte Luce et à sainte Marguerite. Nous avons vainement cherché la chapelle de la Gésine de la Vierge, qui, de 1521 à 1534, eut pour titulaire Jean Calvin ou plutôt Cauvin. On ne voit même plus où elle était.

« C'est un beau thème pour l'imagination que de se représenter le futur apôtre de la Réforme officiant à quelque autel latéral, semblable à ceux que nous voyons encore; mais l'imagination fera bien de ne pas trop se donner carrière.

« Simplement tonsuré, le petit-fils du tonnelier de Pont-Lévêque, bien qu'il ait obtenu deux cures de village et qu'il ait été pourvu d'un bénéfice dans la cathédrale de Noyon, n'a jamais reçu les ordres et ne paraît avoir été ni chapelain ni curé d'une manière effective. La tradition veut cependant qu'il ait prêché quelquefois à Pont-Lévêque, mais rien n'est moins établi. Toute cette jeunesse de Calvin est mal connue et mériterait d'être étudiée plus sérieusement qu'elle ne l'a été jusqu'ici.

« Ce sont d'abord ses origines qu'il faudrait interroger et connaître. Son grand-père étant artisan de village, comment se fait-il que son père, Gérard Cauvin, entrant

Abside de la cathédrale de Noyon.

rapidement dans une bourgeoisie ordinairement fermée, soit devenu notaire apostolique et secrétaire de l'évêque de Noyon, Charles de Hangest? Ce devait être un homme capable et actif, car le neveu du cardinal d'Amboise était un

prélat qui remplissait avec autant de zèle que d'intelligence ses fonctions épiscopales. Ses chanoines l'avaient
surnommé *le bon évêque*. Il trouva probablement du mérite à Gérard Cauvin et voulut lui donner des marques éclatantes de satisfaction en favorisant l'entrée de ses deux
fils, Charles et Jean, dans l'Église. Gérard Cauvin était
ambitieux. Il rêvait pour ses enfants une situation plus
brillante et plus haute que celle qu'il occupait. La modeste
fortune qu'il tenait sans doute de Jeanne Lefranc, sa
femme, une très digne et pieuse personne, n'eût pas
suffi aux frais des études, et l'appui des deux Hangest,
l'évêque Charles et l'abbé de Saint-Éloi, Claude, lui était
indispensable.

« Si je lui cherche ainsi des motifs mondains, c'est que
pour l'aîné de ses fils au moins, pour Charles, il semble
avoir volontairement méconnu des dispositions aussi peu
ecclésiastiques que possible. Ce Charles, qui mourut, en
1536, prêtre chapelain de l'église Sainte-Marie de Noyon,
était absolument ce qu'on appelait alors un libertin, c'est-à-
dire un incrédule déclaré. Souvent réprimandé par ses
confrères ou par l'autorité supérieure, il ne s'amendait pas,
loin de là, et s'emportait jusqu'au blasphème. A sa dernière heure, Charles Cauvin refusa de recevoir les sacre-
ments; aussi ne fut-il point inhumé en terre sainte, et
son corps fut jeté sous les quatre piliers qui soutenaient la
potence de Noyon.

« Voilà déjà, si je ne me trompe, une lourde responsabilité qui pèse sur maître Gérard Cauvin. Maintenant,
quant au second fils, il intervint dans sa vie d'une façon
également fâcheuse. Nous savons, par le témoignage de
Calvin lui-même, que sa jeunesse fut très fervente. La
carrière ecclésiastique s'annonçait comme devant lui convenir particulièrement. Écolier, à Paris, dans les collèges

de la Marche et de Montaigu, son ardeur au travail l'avait
élevé aux premiers rangs. « Il parlait peu; ce n'étaient
« que propos sérieux et qui portaient coup; jamais parmi
« les compagnies et toujours retiré. » Sévère pour lui-
même, il était peu tolérant pour les autres : ses condi-
ciples l'avaient surnommé *l'accusatif*. Curé de Marteville
à seize ans, de Pont-Lévêque à dix-huit, il s'apprêtait à
suivre la filière qui devait le conduire peu à peu au cano-
nicat, lorsque Gérard Cauvin, trouvant que par cette voie
la fortune ne venait pas assez vite, lui fit quitter l'étude
de la théologie pour l'école de droit.

« Mon père, dit Calvin, voyant que la science des lois
« enrichit d'ordinaire ceux qui la cultivent, cette espérance
« le fit soudain changer d'avis. Ainsi il arriva que, retiré
« de l'étude de la philosophie pour apprendre les lois, je
« m'efforçai de travailler fidèlement pour obéir à la vo-
« lonté de mon père. Dieu toutefois, par sa providence
« secrète, me fit finalement tourner bride d'un autre
« côté. »

« Ainsi ce que n'avaient pu faire ni les exemples de son
frère Charles, ni les conversations de son compatriote et
parent Robert Olivetan, ni les premières leçons de son professeur Mathurin Cordier, s'accomplit chez Calvin par la
faute de son père. Les trois ans qu'il alla passer aux écoles
d'Orléans et de Bourges (1529-1532) décidèrent de son
avenir. Il revint à Noyon pour se démettre de sa cure de
Pont-Lévêque et de sa chapelle de la Gésine. A la mort
de son père, il vendit son petit héritage et quitta, pour n'y
plus revenir, la ville où il était né dans une maison que
l'on montre encore sur la place du marché au blé.

« Je ne sais pourquoi ce Gérard Cauvin m'occupe plus
que son célèbre fils. Quelle destinée étrange que celle de
cet homme! Parti de son village, il s'instruit, s'élève par

lui-même, obtient la main d'une jeune bourgeoise, devient
secrétaire de l'évêché. Cela ne lui suffit pas. Il veut que
ses enfants montent aux premières dignités de l'Église.
Vainement l'un d'eux se dérobe ou résiste, il en fait un
mauvais prêtre. L'autre, au contraire, paraît voué à devenir un fameux docteur. Par malheur, son avancement n'est
pas assez rapide. L'ambitieux Gérard Cauvin s'irrite, dé-
tourne son fils de la route qu'il aurait suivie et donne,
sans le soupçonner, un chef à la Réforme. Il meurt laissant peu de fortune, amèrement déçu, tombé du haut de
ses espérances. Son fils aîné gît à la voirie; son second
fils va devenir pendant des siècles un sujet de scandale
pour ceux-ci, un thème à controverse pour ceux-là. Et
pour s'être affinée trop tôt, la race s'éteint. Du pâle et ascétique Calvin, tel que nous le montrent ses portraits, au
vigoureux tonnelier de Pont-Lévêque, quelle distance! La
volonté tendue à l'excès a usé les ressorts; la flamme intérieure, une flamme sombre et continue, a tout desséché,
tout dévoré!

« Il n'est pas étonnant que, même indépendamment des
remaniements matériels, de ce qu'on pourrait appeler la
poussée du temps, la chapelle de la Gésine ait disparu. La
cathédrale de Noyon n'est pas faite après tout, cela se
comprend, pour honorer ou même conserver le souvenir
de Calvin. Mais ce qui étonne c'est que, sauf de très rares
inscriptions, rien ici n'évoque la mémoire des prélats qui
ont occupé avec éclat ce siège épiscopal, ou ne fasse allusion aux événements qui se sont accomplis sous ces voûtes.
Certains voyageurs trouvent que dans les églises d'Italie
on est fatigué par l'abondance des inscriptions commémo-
ratives, des cénotaphes, des tombeaux. Que ce reproche
soit fondé, c'est possible. Chez nous, au contraire, on
pourrait en ce genre blâmer l'excès de sobriété. Si l'on en

croit quelques vieillards dont la parole n'a peut-être pas
l'autorité suffisante, on a pris pendant la Révolution un
stupide plaisir à gratter en ce lieu les noms les plus remarquables ou les plus illustres. Je ne nie pas la probabilité
de cette profanation, mais cela ne répond point à ma remarque, et la mauvaise humeur révolutionnaire aurait été
fort embarrassée de s'adresser à des monuments qui n'existaient pas. Est-ce qu'il y a de l'exagération à penser que
dès statues de saint Médard et de saint Éloi seraient fort à
leur place dans cette basilique, et que la sculpture moderne,
toujours en quête d'un général à glorifier ou d'un tribun à
inventer, ne dérogerait point en nous représentant les figures, même idéales, de ces grands évêques? Le décor a
changé, je le sais bien, mais non l'emplacement. L'église
de pierre s'élève où se dressait l'église de bois. Qu'importe? C'est bien dans ces quelques pieds carrés que s'est
passée la scène entre saint Médard et Radegonde, beau
sujet de tableau pour un Luminais ou un Jean-Paul Lau-
rens. Dans le chœur, plus étroit peut-être et plus humble,
du primitif édifice, Hugues Capet fut proclamé roi, sous
l'épiscopat de Lindulfe, fils d'Albert Iᵉʳ, comte de Vermandois. Noyon et Laon ont vu naître la dynastie capé-
tienne. Adalbéron et Lindulfe l'ont servie avec une fidélité
courageuse, sans abdiquer leur indépendance toutefois,
en quoi leurs successeurs les ont imités. A ce propos, les
vieux chroniqueurs content une curieuse histoire.

« Le bon roi Robert, le second des Capétiens, possédait à Noyon une tour, assise dans l'enclos de l'église
Notre-Dame, tout près de la cour épiscopale. Il avait
confié la garde de cette tour à l'un de ses officiers,
homme d'une humeur arrogante et fort tracassière, qui
tourmentait également les bourgeois, le peuple et l'évêque.
Celui-ci, nommé Hardoin, fils de Robert de Croy, s'avisa,

27

pour secouer ce joug insupportable, d'un stratagème assez hardi. Je veux m'amuser à transcrire l'histoire en vieux langage, telle que je l'ai lue; elle n'en est que plus piquante :

« Un jour que le tyran s'estoit absenté de sa forteresse,
« n'y ayant laissé que sa femme avec ses servantes, l'é-
« vesque, voyant l'opportunité favorable et ayant donné le
« mot aux citoyens avecques commandement de s'armer,
« fit dire à la dame qu'il l'alloit veoir pour la prier de lůy
« vouloir tailler une chasuble de drap de soye, que per-
« sonne ne pouvoit mieux qu'elle. La dame, toute ravie de
« bonheur d'une telle visite et glorieuse de recevoir son
« évesque, personnage de qualité et de maison, luy va au-
« devant et le reçoit au dedans, ne sachant rien du des-
« sein. Après quelques discours de fidélité, voicy arriver
« ceux qui devoient faire crouler la forteresse avec engeins
« et instruments à ce convenables. Ce fut alors que Mon-
« seigneur l'évesque fit entendre à Madame la gouvernante
« que, pour les injures que son mary faisoit souffrir à
« l'Église, à luy, aux chanoines et au peuple, il falloit que
« la tour sautast et que tous les boulevars fussent rasez,
« et partant, dit-il, sortons vistes avant que l'on com-
« mence, crainte de périr sous les ruines. A ces mots elle
« tomba en foiblesse d'appréhension qu'elle eut. L'éves-
« que, la relevant et la rassurant par douces paroles, la
« prit par la main et la mena au dehors en lieu de seureté.
« A l'instant et sans marchander davantage, les gens de
« l'évesque mirent le feu aux quatre coins du bâtiment,
« sapèrent et minèrent tous les édifices. »

« Ne dirait-on pas un fabliau du bon temps? La malice gauloise pétille dans ce récit, et cet évêque Hardoin nous y apparaît comme un personnage à la fois résolu et avisé. Il fallait être l'un et l'autre pour tenir tête avec succès,

tantôt au roi, tantôt à une remuante et ambitieuse bourgeoisie. Ce don de fermeté prudente et de souple droiture
fut à coup sûr largement départi à Baudry de Sarchainville, appelé en 1098 à l'évêché de Noyon. C'est lui qui,
en 1108, prit l'initiative d'octroyer une *commune* aux
habitants de la ville. La situation, fort tendue sous ses prédécesseurs, était arrivée à l'état aigu. Baudry comprit
qu'il n'y avait pas de temps à perdre et que toute hésitation devait cesser. Il convoqua en assemblée tous les habitants, clercs, chevaliers, commerçants et gens de métier.
La charte qu'il soumit à leurs délibérations constituait le
corps des bourgeois en association perpétuelle, sous des
magistrats appelés jurés.

« Quiconque, était-il dit dans cette charte, voudra en-
« trer dans cette *commune* ne pourra en être reçu mem-
« bre par un seul individu, mais en la présence des jurés.
« La somme d'argent qu'il donnera alors sera employée
« pour l'utilité de la ville, et non au profit particulier de
« qui que ce soit. »

« Si la *commune* est convoquée en armes, tous ceux
« qui l'auront jurée devront marcher pour sa défense, et
« nul ne pourra rester dans sa maison, à moins qu'il ne
« soit infirme, malade ou tellement pauvre qu'il ait besoin
« de garder lui-même sa femme et ses enfants malades.

« Si quelqu'un a blessé ou tué quelqu'un sur le terri-
« toire de la *commune*, les jurés en tireront vengeance. »

« A ces trois articles s'en ajoutaient d'autres qui garan-
tissaient aux membres de la *commune* l'entière propriété
de leurs biens et le droit de n'être traduits en justice que
devant leurs magistrats électifs. Baudry de Sarchainville
fut le premier à jurer cette charte, et le même serment fut
prêté après lui par les habitants de tout état. En outre
l'évêque prononça l'anathème contre quiconque oserait en-

freindre les règlements de la *commune* ou tenterait de la
dissoudre. Enfin Baudry invita le roi de France, Louis le
Gros, à corroborer cet acte par son approbation et par le
grand sceau de la couronne. Le roi s'étant rendu à son
désir, rien ne manquait plus à la valeur du pacte signé;
aussi l'évêque s'écrie-t-il dans une charte, qui est venue
jusqu'à nous :

« Cet établissement fait par moi, juré par un grand
« nombre de personnes et octroyé par le roi, que nul ne
« soit assez hardi pour le détruire ou l'altérer; j'en donne
« l'avertissement de la part de Dieu et de ma part, et je
« l'interdis au nom de l'autorité pontificale. Que celui qui
« transgressera et violera la présente loi subisse l'excom-
« munication; que celui qui, au contraire, la gardera fidè-
« lement, demeure sans fin avec ceux qui habitent dans la
« maison du Seigneur [1]. »

« La commune de Noyon est, en effet, l'une des plus
paisibles que l'on rencontre au moyen âge. On aurait tort
cependant de croire que les choses s'y sont toujours passées à l'amiable. Les évêques furent contraints d'élever des
tours pour protéger le palais épiscopal et la cathédrale, ce
qui ne dénote pas un état de tranquillité parfaite. D'autre
part, on voit par le serment que l'évêque Gérard de Ba-
soches (1221) exigea des bourgeois, qu'il se produisait assez souvent des conflits. Voici ce serment, qui ne manque
certes pas d'originalité et peut très bien se passer de commentaire.

« Défense que le maire fait à la fenêtre de l'hôtel de ville
« lorsqu'il revient de prêter serment au chapitre.

« Je vous enjoins, sur peine de corps et de castel, que

1 *Annales de l'église cathédrale de Noyon*, citées par Augustin Thierry
dans les *Lettres sur l'Histoire de France*.

« pour discorde, même contre aucun chanoine de Noïon
« ou leurs clercs de chœur, ou à leurs serviteurs, il ne
« soit aucun qui crie *commune;* et s'il advenoit que aucun
« le feist, il encourroit peine de corps et de castel. »

« C'étaient des gens d'humeur peu accommodante que
ces chanoines de Noyon, et s'ils faisaient sentir lourdement le poids de leur autorité, ils ne montraient guère de
souplesse envers leurs évêques. L'histoire de l'épiscopat
de Noyon est l'une des plus contentieuses que l'on puisse
rencontrer. Pendant des siècles ce ne sont que démêlés et
procès entre l'évêque et les chanoines. Pour imposer à
ceux-ci ce n'était pas trop de la domination d'un fils de
France comme Pierre Ier, fils de Philippe-Auguste, ou
d'un prélat hors ligne, comme Étienne Aubert, devenu
pape en 1352, sous le nom d'Innocent VI. En revanche,
lorsqu'ils avaient affaire à des hommes faibles ou indécis,
ils engageaient contre eux des luttes acharnées où souvent
la victoire leur restait. Jean de Mailly, Guillaume Marafin,
Jean de Hangest en surent quelque chose. Enfin la fureur
processive du chapitre fut poussée si loin que Claude d'Angennes, qui n'avait pas l'humeur belliqueuse, quitta la
partie et obtint sa nomination au siège du Mans, se flattant,
malgré leur mauvaise réputation, de trouver les Manceaux
moins entêtés, plus dociles que les Picards.
« Par un singulier hasard, les pierres tombales de plusieurs de ces chanoines ont subsisté dans la cathédrale,
tandis qu'il n'est demeuré aucune trace de la sépulture des
évêques. A-t-on pris soin, comme quelques personnes le
pensent, de faire disparaître pendant la Révolution leurs
inscriptions funéraires? ou bien ne faut-il accuser que le
temps et la négligence des hommes? Je ne sais; mais il est
trop vrai que nulle marque extérieure ne rappelle le sou-

venir de cette longue suite de prélats dont plusieurs furent
des esprits éminents, et qui appartenaient presque tous
aux plus hautes familles de France. François de Clermont-
Tonnerre lui-même dort oublié sous ces dalles, et rien ne
distingue sa tombe de celle d'un chantre ou d'un écolâtre.
Il avait conservé en plein règne de Louis XIV le sentiment
des grandeurs passées de son évêché, au temps où l'é-
vêque de Noyon traitait d'égal à égal avec le roi, comme
suzerain du comte de Vermandois. Ce sentiment, s'ajoutant
en lui à la fierté de sa race, avait produit dans son caractère une sorte d'exaltation, dont la malignité des contemporains s'est fort réjouie, et qui amenait quelquefois le
sourire sur les lèvres du souverain le plus maître de soi
que l'on ait connu. On ferait un recueil de tous les mots
plus ou moins extraordinaires prêtés par la chronique à
M. de Noyon. Sa réception à l'Académie française fut toute
une affaire et le plus curieux des spectacles. Il remplaçait
un personnage obscur, très piètre écrivain, Barbier d'Au-
court. Son discours de réception, lu devant ses collègues,
ne contenait pas un seul mot sur son prédécesseur. Les
académiciens lui en firent l'observation et l'engagèrent à
introduire quelques phrases de pure convenance; mais
M. de Clermont-Tonnerre s'y refusa d'une manière absolue, disant qu'il s'était fait une loi de ne jamais louer un
roturier. Ce manque de charité ou d'humilité, comme on
voudra, ne lui porta pas bonheur. Le directeur de l'Académie française, chargé de le recevoir, était un ecclésiastique
lettré, délicat, fin, d'un esprit enjoué, volontiers tourné à
l'épigramme, l'abbé de Caumartin. L'occasion était trop
belle de donner cours à sa malice, pour que le spirituel
abbé pût y résister. Son discours ne fut d'un bout à l'autre,
et sous les plus respectueux dehors, qu'une satire indirecte
du récipiendaire. Le plus plaisant de l'histoire, c'est que

tout d'abord M. de Noyon ne se douta de rien, tant l'abbé de Caumartin avait mis de sérieux à débiter sa harangue. Les rires mêmes de l'auditoire ne le mirent point sur la voie; mais, lorsque enfin quelque âme charitable, et il n'en manque jamais en pareille circonstance, l'eut éclairé à ce sujet, l'éclat fut grand. La cour retentit des plaintes d'un comte-évêque, pair de France, qui portait le jour du sacre le baudrier du roi, et qu'un petit abbé de mince naissance s'était permis de railler en public. Louis XIV trouva que l'abbé de Caumartin avait passé la mesure. On l'envoya réfléchir dans l'évêché de Blois aux inconvénients d'avoir de l'esprit hors de propos. Il y demeura longtemps comme en exil, et dans une sorte de disgrâce, bien que M. de Noyon, qui n'était pas méchant, eût, une fois sa colère apaisée, intercédé en faveur de son caustique confrère.

« Je n'aurais pas voulu que ce souvenir modérément solennel fût le dernier qui s'éveillât dans mon esprit avant de quitter cette imposante cathédrale; mais la mobilité de l'histoire ne permet guère la fixité des impressions. Nous nous retirions donc après avoir jeté un dernier coup d'œil sur l'intérieur de la basilique, que le soleil illuminait avec une splendide magnificence, lorsque deux bonnes femmes passèrent près de nous. Elles avaient, comme nous, visité l'église, l'une d'elles en faisant les honneurs à sa compagne. « Eh bien? lui dit-elle triomphalement au moment « où elles sortaient comment trouvez-vous mon église? « — Très belle, répondit l'autre; mais, entre nous, « j'aime encore mieux la cathédrale de Reims. » Ce mot jeté en l'air allait donner lieu entre mon frère, mon mari et moi, à une conversation dont je vais essayer de reproduire, sinon la forme exacte, au moins le fond. Nous avons parcouru un bien vaste cercle et touché, sans la résoudre, à plus d'une question. Cela nous a fait passer une bonne heure et je suis certaine qu'un jour je prendrai plaisir à relire cet entretien.

MOI

« Voici le cri de l'instinct, le jugement populaire. Cette bonne femme, qui est sans doute une Rémoise, aime mieux sa Notre-Dame, non point parce qu'elle est plus vaste ou d'un type supérieur d'architecture, mais parce qu'elle est plus ornée, plus riche en tapisseries, en sculptures, en décorations de toute espèce. Ce n'est pas là pourtant, à mon avis, que réside le beau religieux. La nudité de Noyon parle plus haut à mon âme que l'opulence de Reims.

PHILIPPE

« Prends garde : tu es sur la pente qui a conduit certains byzantins et nos huguenots du xvi⁰ siècle à briser les images. Ils s'attachaient aveuglément au sens littéral de l'Évangile, où il est ordonné d'adorer Dieu en esprit et en vérité. Toute figure, toute représentation un peu artistique leur paraissait une sorte de veau d'or, un symbole d'idolâtrie, qu'il importait de détruire. Je me souviens de t'avoir entendu dire que dans un de tes voyages à Lausanne, visitant la cathédrale affectée aujourd'hui au culte protestant, tu avais éprouvé comme un sentiment de malaise devant ces chapelles vides et ce chœur appauvri, dépouillé, où rien ne subsiste des antiques splendeurs. Quoi de plus triste aussi que le chœur de la cathédrale de Bâle, où quelques bancs en bois nous représentent de respectables et prosaïques pasteurs psalmodiant des psaumes à l'endroit même où se tint l'un des plus imposants conciles de la chrétienté ! La vive et profonde croyance implique un besoin de manifestation extérieure ; elle amène toujours à sa suite une floraison, un épanouissement. Le doute, au contraire, souffle un vent de sécheresse.

MOI

« A ce compte, les populations du Midi atteindraient au plus haut degré du sentiment religieux, car elles ont horreur de la simplicité, de la sobriété ; elles entassent les fleurs, amoncellent les bijoux, accumulent les draperies, prodiguent les enluminures. Est-on plus touché pour cela ? Nullement. Ces pompes exagérées et de mauvais goût semblent un reflet persistant du paganisme.

PHILIPPE

« Alors nos ancêtres champenois, picards ou normands étaient de fameux païens, car, du haut en bas, ils avaient revêtu leurs cathédrales de couleurs et de dorures. Ils voulaient que tout fût coloré, même la lumière ; de là ce goût passionné pour les vitraux peints, qui se déclara surtout après la première croisade. Il n'était pas jusqu'au pavé des églises que l'on ne soumît à la coloration, variant autant que possible les teintes, les nuances, quand on ne poussait pas la hardiesse et la recherche jusqu'à la mosaïque.

M. DUBONNET

« C'était, du reste, un retour plus ou moins conscient à l'antiquité. Nous savons maintenant que les Grecs, nos maîtres en tant de choses, pratiquaient l'architecture et la sculpture polychromes. Vous avez pu voir à l'une de nos dernières expositions le Parthénon restitué d'après cette donnée. Cela ne ressemblait en rien aux notions que nous avons reçues dans notre jeunesse.

PHILIPPE

« Les gens du moyen âge n'allaient pas à nos expositions.

M. DUBONNET

« Non certes ; mais ils sont bien plus restés en communication avec l'antiquité qu'on ne se l'imagine généra-

lement. Les évangéliaires du ix° siècle, si admirablement
coloriés, et où l'on trouve une si heureuse diversité de
types architectoniques, avaient des Grecs pour illustra-
teurs. La tradition ne s'est donc jamais complètement
interrompue, et il s'est fait, au moment des croisades, un
renouvellement d'une intensité extrême. M. Édouard Fleury
voit même dans ces manuscrits une source où nos grands
architectes ont dû puiser abondamment. C'est aussi mon
opinion, et, sans chercher à diminuer la Renaissance, je
suis persuadé que, grâce aux miniaturistes du moyen âge,
encore trop peu appréciés, la chaîne ne s'est jamais entièrement brisée.

MOI

« Pour revenir à la question dont nous nous sommes
un peu écartés, il est incontestable que, dès le xii° siècle,
le luxe des églises indisposait fortement les maîtres de la
vie religieuse. Il existe à ce sujet une lettre très curieuse,
écrite, vers 1125, par saint Bernard à Guillaume, abbé
de Saint-Thierry, près Reims. Il s'y plaint d'abord de
l'élévation extraordinaire des églises, de leur longueur
immodérée, de leur largeur excessive, qui en fait souvent
une solitude, de leur éclat somptueux, de leurs curieuses
peintures. Rappelant son origine populaire, il déplore aussi
que l'on fasse les saints trop riches, trop aristocrates,
comme nous dirions, et que leurs châsses soient couvertes
de lames d'or. Tout lui déplaît : les couronnes à pierres
précieuses, qui lui font l'effet de roues flamboyantes, et
les candélabres, devenus de véritables arbres en airain,
où s'est épuisé l'art de l'ouvrier. Le pavage en couleur
excite également sa colère ; mais ce qui l'indigne plus que
tout le reste, ce sont les images bizarres sculptées sur les
chapiteaux ou sous les porches, et qu'il appelle sans hésiter
des inepties. Ces fantaisies, que nous admirons peut-être

avec trop de complaisance, et dans lesquelles des commentateurs subtils ont voulu voir une symbolique raffinée, offensaient la religion austère de saint Bernard, et plus d'un homme éminent sans doute dans le clergé séculier partageait son opinion.

M. DUBONNET

« Je demande pardon, en une si grave discussion, de faire intervenir un rapprochement tout profane. Ces plaintes de saint Bernard me font penser aux beaux vers que Philémon adresse aux dieux, lorsque ceux-ci cherchent asile dans sa cabane :

> Jamais le ciel ne fut aux humains si facile
> Que quand Jupiter même était de simple bois ;
> Depuis qu'on l'a fait d'or, il est sourd à nos voix.

PHILIPPE

« Vous remarquerez que saint Bernard, qui échappe, je le suppose, à l'accusation de paganisme et de matérialisme, se plaint tout autant de la largeur et de la hauteur des églises que des ornements qui les encombrent ou des fantaisies qui les déparent. Son type préféré était évidemment le roman primitif, avec son plafond uni, son solide et grave plein cintre. C'est ainsi qu'il comprenait le séjour de la prière et le sanctuaire de la piété.

MOI

« Je ne sais pas si le plein cintre est aussi solide que tu le prétends ; mais ce qu'il y a de certain, c'est que ces primitives églises, dont on parle toujours et dont il restait déjà si peu du temps de saint Bernard, étaient constamment en reconstruction. Partout où nous avons passé, à Reims, à Laon, à Soissons, ici même, nous n'avons jamais ce qui s'appelle vu et touché la première église.

Tantôt il a fallu la rebâtir parce que les matériaux employés étaient trop fragiles ou de qualité inférieure, tantôt
parce qu'un incendie l'avait dévorée.

M. DUBONNET

« A ce propos, l'on s'est demandé pourquoi ces continuels incendies d'églises au moyen âge. Elles brûlaient
alors bien plus souvent, proportion gardée, que ne le font
aujourd'hui nos salles de spectacle. En premier lieu, il faut
se souvenir de la fréquence des invasions et de la violence
des émeutes, qui étaient de terribles causes de destruction.
Et puis il ne faut pas oublier non plus que les murs étaient
couverts de tentures, d'étoffes, de tapisseries, que d'innombrables cierges brûlaient jour et nuit dans les chapelles,
en vertu de fondations à perpétuité instituées par testament.
Il suffisait qu'un clerc fût négligent ou maladroit, ou bien
encore qu'il s'endormît, pour que le feu se déclarât et
que l'édifice fût réduit en cendres, surtout si ces églises,
comme quelques écrivains le pensent, étaient construites
en bois.

PHILIPPE

« Je n'en crois rien. Lorsque Grégoire de Tours rencontre une église en bois, comme Saint-Martin-sur-Renelle
à Rouen, où Frédégonde fit assassiner l'évêque Prétextat,
il a bien soin de le mentionner, ce qui semble prouver que
c'était une exception.

MOI

« Dans tous les cas, ces églises mérovingiennes n'é-
taient ni aussi nues ni aussi pauvres que tu le soutiens.
Vois, par exemple, ce que Fortunat, Grégoire de Tours,
la *Vie de sainte Geneviève,* nous apprennent sur la basilique dédiée à saint Pierre et à saint Paul, qui s'élevait
à la place où nous voyons le Panthéon. Clovis en avait

déterminé la longueur d'une manière assez bizarre. Partant pour combattre les Visigoths, il s'était rendu sur le terrain où l'on devait construire l'église, et là il avait lancé sa hache droit devant lui, l'édifice devant s'arrêter où elle tomberait. Le portique de cette église Saint-Pierre-et-Saint-Paul se composait de trois galeries décorées de peintures à fresque, représentant les quatre phalanges des saints de l'ancienne et de la nouvelle Loi : les patriarches, les prophètes, les martyrs et les confesseurs. Il est permis de penser que l'intérieur n'était pas moins beau que l'extérieur, et qu'au-dessous du toit en cuivre étincelant au soleil se dressaient, pour soutenir la coupole, des colonnes de marbre. Ainsi, en admettant que Saint-Pierre-et-Saint-Paul fût de petites dimensions, l'édifice n'en était pas moins luxueux pour cela. En résumé, je crois que les églises carlovingiennes regrettées par saint Bernard, et auxquelles il fait allusion (puisque ce sont les seules qu'il ait pu voir), n'ont dû leur espèce de rigidité ascétique et leurs humbles proportions qu'à l'incertitude et aux malheurs des temps. Après l'an 1000, quand le monde a été sûr de vivre et que la société, tant bien que mal, s'est assise, les constructions ont pris plus de hardiesse, et l'on a eu l'ambition d'élever à Dieu des monuments dignes de lui.

PHILIPPE

« Alors, selon toi, l'architecture ogivale serait à la fois un progrès artistique et religieux sur l'architecture romane. C'est ce que je ne saurais admettre. Au point de vue de l'art, les architectes des cathédrales ont tout sacrifié à l'élégance, ou plutôt ils n'ont eu qu'un désir, celui de faire des choses étonnantes, gigantesques, propres à frapper l'imagination et à confondre la raison. Ils ont eu la folie de l'élévation, non pas dans le vide, mais sur le

vide. Et qu'est-il arrivé, c'est qu'ils ont méconnu la première condition de l'architecture, qui est la solidité. Partout les murailles cèdent. Depuis longtemps elles seraient tombées si l'on n'avait multiplié les arcs-boutants
et les contreforts, qui produisent sur l'œil un effet si désagréable.

« La conception romane, plus sobre et plus sévère, s'in-
quiétait moins des curiosités de la forme et de l'émerveillement extérieur. C'était la conception monastique, ecclésiastique, conforme aux préoccupations spirituelles et aux
indications de la liturgie. L'ogive est le produit et le
cachet de l'émancipation laïque. Tu vas encore me lancer
à la tête le reproche de paradoxe, mais je soutiens que
plus les cathédrales se sont ornées, agrandies, élevées,
moins ceux qui les construisaient étaient strictement et
naïvement croyants. Et de fait, il est advenu à l'art gothique une mésaventure bien étrange et bien rare. Il s'est
arrêté en plein triomphe, ne pouvant ni se renouveler ni
avancer, ayant épuisé toutes les combinaisons, cachant
son indigence foncière sous la profusion des détails, et sa
période flamboyante a été en même temps celle de son
déclin et de sa mort.

MOI

« Je ne discuterai pas avec toi sur les sentiments plus
ou moins religieux qu'éprouvaient les architectes de nos
cathédrales. Il y a, j'en suis persuadée, bien de l'exagération dans ce qu'on a écrit à ce sujet. Avec notre goût
moderne des antithèses, nous opposons le roman au
gothique, le plein cintre à l'ogive, comme s'il s'agissait de
deux formes ennemies ou du moins rivales et directement
en lutte. Mais, dans la réalité, les choses ne se sont point
passées ainsi. La forme la plus simple, suivant les lois de
l'évolution sociale, — car la pierre elle-même obéit à nos

sentiments et en témoigne, — a disparu devant une forme
plus compliquée. En plus d'un endroit, la transformation
s'est opérée insensiblement, ou bien, comme dans cette
cathédrale que nous venons de visiter, cette fusion s'est
faite si naturellement, qu'il en est résulté une parfaite harmonie.

« La condition des architectes ou leur état d'esprit n'a
rien à voir dans tout cela. Qu'ils fussent prêtres ou
laïques, croyants ou incrédules, que m'importe? Ils sont
morts depuis longtemps ; leur poussière est mêlée à la
terre, mais leur œuvre subsiste. Eh bien, dans le monument qu'ils ont élevé, j'éprouve, et beaucoup d'autres
éprouvent comme moi, des sentiments religieux : c'est là
le principal. Si tel était leur but, ils ont réussi ; s'ils n'ont
poursuivi que la beauté, ils nous ont procuré l'édification
en plus, et nous ne pouvons pas leur en vouloir. C'est un
magnifique présent que nous ont fait leurs mains inno-
centes. Voyons, au point de vue de l'impression éprouvée, peux-tu comparer les églises du moyen âge, dans
notre pays, avec celles que l'on a bâties depuis les trois
derniers siècles? Non, n'est-ce pas? Voilà qui tranche la
question.

PHILIPPE

« Pas tant que cela. D'abord tu passes à pieds joints
sur la Renaissance. Elle vaut pourtant la peine qu'on en
tienne compte. Maintenant, cette architecture dont tu
parles avec tant d'enthousiasme, un grand prélat, qui était
en même temps un grand homme de goût, l'a formelle-
ment condamnée. Aurais-tu, par hasard, oublié les lignes
dédaigneuses que Fénelon, dans sa *Lettre à l'Académie
française,* consacre à l'art gothique? Il la compare à l'art
grec, où « tout est borné à contenter la vraie raison », et
il n'a que du dédain pour des caprices sans portée, des

hardiesses sans but [1]. Si l'édification lui avait paru se dégager de cette architecture, qu'il attribue aux Arabes, il ne l'aurait assurément pas si maltraitée.

M. DUBONNET

« Tu oublies peut-être trop, Philippe, que Fénelon est l'auteur du *Télémaque*, c'est-à-dire le plus grec des Français, par un secret instinct, uni à la culture la plus exquise. On pourrait peut-être, en cet ordre d'idées, sinon récuser son témoignage, au moins ne l'accepter qu'avec bien des réserves. Dans notre dévotion moderne, qui confine parfois à la religiosité, il entre beaucoup de nerfs et un peu trop de dilettantisme. Chateaubriand, avec son *Génie du christianisme,* où il insiste à l'excès sur ce que je nommerai la parure de la religion, a fait en ce sens plus de mal que de bien. La grandeur, la solennité des cathédrales nous disposent à la prière, à l'adoration. Fénelon, pas plus que ses contemporains, Pascal ou Bourdaloue, n'avait besoin de ces excitations extérieures, et, comme nous disons, esthétiques. Il n'y faisait même pas attention. Sa liberté de jugement demeurait entière à cet

---

[1] Les inventeurs de l'architecture qu'on nomme *gothique*, et qui est, dit-on, celle des Arabes, crurent sans doute avoir surpassé les architectes grecs. Un édifice grec n'a aucun ornement qui ne serve qu'à orner l'ouvrage; les pièces nécessaires pour le soutenir ou pour le mettre à couvert, comme les colonnes et la corniche, se tournent seulement en grâce par leurs proportions; tout est simple, tout est mesuré, tout est borné à l'usage; on n'y voit ni hardiesse ni caprice qui impose aux yeux; les proportions sont si justes que rien ne paraît fort grand, quoique tout le soit; tout est borné à contenter la vraie raison. Au contraire, l'architecture gothique élève sur des piliers très minces une voûte immense qui monte jusqu'aux nues : on croit que tout va tomber; mais tout dure pendant bien des siècles; tout est plein de fenêtres, de roses et de pointes; la pierre semble découpée comme du carton; tout est à jour, tout est en l'air. N'est-il pas naturel que les premiers architectes gothiques se soient flattés d'avoir surpassé, par leur vain raffinement, la simplicité grecque? (Fénelon, *Lettre sur les occupations de l'Académie française.*)

égard. Il n'en était pas de même quand il ne considérait
la forme du monument que comme critique, en se référant
aux lois de l'art grec, le premier de tous à ses yeux, ou,
pour mieux parler, l'unique. Eh! mon Dieu! sans remonter au xvii° siècle, un homme que nos pères ont connu,
un savant original et sagace, Quatremère de Quincy, pro-
clamait hautement que l'architecture du moyen âge n'est
pas une architecture, que ce n'est pas un art, mais seulement une compilation, un composé d'éléments disparates
et hétérogènes, rassemblés par une fantaisie ignorante et
désordonnée.

« Ce sont là des boutades de savant, et, à mon avis,
quand elles sont si excessives, la plus grande science ne
les excuse pas. Dire que le moyen âge n'a pas eu d'architecture, c'est dire une niaiserie aussi forte que si l'on
avançait qu'il n'a pas eu d'existence, pas de caractère à
lui, pas d'âme. Il eût été plus juste et plus ingénieux à la
fois de reconnaître dans les monuments de cette époque
les défauts et les qualités, les vertus et les erreurs des
hommes qui les élevèrent. Du ix° au xv° siècle, l'architecture a été l'art par excellence, et l'on peut dire que les
pierres, bien interrogées, nous feraient un excellent cours
d'histoire. L'influence ecclésiastique domine-t-elle dans le
roman? Le génie laïque se manifeste-t-il par l'ogive? Je
ne sais. Ce sont là des questions singulièrement délicates
à décider, et sur lesquelles l'archéologie moderne est loin
d'avoir dit son dernier mot. Ce que je n'hésite point à
croire, c'est que des cathédrales comme celles de Reims
et de Noyon ne sont pas des accidents, des produits du
caprice ou de la fantaisie. Elles sortent de la vie même
du peuple, et elles ont été conçues par le cerveau des plus
profonds artistes de leur temps. C'est absolument, sous
une autre forme, le même phénomène que dans les temples

28

grecs : l'accord de l'instinct démocratique et de la science
aristocratique ; de là une harmonie qu'on ne saurait nier,
qui frappe et qui subjugue. Mais ces admirables manifestations de l'âme ne se sont jamais prolongées indéfiniment. Il y a une loi de transformation à laquelle rien
n'échappe. Des sommeils réparateurs et féconds que, dans
notre impatience fiévreuse, nous appelons époques de
décadence, et pendant lesquels tout se modifie et se
renouvelle, relient comme par de mystérieux couloirs
les sommets entre eux. Les moules se brisent, les formes
se diversifient ; l'humanité trouve toujours moyen de s'exprimer.

PHILIPPE

« Si je te comprends bien, mon cher ami, tu pro-
nonces l'arrêt de mort de l'architecture, et tu commentes
la célèbre parole de Victor Hugo : *Ceci tuera cela.*

M. DUBONNET

« Je crois, en effet, à la successivité des formes. La
pauvreté relative de l'architecture depuis trois siècles, ainsi
que le rappelait tout à l'heure Laurence, vient singulièrement à l'appui de cette opinion. Mais où je me sépare de
l'illustre écrivain, c'est au sujet de ce prétendu antagonisme du livre et de la cathédrale. Le livre n'a rien fait
contre le gothique. Celui-ci était arrivé à sa dernière
expression au moment où naissait l'imprimerie, et, tranquille sur sa durée, il laissait l'humanité se choisir une
forme de langage plus en rapport avec ses besoins croissants, son désir d'apprendre, sa soif d'expansion. Non,
certes, le livre n'est pas l'ennemi de notre vieille et nationale architecture. C'est par lui, par les recherches et les
écrits des Boisserée, des Vitet, des Victor Hugo, des
Michelet, des Montalembert, des Viollet-le-Duc, qu'elle

a retrouvé la faveur, qu'elle a reconquis l'admiration. Personne aujourd'hui, même parmi les plus fervents élèves de l'école d'Athènes, parmi les fanatiques du Parthénon, n'oserait écrire la page de Fénelon que tu nous citais tout à l'heure. On respecte ces débris glorieux de l'ancien monde ; on les consolide, on les restaure ; ils sont entrés au plus intime de la vie générale, et nul, sauf quelques énergumènes ou quelques esprits de travers, ne songe à les en rejeter. Ils sont les garants de l'histoire. Naturellement, l'histoire s'est faite leur protectrice. Remercions-la d'avoir concouru à nous conserver ces vestiges du passé. Sachons en jouir, sans nous y absorber toutefois, et en prenant à notre compte le mot énergique et vulgaire d'une des servantes de Molière : « Les anciens « sont les anciens, et nous sommes les gens de main- « tenant. »

IX

Le palais. — Le parc. — Les œuvres d'art. — Gros et Canova. — Les appartements réservés; *nunc erudimini*. — On demande le musée Khmer.— Le paysagiste. La forêt: l'histoire dans la nature. — Pierrefonds. — L'hôtel de ville. — Le musée Vivenel : Papety. Louis Boulanger; le *portrait de Descartes* par Philippe de Champaigne.— L'iconographie de Jeanne d'Arc. — Saint Jacques et *les Mystères*. — Mésaventures d'une tour. — Jeanne d'Arc et Guillaume de Flavy.

Les Parisiens ne poussent guère jusqu'à Noyon, mais ils viennent encore assez volontiers à Compiègne. On prétendait, sous l'ancien régime, que les bourgeois de la rue Saint-Jacques et de la rue Saint-Denis tenaient à connaître les villes « où le roi faisait des voyages ». Cette raison n'existe plus, et cependant la fidélité des visiteurs ne se dément point. Aussi Compiègne présente-t-il, du moins en été, l'aspect d'une ville vivante et gaie. Le palais, le parc, la forêt, le château de Pierrefonds, situé à peu de distance, sollicitent l'intérêt et sont des motifs tout trouvés d'excursions.

Ce n'était point là cependant ce qui amenait nos amis. Parmi les souvenirs historiques qui se rattachent à ce lieu, parmi tant de figures célèbres qu'il est facile d'y évo-

quer, une personnalité exceptionnelle les attirait par-dessus
tout, un fait tragique s'imposait douloureusement à leur
mémoire. C'est à Compiègne, le 24 mai 1430, que Jeanne
d'Arc a été faite prisonnière en repoussant une attaque
furieuse des troupes anglaises et bourguignonnes. Une fois
tombée aux mains des ennemis de la France, elle n'en
devait plus sortir. On peut donc dire que de ce jour date
le commencement de son long martyre. Après avoir vu à
Reims, dans le chœur de la cathédrale, la place où l'héroïne lorraine et son étendard eurent part à la gloire comme
ils avaient eu part au péril, nos curieux voulaient voir l'endroit où la mauvaise fortune et la trahison triomphèrent
du courage de Jeanne.

A vrai dire, les vestiges matériels font à peu près complètement défaut. Il ne reste presque rien de l'ancien
Compiègne. Toutefois nous sommes encore trop près du
xvᵉ siècle pour que la configuration générale des localités
ait eu le temps de changer. Quand cette condition se rencontre, il faut savoir s'en contenter et ne pas se montrer
trop exigeant.

Laurence et Philippe auraient voulu courir tout de suite
au bord de l'Oise, sur la rive où venait aboutir l'ancien
pont, faisant face au village de Margny, et près duquel
Jeanne d'Arc, renversée de cheval, fut obligée de se rendre
à un archer picard. Mais M. Dubonnet se complaisait en
des raffinements tout particuliers.

« Observons ici, leur dit-il, la loi du crescendo. Évidemment nous faisons un pèlerinage à Jeanne d'Arc, la
sainte de la France, comme on l'a si justement nommée ;
mais n'oublions pas que nous sommes dans une ville
historique, où plus d'un objet mérite notre attention
et l'excitera infailliblement. Si donc nous commençons
par Jeanne d'Arc, notre impression première ira s'affai-

blissant, se perdant; elle se confondra avec les mille détails qui surgiront sur notre route. Croyez-m'en, gardons cette haute et pure émotion pour la bonne bouche, et débutons, comme les Parisiens du dimanche, par la visite du palais. »

Cette proposition ayant été adoptée à l'unanimité, ils se dirigèrent vers le parc, voulant considérer l'édifice sous ses différents aspects avant d'y pénétrer par la cour d'honneur. Le parc est d'une beauté simple. Une perspective, heureusement ménagée sur les Beaux-Monts, en révèle l'étendue et lui donne un air de grandeur. Le château est d'une ordonnance froide et compassée. Gabriel, qui l'éleva sous Louis XV et qui était assurément un homme de mérite, a souvent mieux réussi. Quand on a dit de cette construction qu'elle est vaste, qu'elle doit être solide et qu'elle a pu être commode pour loger tout un peuple d'invités, on a fait à l'éloge la mesure aussi large que possible. Aucune combinaison élégante ne vient réjouir l'œil; aucune hardiesse n'étonne, ne réveille l'esprit. C'est correct, prosaïque et banal. Où sont les fières délicatesses de Chenonceaux, les étincelantes bizarreries de Chambord? Décidément le sens de l'architecture a manqué au xviii° siècle.

Du côté du parc, devant le château, on a multiplié les œuvres d'art. Il y en a malheureusement très peu de remarquables. On ne peut guère citer, comme sortant un peu du pair, que *le Génie du mal,* par Droz; *Caïn maudit,* par Jouffroy; et très au-dessous de ces deux œuvres, le groupe de Tiolier, *la Force domptée par l'Amour.*

Il n'en est pas de même de l'intérieur du palais. Les beaux ouvrages n'y sont point rares, et la décoration de plusieurs parties a été confiée à des maîtres qui se sont

dignement acquittés de leur tâche. Les délicieuses grisailles de Sauvage et les plafonds de Girodet sont une
fête pour les yeux, et l'on aimerait à s'y arrêter longuement; mais là comme ailleurs, on n'a que le temps de
passer bien vite, surtout dans les anciens appartements
réservés, dont l'obligeance d'un de leurs amis facilita
l'accès à nos voyageurs [1]. Deux cents tableaux, qui dormaient roulés dans les greniers du Louvre, sont venus
orner les murailles et font très bonne figure au milieu de
ces lambris dorés, pour lesquels ils semblent avoir été
peints.

L'Italie est représentée avec beaucoup d'éclat par un
magnifique portrait d'homme d'Annibal Carrache et par
deux figures de femmes, une jeune et une vieille, de Man-
fredi. Les productions de ce peintre ne se rencontrent pas
fréquemment, du moins en France, et cela est regrettable, car il a une touche hardie, pleine de feu, de viri-
lité, un peu à la manière de Ribera. On a vu pendant
longtemps au Louvre un de ses meilleurs tableaux représentant des *Soldats jouant à la drogue*. La tournure
en est magistrale, et l'artiste y a pris la réalité sur le fait.
Il était impossible de regarder ce tableau sans que le souvenir des terribles soudards du xvie et du xviie siècle, des
lansquenets et des reîtres, des aventuriers de la guerre de
Trente ans, vous revînt subitement jusqu'à vous obséder.
Depuis quelques années cette toile a disparu ou elle a été
reléguée dans quelque angle élevé, perdue dans une
ombre qui la cache à tous les yeux. L'escamoter ainsi
c'est faire tort, non seulement au peintre, mais au public.

---

1 Il n'est que juste de nommer ici, en le remerciant, le bibliothécaire
du palais, M. Jules Troubat, à l'obligeance duquel j'ai dû beaucoup de
renseignements. M. Troubat, qui a le goût et l'habitude des recherches,
sait son Compiègne sur le bout du doigt.

Château de Compiègne.

L'ancienne école française nous offre un très bon portrait de Louis XIV par Van der Meulen, et des paysages d'Oudry, traités avec une extrême finesse. Parmi nos modernes, on distingue Robert Fleury : une *Mort de Coligny,* un peu froide peut-être, un peu académique, mais très fermement exécutée ; Champmartin : des portraits d'enfants, qui justifient la réputation de ce peintre, un instant célèbre et trop oublié aujourd'hui ; enfin Brascassat : des *Moutons,* rendus avec autant de naturel que d'ampleur.

Nos amis se seraient volontiers déclarés satisfaits, lorsque leur guide les prévint qu'ils n'avaient rien vu encore auprès de ce qu'il leur restait à voir.

Ce n'étaient pourtant que deux statues et un tableau ; mais le guide n'exagérait point en les présentant comme des œuvres du plus grand mérite et de la plus haute importance. Il aurait pu ajouter qu'en dehors de leurs qualités artistiques elles constituent de véritables documents très utiles à consulter.

Le tableau est un portrait équestre de Bonaparte, premier consul, par Gros. L'exécution est magnifique, d'une liberté et d'une sûreté merveilleuses. Ce portrait a été donné par le duc d'Istrie, fils de ce chevaleresque et dévoué Bessières qui eut le bonheur de trouver une mort glorieuse sur le champ de bataille de Lutzen. Est-ce bien le général vainqueur à Marengo que nous avons en face de nous? Gros a très sensiblement fait effort pour remonter de quelques années en arrière et restituer une physionomie déjà disparue. Mais les années, alors, comptaient double et triple, surtout pour l'homme qui avait accompli, à coups de volonté, tant de choses extraordinaires. En cherchant à ressaisir le premier consul, le maître aperçoit malgré lui l'empereur, et il est obligé de lutter pour en faire abstraction. De même les soldats, groupés derrière leur chef, ont un faux air de grognards. Malgré toutes ces réserves, le portrait n'en reste pas moins une œuvre curieuse et du premier ordre. Le visage, d'une maigreur ascétique, est expressif, tourmenté, fatigué par la tension d'une pensée ardente et constante. Les yeux, abrités par des sourcils assez fournis, — ce qui infirme les assertions de quelques historiens, — indiquent la pénétration, la hauteur, l'habitude du commandement. Le costume rouge fait ressortir la pâleur de la figure et lui communique un reflet fantastique.

Les deux statues se trouvent dans la salle des Fêtes. L'une et l'autre sont dues au ciseau de Canova. La première est un Napoléon drapé en empereur romain. Ce déguisement déroute d'abord et indispose; mais la mauvaise humeur ne tient pas contre un examen approfondi. La beauté sculpturale des traits est supérieurement mise en relief; en même temps la fonction sociale du personnage, dominant tel ou tel détail individuel, est accusée avec une élévation que le génie seul peut atteindre. Ce n'est pas seulement Napoléon Bonaparte que nous avons sous les yeux, c'est le législateur, le souverain, le conquérant.

A l'autre bout de la salle, Mme Letizia semble contempler son fils avec orgueil. Le masque est admirable, la pureté du modelé est poussée aussi loin que possible. Rien de mou, tout est déterminé avec une parfaite précision. L'expression est fine et ferme; la lèvre, légèrement dédaigneuse, révèle une nature portée à l'ironie. Les draperies, qui entourent un corps robuste, aux proportions harmonieuses, sont disposées avec un art exquis. Quand on compare ces deux œuvres de Canova à quelques autres de ses productions, on comprend qu'il ne faut point se

hâter de classer un artiste en lui appliquant une formule
absolue. Parler de la grâce de Canova est devenu un
lieu commun, qui, d'ailleurs, a sa légitimité; mais ne
l'enfermons point dans la grâce. Il avait la force et la
profondeur. Pour en demeurer convaincu, il suffit de
regarder pendant quelques instants les deux statues de la
salle des Fêtes.

Ces nobles images, austèrement belles, qui nous entretiennent si haut des Bonaparte, paraissent fort bien à
leur place dans le palais qui fut particulièrement cher à
cette famille. Napoléon Ier s'y plaisait beaucoup. Il y
amena Marie-Louise; et comme celle-ci regrettait une
treille, sa promenade favorite à Schœnbrünn, l'empereur fit élever au bout de la terrasse, à la gauche du
palais, un berceau de quatorze cents mètres de longueur qui conduit jusqu'à l'entrée de la forêt et que l'on
nomme, à cause de son armature métallique, le *Berceau
de fer*.

Dans le palais, on vous montre la *Chambre bleue,* qui
fut occupée par la reine Hortense, et les appartements où
son fils, Napoléon III, venait passer presque régulière-
ment la saison d'automne. De nombreux invités, divisés
en séries, qui se succédaient tous les huit ou quinze jours,
se groupaient autour des souverains (car l'impératrice Eu-
génie était l'âme de ces réunions), pour jouir de leur
familiarité, partager leurs divertissements.

S'amusait-on pendant ces séjours à Compiègne, autour
desquels il a été fait tant de bruit? C'est ce qu'il est fort
difficile de savoir. On tâchait le plus possible d'y échapper
à la raideur de l'étiquette, au supplice du cérémonial.
Prosper Mérimée, dans sa *Correspondance,* soit avec les
Inconnues, soit avec M. Pannizzi, a dit quelques mots de
ces distractions princières. Elles étaient parfois assez pué-

riles ; mais elles ne méritaient certes pas les anathèmes qu'ont lancés contre elles des puritains grossiers ou hypocrites. L'histoire a toujours le droit et souvent le devoir d'être sévère ; ce privilège — si toutefois c'en est un — n'appartient qu'à ceux qui s'en montrent dignes par une science sérieuse et par la droiture des intentions. Quoi qu'il en soit, la sévérité est désarmée et le ressentiment expire quand on parcourt ces appartements qui semblent avoir été abandonnés hier, et notamment quand on traverse la chambre de celui qui fut le prince impérial. Ses jouets sont encore là, sur une table. Tout s'est évanoui, plaisirs, grandeurs, et jusqu'à l'espérance ! Le *nunc erudimini* de Bossuet retentit alors à votre oreille comme un glas et comme une leçon. L'humanité parle plus haut que les passions de parti et même que les revendications de la conscience. C'est l'esprit assombri et le cœur attristé que l'on s'éloigne de tant de splendeurs.

Avant de sortir du palais, une déception attendait nos touristes. Quand ils demandèrent à visiter le musée Khmer, il leur fut répondu que cette collection, envoyée deux ans auparavant (1878) à l'Exposition universelle de Paris, n'était pas encore revenue. Le gardien qui fournissait ces explications n'en savait évidemment pas plus long, et il eût été inutile de l'interroger sur ce qu'était devenu cet ensemble de documents unique en son genre. Le désappointement de Laurence fut très grand. Elle avait été frappée, en visitant les galeries du Trocadéro, par ces mystérieux vestiges d'une civilisation disparue, et elle se faisait une joie de les revoir en un milieu moins bruyant, de les étudier à loisir. Il lui fallut renoncer à cette satisfaction. La jeune femme ne s'y résigna qu'à regret, tant elle aurait désiré approfondir tout ce qui a trait à cet art extraordinaire, si intéressant dans sa laideur, si élégant dans sa monstruosité, si savant dans sa bizarrerie, et qui atteste à la fois une culture raffinée, beaucoup d'inhumanité et des conceptions mythologiques issues de la fièvre, du cauchemar, du délire.

Au moment où ils arrivaient sur la place d'armes, un bonjour cordial, prononcé par une voix vibrante, les salua gaiement, et bientôt un de leurs amis, paysagiste de talent, fixé aux environs de Compiègne, était auprès d'eux, leur serrant les mains et leur reprochant, avec une amicale insistance, de ne lui avoir point annoncé leur voyage. De tout cœur il se serait fait leur guide. M. Dubonnet allégua comme une excuse le peu de temps dont ils pouvaient disposer. Des affaires imprévues et urgentes les rappelaient à Paris, et ils ne faisaient que traverser la ville, se réservant d'y revenir et d'y faire un plus long séjour. Le paysagiste, ayant pris acte de cette promesse, leur déclara qu'à tout le moins il les accompagnerait à Pierrefonds, et il les installa dans une bonne voiture, leur épargnant ainsi l'horrible et incommode omnibus qui fait deux fois le trajet dans la journée.

Pendant la route, l'artiste, naturellement enthousiaste, ne tarit point en éloges sur sa forêt. Elle est bien sienne, en effet, et il lui a voué une affection à laquelle s'ajoute, comme dans toutes les passions, une légère pointe d'exclusivisme. Philippe, ayant risqué quelques mots en l'honneur de Fontainebleau, fut vertement rabroué.

« Parlons-en de votre Fontainebleau ! Une forêt où il n'y a que du sable, des cailloux, des rochers et des vipères ; un réceptacle de chaleur, où l'on étouffe et où l'on ne rencontre pas une goutte d'eau pour se désaltérer. Ici, vous avez de l'ombre, des ruisseaux, des étangs, des mares où il y a de l'eau, et des souvenirs par-dessus le marché. Rien que pour les souvenirs, vous autres archéologues, vous devriez adorer cette antique forêt de Cuise, chère aux rois mérovingiens. Elle ne renferme pas, dans sa vaste enceinte, un village qui ne mérite d'être visité.

« C'est Champlieu, avec son camp romain, son théâtre antique, son temple en ruines ; Morienval, dont l'église possède trois belles tours romanes, des chapiteaux du xi⁰ siècle, des sépultures du plus haut intérêt ; Saint-Jean-au-Bois, qui s'élève sur l'emplacement de la villa de Cuise, celle où probablement s'en vint mourir Clotaire Ier et qui, six siècles après, passait en propriété à la mère de Louis VII, la reine Adélaïde, dont le nom est resté populaire en ce pays. Et que d'autres noms je pourrais vous citer ! Venette, où naquit l'un de nos plus fidèles chroniqueurs du moyen âge ; Longueil-Sainte-Marie, où nous eûmes plus d'une fois maille à partir avec les Anglais, pendant la guerre de Cent ans ; et enfin Saint-Corneille-aux-Bois, à jamais illustré par le souvenir d'un paysan héroïque, le grand Ferré, mort à la peine en combattant contre un détachement de la garnison anglaise de Creil. Allez, après cela, me vanter votre Fontainebleau, où le passé n'a laissé que de rares vestiges, et qui ne doit sa célébrité qu'à la complicité des philosophes comme Senancour, aux descriptions des romanciers, de Murger, de Flaubert, et à ses colonies de peintres, à Millet, à Rousseau, déterminés d'avance à ne voir et à ne reproduire qu'elle. C'est une forêt qui a eu de la chance et rien de plus. »

Parler ainsi, c'était blesser au vif nos amis, partisans déclarés de la suprématie de Fontainebleau. Aussi un orage formidable était en voie de s'amasser sur la tête de l'imprudent paysagiste, quand, heureusement pour lui, on aperçut les tours de Pierrefonds.

Château de Pierrefonds.

Tout le monde, sous le second empire, s'est trouvé plus ou moins mis au courant de la reconstruction de ce château. Les journaux de l'opposition criaient à la prodigalité. Les feuilles gouvernementales louaient Napoléon III de nous avoir rendu l'un des plus beaux spécimens des antiques forteresses seigneuriales. Le débat est clos. Le monument restauré subsiste et fait grand honneur à Viollet-le-Duc, qui a dirigé cette restitution.

L'aspect de Pierrefonds est imposant. Le château, situé sur une hauteur, domine la forêt, commande le pays. Du haut des tours on aperçoit les clochers de Noyon et de Senlis. L'intérieur est grandiose et, bien que tous les travaux ne soient pas encore terminés, on peut se donner l'illusion, en parcourant les divers étages de cette immense demeure, en gravissant ses interminables escaliers, en plongeant le regard dans ces salles que leur nudité fait paraître démesurées, de vivre au xve siècle. Il faut pourtant bien se dire, pour ne pas accorder trop de champ à l'imagination, qu'à ce moment de l'histoire on est déjà sorti du moyen âge, et que, si Pierrefonds représente à quelque degré la féodalité, c'est la féodalité princière, ce qu'on a nommé la féodalité apanagée.

Aucun souvenir national ne se rattache à ce château, construit par Louis d'Orléans, et dans lequel il s'enfermait pour menacer tour à tour les Anglais, les Bourguignons et le roi. Passant de mains en mains, il est vite devenu une sorte de repaire, et quelques-uns de ses gouverneurs ont mal fini. La Ligue y domina quelque temps en la personne de ce sieur de Rieux qui, deux fois assiégé par le duc d'Épernon et le maréchal de Biron, les contraignit deux fois à se retirer. Enhardi par ce succès, il se mit à piller les voitures publiques; mais, surpris un jour dans la forêt au moment même où il tendait une embuscade, il fut enlevé, conduit à Compiègne et pendu sur une des places de la ville. Cet exemple ne corrigea point un de ses successeurs, Villeneuve, qui se fit comme lui détrousseur de gens. Le gouverneur de Compiègne, le duc d'Angoulême, fut obligé de rassembler une petite armée, de cerner le château et d'en battre les murailles avec du canon. L'écroulement partiel du donjon mit fin à la résistance. Le château fut aussitôt irrévocablement condamné. On le démantela, et ses ruines continueraient à s'effriter sous l'action du temps si la science d'un architecte et la fantaisie archéologique d'un souverain ne s'étaient réunies pour lui rendre une nouvelle existence, plus pacifique, cette fois, et plus honnête. Pierrefonds amuse et instruit. Il n'émeut pas comme Montlhéry, comme Coucy, comme Montrichard ; cela tient à son caractère mixte et à son équivoque destinée.

De retour à la ville avec nos amis, le paysagiste les avertit qu'il viendrait les prendre le lendemain matin pour les conduire à l'hôtel de ville, qui renferme une collection de tableaux très intéressante à voir, même quand on a visité le palais.

Il fut exact au rendez-vous et leur expliqua brièvement que ce musée était dû à la générosité d'un habitant de Compiègne, Antoine Vivenel, riche collectionneur, qui n'avait point voulu priver sa ville natale des trésors d'art amassés pendant une laborieuse existence. Ce musée Vivenel, comme on l'appelle à juste titre, a passé, ainsi qu'il arrive généralement pour ces sortes de donations, par diverses phases. Il a eu ses épreuves, ses misères, ses éclipses. Pendant de longues années, il a été relégué dans les greniers de l'hôtel de ville ; mais enfin un administrateur intelligent, M. Floquet, maire de Compiègne, l'a fait installer dignement et a permis au public d'en jouir.

Les hôtels de ville — nous avons déjà eu l'occasion de le remarquer à propos de Reims — n'ont pas reçu, dans la région moyenne qui avoisine Paris, ce développement que nous leur voyons en avançant vers le Nord. Nous avons cru en trouver la cause dans le brusque arrêt de la vie municipale en notre pays. A Noyon, l'hôtel de ville fait piètre figure quand on le compare à la cathédrale. Construit beaucoup plus tard, il n'attirerait point l'attention, en dépit d'une certaine élégance extérieure, si l'on ne se souvenait que c'est là, dans une de ces salles qui donnent sur la place, qu'a été condamné à mort, par ordre de Louis XI, le connétable de Saint-Pol. A Compiègne, le Parloir aux Bourgeois ne réveille pas d'aussi lugubres souvenirs, mais il n'a pas non plus cette grandeur qu'on pourrait appeler communale et qui jette tant d'éclat sur Gand, Bruxelles, Louvain. Sauf l'aile droite, toute moderne, il date de la Renaissance (1502-1510). La façade, fine et riche, est égayée et comme éclairée par une ornementation ingénieuse. La grande arcade du premier étage renfermait une *Annonciation*. Depuis 1869, on y a placé une statue équestre de Louis XII, par Jacquemart. L'habile animalier, auquel nous devons, entre autres productions remarquables, le beau *Lion à l'Autruche* qui se voit au jardin du Luxembourg, a parfaitement réussi le cheval, mais l'étroitesse du cadre gêne le mouvement et le fait paraître pénible. Même accident est arrivé au Louvre à Barye et à Mercié.

Une des curiosités du musée municipal de Compiègne est assurément *le Rêve de bonheur* de Dominique Papety. Ce tableau, d'un peintre mort jeune, a eu son heure de célébrité. Il n'en était certes pas indigne. La composition est aimable. Il y a chez les personnages infiniment de grâce et de charme. Un sentiment de jeunesse plane sur l'ensemble et inspire la sympathie. Que fût devenu Papety comme artiste? Avait-il en lui plus et mieux que cette puissance de séduction qui est déjà un don précieux? Il est permis de le penser quand on regarde le portrait de M. Vivenel par le même peintre. La main est ferme. Il y a de l'observation et du vouloir.

En face du *Rêve de bonheur* se trouve *la Mort de Bailly,* par Louis Boulanger. Le romantique audacieux, auquel nous devons l'étrange *Mazeppa* du musée de Rouen, semble cette fois avoir manqué de décision. Ce tableau n'a pas l'air d'être peint à fond. Il produit l'impression d'une esquisse. On y doit louer cependant de l'entrain, de la vigueur et un juste sentiment des masses. Bailly semble trop effrayé. Il mourut avec un admirable courage, et sa fermeté ne s'était pas démentie un seul instant pendant les longs mois de la captivité, comme nous le savons par les *Mémoires* du comte Beugnot, qui fut son compagnon de dortoir, à la Conciergerie, pendant la Terreur.

On s'arrêterait volontiers devant deux bons portraits, l'un de Claude Perrault, l'autre de le Nôtre (bon vieil homme joyeux), finement gravés par Nanteuil, si l'on n'avait hâte d'arriver devant la perle de ce musée, le portrait de Descartes, par Philippe de Champaigne. Laurence, en l'apercevant, ne put contenir son enthousiasme. « A la bonne heure, s'écria-t-elle, voilà un portrait qui me révèle le Descartes antérieur au *Discours sur la Méthode.* Dans le portrait de Franz Hals, popularisé à outrance par la gravure, le cher philosophe apparaît comme un vieux sorcier mal peigné. Mais comment était le cavalier, le gentilhomme, le vaillant soldat qui combattait à la bataille de la Montagne-Blanche, et qui dans sa tête mondaine agitait déjà les plus hauts problèmes de la métaphysique? Longtemps je me le suis demandé. Je le sais

Salle d'armes du château de Pierrefonds.

aujourd'hui à la vue de cet incomparable portrait. Ces
yeux limpides, cette physionomie ouverte, ce front lumineux où rayonne l'enthousiasme : voilà le véritable Descartes! Honneur à Philippe de Champaigne pour l'avoir
si bien compris et si bien rendu. Il appartenait à un Français de reproduire avec tant de fidélité et de profondeur
les traits de ce grand penseur, le père de la philosophie
française. »

Et sur ce beau discours, elle s'en alla, ne voulant plus
rien regarder, quoique le paysagiste courût après elle et la
suppliât de jeter un coup d'œil sur le *Job* de Klagmann,
exécuté dans un sentiment fier et viril, œuvre sculpturale
du meilleur aloi, qui serait parfaitement à sa place au
musée du Louvre.

La reconnaissance envers Jeanne d'Arc est devenue aujourd'hui en France un sentiment officiel. Il n'y a pas un
ministre de l'intérieur, un directeur des beaux-arts, un
préfet de Rouen ou d'Orléans, un sous-préfet de Compiègne, qui ne doive être préparé à faire sur la vierge de
Domremy un grave discours ou tout au moins une allocu-
tion attendrie. De même il n'est peintre ou sculpteur qui
ne doive s'apprêter à recevoir une commande lui prescri-
vant de reproduire les traits, d'ailleurs parfaitement incon-
nus, de Jeanne et d'y apporter tout le zèle, d'y dépenser
toute la somme d'enthousiasme que comportent son éducation et ses facultés. C'est là une tradition fort honorable
assurément, mais dont n'a pas eu précisément à se
louer celle qui est l'objet de si constants hommages.
M. Dubonnet rappelait cette vérité en passant devant le
nouveau monument élevé à l'héroïne lorraine, et qui ne se
distingue pas plus par ses défauts que par ses qualités.

« Il y aurait, disait-il, une curieuse étude à écrire sur

l'iconographie de Jeanne d'Arc. La manière dont on l'a représentée donne assez bien la mesure de l'imagination aux
diverses époques; car c'est avec l'imagination qu'on l'a
vue, puisque les documents positifs nous manquent presque absolument. Que sait-on d'elle, en effet, au point de
vue du signalement physique, s'entend? Qu'elle était bien
proportionnée, de belle prestance, et qu'à partir d'un
certain moment elle porta d'habitude un vêtement rouge.
Ce sont là, vous en conviendrez, de pauvres renseignements pour un statuaire ou pour un peintre. Aussi n'en
a-t-il guère été tenu compte. Chacun a suivi sa fantaisie,
souvent malheureuse.

« Slodtz à Rouen, malgré son ambitieux prénom de
Michel-Ange qui semble une amère ironie, et Gois à
Orléans ont atteint aux dernières limites de la lourdeur et
du ridicule. Le consciencieux Frémiet, si accoutumé à
triompher des difficultés et qui possède à fond les ressources de son art, n'a pas été heureux dans la statue
équestre de la place des Pyramides. Il a cherché le simple
et n'a rencontré que le vulgaire. La princesse Marie d'Orléans, au contraire, cette âme délicate et noble, que le
beau attirait et qui lui voua, sans hésitation ni trêve, sa
trop courte existence, a mis dans sa charmante composition, devenue populaire, plus de distinction et d'élégance
que de force et de largeur. La pastoure primitive, un peu
rude sans doute et inculte, a trop fait place à une demoi-
selle bien élevée.

« Les deux artistes qui ont le plus approché, sinon du
vrai, dont nul n'est juge en pareille matière, au moins d'un
idéal vraisemblable, sont Foyatier dans la statue de la place
du Martroy à Orléans et Chapu. La Jeanne d'Arc de Foyatier se recommande par la vaillance et la grandeur de l'attitude. L'ensemble du mouvement plaît à l'œil et satisfait

l'esprit. Il est regrettable que les bas-reliefs préparés par le
sculpteur pour le socle de la statue n'y aient point été
placés, et qu'on en ait demandé d'autres à M. Vital Dubray.
C'est un homme de grand talent que M. Dubray, et l'on
peut s'en convaincre à Orléans même en regardant sa belle
statue du jurisconsulte Pothier, mais ses bas-reliefs de la
place du Martroy ne sont nullement en accord avec l'œuvre
de Foyatier. Il y paraît trop d'ingéniosité, de recherche
dans le fini et, passez-moi le mot, de mignonnerie. Foyatier a fait la guerrière, Chapu la sainte. En quelques coups
de ciseau il a créé une figure adorable chez laquelle la
hauteur morale éclate, mais où l'ange l'emporte trop sur la
femme, l'illuminée sur l'humaine créature.

« Il existe à Orléans une collection fort curieuse de portraits de Jeanne d'Arc par des anonymes. Les plus anciens
datent de la seconde moitié du xvᵉ siècle, à peu de distance du procès de réhabilitation. Les auteurs de ces portraits n'ont assurément pas connu le modèle. Ils en ont
beaucoup entendu parler. Mille détails rapportés par des
témoins oculaires sont venus jusqu'à eux, et leur imagination, alimentée par un fond réel, n'a point entièrement travaillé dans le vide. Eh bien, ces divers portraits ont tous
un air de famille, et ils attribuent à la Pucelle un même
caractère d'innocence, de candeur, de rusticité. Ils nous
mettent en face d'une créature vigoureuse, saine, bien
équilibrée. Un peintre amoureux du bruit et en quête de
l'extraordinaire, M. Bastien-Lepage, a essayé tout récemment de remonter lui aussi aux origines natives de Jeanne
d'Arc et de retrouver la paysanne sous la guerrière. Malheureusement il a commis une double erreur en matériali-
sant les voix qui parlaient à Jeanne et en faisant de celle-ci
une épileptique malproprement vêtue, la figure hébétée,
les yeux égarés, bonne tout au plus à enfermer à la Sal-

pêtrière ou à Sainte-Anne. Au lieu de viser à l'originalité
quand même et de vouloir égaler Holbein ou Lucas Cranach, M. Bastien-Lepage aurait mieux fait de relire
Michelet et d'étudier les portraits d'Orléans. »

Le paysagiste invita M. Dubonnet à se modérer. Quelques bourgeois en train de prendre l'air sur la place
Saint-Jacques commençaient à s'étonner de ses éclats
de voix et de ses gestes véhéments. On allait d'ailleurs
entrer dans l'église, et un peu plus de recueillement ne
messiérait pas.

A l'intérieur comme à l'extérieur, Saint-Jacques produit
peu d'effet. Cette église a passé par tant de mains et subi
tant de modifications qu'il ne lui est à la fin resté aucun
caractère déterminé. Elle a été commencée vers 1210 ; mais
plusieurs parties de la nef, toutes les chapelles et la façade
sont du xv⁵ siècle. Une coupole de la Renaissance couronne le clocher, commencé en 1461. Dans une chapelle
on voit une détestable peinture représentant Louis XVI
après son sacre (11 juin 1775) agenouillé devant la châsse
de saint Marcoul, que l'on avait dû apporter à Saint-
Remi. Une pancarte placée au-dessous du tableau explique
que le mauvais état des chemins à cette époque avait em-
pêché le roi de se rendre au monastère où l'on révérait
ordinairement les reliques.

Ce souvenir n'aurait pas pas suffi à intéresser nos voyageurs. Ils restèrent même assez froids en se rappelant que
devant Saint-Jacques on avait joué, à plusieurs reprises,
au xv⁵ siècle, de très importants *mystères*. C'était là pour
Philippe une date trop récente. Les *mystères* sur la
place publique ne parlaient point à son imagination. Sa
pensée remontait plus volontiers au drame liturgique,
quand l'action théâtrale se greffait, pour ainsi dire, sur
l'office, quand une foule croyante assistait avec émotion

à la paraphrase du texte sacré, en attendant que son tour vînt de se mêler au culte en quelque fête innocente et turbulente.

Non, ce n'était pas encore cela qui les amenait à Saint-Jacques ou les y eût retenus; mais ce qui les y appelait, c'est que cette église est la dernière où Jeanne d'Arc ait prié; c'est que la noble vierge s'agenouilla pour la dernière fois devant cet autel, dans l'amertume et l'angoisse de son cœur. On n'en peut douter, car en sortant elle dit à des enfants qui se trouvaient sous le porche : « Priez pour moi, je suis trahie! » L'un de ces enfants, devenu très vieux, se souvenait de ces mots et les répétait. Malgré son funèbre et juste pressentiment, elle n'en partit pas moins, la courageuse fille, pour aller au combat.

Le paysagiste fit parcourir à ses amis l'itinéraire qu'elle avait suivi. La rue qui conduisait alors au pont a reçu le nom de rue Jeanne-d'Arc. Mais le pont lui-même n'existe plus. Il a été reporté à quelques centaines de mètres plus loin. Une poissonnerie occupe la place où se trouvait l'ancienne tête de pont. Elle est dominée par une tour massive, qu'on appelle tour Jeanne-d'Arc, bien qu'elle n'ait rien à démêler avec l'histoire de notre héroïne nationale, et qui a porté longtemps le nom de tour de Charles le Chauve. Cette tour appartenait à l'ancien système de fortifications et constituait une des meilleures défenses de la ville. De nos jours, simple propriété privée, elle a eu son histoire ou, si l'on aime mieux, sa chronique.

Un brave homme qui l'avait achetée à la fin de la Restauration se mit en tête d'y donner des bals publics. Il installa au sommet une espèce de terre-plein, recouvert par une construction en forme de chapeau, dont les gouttières donnaient sur les murailles, ce qui ne contribua pas peu à dégrader celles-ci pendant l'hiver. Les affaires n'al-

lant point, cet homme ingénieux vendit cette salle de bal
d'un nouveau genre à M. le baron de Bicquilley. La première pensée du nouveau possesseur fut d'offrir son acqui-
sition à la ville de Compiègne. Il en parla au maire, qui
consulta les adjoints. Le conseil municipal fut convoqué,
s'assembla, délibéra. Pendant qu'il délibérait, la tour
s'écroula en grande partie. Le conseil fit dire alors au do-
nateur que s'il voulait la relever à ses frais, il accepterait
son offre avec empressement. M. de Bicquilley, impatienté,
ne consolida point ce débris malencontreux et le vendit.
Un marchand de cuirs s'est établi sous cette ruine et em-
peste consciencieusement le quartier.

Du haut de cette tour, Guillaume de Flavy, gouverneur
de Compiègne, put se donner la joie de voir, de l'autre côté
de la rivière, Jeanne d'Arc tomber entre les mains des
Bourguignons. Elle avait fait une sortie dans la direction
du Petit-Margny; mais ses gens la soutenant mollement,
elle dut battre en retraite. Selon son habitude, Jeanne se
retirait la dernière, quand tout à coup elle s'aperçut qu'elle
était presque seule et vit se fermer la porte du pont Saint-
Louis. Dès lors elle était perdue. Cependant elle ne se rendit pas, et le grand nombre de ses adversaires put seul
avoir raison de son intrépidité.

M. Jules Troubat a très bien raconté cette dramatique
histoire. Pour lui la culpabilité de Guillaume de Flavy ne
fait pas l'ombre d'un doute. Peut-être d'autres et de plus
grands ne furent-ils pas moins coupables. Jeanne déran-
geait bien des projets, froissait bien des ambitions, entra-
vait bien des convoitises. Son clair regard pénétrait au fond
des âmes perfides et son admirable bon sens déconcertait
les imposteurs. Un peu plus tôt, un peu plus tard, on l'eût
sacrifiée, et l'indigne Charles VII y eût probablement
donné son acquiescement. L'héroïque fille le savait bien,

et c'est ce qui, à Saint-Jacques de Compiègne, lui faisait dire : « Je suis trahie! »

Nos amis, en revenant sur leurs pas, ne pouvaient se lasser de s'entretenir de ce drame. Ils en retournaient, en commentaient les moindres détails.

« Ma foi, dit le paysagiste en manière de conclusion, il y a pourtant une justice; Charles VII est mort de faim dans la crainte d'être empoisonné par son fils Louis XI, et Guillaume de Flavy a été assassiné par sa femme, qui ne fit du reste que prendre les devants, car il lui préparait le même sort.

— Et comptez-vous pour rien, ajouta Laurence, la persistance de l'instinct populaire? Non seulement une constante défaveur a pesé sur Charles VII; mais parmi les hommes qui ont contribué avec Jeanne à délivrer la France, ceux-là seuls sont restés chers à la foule qui passent pour avoir été sympathiques à la libératrice, comme Dunois et la Hire. Les grands désastres de la guerre de Cent ans correspondent, ne l'oublions pas, à la décadence de la chevalerie. Les hommes d'armes ne veulent plus ou ne savent plus se battre. Les milices bourgeoises suffisent à peine à la défense des villes. Les paysans, surpris en pleine prospérité, — car la richesse était très grande en France aux premières années du XIVe siècle, — se crurent abandonnés. Il y eut d'abord un affolement général. Chez les uns, il tourna en fureur, en cruauté : on vit surgir *la Jacquerie*. Chez les autres, il suscita l'héroïsme. En plus d'un endroit le peuple se souleva contre l'ennemi, le harcela, le décima. Souvenez-vous de ce grand Ferré, dont notre ami nous parlait hier en traversant la forêt. Bien des héros demeurés obscurs firent comme lui. Les campagnes frémissaient, et ce frémissement universel, irrésistible, a produit Jeanne d'Arc. Elle est sortie des entrailles

de la France, qui s'est reconnue en elle et qui ne lui reti-
rera jamais ni sa gratitude ni son admiration. »

Il se faisait tard. On échangea les adieux. Le paysagiste
voulait absolument entraîner ses amis au Franc-Port, mais
il fallait que le lendemain, dans la journée, ils fussent à
Paris. Tout ce qu'il put obtenir d'eux c'est que l'année
suivante ils consacreraient quelques jours à visiter la forêt
en sa compagnie. Nous avons tout lieu de croire qu'ils ont
tenu parole.

ÉPILOGUE

Une lettre que l'on a bien voulu nous communiquer prouve qu'il fut donné suite à ce projet de voyage; mais, comme les choses humaines ne s'arrangent jamais complètement à notre gré, il se trouva, d'une part, que l'aimable paysagiste, qui avait appelé ses amis au Franc-Port, venait de partir pour la Norwège, accompagnant une mission scientifique, et de l'autre, que Philippe Mériel, retenu à Paris par des occupations impérieuses, ne put accompagner sa sœur et son beau-frère dans leur excursion. M. et Mme Dubonnet ne vinrent donc point loger dans la gentille maisonnette dont le jardin descend en pente douce jusqu'aux bords de l'Aisne. Ils s'installèrent dans un village appelé Troly, placé à l'orée de la forêt. C'est de là que Laurence écrivit à son frère pour lui raconter les impressions qu'elle éprouvait. Nous pensons qu'on lira cette lettre avec plaisir. Elle forme, tout naturellement, un épilogue à notre narration.

« Troly, juillet 1880.

« Mon cher Philippe,

« Nous voilà enfin arrivés, non sans encombre et sans fatigue. Tu vas en juger. Notre séjour à Compiègne, cette fois, ne compte pas. J'aurais aimé à visiter de nouveau le palais, à revoir le musée Vivenel; mais tu sais comme nous sommes pressés par le temps. D'ailleurs, la chaleur était étouffante; son intensité faisait réellement souffrir. Nous avions hâte de gagner le fond des bois, où nous pensions trouver quelque fraîcheur, et je répétais mentalement le vers de *Phèdre* :

Dieux ! que ne suis-je assise à l'ombre des forêts ?

30

« Nous eûmes tout juste le temps d'apercevoir, sur la place de l'Hôtel-de-Ville, la nouvelle statue de Jeanne d'Arc [1]. Le mouvement en est assez heureux ; mais ce n'est pas encore celle-là qui réalisera notre idéal ni qui fera oublier l'œuvre de Chapu. Il importait de gagner la gare avant que l'ardeur du soleil devînt par trop insupportable. Depuis notre dernier voyage, on a établi de Compiègne à Soissons un chemin de fer qui nous aurait rendu grandement service lorsque nous allions chercher dans cette ville les traces de Chilpéric, de Frédégonde et de Louis le Débonnaire. On construit aussi, pour rejoindre Pierrefonds à Compiègne, une ligne qui délivrera les voyageurs de l'incommode et capricieuse patache contre laquelle plus d'un voyageur a si violemment pesté. Tout s'améliore, quoi que tu en dises, et nos fils auront tant de facilités pour courir le monde qu'on aura bien de la peine à les faire rester chez eux.

« La voie ferrée de Soissons a quelque peu endommagé la forêt ; de formidables abatis d'arbres, autour des gares, ne permettent guère de le nier. Au lieu d'ombrages, partout une lumière aveuglante et une ardente chaleur. Je ne sais ce que pensent de cette profanation les divinités forestières ; pour nous, en descendant à la station de Cuise-Lamotte, nous avons amèrement regretté les belles futaies et les opulentes frondaisons d'autrefois. C'est à la station d'avant, à Rethondes, que nous aurions dû descendre. Il est facile, par là, de gagner Troly, sous l'abri modérément protecteur d'une feuillée qui pourrait être plus épaisse. A Cuise-Lamotte, rien de tel. Imagine-toi un Sahel, un Sahara entièrement dénudé, inondé de soleil et qui semblait près de se calciner sous cette température tropicale. La forêt apparaissait au loin. Nous nous informons où est Troly, et on nous l'indique à une bonne lieue de là, en nous montrant la route découverte et poudreuse qu'il nous va falloir suivre.

« Notre stupeur touchait à la consternation. Il était bientôt midi, et la perspective de marcher pendant une heure sous cette pluie de feu n'était pas de nature à nous séduire. Mais comment attendre jusqu'au soir ? Où trouver un coin qui nous pût préserver, sinon de l'insolation, au moins de la migraine ? Un brave campagnard eut pitié de notre détresse. Il nous conduisit dans un petit chemin boisé qu'il appelait le *Croc,* où l'on était assurément mieux que sur la grande route, mais où les cousins et les taons nous livrèrent une bataille acharnée dans laquelle nous faillîmes succomber. Le déplorable état de nos visages et de nos mains est là pour prouver que nous n'avons pas toujours eu l'avantage.

[1] Par M. Étienne Leroux.

Exaspérés par la souffrance, nous gravîmes la colline qui se trouvait devant nous et nous finîmes par atteindre un plateau herbu d'où la vue s'étendait assez loin et au milieu duquel s'élevaient de grands pins qui nous protégèrent tant bien que mal jusqu'au coucher du soleil. Alors seulement nous sortîmes de notre retraite et, marchant rondement, nous gagnâmes à la nuit tombante le village et la maison que l'on nous avait indiqués.

« Je ne te ferai pas la description de notre très rustique asile. Nos hôtes, deux bons géants, l'homme et la femme, sont à la fois boulangers, épiciers, merciers, marchands de vins, traiteurs, aubergistes et cultivateurs. On vit ici avec une simplicité primitive, et l'on ne perd pas son temps en simagrées mondaines et en vaines paroles. Le service est tout ce qu'il y a de plus sommaire. En revanche on est très libre.

« Après avoir pris quelque nourriture et du repos, nous nous informâmes si l'on pourrait, le lendemain, nous assurer un véhicule quelconque pour aller en forêt, notre intention étant de visiter, dans la même journée, trois points assez éloignés les uns des autres : Saint-Jean-aux-Bois, Champlieu et Morienval. La réponse fut loin d'être aussi satisfaisante que nous l'aurions désiré. Le boulanger avait bien deux voitures, mais l'une lui était nécessaire pour son service et l'autre était à repeindre. Quel ennui que nous ne pussions attendre quelques jours ! On se serait arrangé pour nous contenter. Après ces regrets et ces lamentations, l'hôtesse se souvint qu'il y avait sous la remise un vieux tilbury dont on se servait rarement et que l'on mettrait volontiers à notre disposition. Offre faite, offre acceptée. Nous voilà tout joyeux, et, comme feu Guzman, ne connaissant plus d'obstacles.

« Le lendemain, dès six heures, nous pûmes contempler notre équipage. Il nous parut d'une vétusté invraisemblable. Le tilbury remontait certainement aux premiers temps de la monarchie. Toi qui aimes les antiquités, tu aurais eu de quoi te satisfaire. Ce qu'il y avait de plus grave, c'est que les roues ne tenaient pas, un écrou manquait. Le maréchal ferrant, que l'on pria d'en venir mettre un, répondit qu'il était occupé. Sur quoi l'on décida philosophiquement que nous partirions à la grâce de Dieu. Notre cocher était moins vieux que le tilbury ; par malheur, il avait un œil couvert par la cataracte, et l'autre était fortement en train de se perdre. Évidemment il nous conduirait au juger. Le cheval complétait cet harmonieux ensemble. Il comptait dix-huit printemps ; ce qui est bien pour une jeune fille, mais un peu trop pour un coursier. De plus, il était mal ferré, détail que nous ignorions, mais qui devait se révéler en route. Tout portait à croire que, dans de pareilles conditions, nous n'irions pas loin. Cependant nous n'eûmes point un moment d'hésitation. Nous nous juchons, avec notre conducteur, sur l'unique banquette de notre monument historique. Nos hôtes, qui dissimulent mal une certaine appréhension, nous souhaitent un bon voyage, et le cocher fouette sa bête en lui criant : *hue! Bazaine!* car j'ai oublié de te dire que notre intéressant quadrupède portait un nom qu'on ne lui avait pas donné pour le flatter.

« De Troly, pour gagner Saint-Jean-aux-Bois, il faut faire un assez long détour à cause d'une chaîne de collines appelée Mont-Mard ou Mont-Saint-Marc. Cette pente est fort raide; elle forme, de ce côté, la frontière de la forêt et fait paraître plus considérable la séparation qui existe de Troly à Vieumoulin. C'est ce village que nous avons rencontré d'abord, après avoir traversé de magnifiques futaies qui se continuent bien au delà. Le hêtre domine dans cette partie de la forêt. Quelques-uns de ces arbres sont extrêmement vieux, et ils ont cet aspect majestueux qui portait les anciens à leur attribuer un caractère sacré. Malheureusement ces belles hêtrées ont été profondément atteintes par la rigueur des derniers hivers. A certains endroits il a fallu pratiquer en grand l'abatage. Les jeunes rejetons que l'on multiplie pour combler les brèches donneront un jour de l'ombrage. Ils en donneront même trop; car, plantés tout près les uns des autres, ils nuiraient à la terre et se nuiraient mutuellement si la hache des forestiers ne devait venir aider chez eux au travail de la sélection. En attendant que nos arrière-neveux, comme dit la Fontaine, se reposent sous leur feuillage, ils arrêtent insuffisamment les rayons du soleil, et, malgré l'heure matinale, nous commençons à ressentir une chaleur qui va toujours aller augmentant.

« Vieumoulin est à la veille de devenir le Marlotte ou le Barbizon de la forêt de Compiègne. Il s'y est établi une colonie de paysagistes, et l'affluence des visiteurs a été assez grande pour que l'on ait dû songer à étendre la principale hôtellerie du village. Il se trouve des indépendants qui se plaisent mieux au hameau de la Brévière, en pleine solitude; mais il faut reconnaître que Vieumoulin est un lieu très agréable, placé dans le voisinage des plus beaux sites et occupant lui-même une situation très pittoresque. Les bois l'entourent sans le presser, sans l'étouffer, et forment à peu près un cirque qui ne manque pas de grandeur. Nous apercevons, se prolongeant à gauche, le mont Saint-Marc, que nous avons tourné, et, sur notre droite, les sommets ondulés des Beaux-Monts, avec une échappée sur le parc de Compiègne, tandis que, dans le sens opposé, un blanc et coquet chemin conduit aux étangs. Pour nous, franchissant une petite rivière dont j'ignore le nom, c'est tout droit que nous continuons, en stimulant de notre mieux Bazaine,

qui, venant là tous les deux jours avec le boulanger, stationne devant
chaque porte et ne comprend rien à notre empressement.

« Tout au contraire de Vieumoulin, Saint-Jean-aux-Bois, le bien

nommé, est au plus épais des grandes futaies. Pendant que notre cheval
souffle et que l'on prépare le déjeuner, nous allons voir l'église, que
l'on consolide et que l'on répare. Saint-Jean a été évidemment une puissante abbaye, un de ces immenses établissements que Michelet a si
bien décrits, où toute une population pouvait trouver asile en cas de

danger, et c'est un cas qui se présentait souvent au moyen âge. La cour abbatiale subsiste encore, précédée de son pont-levis, défendue par des fossés remplis d'eau. Quelques pans de murailles tombant en poussière indiquent cependant avec netteté l'emplacement et la dimension de l'enceinte. L'église n'était, en réalité, qu'une chapelle dépendant du couvent, mais une chapelle élégante, tout à fait digne d'une si importante habitation. Elle date des meilleurs temps du XIIe siècle. Nous avons été surtout frappés de la légèreté de la voûte. L'édifice a quelque chose de spontané; il semble avoir été conçu d'un jet, exécuté d'un trait. Les transepts, si élevés, si délicats, sont une merveille de hardiesse. Sur l'un des côtés, une salle en ruines, contenant des sculptures intéressantes et dans laquelle on ne pénètre que par l'extérieur, reliait sans doute autrefois l'église à l'abbaye. On fait bien de nous conserver ce splendide échantillon de bonne architecture; mais il n'est que temps de se hâter. Certaines parties s'effondreront bien vite si elles ne sont reprises en sous-œuvre. Une sépulture dont l'inscription se lit au dehors et qui est, dit-on, celle d'une reine de France, doit se trouver dans l'abside ou sous le chœur. Il serait curieux d'interroger le sol et de savoir ce qu'il contient. Au moment où nous allions quitter l'église, une nuée d'oiseaux, nichés dans les voûtes, se mit à voleter partout en poussant de petits cris joyeux. La lumière intense qui pénétrait par les vitraux les mettait en fête. Ils jouaient, se poursuivaient, se posaient irrévérencieusement sur les chapiteaux, sans s'inquiéter des moines endormis sous les dalles, ni de la colère probable et prochaine de M. le sacristain.

« Nous aurions aimé à visiter, non loin de Saint-Jean, le village de Saint-Corneille, où vécut et mourut l'héroïque Grand-Ferré, et, plus près encore, ce qu'on croit être les débris du palais mérovingien dans lequel se retira Clotaire après la mort tragique de son fils Chramm; mais le temps nous presse. Les distances sont plus grandes que nous ne l'avions pensé; puis il faut compter avec la chaleur torride, la fatigue déjà sensible de Bazaine, l'effroyable état des chemins que nous devons suivre pour gagner Champlieu. Probablement il y en a de meilleurs; mais notre cocher, qui rendrait des points à Œdipe en fait de cécité. ne les connaît pas. Il résulte seulement des indications que nous recueillons çà et là, qu'il sera nécessaire de couper à travers les Grands-Monts. Nous nous y engageons résolument; mais bientôt, dans des ornières presque aussi larges que la route et d'une profondeur inquiétante, notre véhicule penche, les ressorts crient, et de crainte de voir, comme Hippolyte, *voler en éclats notre char fracassé*, nous mettons pied à terre.

« C'est ici la partie abrupte et réellement sauvage de la forêt, celle,

bien entendu, que nous aimons le mieux. Dans ce silence de midi, où
tous les bruits humains s'éteignent, où le bourdonnement des insectes
fait seul résonner l'air, on a le sentiment âpre et délicieux de l'isolement,
de la liberté quasi primitive, comme nous l'avons éprouvé ensemble,
pendant nos premières vacances à Fontainebleau, dans les gorges de la
Salamandre, les chemins sableux de la Malmontagne et les routes interminables des Longues-Vallées. Par moments le bois s'interrompt. C'est
une lande couverte d'herbes folles, de chardons, d'arbustes rachitiques.
On rentre ensuite dans la futaie, je ne dirai pas dans l'ombre, car Phé-
bus-Apollon, dieu de Sminthée, est un trop habile archer pour que ses
flèches d'or nous épargnent. Tout à coup notre corricolo s'arrête. Bélisaire nous appelle. Nous sommes à un carrefour, et notre guide avoue
qu'il ignore absolument la direction de Champlieu. Une ferme est près
de là; nous y courons pour demander des renseignements; les portes
sont hermétiquement closes. Pas même l'aboiement d'un chien. Tout le
monde est aux champs ou se livre aux douceurs de la méridienne. En
cette circonstance délicate, M. Dubonnet déploie ces qualités de straté-
giste que tu lui connais. Après un coup d'œil jeté autour de nous, il
déclare que nous allons bientôt toucher à la lisière de la forêt et découvrir Champlieu sur notre droite. De nouveau nous grimpons dans le tilbury, plus chancelant que jamais, et au bout de quelques minutes nous
apercevons la plaine.

« Ici se place un incident qui a failli devenir tragique. Tout ce que la
forêt contient de mouches, de moucherons, de moustiques, de cousins,
de taons, de parasites ailés, avec trompes, suçoirs et aiguillons, déses-
pérés de nous voir échapper au martyre que nous subissons depuis plusieurs heures, se précipitent sur nous avec un redoublement de rage.
Nous sommes littéralement aveuglés et suffoqués. Je suis piquée à la
main gauche, et si bien, qu'elle est encore enflée à l'heure où je t'écris.
Mon mari fait tournoyer son chapeau de paille autour de sa tête; Bélisaire agite avec frénésie une branche feuillue qu'il vient de casser sur
son passage; mais ce qu'il y a de plus terrible et de plus extraordinaire,
c'est que Bazaine, affolé, a retrouvé l'élasticité de ses jambes. Se souve-
nant des exploits de Rossinante, il rue, se cabre, bondit, je crois même
qu'il galope. Enfin nous voilà dans la plaine. Ton beau-frère ne s'est
pas trompé. Cet amas de ruines sur une petite éminence, c'est le théâtre
romain de Champlieu. Nous disons au conducteur de nous attendre, et
nous nous y rendons par un sentier qui passe à travers des cultures.

« Cette station romaine était admirablement placée, à l'abri des em-
bûches de la forêt, sur un immense plateau d'où l'on peut surveiller
trente lieues de pays. Les cohortes, campées sur cette hauteur, y por-

taient l'image de la cité, les bains, le temple, le théâtre. Il y a un gardien chargé de veiller sur les ruines de Champlieu ; mais naturellement il était absent. Nous ne les en avons que mieux visitées. Je te prêterai une excellente brochure de M. de Marsy, *Excursions archéologiques dans les environs de Compiègne*, où tu trouveras sur les bains tous les renseignements imaginables. Les débris du temple attestent que c'était une construction élégante et considérable. Ce qui nous a le plus intéressés, c'est le théâtre, ou, à mieux parler, le cirque. Il est dans un remarquable état de conservation. Tu te souviens de celui que nous avons vu à Cimiès, en Provence ? Le cirque de Champlieu est plus grand. Nous avons circulé dans ses couloirs, regardé ses *vomitoria*, franchi les barrières où l'on payait le droit d'entrée, parcouru l'enceinte où se jouait le drame du gladiateur contre son compagnon de captivité ou contre la bête féroce. Ce que nous n'avons pu retrouver et ce qu'à Cimiès on voyait très distinctement, ce sont les loges grillées où l'on mettait les animaux. Les terres, en tassant, auront sans doute comblé les ouvertures, ou bien il y avait, à proximité du théâtre, une annexe pour les pensionnaires à quatre pattes qui, moins solidement construite, aura disparu. Les anciens aimaient à placer leurs théâtres en pleine lumière et sur des hauteurs. La nature se chargeait de fournir le décor : la plaine, la forêt, la mer. Ce qui valait bien les trucs des *Pilules du diable* et les lointains en carton de la *Biche au bois*.

« J'aime à croire que, lorsqu'il pleuvait ou que le soleil était trop ardent, on tendait un *velum* pour abriter les spectateurs ; mais nous n'avons pas le moindre *velum*, et la forêt n'est plus là pour nous protéger. Morienval est loin, d'ailleurs, et il faut y arriver bien avant la nuit. Nous nous mettons en quête du tilbury. Bélisaire a eu l'ingénieuse idée, dans le désir de se rapprocher de nous, de l'amener hors de la route, dans le terrain cultivé. Nous nous livrons à une navigation houleuse au beau milieu d'un champ de pommes de terre. Quel bonheur quand nous nous trouvons sur un chemin régulier, parfaitement entretenu, où nous ne sommes pas condamnés à des soubresauts continuels et à d'atroces cahots !

« Nous aurions eu besoin de ton enthousiasme pour réchauffer notre tiédeur en arrivant à Morienval. Une longue course à travers une plaine sans caractère avait émoussé la vivacité de nos impressions. Peut-être aussi, comme dit Stendhal, avions-nous dépensé la plus grande partie de notre fluide admiratif. Cependant l'église de Morienval, quand on l'aperçoit en dévalant la colline très raide qui descend du bourg, a une assez fière tournure. Ses deux tours romanes, dans lesquelles s'ouvrent de nombreuses fenêtres à colonnettes, annoncent un monument impor-

tant. Quelques parties sont fort anciennes, notamment le collatéral qui
enveloppe l'abside et qui, au dire des archéologues, est du XIᵉ siècle.
Les quatre arcs des transepts sont en plein cintre. Chose regrettable,

beaucoup de remaniements ont été opérés, et ces diverses constructions
ont altéré le caractère de l'édifice sans lui conférer, en échange, plus de
solidité. Bien autrement qu'à Saint-Jean-aux-Bois, il y a péril. Si tu
connais quelque journaliste influent, invite-le à plaider la cause de cette
église auprès de la commission des monuments historiques; tu pourras

ajouter que Morienval est recommandable non seulement par son aspect architectural, mais par les sépultures qu'on y rencontre, et surtout par la statue couchée de Florent de Hangest, seigneur de Viry, revêtu de son costume du XIIᵉ siècle.

« En route, et cette fois pour Troly ; nous passons sans nous arrêter devant Palesne, dont la ferme a remplacé le premier château de Pierrefonds ; nous laissons sur notre droite la magnifique résidence si merveilleusement restituée par Viollet-le-Duc. Au tournant du chemin de Cuise, Bélisaire, pour laisser reposer Bazaine, qui n'en peut plus, nous invite à jeter un coup d'œil sur les vestiges d'une villa romaine ou gallo-romaine, que des fouilles ont mise à jour il y a peu d'années. Tous les débris intéressants ont été emportés et sont maintenant, je crois, au musée Vivenel. La limitation des diverses chambres subsiste encore. Ces chambres étaient assez petites et ne semblent pas avoir fait partie d'un *palatium*. Encore un peu de temps, et l'herbe aura de nouveau recouvert les pierres ramenées un instant à la lumière. Nous avons beau lutter contre la nature, c'est toujours elle qui a le dernier mot.

« Notre rentrée à Troly fut triomphale. Évidemment on n'était pas pleinement rassuré sur notre sort. Il y avait de quoi. Nos roues s'écartaient sensiblement, et Bazaine, qui avait perdu l'un de ses fers en descendant la côte, était au moment d'en perdre un second quand nous arrivâmes au village. N'y pensons plus, puisque tout est bien qui finit bien.

« Depuis cette expédition périlleuse, nous avons fait en forêt quelques courses pédestres, escaladé sur plusieurs points le mont Saint-Marc et poussé une pointe aux Sept-Étangs, où l'on n'en voit plus que deux. Si tu me demandes quelle est notre impression sur la forêt de Compiègne, je te dirai que, par la variété des souvenirs, elle mérite d'être sérieusement visitée et même explorée à fond. La nature y est douce, agréable, jolie, rarement sévère et grandiose. Elle n'a pas l'aridité de Fontainebleau ; elle n'en a pas non plus la mélancolie pénétrante, la fortifiante sauvagerie. Que l'on vienne s'y reposer, je le conçois ; s'y retremper, cela me paraît plus difficile. C'est là, du reste, une affaire d'appréciation personnelle ; et si notre ami le paysagiste lit un jour cette lettre, je ne veux point qu'il m'accuse d'être injuste à l'égard de sa chère forêt. Je crois en avoir compris la tranquille beauté et j'en ai senti tout le charme. »

FIN

NOTES

I

(PAGE 320.)

Saint-Remi est un monument d'une si haute importance historique, et son architecture est à la fois si noble, si originale, si variée et si instructive, qu'il y aurait sacrilège à l'abandonner. Je n'ai jamais vu de monument où l'on pût mieux distinguer et lire plus couramment les différentes dates de la construction. Relevée de fond en comble par l'abbé Hérimart, de 1041 à 1049, cette église n'a conservé que ses grosses murailles, et, en quelque sorte, sa carcasse. En 1162, on recouvrit d'une épaisseur de pierres taillées à la moderne tout l'intérieur de la nef, et l'on construisit à neuf le rond-point, le chœur et le portail; enfin l'archevêque Robert de Lenoncourt éleva, en 1481, le transept sud tout entier. Toutes ces soudures, à dates certaines, sont d'un extrême intérêt pour l'histoire de l'art; sans compter que le style général de l'édifice suffirait pour faire souhaiter vivement sa conservation. (L. VITET, *Études sur l'histoire de l'art au moyen âge.*)

II

(PAGE 349.)

Si nous passons à l'architecture du XIIIe siècle, c'est-à-dire à la perfection du style à ogive, l'intérieur de la grande et belle cathédrale de Reims m'en a offert le modèle le plus achevé. Les avis peuvent différer sur la beauté du portail et des tours. Les uns peuvent désirer plus de simplicité, les autres peuvent trouver dans cette éclatante richesse le type du genre; mais, quant à l'intérieur, il n'y a pas de controverse possible; rien ne peut être préféré au vaisseau de Reims. En entrant sous ces voûtes si pures, si merveilleusement proportionnées, on reconnaît un grand système parvenu à son point de maturité, à son idéal : c'est le Parthénon de notre architecture nationale...

Je sais qu'aux yeux de bien des gens qui font autorité, c'est un singulier paradoxe que de parler sérieusement de la sculpture du moyen âge. A les en croire, depuis les Antonins jusqu'à François Ier, il n'a pas été question de sculpture en Europe, et les statuaires n'ont été que des maçons incultes et grossiers. Il suffit pourtant d'avoir des yeux et un peu de bonne foi pour faire justice de ce préjugé et pour reconnaître qu'au sortir des siècles de pure barbarie il s'est élevé, dans le moyen âge, une grande et belle école de sculpture, héritière des procédés et même du style de l'art antique, quoique toute moderne dans son esprit et dans ses effets, et qui, comme toutes les écoles, a eu ses phases et ses révolutions, c'est-à-dire son enfance, sa maturité et sa décadence.

A Reims, une partie du portail de la cathédrale exigeant quelques réparations, un échafaudage a été dressé jusqu'à mi-hauteur de la façade; je suis monté sur cet échafaudage, et, dans les enfoncements des ogives, des festons et autres ornements architectoniques, j'ai trouvé une profusion de bas-reliefs et de statues dont le style, le caractère et l'expression m'ont causé l'admiration la plus vive. Le costume, aussi bien que le genre du travail, annonce que ces figures sont du XIIIe siècle, l'âge d'or de notre sculpture nationale; et, grâce à la manière dont elles ont été abritées, elles sont presque toutes dans un état parfait de conservation.

(Même ouvrage.)

III

(PAGE 378.)

En 1671, les enfants de chœur de la Sainte-Chapelle prétendaient encore commander le jour des saints Innocents, et occupaient les premières stalles avec la chape et le bâton cantoral. — A Bayeux, le jour des Innocents, les enfants de chœur, ayant à leur tête un petit évêque qui faisait l'office, occupaient les stalles hautes et les chanoines les basses.

(MICHELET, *Histoire de France*, tome II.)

TABLE

TABLE   479

XV

DEUXIÈME PARTIE

I

II

III

IV

V

13945. — Tours, impr. MAME.

BIBLIOTHÈQUE ILLUSTRÉE

FORMAT GRAND IN-8°

SÉRIE NOUVELLE

ILLUSTRÉE DE NOMBREUSES GRAVURES SUR BOIS

Tours, imprimerie Mame.